### Judith McNaught

Auteure de talent, elle a écrit une quinzaine de romances historiques et contemporaines qui se sont vendues à plus de 30 millions d'exemplaires. Elle a reçu de nombreuses récompenses et est toujours en tête des meilleures ventes du *New York Times*.

*L'amant de l'ombre*, *Les machinations du destin* et *Compromise* figurent parmi ses plus grands succès.

# Garçon manqué

*Du même auteur*
*aux Éditions J'ai lu*

**L'amant de l'ombre**
*N° 3810*
**Les machinations du destin**
*N° 3399*
**Compromise**
*N° 3524*
**La scandaleuse**
*N° 3741*
**Le royaume des rêves**
*N° 12415*

# Judith McNAUGHT

# Garçon manqué

*Traduit de l'anglais (États-Unis)
par Jacqueline Susini*

Si vous souhaitez être informée en avant-première
de nos parutions et tout savoir sur vos auteures préférées,
retrouvez-nous ici :

**www.jailupourelle.com**

Abonnez-vous à notre newsletter
et rejoignez-nous sur Facebook !

*Titre original*
UNTIL YOU

*Éditeur original*

© Eagle Syndication, Inc., 1994

*Pour la traduction française*
© Éditions Presses de la Cité, 1996

Les personnages de mes romans sont toujours des hommes et des femmes courageux, loyaux, intègres, attentionnés et souvent pleins d'humour.

J'ai l'honneur de dédicacer ce livre à deux personnes qui n'ont rien de fictif, qui incarnent avec bonheur les qualités de mes héros et héroïnes et que j'ai le privilège de pouvoir compter parmi mes amis...

À Pauli Marr que j'admire et à qui j'adresse toute ma gratitude, en pensant à ce que nous avons partagé et en particulier à ces moments que je considère comme les plus amusants ou les plus difficiles de ma vie, quand ils ne furent pas les deux en même temps...

et

À Keith Spalding, le chevalier à l'armure étincelante que je n'ai pas vu apparaître sur un fier destrier, une lance à la main, mais au volant d'une BMW et muni d'un attaché-case. Ce qui ne l'empêche pas de surpasser tous les chevaliers d'autrefois sur le terrain de l'intégrité, de la loyauté, de la délicatesse et de l'humour. Notre rencontre a beaucoup enrichi ma vie.

Je ne peux achever cette dédicace sans mentionner quatre autres personnes merveilleuses pour des raisons qu'elles sauront reconnaître :

À Brooke Barhost, Christopher Fehlig et Tracy Barhost, en toute amitié...

et

À la jeune femme exceptionnelle qu'est Megan Ferguson, avec toute ma gratitude.

# 1

Adossée aux oreillers de satin dans le lit aux draps froissés, Helene Devernay contemplait en souriant le torse nu de son amant qui s'apprêtait à remettre la chemise à jabot, jetée au pied de leur couche, dans la précipitation de la nuit.

— Allons-nous toujours au théâtre, la semaine prochaine ? demanda-t-elle.

Stephen David Elliott Westmoreland, comte de Langford, baron d'Ellingwood, cinquième vicomte de Hargrove, vicomte d'Ashbourne, lui lança un regard surpris tout en ramassant sa cravate.

— Bien entendu.

Se tournant vers le miroir pour nouer savamment la fine soie blanche autour de son cou, il rencontra le reflet de sa maîtresse.

— Pourquoi cette question ?

— La saison commence précisément la semaine prochaine et Monica Fitzwaring sera en ville. Je le sais par ma couturière qui est aussi la sienne.

Stephen resta impassible.

— Et alors ?

Helene roula sur le côté, s'appuya sur un coude avant de répondre avec un soupir de regret mais d'une voix ferme :

— On dit que tu vas finalement lui faire la proposition qu'avec son père elle attend depuis trois ans...

— Ah, vraiment ? C'est ce que l'on raconte ?

Le ton frôlait l'indifférence. Mais Stephen avait manifesté son déplaisir en levant les sourcils. De quoi se mêlait-elle ?

Helene nota la désapprobation silencieuse sans toutefois se laisser intimider. Elle estima que leur liaison, déjà ancienne mais toujours ardente, autorisait certaines audaces. Calmement, elle fit remarquer :

— Ce n'est pas la première fois que j'entends dire ce genre de chose. Et je te ferai observer que, jusqu'à présent, je ne t'en parlais pas.

Sans répondre, Stephen se détourna du miroir pour prendre sa veste sur la bergère fleurie. Quand il l'eut enfilée, il s'approcha du lit et regarda sa compagne. Nue, au milieu du désordre de satin blanc provoqué par leur nuit d'amour, les seins caressés par sa longue chevelure blonde, Helene Devernay offrait un spectacle ravissant. C'était aussi une femme intelligente, franche, raffinée : autant de qualités qui faisaient d'elle une maîtresse délicieuse en toutes circonstances. Il la savait trop réaliste pour espérer une proposition de mariage dont son esprit d'indépendance se serait d'ailleurs mal accommodé. Il n'aurait pu rêver liaison plus satisfaisante. Du moins jusqu'alors.

— Me demanderais-tu cette fois-ci de confirmer ou d'infirmer la rumeur ?

Helene le gratifia de ce sourire enjôleur qui d'ordinaire éveillait son désir.

— Effectivement, dit-elle.

Stephen rabattit les revers de sa veste puis, les mains sur les hanches, la regarda froidement.

— Et si je confirmais ?

— Je te répondrais que tu t'apprêtes à commettre une grosse erreur. Tu n'éprouves pour elle qu'une certaine tendresse. Sa beauté, son haut lignage et la perspective d'un héritier sont peu de chose en regard de ton intelligence et de ta force de caractère. Jamais elle ne saura vraiment te comprendre. Tu la trouveras ennuyeuse, même au lit. Tes réactions l'intimideront, la blesseront et susciteront vite sa colère.

— Merci, Helene. J'apprécie l'intérêt que tu portes à ma vie privée, ainsi que tes conseils judicieux.

L'ironie de Stephen n'effaça qu'à demi le sourire de sa maîtresse.

— Eh bien, tu vois, répliqua-t-elle d'une voix douce, il suffirait d'une remarque de ce genre pour que cette chère Monica Fitzwaring se sente mortellement offensée, pour ne pas dire anéantie. Moi, je me contente d'enregistrer la leçon...

Elle vit son expression se durcir tandis qu'il prenait pour lui répondre un ton d'une politesse extrême et par là même réfrigérante.

— Je te prierai d'accepter mes excuses si tu considères que j'ai manqué de civilité à ton égard, fit-il en soulignant ses propos d'une courbette théâtrale.

Helene se redressa et tira sur sa jaquette afin de l'inciter à s'asseoir près d'elle. Son geste fut inutile, mais elle s'obstina en comptant l'attendrir avec un sourire éblouissant.

— Tu ne manques jamais de civilité, Stephen. En fait, plus tu es contrarié et plus tu te montres civil jusqu'à ce que tu sois tellement civil, précis et correct que tu en deviens inquiétant. Je pourrais même dire : terrifiant !

À l'appui de ses paroles, elle frissonna. Malgré lui, Stephen sourit.

— Voilà où je voulais en venir, avoua-t-elle en lui rendant son sourire. Quand tu deviens distant, je sais comment...

Elle s'interrompit. Stephen venait de glisser une main sous le drap. Il caressa ses seins, mais lui résista quand, jetant ses bras autour de son cou, Helene voulut l'attirer contre elle.

— Je voulais simplement te réchauffer, dit-il.

— Et me distraire...
— Oh, il me semble qu'une fourrure réussirait mieux que moi dans cette entreprise !
— Qui consiste à me réchauffer ?
— Je parlais plutôt de distraction.

Il prit ses lèvres et se livra au plaisir de la réchauffer et de la distraire tout à la fois.

Quand il s'habilla de nouveau, il était près de cinq heures du matin.

— Stephen ? murmura Helene, à demi endormie, lorsqu'il posa ses lèvres sur son front avant de partir.
— Oui...
— J'ai une confession à te faire.
— Non. Pas de confession, Helene. Nous nous sommes mis d'accord sur ce point dès le départ. Pas de confessions, ni de récriminations, ni de promesses. Nous n'en voulions pas, souviens-toi.

Si Helene ne contesta pas cet engagement, elle ne put le tenir ce matin-là.

— Je dois t'avouer que je suis jalouse de Monica Fitzwaring. Ça m'ennuie, mais c'est ainsi.

Stephen se redressa avec un soupir impatient et attendit, le sourcil levé, qu'elle achevât ses confidences irrépressibles.

— Je comprends que tu aies besoin d'un héritier. Mais ne pourrais-tu épouser une fille laide ? Qui soit en même temps une horrible mégère ? Oui, c'est ça : une mégère avec de petits yeux de fouine et un nez crochu. Cela me conviendrait parfaitement.

L'humour d'Helene fit rire son amant. Cependant, Stephen souhaitait que le sujet fût clos définitivement.

— Monica Fitzwaring ne représente pas une menace pour toi, Helene. Je la crois au courant de notre liaison et elle n'essaiera nullement de s'y opposer.

— Comment peux-tu en être certain ?

— Elle a fait d'elle-même allusion à ce genre de situation. (Devant l'incrédulité manifeste d'Helene,

Stephen ajouta :) Afin de mettre un terme à tes préoccupations comme à cette discussion, sache que j'ai déjà un héritier en la personne de mon neveu. De plus, je n'ai nullement l'intention de me conformer à la coutume qui consiste à s'enchaîner à une épouse dans le seul but d'assurer sa descendance.

À la fois amusée et déconcertée par cette tirade d'une brutale franchise, Helene exprima son étonnement :

— Si ce n'est pour avoir un héritier, un homme comme toi a-t-il un intérêt quelconque à se marier ?

D'un bref sourire et d'un haussement d'épaules, Stephen se refusa à invoquer les balivernes sur le bonheur ineffable qu'offraient les liens sacrés du mariage et qui fleurissaient même dans ce monde léger, brillant, attaché aux plaisirs de toutes sortes qui était le sien.

— Tu as raison, répondit-il. Je ne vois guère ce qui pourrait me pousser au mariage.

Helene scruta son visage. Curieuse mais circonspecte, elle commençait néanmoins à entrevoir un début de réponse à certaines interrogations.

— Je me suis toujours demandé pourquoi tu n'avais pas épousé Emily Lathrop. Elle avait tout pour elle : la beauté, et le lignage qui la rendait digne d'entrer dans la famille Westmoreland et de te donner un héritier. Personne n'ignore que Lathrop t'avait provoqué en duel afin de laver son honneur de mari trompé. Pourtant, tu ne l'as pas tué, et tu n'as pas non plus épousé Emily quand, un an plus tard, le vieux lord est un beau matin ressorti de chez lui les pieds devant.

Stephen leva les sourcils en entendant l'expression familière d'Helene. Mais, en revanche, l'évocation du duel le laissa froid.

— Lathrop s'était mis en tête de laver l'honneur d'Emily avant le sien et de mettre un terme aux rumeurs qui circulaient à son sujet en jetant son gant au visage de l'un des amants présumés de sa femme. Je n'ai jamais su pour quelle raison il m'avait choisi. Nous étions si nombreux à partager les faveurs d'Emily !

— On peut en tout cas se dire que l'âge avait altéré son jugement.

— Pourquoi ?

— On connaît ton adresse au tir et ta façon de faire merveille sur le pré.

— Oh, n'importe quel enfant de dix ans s'en serait sorti aussi bien que moi ! Lathrop était tellement affaibli par l'âge qu'il a dû tenir son pistolet à deux mains.

— Et tu l'as laissé repartir sans une égratignure ?

— Il m'aurait paru très impoli de le tuer, étant donné les circonstances.

— Mais enfin, c'est lui qui t'avait provoqué ! Tu as été particulièrement conciliant en faisant semblant de rater ton coup.

— Cela ne s'est pas passé ainsi, Helene. J'ai simplement tiré en l'air.

Il avait donc, par ce geste, admis sa culpabilité et présenté ses excuses.

— Veux-tu dire que tu étais vraiment l'amant d'Emily ? Que tu te sentais coupable ?

— J'étais le péché même.

— Pourrais-je te poser une dernière question ?

Il acquiesça, surmontant son impatience et son agacement. Jamais elle ne s'était ainsi préoccupée de sa vie privée.

Elle le surprit encore lorsqu'il la vit détourner un instant le regard comme pour rassembler son courage. Puis, l'air embarrassé mais le sourire suggestif, elle l'interrogea avec tant d'audace qu'il en fut offusqué, malgré sa largesse d'esprit en matière de bienséance entre hommes et femmes.

— Qu'est-ce qui t'avait attiré dans le lit d'Emily ? Que te faisait-elle de plus que moi ?

Il haïssait ce genre de question et se prépara à le lui signifier de façon cinglante. Mais il lui répondit d'abord d'une voix nonchalante :

— Il y avait effectivement une chose qu'elle faisait et que j'appréciais particulièrement...

Avide de découvrir les habitudes amoureuses d'une autre femme, Helene oublia de se méfier du calme de Stephen.

— Ah ? Laquelle ?

— Veux-tu que je te montre ? demanda-t-il en posant son regard sur ses lèvres.

— Oui.

Il se pencha sur elle, approcha ses hanches de la bouche de la jeune femme et, les mains appuyées sur la tête de lit, murmura :

— Es-tu absolument certaine de vouloir prendre part à la démonstration ?

Elle hocha la tête comme une enfant gourmande à qui l'on propose une friandise, le faisant sourire malgré lui. Puis elle agrippa ses bras.

— Montre-moi.

Brusquement, il posa une main ferme sur sa bouche et lui expliqua, le regard amusé :

— Elle savait éviter de me questionner comme tu le fais au sujet des autres. C'est cela que j'appréciais avant tout chez elle.

La frustration se lut dans le regard bleu d'Helene. Mais, cette fois-ci, elle ne manqua pas d'entendre la mise en garde qui se cachait derrière le calme apparent de Stephen.

— M'as-tu bien compris, ma belle curieuse ?

Elle acquiesça d'un signe de tête mais tenta, en revanche, de surmonter sa déception en faisant courir sa langue sur la paume de Stephen.

Son stratagème le fit rire. Cependant il retira sa main et posa un bref baiser sur son front avant de la quitter.

Il n'avait plus envie ni de discuter ni de se livrer à des jeux sensuels.

Dans la rue, les lampadaires perçaient la grisaille du brouillard nocturne de leurs lueurs fantomatiques. Son laquais lui passa les rênes de l'attelage tandis qu'il parlait d'une voix apaisante au couple d'alezans qui martelaient le pavé de leurs sabots et secouaient leur crinière. C'était la première fois qu'on les amenait en ville. Stephen remarqua la nervosité particulière du cheval qui trottait en bordure du caniveau. Tout semblait l'irriter, du son de ses propres sabots aux ombres projetées par les lampadaires. Quand une porte claqua à sa gauche, il fit un écart puis tenta de partir au galop. Aussitôt, Stephen tira sur les rênes et tourna dans Middleberry Street. Progressant rapidement, l'attelage commençait cependant à adopter une allure plus sereine. Mais, soudain, un chat de gouttière sauta d'une charrette chargée de fruits avec un miaulement strident, accompagné d'une dégringolade de pommes à travers la chaussée. Au même instant, la porte d'un pub s'ouvrit toute grande en déversant dans la rue un flot de lumière orangée. Des chiens se mirent à aboyer, les chevaux firent une embardée, et une silhouette noire et titubante sortit du pub pour disparaître entre deux voitures garées le long du trottoir, avant de se matérialiser juste devant l'attelage.

Stephen cria à l'homme ivre de faire attention, mais il était déjà trop tard.

# 2

Le vieux maître d'hôtel, appuyé lourdement sur sa canne, écoutait son illustre visiteur lui annoncer la brutale disparition de son maître. Debout au milieu du salon décrépit, il attendit que Stephen se tût pour sortir de son immobilisme respectueux.

— C'est bien regrettable pour vous, monsieur le comte, et pour ce pauvre Lord Burleton. Mais un accident est un accident, n'est-ce pas, et personne n'est responsable. Il s'agit de ce qu'on appelle une... mésaventure.

En un reproche adressé à lui-même plus qu'au vieux serviteur, Stephen rétorqua :

— Renverser un homme et le tuer me paraît être autre chose qu'une simple mésaventure.

Bien que la responsabilité de l'accident incombât d'abord au jeune baron qui était venu se jeter sous ses chevaux, Stephen n'oubliait pas que c'était lui qui tenait les rênes. Or Burleton était mort, alors que lui était bien vivant. Et pour comble d'injustice, il semblait que personne ne fût là pour pleurer la mort du baron.

— Je suppose, avança Stephen, que votre maître avait de la famille quelque part. Il y a sûrement quelqu'un à qui je puisse expliquer ce qui s'est passé.

Hodgkin secoua la tête négativement, soudain conscient qu'il se retrouvait de nouveau sans employeur et qu'il pourrait bien le rester jusqu'à la fin de ses jours. Ce dernier emploi, il l'avait dû au fait que personne d'autre que lui n'aurait accepté d'être tout à la fois maître d'hôtel, valet et cuisinier pour des gages dérisoires.

Mais il devait se ressaisir en cessant de s'apitoyer sur lui-même et en respectant les règles les plus élémentaires de la bienséance.

Il s'éclaircit la gorge et s'empressa de répondre :

— Lord Burleton, comme je vous l'ai dit, n'avait pas de proche famille. Par ailleurs, n'ayant été à son service que pendant trois semaines, je connais peu ses relations. Oh, mais... mon Dieu ! J'avais oublié sa fiancée. Les noces devaient avoir lieu cette semaine.

Stephen sentit s'amplifier son sentiment de culpabilité. Mais ce fut d'une voix ferme et décidée qu'il demanda :

— Qui est-elle ? Où puis-je la trouver ?

— Je sais simplement qu'il s'agit d'une jeune héritière américaine que M. le baron avait rencontrée là-bas. Elle doit arriver demain sur un bateau en provenance d'Amérique. Son père est malade et n'a pu l'accompagner. Je pense donc qu'elle voyage avec une parente ou une amie. Hier soir, Lord Burleton... enterrait – si j'ose dire – sa vie de garçon. Je ne sais rien de plus.

— Et le nom de cette jeune femme ? Vous devez vous en souvenir. Vous avez certainement entendu Burleton le prononcer devant vous.

Doublement irrité par l'impatience nerveuse de Lord Westmoreland et les défaillances de sa mémoire, Hodgkin fut à deux doigts de se rebiffer.

— Je vous répète, monsieur le comte, que j'étais depuis peu au service de M. le baron. Il ne me faisait pas encore ses confidences. En ma présence, il... il appelait cette personne « ma fiancée » ou encore « mon héritière ».

— Voyons, faites un effort ! Il a bien dû à un moment ou à un autre prononcer son nom !

— Non. Je... Ah, attendez ! Effectivement, j'ai entendu son nom. C'est même à cette occasion que je me suis souvenu combien j'aimais aller dans le Lancashire quand j'étais enfant. Lancaster ! Oui, elle s'appelle Lancaster ! Et son prénom est Sharon... Non. Pas Sharon. Charise ! C'est cela : Charise Lancaster !

Les efforts d'Hodgkin furent récompensés par un bref signe d'approbation, suivi immédiatement d'une autre question :

— Quel est le nom du transatlantique ?

Constatant que la réponse lui venait aussitôt à l'esprit, fier de lui, Hodgkin frappa un coup de canne sur le plancher, avant de répondre, l'air ravi :

— Le *Morning Star* !

Puis, gêné par le relâchement de sa conduite, il se mit à rougir.

Mais Stephen ignora son embarras pour continuer ses investigations.

— Vous souvenez-vous d'autre chose ? J'aimerais en savoir plus sur elle avant de la rencontrer.

— Je ne voudrais tout de même pas tomber dans les indiscrétions, monsieur le comte...

Impatient, Stephen eut un ton d'une brusquerie involontaire.

— Dites-moi tout ce que vous savez.

— M. le baron évoquait une jeune femme jolie, « une ravissante petite personne », disait-il. J'ai cru comprendre qu'elle était folle de lui tandis que son père s'intéressait plutôt au titre de M. le baron.

Stephen, qui espérait entendre parler d'un mariage de convenance, trouva le destin décidément cruel. Mais, à propos, quels avaient été les sentiments du fiancé ?

— Et Burleton ? Pourquoi désirait-il ce mariage ?

— Je ne peux que spéculer. Mais je pense qu'il partageait les sentiments de la jeune femme.

— C'est vraiment parfait... marmonna Stephen en se dirigeant vers la porte.

Dès qu'il fut sorti, Hodgkin se laissa aller au désespoir. N'était-il pas de nouveau sans travail et sans un sou devant lui ? Il avait bien failli demander à Lord Westmoreland de le recommander à quelqu'un. Il l'eût même imploré de l'aider s'il n'avait aussitôt considéré cette démarche comme présomptueuse et parfaitement inutile. Avant de trouver cet emploi chez Lord Burleton, il avait prospecté pendant deux ans et compris que personne ne voulait d'un serviteur courbé par l'âge et incapable de se déplacer rapidement quand il le fallait.

Accablé, les épaules tombantes, les articulations douloureuses, Hodgkin s'en retournait à pas lents vers sa chambre, quand il entendit frapper à la porte. À n'en pas douter, ce coup de heurtoir impatient et sec était signé Lord Westmoreland.

Hodgkin alla rouvrir aussi vite qu'il le put.

— Oui, monsieur le comte ?

Sur un ton net et précis, Stephen annonça :

— Je me suis dit, en sortant d'ici, que la mort de Burleton vous privait des gages qu'il vous devait. Mon secrétaire, M. Wheaton, veillera à ce que vous soyez dédommagé. (Puis, tout en s'apprêtant à rejoindre sa voiture, il ajouta :) Nous sommes toujours à la recherche de serviteurs compétents. Si vous ne rêvez pas d'une retraite immédiate, profitez de l'occasion pour proposer vos services à M. Wheaton. Vous réglerez les détails ensemble.

Hodgkin le suivit quelques instants du regard puis referma la porte et, les yeux fixés sans la voir sur la table boiteuse disposée dans l'entrée, il sentit soudain un flot de jeunesse et de vigueur courir dans ses veines. Non seulement il retrouvait un emploi mais, en plus, il allait entrer au service de l'un des aristocrates les plus admirés et plus influents d'Europe !

Il avait également la quasi-certitude que le comte de Langford n'avait pas agi par pitié. Cet homme n'avait pas la réputation de ménager ses serviteurs, ni qui que ce fût d'ailleurs. On le disait distant et particulièrement exigeant.

Mais un léger doute demeura cependant jusqu'au moment où il se souvint d'un mot prononcé par Lord Westmoreland, un mot qui le remplit de satisfaction et d'orgueil. N'avait-il pas parlé de « compétence » ?

Lentement, Hodgkin se tourna vers le miroir mural et, la main sur le pommeau de sa canne noire, contempla son reflet. Le reflet d'un homme « compétent »...

Malgré ses douleurs, il se redressa et, de sa main libre, lissa le devant de sa veste usée. Après tout, il n'avait rien d'un vieillard décrépit ! Certes, il avait soixante-treize ans, mais n'en paraissait pas un jour de plus, que diable ! Stephen David Elliott Westmoreland, comte de Langford, avait estimé Albert Hodgkin digne d'entrer à son service. Cet homme, qui possédait de multiples domaines éparpillés à travers toute l'Europe et plusieurs titres de noblesse issus de sa mère, et deux illustres ancêtres qui avaient fait de lui leur héritier, cet homme avait pensé qu'Albert Hodgkin ne déparerait pas dans sa domesticité triée sur le volet !

Penchant la tête sur le côté, il tenta de s'imaginer vêtu de la livrée vert et or des Langford, mais sa vue se brouilla. D'un doigt tremblant, il toucha le coin de son œil, anormalement humide.

Il essuya sa larme tout en réprimant l'envie folle de se lancer dans une petite gigue et d'agiter sa canne dans les airs. « La dignité, Albert, est la première qualité requise de la part d'un homme sur le point de servir Lord Stephen Westmoreland. »

# 3

À l'heure où, disque de braise, le soleil commençait à glisser dans les vapeurs mauves du crépuscule, un marin se dirigea vers la voiture qui attendait sur les quais depuis le matin.

— Voilà le *Morning Star*, annonça-t-il à Stephen.

Appuyé contre une portière, Stephen venait de se changer les idées en observant une bagarre d'hommes ivres devant un pub. Avant de désigner d'un geste le transatlantique, le marin jeta un coup d'œil prudent aux deux cochers qui, l'arme au poing, manifestaient moins de sang-froid que leur maître devant l'insécurité de cette zone portuaire.

— C'est ce bateau-là, précisa-t-il, le doigt pointé sur un modeste navire qui entrait dans le port. Et il est presque à l'heure.

Stephen se redressa et fit signe à l'un des cochers de jeter une pièce au marin. Puis il se dirigea lentement vers le *Morning Star* en regrettant l'absence de sa mère ou de sa belle-sœur à ses côtés pour accueillir la fiancée de Burleton. Une femme eut sans doute mieux trouvé les mots en cette circonstance tragique et embarrassante où des rêves allaient se briser.

Quand le steward revint frapper à la porte de la cabine pour rappeler à Sheridan Bromleigh qu'un

« gentleman » l'attendait sur le quai, il s'entendit répondre :

— Oh, quel cauchemar ! Dites-lui de patienter. Dites-lui que je suis morte ! Non, dites-lui que nous avons eu le mal de mer et que nous sommes encore malades.

Sheridan claqua la porte, la verrouilla puis, le dos contre la cloison, regarda la servante terrifiée, encore perchée sur sa couchette et qui, de désespoir, tordait un mouchoir entre ses mains.

— Mais, oui, c'est un cauchemar, répéta Sheridan. Mais je vais me réveiller et tout sera fini, n'est-ce pas, Meg ?

Meg secoua si vigoureusement la tête que les rubans de son chapeau blanc ponctuèrent son mouvement.

— Vous ne rêvez pas, mademoiselle. Il faut que vous parliez à M. le baron. Il faut trouver quelque chose qui ne le vexera pas et qu'il pourra croire.

— Ce qui m'oblige évidemment à lui cacher la vérité... Comment pourrait-il rester stoïque en apprenant que j'ai perdu sa fiancée quelque part sur la côte anglaise !

— Vous ne l'avez pas perdue. Elle s'est sauvée avec M. Morrison à la dernière escale.

— Il n'en reste pas moins qu'elle m'avait été confiée et que j'ai failli à mon engagement envers son père comme envers le baron. Il n'y a rien d'autre à faire qu'à dire la vérité.

— Ah, non ! s'écria Meg. Il va nous faire jeter dans des oubliettes. Mon Dieu, quand je pense que Miss Charise est partie avec l'argent ! Nous n'avons même plus un shilling pour prendre le bateau du retour...

— Je vais bien trouver un travail quelconque, assura Sheridan.

Elle se voulait optimiste, mais sa voix tremblait sous l'effet de la tension nerveuse. Instinctivement, elle cherchait du regard une impossible cachette dans cette minuscule cabine.

— Vous n'avez aucune référence, lui fit observer Meg, des larmes dans la voix. Nous ne savons pas où nous allons dormir ce soir. On va se retrouver dans le ruisseau. Ou pire.

— Qu'est-ce qui pourrait être pire ?

Mais avant que Meg ait pu lui répondre, Sheridan lui fit signe de n'en rien faire. Retrouvant un peu de son humour habituel, elle l'avertit :

— Non, je vous en prie, ne me parlez pas de la traite des Blanches.

Bouche bée, Meg pâlit et murmura, incrédule :

— La traite des Blanches...

— Oh, Meg ! Pour l'amour du ciel, ne faites pas cette tête. Je plaisantais.

— Mais si vous lui racontez ce qui s'est passé, nous aurons droit aux oubliettes.

Sheridan s'impatienta.

— Qu'est-ce que c'est que cette histoire ?

— C'est comme ça qu'ils font ici. Le baron pensera que nous avons tué sa fiancée pour la voler ou que nous l'avons enlevée et vendue, et il nous fera enfermer. Dans ce pays, il n'y a que les nobles qui comptent. Ce sera sa parole contre la vôtre. Le lois anglaises ne sont pas faites pour protéger les gens comme nous, sans importance.

Sheridan aurait voulu la rassurer, mais le mal de mer et la disparition de Charise avaient eu raison de son humour et de sa patience. Jamais elle n'aurait dû s'embarquer dans cette galère. Elle s'était surestimée en croyant pouvoir arriver à bon port avec une gamine de dix-sept ans, gâtée, pourrie et inconsciente. Comment avait-elle pu se persuader que son bon sens, son côté pratique et son expérience d'enseignante dans l'institution fréquentée par Charise suffiraient à aplanir toute difficulté ? Tout cela s'était révélé inopérant. Mais elle n'avait pas été la seule à se tromper. L'austère et strict père de Charise avait lui aussi eu tort de lui confier sa fille quand il avait su que sa maladie de cœur l'empêcherait de faire le voyage. Et Charise, dans cette entreprise, n'avait pas été en reste. Elle voulait Miss Bromleigh et personne d'autre. Sheridan l'avait aidée à écrire au baron. Elle était agréable, n'avait que trois ans de plus qu'elle et saurait lui éviter le mal du pays. Sheridan l'accompagnerait, sinon elle refusait de quitter l'Amérique et d'épouser le baron ! Tels avaient été ses arguments.

Sheridan songea avec dépit qu'elle était certainement responsable de la fugue de Charise en compagnie d'un homme qu'elle connaissait à peine. Jamais elle n'aurait dû la laisser lire ces histoires d'un romantisme échevelé, que sa tante Cornelia qualifiait de « littérature à l'eau de rose » et qu'elle dévorait en secret. À l'abri derrière les tentures de son lit, Sheridan s'identifiait à ces jeunes femmes courtisées par de séduisants aristocrates qui leur volaient leur cœur dès le premier regard. Le livre refermé, elle s'allongeait dans son lit, fermait les yeux et s'imaginait valsant dans les bras du héros, en robe somptueuse sous des lustres de cristal, avant qu'il l'entraîne pour une promenade au clair de lune, parmi les jets d'eau et les parterres multicolores... Elle avait tant de fois relu ces romans qu'elle pouvait en réciter par cœur des scènes entières en substituant son prénom à celui de l'héroïne.

*Le baron prit la main de Sheridan et la porta à ses lèvres en lui jurant une éternelle dévotion : « Vous êtes la femme de ma vie, mon seul et unique amour... »*

*Le comte, subjugué par la beauté de Sheridan, perdit son sang-froid et l'embrassa dans le cou. « Pardonnez-moi mais je n'ai pu résister. Je vous adore ! »*

Et puis il y avait sa scène favorite, celle qu'elle imaginait sans cesse avec une indicible émotion :

*Le prince la prit dans ses bras et la serra sur son cœur en lui disant : « J'aurais volontiers échangé cent royaumes contre vous, mon bel amour. Avant vous, je n'étais rien ».*

Au gré de sa fantaisie, elle modifiait les événements, les dialogues, les situations et les lieux mais, jamais, au grand jamais, elle n'aurait changé de héros. De lui, elle savait tout puisqu'il était le fruit de son imagination. Elle le voyait grand, beau, très brun, les yeux d'un bleu d'azur, le regard perçant ou enjôleur ou encore pétillant d'humour. Il aimait rire avec elle et, pour l'amuser, elle lui racontait des histoires qui provoquaient son hilarité. Il aimait lire et était plus instruit qu'elle. Elle lui accordait également une expérience de la vie plus solide que la sienne sans toutefois en faire un homme trop expérimenté. Il n'était ni sophistiqué ni orgueilleux à l'excès. Parce qu'elle détestait l'arrogance et l'étroitesse d'esprit, elle l'en avait privé. Ah, non, elle ne voulait pas que son héros ressemblât aux pères de ses élèves ! Elle abhorrait les manifestations de l'autorité masculine.

Bien entendu, son chevalier servant devenait son mari. Il la demandait en mariage à genoux en lui déclarant : « Vous m'avez appris ce qu'était le bonheur... Avec vous, j'ai découvert l'amour. Je n'ai été jusqu'ici qu'un demi-homme avec un demi-cœur... » Elle chérissait l'idée qu'il eût besoin d'elle et qu'il célébrât d'autres qualités que sa seule beauté. Évidemment, après de tels mots, si forts et si doux, elle ne pouvait qu'accepter de l'épouser. Et c'était ainsi que les femmes de Richmond, surprises et envieuses, la voyaient se marier en grande pompe. Puis l'homme de sa vie la soustrayait définitivement, ainsi que sa tante Cornelia, à toutes les médiocrités du monde en l'emmenant dans son superbe manoir, construit au sommet d'une colline. Là, elle n'avait d'autre souci que de choisir chaque matin la robe du jour. Toutefois, elle n'oubliait pas son père et demandait à son mari de l'aider à le retrouver afin qu'il pût venir vivre avec eux.

Seule dans l'obscurité, derrière les tentures de son lit, elle évitait de se dire que cette rencontre merveilleuse était fort improbable ou que si ce genre d'homme la croisait, il ne lui accorderait pas la moindre attention. Le lendemain matin, elle torsadait ses cheveux roux sur sa nuque, repoussait les mèches folles sur son front et partait sagement enseigner, sans que quiconque pût deviner que la « vieille fille », comme l'appelaient déjà ses collègues, ses élèves et leurs parents, était une incurable romantique.

Mais elle avait été finalement la première à se tromper sur son propre compte. Convaincue que ses rêves n'entamaient en rien son sens pratique et son efficacité, elle s'était embarquée dans cette aventure en toute confiance. Mais Charise, grisée par les lectures qu'elle lui avait mises entre les mains, s'était jouée d'elle. Si son père ne succombait pas, étouffé par la fureur, il consacrerait certainement le reste de sa vie à empoisonner son existence et celle de sa tante Cornelia. Quant à la timide Meg, le souffre-douleur de Charise pendant cinq ans, elle allait probablement être remerciée sans la moindre référence et n'aurait plus que ses yeux pour pleurer.

Mais il pouvait y avoir pire que ces sombres perspectives ! Les oubliettes évoquées par Meg avec effroi commençaient à impressionner Sheridan. Il était fort possible que Meg eût raison et, dans ce cas, Sheridan deviendrait sa codétenue et n'aurait alors que faire de son autorité naturelle, de son bon sens et de son efficacité...

Des larmes de peur et de culpabilité lui montèrent aux yeux. Elle ne se pardonnait pas sa naïveté ni le fait d'avoir accepté ce voyage dans le but unique de découvrir le scintillement de Londres et de son aristocratie, décrit avec tant de charme dans ses lectures secrètes... Elle aurait dû écouter sa tante qui n'avait cessé de lui répéter que sa situation sociale l'obligeait à la modestie sous peine de perdre la tête ; que l'orgueil est au regard du Seigneur un péché égal à la paresse et à la gourmandise ; et que la modestie chez une femme est, pour un homme bien né, une qualité supérieure à la beauté.

Sur les deux premiers points, tante Cornelia avait raison. Mais comment écouter quelqu'un qui vous ressemble si peu ? Tante Cornelia tenait par-dessus tout à une vie sans surprises. Elle s'épanouissait dans la routine, avait un besoin viscéral de rituels quotidiens et eût été effarée d'apprendre que sa nièce pleurait de désespoir à l'idée de mener une existence aussi morne.

# 4

Au désarroi de Meg s'ajouta la nostalgie de Sheridan. Elle aurait donné n'importe quoi pour être assise en face de sa tante, devant une bonne tasse de thé, ni trop froid ni trop chaud, en se disant avec bonheur que s'étendait devant elle toute une vie de tiédeur et de platitude.

Mais, si Meg disait vrai à propos des lois britanniques, cela signifiait qu'elle ne goûterait plus jamais au thé tiède de sa tante, et pour une fois cette pensée la crucifiait.

Six ans plus tôt, elle eût sauté de joie à la perspective d'échapper à Cornelia Faraday, la sœur aînée de sa mère, chez qui son père l'avait conduite, mettant un terme à la longue route aventureuse qu'ils avaient parcourue ensemble. Avec lui, elle avait voyagé dans un chariot rempli de tout un attirail, allant du luxe à l'utilitaire – fourrures et parfums, récipients en fer et fourches – qu'il vendait ou troquait contre d'autres objets dans les fermes ou les cabanes rencontrées le long de leur chemin.

Leur itinéraire se traçait de lui-même aux croisements des routes. Seules les saisons limitaient le hasard. L'été les conduisait plutôt vers le nord et l'hiver vers le sud, le long de la côte. Parfois ils tournaient à l'ouest, quand un crépuscule éblouissant les y attirait, ou bien au sud-ouest, s'ils y apercevaient un cours d'eau bondissant vers les prairies. En hiver, quand la neige leur barrait la route, ils trouvaient toujours un fermier ou un commerçant heureux d'accepter que son père prêtât main forte en échange d'un abri pour quelques nuits.

À douze ans, Sheridan savait ce que voulait dire dormir n'importe où, que ce fût dans une meule de foin ou dans un lit de plumes sous un toit abritant un essaim de femmes en robes de satin, au décolleté si profond que leurs seins semblaient prêts à en jaillir à chaque instant. Mais, robustes fermières, sévères épouses de pasteurs ou femmes exposant leurs appas, toutes leurs hôtesses tombaient sous le charme de son Irlandais de père tandis qu'elle-même avait droit à leurs attentions maternelles. Le sourire de Patrick Bromleigh, son infaillible courtoisie et son ardeur au travail incitaient ces dames à le nourrir copieusement, à lui préparer ses desserts préférés et à lui repriser ses vêtements en cas de besoin.

D'une main affectueuse, elles ébouriffaient la tignasse rousse de Sheridan et riaient d'entendre son père l'appeler sa « petite carotte ». Elles l'installaient sur un tabouret quand la fillette tenait à les aider à faire la vaisselle et, lorsqu'elle partait, elles lui donnaient des bouts de tissu et de précieuses aiguilles afin qu'elle pût confectionner une couverture ou une robe nouvelle pour Amanda, sa poupée. Elles lui disaient qu'elle allait devenir une très jolie jeune fille, et Sheridan riait, certaine qu'il s'agissait d'une plaisanterie. Puis elles la regardaient partir avec son père en agitant des mouchoirs et en criant : « Bon voyage ! Revenez vite ! »

Parfois, leurs hôtes laissaient entendre à son père qu'ils le verraient volontiers courtiser leur fille ou celle d'un voisin. Le beau visage irlandais gardait son sourire, mais le regard s'assombrissait et Patrick disait : « Vous êtes gentils, mais je ne pourrais pas me remarier sans me sentir bigame. La maman de Sheridan continue à vivre dans mon cœur ».

Seule l'évocation de sa femme réussissait à éteindre l'éclat de son regard. Dans ces moments-là, Sheridan ressentait une tension qui ne disparaissait que lorsqu'il retrouvait son sourire. Après la mort de sa mère et de son petit frère, emportés par la grippe, son père s'était comporté pendant des mois comme un étranger silencieux, souvent assis devant le feu de cheminée, un verre de whisky à la main, oubliant les récoltes et les semailles. Il ne parlait plus, ne se rasait plus, se nourrissait à peine et ne cherchait pas à savoir si leur mule avait de quoi manger. Sheridan n'avait que six ans mais, déjà habituée aux tâches ménagères, elle entreprit de compenser au mieux l'absence de sa mère.

« L'étranger silencieux » semblait ignorer ses efforts comme ses maladresses et son chagrin. Puis, un jour, elle se brûla le bras en même temps qu'elle laissait se carboniser deux œufs au plat. Étouffant sa douleur physique et morale, elle descendit à la rivière avec le linge à laver. Agenouillée au bord de l'eau, elle mouillait une chemise de son père, quand l'image de sa mère, penchée sur l'onde claire à ce même endroit, lui revint en mémoire. Elle l'entendit chantonner comme elle en avait l'habitude en lavant le linge, pendant que Sheridan surveillait Jamie dans son bain. Elle se souvint des cris ravis de son frère, de sa façon de taper sur l'eau en riant. Que de chansons sa mère lui avait apprises ! Elles chantaient en chœur tout en travaillant. Quelquefois sa mère s'interrompait pour l'écouter, la tête penchée sur l'épaule, un sourire de fierté sur les lèvres, un sourire que la petite fille avait toujours trouvé surprenant, tout comme les paroles qu'elle prononçait en la serrant dans ses bras : « Tu as une voix très douce, très particulière… à ton image ».

Ces souvenirs idylliques lui firent venir les larmes aux yeux. Sa mémoire chanta la chanson préférée de sa mère. Elle l'entendit lui dire : « Chante-nous quelque chose. Chante pour nous, mon ange… »

Elle essaya de chanter, mais sa voix se brisa et les larmes roulèrent sur ses joues. Elle les essuya du dos de la main, mais quand elle s'aperçut que la chemise de son père était partie au fil de l'eau, ce fut le signal de la reddition. Elle n'en pouvait plus de se battre pour être courageuse et se comporter comme une adulte. Les genoux serrés sur sa poitrine, le visage enfoui dans le tablier de sa mère, elle sanglota de chagrin et de peur. Elle se balança machinalement d'avant en arrière et pleura jusqu'à ce que la gorge lui fît mal mais sans cesser de s'arracher les mots de détresse qu'elle avait trop longtemps retenus : « Maman... Tu me manques. Tu me manques. Tu me manques. Jamie me manque. Je vous en prie, revenez tous les deux. Revenez... Oh, s'il te plaît, maman... Je n'y arrive pas seule... Maman, je ne peux pas... Je ne peux pas... »

Ses lamentations furent soudain interrompues par la voix de son père, non plus cette voix qui trahissait toute la lassitude et toute la peine du monde, mais une voix normale, chaude, pleine d'amour et de compassion. S'accroupissant auprès de sa fille, il la prit dans ses bras.

— Je n'y arrive pas non plus, avoua-t-il. Mais ensemble on s'en sortira, ma chérie.

Quand il eut essuyé ses joues ruisselantes de larmes, il lui demanda :

— Que dirais-tu si nous partions voyager, toi et moi ? Nous ferons de chaque jour une aventure. Je vivais comme ça autrefois. C'est ce qui m'a permis de rencontrer ta mère, dans le val de Sherwyn. Un jour, nous retournerons là-bas, ensemble. Et cette fois-ci, ce sera avec des moyens que je n'avais pas à l'époque.

Sheridan se souvint que sa mère parlait avec nostalgie du pittoresque village où elle était née, de la campagne environnante, des allées bordées d'arbres, des soirées dansantes que les villageois organisaient. Elle avait donné à sa fille le nom d'une rose qui fleurissait près du presbytère, une rose rouge qui égayait la clôture blanche du jardin.

Son père s'était mis à parler d'un retour au val de Sherwyn dès après la mort de sa femme. Pendant longtemps elle s'était demandé d'où lui venait cette envie de s'installer dans ce village où le personnage le plus important était un châtelain pétri d'orgueil, désagréable au possible, une sorte de monstre qui empoisonnerait la vie de son père s'il faisait construire sa maison à côté de son manoir, comme il en avait l'intention.

Elle savait que Patrick Bromleigh avait fait la connaissance de Lord Faraday le jour où il lui avait amené le cheval irlandais qu'il avait acheté pour sa fille et que, n'ayant plus de proches parents en Irlande, son père était resté chez Faraday pour s'occuper du cheval. Mais ce ne fut qu'à l'âge de onze ans que Sheridan découvrit que l'exécrable Lord Faraday était en fait le père de sa mère !

Combien de fois s'était-elle demandé pour quelle raison son père avait emmené sa femme loin de son village bien-aimé. Accompagnés de l'aînée des Faraday, ils avaient traversé l'Atlantique avec, pour tout bien, une petite somme d'argent et un cheval, nommé *Finish Line*. La sœur s'était installée à Richmond et n'en avait plus bougé. Quant au cheval, ils avaient dû le vendre peu de temps après leur arrivée en Amérique.

Les rares fois où elle entendit ses parents parler de cette aventure, elle remarqua qu'ils donnaient toujours l'impression d'être partis à la hâte. Malheureusement, son père refusait avec obstination de satisfaire sa curiosité, et elle se mit à attendre le jour où il ferait bâtir sa maison au val de Sherwyn, comme il en avait l'intention, pour enfin connaître la vérité.

Patrick Bromleigh comptait sur le jeu pour réaliser son rêve. Mais ni les cartes ni les dés ne répondaient à son attente. Refusant de se décourager, il répétait volontiers à sa fille : « Il suffirait d'un coup de chance.

Juste une fois. Je sais ce que c'est, ma chérie. J'ai déjà été en veine et je sens que ça va revenir. Ne t'inquiète pas ».

Sheridan le croyait. Il ne lui mentait jamais. Ce fut donc avec cet espoir au cœur qu'ils prirent la route ensemble et passèrent le temps à discuter, tantôt de sujets terre à terre, comme la vie des fourmis, tantôt de sujets élevés, comme la création de l'univers. Leur vagabondage paraissait étrange à certains. Avant de partir, Sheridan avait éprouvé ce même sentiment. Elle avait également ressenti une réelle appréhension malgré l'enthousiasme de son père. Mais elle s'était rapidement habituée à cette nouvelle vie, à ces horizons insoupçonnés qui lui faisaient découvrir un monde différent de leur petit coin de prairie. Oui, il y avait autre chose au-delà des limites de son univers familier. Et puis il y avait les rencontres avec d'autres voyageurs qui évoquaient des endroits aussi exotiques que le Mississippi, l'Ohio ou même Mexico...

Grâce à eux, elle entendit parler de pays lointains, et de coutumes étranges. Et comme elle se montrait, à l'instar de son père, amicale, courtoise et attentionnée avec ces inconnus, plus d'un prit plaisir à faire un bout de chemin avec eux. Il y eut par exemple Ezekiel et Mary, un couple de Noirs à la peau douce et luisante comme de l'anthracite, aux cheveux moussus, au sourire hésitant quand ils firent allusion à un pays qu'ils appelaient l'Afrique et où ils avaient eu un nom différent. Ils lui apprirent une étrange mélopée qui n'était pas tout à fait une chanson, mais elle en aima le rythme et les sons sans même savoir pourquoi.

Ils restèrent plusieurs semaines avec eux, puis chacun continua son chemin. Plus tard, par une grise journée d'hiver, Sheridan et son père virent apparaître au bord de la route un vieil Indien monté sur un superbe appaloosa, aussi jeune et vigoureux que son cavalier était âgé et fatigué. Patrick Bromleigh dut toutefois insister longuement avant que l'homme acceptât d'attacher son cheval à leur chariot et de grimper sous la bâche. Quand Sheridan lui demanda son nom, il lui répondit qu'il s'appelait Ours qui rêve. Ce soir-là, autour du feu de camp, lorsqu'elle l'interrogea sur les chants de son peuple, il lui fit une démonstration de sons gutturaux qu'il scanda en tapant sur ses genoux. Sheridan trouva cela étrange et si peu mélodieux qu'elle retint difficilement un sourire qui aurait pu le blesser. Mais il devina ce qu'elle ressentait et aussitôt s'interrompit, les yeux plissés.

— Maintenant, dit-il, de sa voix brusque et autoritaire, c'est vous qui chantez.

Désormais habituée autant à chanter qu'à parler avec des étrangers autour d'un feu, Sheridan entonna une chanson irlandaise que son père lui avait apprise et qui racontait l'histoire d'un jeune homme qui avait perdu son amour. Quand elle aborda le passage où il se mettait à pleurer, Ours qui rêve fit entendre une sorte de ricanement qui la figea à son tour.

— Pleurer, c'est pour les femmes, expliqua l'Indien sur un ton supérieur.

Désarçonnée, elle rétorqua :

— Oh, vraiment ? Eh bien j'imagine que les Irlandais ne vous ressemblent pas. La chanson dit qu'ils pleurent. Mon père qui est irlandais ne me l'aurait pas apprise si elle racontait n'importe quoi. (Elle se tourna vers son père.) Il est bien vrai que les hommes de ton pays pleurent, n'est-ce pas, papa ?

Il lui lança un regard amusé tout en jetant le fond de sa tasse de café dans les flammes.

— Si je te l'affirmais, ma chérie, M. Ours qui rêve repartirait en croyant que l'Irlande est un pays triste où les hommes se noient dans leurs chagrins d'amour. Crois-tu que ce serait une bonne chose ? Mais si je te dis qu'ils ne pleurent pas, tu vas penser que je t'ai menti et ce ne sera pas bien non plus. Alors, et si je disais que tu as confondu les Irlandais avec les Italiens…

Il revenait au jeu du « et si… », un de leurs passe-temps favoris. Bien souvent, ils y avaient recours pour trouver une solution rapide à un problème immédiat ou prévisible. Sheridan excellait à ce jeu, et son père avouait qu'il devait se creuser la tête pour rester en compétition.

Le front plissé, elle réfléchit un instant puis annonça avec un petit rire joyeux :

— Tu devrais plutôt dire que tu as quelque chose d'urgent à faire. Comme ça, ça t'éviterait de t'empêtrer dans ta réponse.

Son père reconnut en riant qu'elle avait raison, puis il souhaita une bonne nuit à Ours qui rêve et se retira.

Leur échange ludique avait apparemment laissé l'Indien de marbre. Mais Sheridan surprit le regard aigu qu'il lui lança à travers les flammes, avant de se lever et de disparaître dans les bois pour la nuit.

Le lendemain matin, Ours qui rêve lui proposa de monter son cheval, un honneur qu'elle pensa devoir à l'envie de l'Indien de se reposer sur le chariot sans perdre la face. N'ayant jamais eu d'autre monture que le vieux cheval ensellé qui tirait le chariot, Sheridan regarda le bel appaloosa avec autant d'envie que d'inquiétude. Elle allait refuser quand elle lut le défi sur le visage parcheminé du vieil Indien. Feignant le regret, elle lui fit observer qu'il manquait une selle. Ours qui rêve la toisa en lui faisant savoir que les Indiennes, elles, montaient à cru et en amazone.

Convaincue qu'il devinait sa peur, elle préférait risquer sa vie plutôt que susciter une mauvaise opinion d'elle-même qui rejaillirait immanquablement sur tous les enfants d'Irlande… L'air décidé, elle s'avança vers Ours qui rêve et lui prit la bride des mains. Comme il ne lui offrait pas de l'aider, elle tira le cheval vers le chariot, monta dessus et manœuvra l'animal pour qu'il lui présentât son flanc.

L'entreprise fut laborieuse, et dès qu'elle eut réussi à chevaucher l'appaloosa, elle regretta sa décision. Que cette bête était haute sur pattes ! Que le sol était loin et... dur ! Ce jour-là, elle tomba à cinq reprises en ayant à chaque fois l'impression que l'Indien et son cheval buté se moquaient d'elle. À la sixième tentative, furieuse, elle tira sur la bride, attrapa la bête par l'oreille et le traita de diable en utilisant un mot germanique que lui avait appris un couple d'Allemands en route pour la Pennsylvanie. Puis, se hissant sur le dos du cheval, elle empoigna la bride avec une autorité rageuse. Au bout de quelques minutes, elle se rendit compte que sa monture indienne répondait plus facilement à la fermeté qu'à la timidité. L'appaloosa avait cessé de s'agiter pour trotter aimablement.

Ce soir-là, près du feu de camp, tandis que son père préparait le dîner et qu'elle tentait vainement d'échapper à ses douleurs en changeant constamment de position, elle rencontra le regard d'Ours qui rêve. Oh, elle s'en était bien gardée depuis qu'elle avait attaché son cheval au chariot ! Mais elle s'étonna quand, au lieu de la gratifier de quelque comparaison peu flatteuse avec les cavalières indiennes, il lui demanda :

— Que signifie votre nom ?

Perplexe, elle répéta au bout d'un instant :

— Que signifie mon nom ?

Il hocha la tête, et elle lui expliqua alors qu'elle portait le nom d'une fleur qui poussait en Angleterre, un pays au-delà de l'océan où sa mère était née.

— Eh bien, d'après vous, quel genre de nom devrais-je porter ? demanda-t-elle en voyant l'air désapprobateur de l'Indien.

Ours qui rêve attarda son regard sur son visage taché de son et sa crinière rousse.

— Vous, vous n'êtes pas une fleur. Vous êtes le feu. La flamme. La flamme vive. Rouge.

— Ah, je vois ! fit-elle en riant. Vous voulez dire que mes cheveux ont la couleur du feu.

Elle lui avait déjà tout pardonné : son air hautain, son ton autoritaire et le défi qu'il lui avait lancé pour l'obliger à monter son cheval si mal éduqué ! Elle était incapable de nourrir un ressentiment plus d'une heure.

— C'est aussi à cause de mes cheveux que mon père m'appelle « carotte ». La carotte est un légume, quelque chose comme le maïs, mais rouge.

— Les Blancs ne savent pas donner des noms aussi bien que les Indiens.

Se refusant à le blesser en lui faisant remarquer qu'un légume vaut bien un ours, elle se contenta de lui demander :

— Quel nom m'aurait donné un Indien ?

— Cheveux de feu. Parce que vous êtes une fille. Autrement : Sage pour son âge.

— Pardon ?

— Vous êtes déjà sage, expliqua-t-il. Jeune mais sage. Comme une personne plus âgée.

Elle estima soudain que cet Indien lui plaisait beaucoup et s'exclama :

— Oh, j'aimerais bien qu'on m'appelle comme ça !

Et, jetant à son père un regard heureux, elle répéta :

— Sage pour son âge.

Mais Ours qui rêve apporta la contradiction avec son air de mâle supériorité.

— Non, les filles ne sont pas sages. Je vous appellerai Cheveux de feu.

Tant pis ! Elle continuerait quand même à trouver Ours qui rêve charmant. Et elle s'abstint de répondre que son père l'estimait pour sa part plus réfléchie et avisée que la plupart des filles de son âge.

— Cheveux de feu me convient, affirma-t-elle.

Pour la première fois, elle vit apparaître un sourire sur le visage du vieil Indien. Ce sourire lui fit comprendre qu'il n'était pas dupe.

— Sage pour son âge, dit-il.

Il sourit de plus belle en regardant son père.

Patrick Bromleigh hocha la tête. Sheridan se dit que la vie était décidément passionnante et que, sous diverses apparences, les gens se ressemblaient. Tout le monde aimait rire, parler, rêver, croire à son courage infaillible, à son bonheur constant, et considérer ses chagrins comme de mauvais moments sans lendemain. Ce qui, généralement, se révélait exact.

# 5

Le lendemain, à l'heure du petit déjeuner, Patrick Bromleigh fit remarquer à Ours qui rêve qu'il portait une très belle ceinture. Tressée et ornée de minuscules perles multicolores, elle était en fait l'œuvre de son propriétaire. En l'espace de quelques minutes, les deux hommes conclurent un marché : l'Indien confectionnerait des ceintures et l'Irlandais les vendrait le long de la route.

Avec la permission de leur « associé », Sheridan nomma l'appaloosa « Court plus vite que le vent » et commença un entraînement qui devait lui permettre de réaliser des prouesses. Pendant que son père et Ours qui rêve se déplaçaient en chariot, elle galopait en tête, s'éloignait puis revenait vers eux, couchée sur le col du cheval, la chevelure au vent, le rire éclatant sous le bleu du ciel. Le jour où elle dompta ses dernières appréhensions, elle demanda à Ours qui rêve si elle commençait à ressembler à un cavalier indien. Il la regarda comme si elle envisageait l'impossible, puis il lança le trognon de la pomme qu'il venait de manger sur l'herbe en lui demandant :

— Sage pour son âge peut ramasser ça tout en galopant ?

— Évidemment que non !

— Les garçons indiens peuvent.

Au cours des trois années qui suivirent, Sheridan apprit à réaliser cette prouesse, entre autres acrobaties équestres dont certaines n'étaient pas sans inquiéter son père. Ours qui rêve ne cessait de l'encourager à se surpasser. À chaque fois, elle relevait le défi et entendait le vieil Indien marmonner une approbation qu'il voulait désinvolte. Grâce à son artisanat, leurs revenus augmentaient, tandis que ses dons de chasseur et de pêcheur leur permettaient de se nourrir confortablement. Ce singulier trio intriguait. Mais l'adolescente en pantalon de daim qui montait à cru et à califourchon – parfois même à l'envers –, accompagnée d'un Indien au visage parcheminé et d'un Irlandais courtois, flambeur mais sans excès, trouvait que c'étaient plutôt les gens des grandes villes qui menaient d'étranges vies dans ces cités populeuses et agitées. Elle s'accommodait fort bien du fait que son père prît tant de temps pour gagner l'argent de la maison du val de Sherwyn.

Elle parla de ce projet à Raphael Benavente, un jeune et bel Espagnol aux yeux bleus, quelques jours après qu'il se fut joint à leur petit groupe sur la route de Savannah.

— *Querida mia*, lui répondit-il en riant, il vaut mieux que vous ne soyez pas pressés. Votre papa est un très mauvais joueur. J'étais assis à la même table que lui, hier soir, chez Mme Gertrude, et j'ai observé qu'on trichait beaucoup au jeu.

Aussitôt elle protesta en se levant d'un bond.

— Papa n'est pas un tricheur !

Il la rassura tout en l'attrapant par le poignet pour la retenir.

— Ça, je le sais. C'était les autres qui trichaient au nez et à la barbe de votre père.

Les yeux fixés sur le revolver qu'il portait sur la hanche, Sheridan s'écria :

— Vous auriez dû les tuer ! Tout simplement ! On ne doit pas lui voler l'argent que nous gagnons si difficilement.

— Voilà quelque chose que je ne risquais pas de faire, *querida*. Parce que, voyez-vous, j'étais l'un de ces tricheurs.

Sheridan, d'un geste brusque, retira son poignet.

— Vous, vous avez triché aux dépens de mon père ?

— Mais non, mais non ! protesta-t-il en s'efforçant de ne pas éclater de rire. Je ne triche que si j'y suis contraint. Par exemple, quand d'autres le font pour m'escroquer.

Elle apprit plus tard que Raphael excellait au jeu et entretenait divers « vices » qui, de son propre aveu, lui avaient valu d'être banni de l'hacienda familiale à Mexico.

Jamais Sheridan n'aurait imaginé que l'on pût mettre son propre enfant à la porte. Elle fut également effarée en pensant que Raphael était capable de commettre des méfaits, sans pour autant savoir lesquels. Quand elle aborda prudemment le sujet avec son père, celui-ci, passant un bras autour de ses épaules, lui expliqua que Raphael lui avait confié la véritable raison de son exclusion. Elle n'était due qu'à son attachement pour une femme mariée. Rien de plus.

Elle fut rassurée et cessa de se poser des questions. Son père n'avait d'ailleurs pas l'habitude d'accepter n'importe qui comme compagnon de voyage. Et il suffisait de regarder Raphael pour se dire qu'il était – après son père – le plus charmant et le plus séduisant des hommes. À douze ans, elle en avait décidé ainsi et rien ne l'empêcherait plus de porter Raphael au pinacle.

Il lui racontait de merveilleuses histoires, la taquinait à propos de ses manières de garçon manqué et lui affirmait qu'elle serait un jour une très belle jeune fille. Il admirait ses yeux gris comme une nuée d'orage, qui allaient si bien avec sa chevelure de feu. Un cadeau divin, disait-il. Avec lui, elle avait envie de croire à sa future beauté. Mais, en attendant, elle se contentait de savourer sa compagnie et d'être traitée comme une enfant.

Contrairement à leurs autres compagnons de voyage, Raphael avait beaucoup d'argent et aucune destination précise en tête. Il jouait plus souvent que son père et dépensait ses gains selon ses humeurs. Un jour, aux abords de Savannah, en Géorgie, il disparut pendant quatre jours et quatre nuits. Quand enfin il reparut, il empestait le parfum et le whisky. Elle se souvint alors de quelques bribes de conversation surprises l'année précédente. Les femmes d'une petite caravane de couples mariés se dirigeant vers le Missouri avaient parlé des hommes qui allaient voir les prostituées, femmes peu respectables, qui possédaient le pouvoir « d'entraîner les hommes hors du droit chemin ». Bien qu'elle ignorât encore ce que cela impliquait, elle sentit que Raphael avait dû être victime de l'une de ces créatures.

Il surgit, alors qu'elle était agenouillée, priant Dieu qu'il ne lui arrive rien. En un clin d'œil, elle passa de l'angoisse à la jalousie indignée et se montra distante pendant toute la journée. La voyant indifférente à ses cajoleries, Raphael haussa les épaules et la laissa dans son coin. Mais, le lendemain soir, il vint s'asseoir près de leur feu de camp avec un sourire malicieux, et une guitare à la main.

Elle avait entendu jouer d'autres guitaristes, mais jamais comme Raphael. Sous ses doigts agiles, les cordes vibraient à un rythme saccadé et étrange qui accéléra les battements de son cœur, tandis que ses orteils battaient la mesure sous le cuir de ses bottes. Puis la guitare changea de rythme, devint extraordinairement nostalgique, sembla pleurer sous les doigts de Raphael. Le troisième morceau fut au contraire léger et gai. Raphael la regarda à travers les flammes et lui fit un clin d'œil comme pour lui dire que la chanson qu'il allait chanter était pour elle. C'était l'histoire d'un homme qui négligeait ses trésors, dont la femme qui l'aimait, et qui finissait par tout perdre. Bouleversée, Sheridan n'eut cependant pas le temps de se ressaisir. Déjà, il entamait une autre mélodie, tout en charme et en douceur. Une mélodie dont elle connaissait les paroles.

— Chante avec moi, *querida*, lui dit-il d'une voix tendre.

Chanter était l'un des passe-temps favoris des nomades. Sheridan y était habituée et, pourtant, ce soir-là, elle se sentait timide et mal à l'aise. Elle dut fermer les yeux et s'efforcer de ne penser qu'à la musique, à la nuit et au ciel étoilé. Et, dans une harmonie parfaite, la voix de baryton de Raphael se mêla à celle de Sheridan, pure comme le cristal.

Par la suite, ils chantèrent souvent ainsi en duo, attirant autour d'eux des foules admiratives. Parfois, lorsqu'ils se trouvaient dans un village ou une ville, les gens les remerciaient en leur donnant de la nourriture ou même de l'argent. Au cours des mois qui suivirent, Raphael apprit à Sheridan à jouer de la guitare, à parler espagnol et italien. En musique, elle ne parvint pas à atteindre son niveau mais, en revanche, elle se mit à parler espagnol pratiquement aussi bien que lui et égala sa maîtrise imparfaite de l'italien. À la demande de Sheridan, Raphael surveillait les partenaires de jeu de son père, qui vit ainsi augmenter considérablement ses gains. Enthousiasmé par ce père et sa fille si proches l'un de l'autre, cette atmosphère familiale qui allégeait le poids de son exil, Raphael se mit à proposer à Patrick Bromleigh toutes sortes d'entreprises que Sheridan jugeait aussi aléatoires qu'exaltantes, mais que son père prenait toujours en considération.

Il n'y avait qu'Ours qui rêve pour afficher une morosité dont Raphael était incontestablement la cause. Le vieil Indien le considérait comme un intrus et ne lui consentait jamais que des grognements éloquents lorsqu'il se devait de répondre à une question directe et précise. À l'égard de Sheridan, il se montrait distant. Lorsqu'elle demanda à son père l'explication de cette attitude navrante, Patrick lui répondit qu'Ours qui rêve lui reprochait sans doute de le négliger depuis l'arrivée de Raphael. Elle s'efforça alors de lui demander son avis régulièrement et de rester plus souvent près de lui dans le chariot.

L'atmosphère redevint cordiale. Une parfaite harmonie s'instaura, qui semblait ne jamais devoir finir... jusqu'au jour ou Patrick décida de rendre visite à la tante Cornelia, installée à Richmond, en Virginie.

# 6

À l'idée de rendre visite à la seule parente qui lui restât, à l'exception de son père, Sheridan s'était réjouie. Mais à peine eût-elle franchi le seuil de la petite maison sombre et encombrée d'objets qu'elle se sentit aussi mal à l'aise qu'un éléphant dans un magasin de porcelaines. Redoutant de casser un bibelot ou de salir les napperons qui étalaient leur dentelle sur le dessus des meubles, elle prenait mille précautions. Cela, toutefois, n'empêchait pas sa tante de lui manifester une évidente hostilité. Deux jours après leur arrivée, surprenant une conversation entre Cornelia et son père, elle en comprit la raison.

Sagement assise sur le bord d'un tabouret, elle regardait dans la rue animée de la ville lorsqu'elle entendit un bruit de voix provenant de la pièce voisine. Parmi les mots à demi étouffés, elle surprit son nom et, poussée par la curiosité, alla coller son oreille à la porte.

Cornelia, qui donnait des leçons de maintien dans une institution pour jeunes filles de bonne famille, reprochait à Patrick Bromleigh la façon dont il avait élevé sa fille.

— Vous mériteriez d'être fouetté ! Cette enfant ne sait ni lire ni écrire, et quand je lui ai demandé si elle connaissait ses prières, elle m'a répondu qu'elle n'aimait guère se mettre à genoux. Puis elle a ajouté – je cite – que

« le Seigneur ne devait pas plus apprécier les évangélistes et leurs sermons véhéments que les prostituées qui détournent les hommes du droit chemin ».

— Allons, Cornelia... fit Patrick d'une voix qui trahissait son envie de rire.

Aussitôt Cornelia Faraday rétorqua avec rage :

— N'essayez pas d'user de votre prétendu charme, espèce de vaurien ! S'il vous a servi à enjôler ma sœur, avec moi ça ne marche pas. Dire que vous avez réussi à l'entraîner jusqu'ici et que je l'ai suivie... Mais, cette fois-ci, je ne vais pas accepter ce que vous avez fait de sa fille. Cette petite qui est presque en âge de se marier n'a rien d'une femme ! Je me demande même si elle sait à quel sexe elle appartient. Elle n'a jamais porté que des pantalons et des bottes, elle a la peau cuite par le soleil comme celle d'une sauvage, elle jure comme un charretier, ses manières sont déplorables, elle est constamment échevelée. Vraiment, on serait bien en peine pour lui trouver la moindre féminité. Savez-vous qu'elle a eu le culot de m'annoncer qu'elle n'avait pas l'intention de se marier pour l'instant, mais qu'en revanche, elle aimait beaucoup un certain Raphael Benavente qu'elle demanderait l'un de ces jours en mariage. Donc, cette demoiselle – si tant est que l'on puisse l'appeler ainsi – prétend inverser les rôles. Et, si j'ai bien compris, l'homme de son choix est un vagabond espagnol qui, m'a-t-elle confié avec la plus grande fierté, sait tout ce qui est important de savoir dans la vie. En particulier l'art de tricher au jeu... Franchement, je me demande comment vous pourriez justifier autant d'absurdités !

Cornelia avait encore haussé le ton. Dans la pièce voisine, Sheridan attendit une réponse cinglante de son père, une réponse qui remettrait à sa place cette femme haineuse qui avait eu la malhonnêteté de l'encourager à lui faire des confidences dont elle se servait maintenant contre elle.

— Sheridan n'a pas l'habitude de jurer, lança Patrick, manifestement pris de court, mais dont la voix annonçait l'orage.

Quand d'autres se seraient laissés intimider, Cornelia, au contraire, repartit à l'attaque :

— Oh, mais que si ! Pas plus tard que ce matin, elle s'est cogné le coude et a juré, en deux langues, figurez-vous !

— Vraiment ? Et comment avez-vous pu comprendre ce qu'elle disait ?

— Je connais assez de latin pour reconnaître un blasphème dans un *Dios mio !*

— Ça veut simplement dire « Mon Dieu ! », fit observer Patrick, soudain embarrassé, avant d'ajouter sans grande conviction : Sheridan essayait sans doute de s'exercer à la prière pour vous satisfaire.

Cessant de coller son oreille à la porte, Sheridan regarda par le trou de la serrure. Rouge de colère ou de gêne, son père serrait les poings, alors que Cornelia, plantée devant lui, semblait aussi froide et impavide qu'un menhir.

Mais le mépris qu'elle portait en elle s'exprima de nouveau.

— Votre réflexion montre à quel point vous connaissez mal les prières, et votre propre fille... Je frémis d'horreur en pensant aux individus que vous avez tolérés auprès d'elle. Comme ce Raphael qui triche au jeu, doit boire et jurer et ne l'a vue qu'habillée de façon indécente. Dieu seul sait ce qu'elle a dû susciter comme pensées chez cet homme et les autres, avec sa crinière rouge de gueuse. Et je n'ose même pas parler de cet Indien, de ce sauvage parmi les sauvages qui...

Sheridan vit la mâchoire de son père se crisper. Ah, si seulement il entreprenait de donner à cette mégère la correction qu'elle méritait... Mais au lieu de lui envoyer son poing dans la figure, il se contenta de lui rendre son mépris.

— Vous êtes devenue une vieille fille écœurante de stupidité, Cornelia. Vous soupçonnez tous les hommes de bestialité quand, en fait, vous leur en voulez de ne s'être jamais intéressés à vous. Par ailleurs, si Sheridan a presque quatorze ans, elle n'en reste pas moins aussi plate, aussi inapte à susciter des pensées de luxure que vous l'êtes vous-même ! J'en viens même à redouter qu'elle ne vous ressemble définitivement. Et s'il n'y a pas eu assez d'alcool sur cette terre pour donner à un homme l'envie de vous tenir dans ses bras, la pauvre ne me semble courir aucun risque...

Sheridan plaqua sa main sur sa bouche afin d'étouffer un cri de joie. Dans les paroles de son père, elle n'avait vu qu'une cinglante insulte à l'adresse de la « vieille fille, écœurante de stupidité ». Mais sa tante, au lieu de vaciller, relevait la tête, regardait son père droit dans les yeux et rétorquait avec un dédain glacial :

— Il me semble qu'à une certaine époque vous n'auriez pas eu besoin d'alcool, Patrick Bromleigh !

Que voulait-elle dire ? Sheridan n'en avait pas la moindre idée. Mais son père changea d'attitude, passa d'un étonnement semblable au sien à une expression de colère, puis à un calme étrange.

— Bien joué, Cornelia, dit-il sans agacement. Je reconnais là l'arrogance des Faraday. J'avais presque oublié qui vous étiez. Mais en fait, vous n'avez jamais cessé d'être l'aînée du châtelain méprisant qui régnait sur son village, n'est-ce pas ?

Jetant un regard circulaire sur la pièce sombre et de pauvre apparence, Patrick secoua la tête et sourit tristement.

— Vous vivez dans une maison qui n'est pas plus grande qu'un placard à balais dans le manoir de votre père, vous survivez en apprenant les bonnes manières aux enfants des autres, mais vous êtes restée la fille de Faraday, plus fière et hautaine que jamais.

Inflexible mais plus pondérée dans ses propos, Cornelia répondit :

— Vous vous souvenez sans doute également que la mère de Sheridan était mon unique sœur. Et je peux vous certifier, Patrick Bromleigh, que si elle était encore en vie elle serait horrifiée de voir que vous avez fait de sa fille un être... grotesque. Ou plutôt, ajouta Cornelia avec une assurance absolue, elle aurait honte. Honte de son enfant.

Derrière la porte, Sheridan se figea. Comment sa mère qui l'aimait tant aurait-elle pu avoir honte d'elle ? Elle la revit mettant la table avec un petit tablier impeccable, les cheveux retenus en un chignon serré sur la nuque... La coiffant à longs coups de brosse jusqu'à faire crépiter sa chevelure. Penchée sous la lampe tandis qu'elle confectionnait pour elle une « robe particulièrement jolie » avec des bouts de tissu et de dentelle que quelqu'un lui avait vendus.

Sans cesser de penser au tablier amidonné de sa mère et à ses cheveux sagement disciplinés, Sheridan écarta les bras et se regarda. Les bottes qu'elle portait parce qu'elle n'aimait pas les lacets étaient éraflées et poussiéreuses. Son pantalon de daim était taché et usé par-derrière. Quant à sa ceinture tressée – œuvre d'Ours qui rêve – elle servait à la fois à retenir son pantalon et à fermer sa veste...

S'approchant du miroir de la coiffeuse, qui sembla soudain lui faire signe, elle scruta son image, puis secoua la tête comme pour en chasser la vision de sa crinière rousse, sa crinière de « gueuse » aux longs cheveux emmêlés. Comment s'y prendre pour la discipliner ? Elle tenta d'y plonger ses doigts sans succès. Puis elle chercha à l'aplatir en plaquant ses mains sur les mèches luxuriantes. Mais dès qu'elle les retira, la crinière se regonfla. Oh, certes non, son image ne pouvait se confondre avec celle de sa mère ! Elle ne ressemblait d'ailleurs à aucune des femmes qu'elle avait rencontrées. C'était un fait incontournable dont elle avait toujours été consciente, mais sans s'en préoccuper jusqu'alors.

Sa tante la trouvait grotesque, et cela pouvait expliquer certains regards étranges, en particulier les regards des hommes. Mais se moquaient-ils simplement d'elle ? Peut-être avaient-ils remarqué ce qui échappait à son père ? Elle n'était plus si plate que ça depuis quelque temps et devait même fermer sa veste d'une certaine manière, afin de dissimuler la rondeur embarrassante que prenait peu à peu sa poitrine.

Elle avait l'air d'une « gueuse », avait dit sa tante. Le front plissé, elle tenta de se souvenir des circonstances dans lesquelles elle avait entendu prononcer ce mot. N'était-ce pas une autre façon de parler d'une... prostituée ?

Elle eut mal. La gorge serrée, elle admit que sa tante devait avoir raison : sa mère aurait eu honte d'elle si elle avait pu la voir. Atterrée, elle faillit se désintéresser de la conversation qui se poursuivait dans la pièce voisine et il lui fallut quelques instants pour se rendre compte que Cornelia demandait à son père de lui laisser sa fille. « Sheridan a besoin d'une maison et d'une éducation décente, affirmait-elle d'une voix forte. Elle doit rester ici. » Patrick émit une protestation qui manquait de vigueur et finalement s'inclina. Au même instant, Sheridan ouvrit la porte d'un geste impulsif.

— Non, papa ! Non. Ne me laisse pas ici. Je t'en prie, ne fais pas ça !

Elle profita du visible désarroi de son père pour se jeter dans ses bras en s'écriant :

— Je mettrai une jupe et des bottines. Je me ferai un chignon. Je me transformerai. Mais ne m'abandonne pas ici.

— Je t'en prie, ma chérie...

Son père ne sut dire autre chose. Elle sentit que la bataille était perdue mais elle voulut insister.

— Je veux rester avec toi, avec Raphael, avec Ours qui rêve. Quoi qu'elle dise, je ne peux pas vivre sans vous.

Le lendemain matin, Sheridan reformula ses supplications sans plus de succès.

— Je ne tarderai pas à revenir, lui répondit fermement son père. Raphael a quelques bonnes idées qui vont nous permettre de gagner beaucoup d'argent. Dans un an, deux au maximum, nous nous retrouverons. Tu seras devenue une vraie jeune fille. Nous irons au val de Sherwyn faire construire la belle maison que je t'ai promise, ma chérie. Fais-moi confiance.

— Je ne veux pas de cette maison, s'écria Sheridan.

Elle regarda Raphael, triste mais plus séduisant que jamais, puis Ours qui rêve dont l'expression resta indéchiffrable. Tous deux étaient venus se joindre à Patrick pour lui dire au revoir.

— Je veux seulement rester avec vous trois, insista-t-elle en se tournant vers son père.

— Écoute, ma chérie. Nous reviendrons avant même que tu aies eu le temps de te rendre compte de notre absence.

Opposant aux sanglots de sa fille la chaleur de ce sourire irlandais que les femmes trouvaient irrésistible, Patrick ajouta :

— Pense à la surprise de Raphael quand il verra devant lui une ravissante jeune fille vêtue d'une jupe et qui sera devenue aussi distinguée que sa chère tante.

Avant qu'elle pût protester, il s'écarta d'elle, mit son chapeau et regarda Cornelia.

— J'enverrai ce que je pourrai pour vous aider.

Cornelia inclina brièvement la tête comme elle l'eut fait en acceptant l'aumône d'un paysan. Mais Patrick ne se laissa pas impressionner. Il eut un sourire espiègle.

— Qui sait, Cornelia, nous vous prendrons peut-être avec nous lorsque nous retournerons en Angleterre. Ça vous plairait, n'est-ce pas, de faire la nique à votre père en tenant salon dans une maison plus spacieuse que la sienne ?

Devant le silence de Cornelia, Patrick haussa les épaules, puis il se tourna vers sa fille et la serra une dernière fois dans ses bras.

— Écris-moi, l'implora-t-elle.

— Je te le promets.

Dès qu'elle fut seule avec sa tante, Sheridan scruta le visage impassible de celle qui venait de briser sa vie. Les larmes aux yeux, d'une voix calme et claire, elle lui lança :

— Vous ne pouvez pas savoir à quel point je regrette d'être venue ici. Jamais je n'aurais dû vous rencontrer. Je vous hais !

Au lieu d'exercer son autorité en la giflant, sa tante la regarda droit dans les yeux.

— Je n'en doute pas, Sheridan. Et j'imagine que tu me haïras encore plus dans quelque temps. Mais sache que moi, je ne te hais pas. Que dirais-tu d'une tasse de thé avant d'entreprendre ton éducation ?

— Je hais aussi le thé !

Le menton relevé, elle rendit à sa tante son regard glacial avec un mimétisme étonnant dont elle n'avait pas conscience, mais qu'en revanche Cornelia remarqua.

— N'essaie pas de me faire perdre contenance avec ce genre de regard, ma petite. Je le connais trop bien pour y être sensible. J'en ai moi-même fait tout un art, ma chère, et je peux t'assurer qu'en Angleterre il t'aurait beaucoup servi. Mais nous sommes en Amérique, loin des salons des Faraday. Ici, nous devons nous contenter d'être des gens pauvres mais dignes, une catégorie inférieure, incontestablement. Toutefois, j'estime avoir de la chance de pouvoir travailler dans cette institution. Je remercie le Seigneur d'habiter cette maison sans rien demander à personne. Et je ne me retourne pas vers le passé. Une Faraday ne se lamente jamais. D'ailleurs, je n'ai aucun véritable regret. Je suis indépendante.

Je n'ai pas à craindre les éclats de voix du maître des lieux, car je suis mon seul maître. J'ai une vie ordonnée, tranquille et respectable, que je me suis bâtie moi-même.

Avec une lueur d'amusement dans le regard, Cornelia observa sa nièce figée dans son attitude hautaine.

— Ma petite, si tu veux être vraiment impressionnante, alors je te conseille de baisser un tantinet le menton. Tu paraîtras moins caricaturale, plus naturellement hautaine. Tu comprends ?

Avec moins de désespoir et d'amertume au cœur, Sheridan aurait volontiers éclaté de rire. Mais, au fil du temps, elle réapprit à rire tout en se pliant à l'étude du latin et des bonnes manières. Sans relâche, Cornelia lui enseigna tout ce qu'elle savait et, derrière le formalisme et la rigidité de sa tante, Sheridan découvrit l'affection et la préoccupation dont elle était l'objet. Dès qu'elle eut oublié son ressentiment, elle devint une excellente élève et s'aperçut que les livres donnaient de l'intérêt à une vie qui pâtissait de l'absence de randonnées sauvages, d'accords de guitare et de rires sous les étoiles. Échanger ne fût-ce qu'un bref regard avec un représentant du sexe opposé trahissait une conduite légère, et partant, interdite. Entamer une conversation avec un étranger frôlait le crime. Chanter, on le pouvait, mais seulement à l'église et jamais, au grand jamais, on ne chantait pour de l'argent ! Tout ce qu'elle avait trouvé exaltant avait été remisé au placard. Il importait maintenant d'apprendre à servir le thé en tenant la théière inclinée selon un angle bien défini, à ranger correctement les couverts après les repas, à accomplir toutes sortes de rites quotidiens. Mais, comme le soulignait sa tante : « L'apprentissage de ces règles de conduite, étant donné les circonstances, constitue ton plus sûr capital ».

Ce raisonnement acquit une évidence lumineuse lorsqu'à dix-sept ans Sheridan fut présentée à Mme Adley Raeburn, la directrice de l'institution où enseignait sa tante. Mme Raeburn, qui avait accepté l'invitation de Cornelia, posa tout d'abord un regard étonné sur le visage couvert de taches de son de la jeune fille et sur sa chevelure rousse, désormais sagement coiffée en un chignon retenu par un filet confectionné au crochet par Sheridan elle-même. Habituée à cette réaction typiquement citadine, la jeune fille ne baissa pas les yeux comme elle l'eût fait quelques années plus tôt. Elle s'appliqua d'autant plus à manifester une certaine sérénité qu'elle comptait sur cette présentation pour cesser enfin d'être à la charge de sa tante et pouvoir s'assurer des revenus personnels.

Depuis qu'elle habitait en ville, Sheridan avait découvert autour d'elle les ravages de la pauvreté et de la faim, spectacle que lui avait épargné la campagne. Désormais, il était vraisemblable qu'elle demeurerait une citadine jusqu'à la fin de ses jours. Son père avait cessé de lui écrire depuis plusieurs mois. Jugeant impossible qu'il ait pu l'oublier, elle redoutait sa disparition sans pouvoir se résoudre à y croire. Que s'était-il passé ? Pourquoi Raphael ne donnait-il pas non plus de ses nouvelles ? Mais pour l'heure elle devait s'efforcer de laisser en suspens ces interrogations et convaincre Mme Reaburn de lui donner un emploi.

— Votre tante m'a dit beaucoup de bien de vous, Miss Bromleigh, fit remarquer Mme Raeburn.

Sheridan, que la timidité eût autrefois poussée à exprimer son étonnement, tendit la main à la directrice de l'institution où elle espérait travailler en lui répondant courtoisement.

— Je peux dire la même chose en ce qui vous concerne, madame Raeburn.

Mais maintenant, dans sa cabine du *Morning Star*, Sheridan réalisait qu'elle ne reverrait probablement jamais l'institution de Mme Raeburn ni les autres professeurs qui étaient devenues ses amies, ni sa tante

Cornelia. Pas plus qu'elle ne retrouverait Raphael... et son père.

Les larmes aux yeux, elle se dit que le jour où son père reviendrait pour la chercher et lui expliquer les raisons de son silence, elle ne serait pas là. Sans doute ne saurait-elle jamais ce qui lui était arrivé.

Fermant les yeux, elle imagina Raphael, Ours qui rêve et son père dans le salon de tante Cornelia, anxieux de la revoir. Elle avait tout gâché en acceptant d'accompagner Charise en Angleterre. Et l'argent n'avait pas été son principal mobile. Oh, non ! Elle s'était laissé influencer par la lecture de ces romans qui avaient réveillé en elle un goût de l'aventure que rien n'avait jamais pu totalement étouffer.

Eh bien, elle avait de quoi être satisfaite ! Pour une aventure, c'en était une ! Au lieu d'être assise devant ses petites élèves captivées par la lecture d'un conte ou par ses conseils, elle se retrouvait piégée dans un port inconnu, sans défense et complètement dépourvue du courage et de l'à-propos qu'elle s'était targuée de posséder.

À l'instant d'être confrontée à cet aristocrate qui, selon Meg, pourrait se venger à sa guise, la peur la tenaillait et nulle faiblesse ne lui semblait plus méprisable. Après tant d'années d'optimisme et de santé robuste, elle n'éprouvait que lâcheté, affolement et vertige. Elle dut s'appuyer au dossier d'une chaise tandis que la cabine se mettait à tanguer devant ses yeux.

Puis elle s'efforça de faire face à l'adversité. Prenant une profonde inspiration, elle glissa une mèche folle dans son chignon, attrapa son manteau et adressa à Meg un sourire rassurant.

— Bien. Il est temps que j'aille au-devant de mon destin ! fit-elle en feignant la désinvolture. (Puis elle changea de ton, sachant que Meg ne pouvait être dupe.) Vous, restez ici. Si je ne reviens pas vous chercher immédiatement, attendez quelques heures, puis quittez discrètement ce bateau. Ou plutôt... Restez-y. Avec un peu de chance, personne ne vous découvrira avant qu'il n'ait déjà repris la mer. Si cet homme décidait de me faire arrêter, il serait stupide de vous exposer au même sort.

# 7

Après le calme relatif de la petite cabine, le bruit et l'agitation des quais firent à Sheridan l'effet d'une tornade. À la lueur de torches, les débardeurs déchargeaient malles et caisses, tandis que d'autres apportaient de quoi remplir de nouveau les soutes du *Morning Star*. Des treuils grinçaient en faisant descendre sur le quai des charges énormes. Pendant ce temps le regard de Sheridan balayait la foule, en quête d'un homme correspondant à l'idée qu'elle se faisait d'un aristocrate anglais. Pâle, maigre, raide comme un piquet, imbu de lui-même et l'air impitoyable, il devait porter une culotte de satin et être couvert de décorations et de breloques destinées à impressionner sa fiancée.

Lorsqu'elle repéra l'homme de haute taille, aux cheveux sombres, qui se frappait impatiemment la cuisse de ses gants de cuir, elle sut aussitôt que c'était lui. Pourtant il portait un pantalon noir, et non une culotte en satin, et le vent qui entrouvrait son manteau ne révélait ni breloque ni décoration. Néanmoins, de la tête aux pieds, il respirait le privilège et l'assurance qu'il engendre... Il la regarda s'approcher de lui, les sourcils froncés. La peur de Sheridan se transforma en panique. Si elle avait en secret, pendant deux jours, compté sur son habileté pour raisonner le fiancé trahi, elle comprit que cet homme devait être aussi malléable que le granit. Il se demandait de toute évidence où diable était passée sa promise.

En vérité, Stephen éprouvait tout autre chose que de la contrariété. Il s'était attendu à voir débarquer une jeune écervelée de dix-sept ou dix-huit ans, les boucles frétillantes, les joues roses, enveloppée dans des falbalas et de la dentelle. Or, dans la lueur embuée des torches, il découvrait une jeune femme très digne, au teint pâle, aux pommettes hautes, aux yeux clairs sous des sourcils couleur de feuilles d'automne, gracieusement étirés sur les tempes. Au lieu de falbalas et dentelle, elle était vêtue d'un manteau brun, confortable et strict. En lui tendant la main, il pensa que Burleton devait être ou fou ou aveugle pour la décrire comme une « ravissante petite personne ». Une telle femme n'entrait pas dans cette catégorie.

En dépit de sa dignité et de sa retenue, elle paraissait terriblement tendue et effrayée, comme si elle devinait qu'un malheur était arrivé. Stephen décida alors qu'il valait mieux, pour l'un comme pour l'autre, être direct, au risque de se montrer brutal.

Il se présenta rapidement puis annonça :

— Miss Lancaster, j'ai le regret de vous apprendre qu'un accident est arrivé. (Puis, déchiré par la culpabilité, il ajouta d'une voix sèche :) Lord Burleton est mort hier soir.

Elle resta un instant ébahie puis s'étonna :

— Il est mort ? Il n'est pas ici ?

Alors que Stephen s'était attendu à un déluge de larmes ou à quelque évanouissement bien compréhensible, elle se contenta de retirer sa main et de lui dire machinalement :

— C'est une très triste nouvelle. Veuillez, je vous prie, présenter mes condoléances à sa famille.

Puis elle s'éloigna aussitôt, visiblement hébétée.

— Miss Lancaster...

La voix de Stephen fut au même instant couverte par un cri d'alarme, alors qu'un filet rempli de caisses échappait au contrôle du treuil qui le soulevait.

— Attention ! Écartez-vous !

Conscient du danger, Stephen se précipita afin d'éviter l'accident mais arriva trop tard. Le chargement avait heurté Sheridan à la tête. Déjà elle gisait sur le quai.

Il la souleva dans ses bras en appelant son cocher. Sa tête retomba en arrière comme si la nuque était brisée. Du sang coula de la plaie provoquée par le choc.

8

— Comment va notre malade, aujourd'hui ? demanda le docteur Whitticomb, que le maître d'hôtel de Stephen venait d'introduire dans le bureau du comte.

En dépit d'un ton léger, le médecin n'éprouvait pas plus d'optimisme que Stephen, qu'il trouva assis près de la cheminée, les coudes sur les genoux et la tête dans les mains.

— Il n'y a aucun changement, répondit Stephen en se frottant le visage d'une main lasse avant de lever les yeux. Elle reste inerte. Comme un cadavre. Les servantes lui parlent ainsi que vous l'avez conseillé. J'ai moi-même, il y a quelques minutes, cherché à lui faire dire quelque chose. Ne serait-ce qu'un mot. Mais elle n'a eu aucune réaction. Et cela fait déjà trois jours. (L'impatience perça dans sa voix lorsqu'il ajouta :) Ne pouvez-vous donc rien tenter ?

Le docteur Whitticomb détourna les yeux du visage hagard du comte et, plutôt que de lui suggérer de se détendre un peu, ce qui aurait été inutile, il fit remarquer :

— Elle est entre les mains de Dieu et non entre les miennes. Mais je vais tout de même aller la voir.

Il tournait déjà le dos lorsque Stephen lui lança :

— Ça va sûrement l'aider considérablement !

S'abstenant de relever ce propos d'une véhémence uniquement dictée par une profonde inquiétude, Hugh Whitticomb monta le grand escalier et, sur le palier, tourna à gauche.

Quand, un peu plus tard, il redescendit dans le bureau du comte, son expression avait changé.

— À l'évidence, dit-il sèchement, ma visite lui aura tout de même fait un peu de bien. Ou alors c'est qu'elle préfère ma voix à celle de vos servantes...

Stephen chercha brusquement le regard du médecin.

— Elle est consciente ?

— Elle s'est rendormie, mais elle a eu un sursaut. Elle m'a même dit quelques mots. Hier, je n'aurais osé parier qu'elle se rétablirait, mais elle est jeune et solide et je crois maintenant qu'elle peut s'en sortir.

Dès qu'il eut dit ce qu'il avait à dire au sujet de l'accidentée, le médecin regarda les marques que la fatigue et le souci imprimaient sur le visage de Stephen et aborda vaillamment son second sujet de préoccupation.

— En revanche, vous, vous commencez à avoir une mine déplorable. Nous nous connaissons suffisamment pour que je me permette de vous faire cette remarque. Et si je devais vous suggérer d'aller la voir après le dîner, avec moi – ce qui implique que vous m'invitiez à votre table, certes ! – je vous conseillerais en même temps de commencer par dormir un peu puis de vous raser...

— Je n'ai pas sommeil !

Stephen s'était levé et, éprouvant subitement un regain d'énergie, il s'avança vers un plateau d'argent sur lequel était posée une carafe de cristal, qu'il déboucha.

— Mais je suis d'accord pour me raser, dit-il.

Un léger sourire aux lèvres, il versa du cognac dans deux verres, en tendit un au médecin, leva le sien et porta un toast :

— À votre compétence qui lui permet de se rétablir.

— Parlons plutôt de miracle, rectifia le docteur Whitticomb.

— Eh bien, aux rétablissements miraculeux ! lança Stephen.

Il approcha son verre de ses lèvres, mais suspendit son geste en voyant le médecin secouer la tête.

— Attention. Je n'ai pas dit qu'elle se rétablissait, Stephen. J'ai dit qu'elle était consciente et qu'elle pouvait parler.

Stephen plissa les yeux. Son regard exigeait une explication précise.

Le médecin soupira.

— J'aurais préféré attendre que vous vous soyez reposé pour vous expliquer que même si elle s'en sort physiquement, et elle n'en est pas encore là, il restera un problème. Une complication. Peut-être temporaire. Mais qui pourrait aussi être définitive.

— Mais qu'est-ce que tout cela veut dire ?

— Elle est devenue amnésique, Stephen.

— Pardon ?

— Eh oui, elle ne se souvient de rien ! Tout son passé lui échappe. Elle ne sait ni qui elle est ni pour quelle raison elle est en Angleterre. Elle n'a même pas pu me dire son nom...

# 9

La main sur la poignée de la porte, le docteur Whitticomb se tourna vers Stephen avant de pénétrer dans la chambre de la malade.

Baissant la voix, il lui prodigua quelques ultimes conseils :

— Les conséquences des blessures crâniennes sont imprévisibles. Ne l'oubliez pas. Mais ne vous alarmez pas si elle ne se souvient pas de m'avoir parlé il y a quelques heures. Inversement, elle peut avoir retrouvé la mémoire. Hier, j'ai discuté avec un collègue, plus averti que moi en la matière. Nous pensons tous deux qu'il vaut mieux lui éviter le laudanum. Quelle que puisse être la violence de ses maux de tête. Le laudanum soulagerait la douleur mais la ferait dormir alors qu'il est impératif de soutenir sa vigilance et de l'encourager à parler.

Stephen fit un signe d'assentiment, mais Whitticomb poursuivit :

— Je l'ai vue aujourd'hui saisie d'anxiété et de frayeur en constatant qu'elle ne se souvenait de rien. Efforcez-vous par conséquent de la rassurer. Et que les serviteurs agissent de même. Je vous le répète : les blessures à la tête sont redoutables et ne permettent qu'un diagnostic réservé. Faisons le maximum pour la garder en vie.

Ayant terminé son exposé de la situation, le docteur Whitticomb ouvrit la porte.

Du fond de son cocon de brume, où elle allait et venait entre l'éveil et le sommeil, Sheridan sentit la présence de ses deux visiteurs.

— Miss Lancaster ?

La voix, toute proche de son oreille, vaguement familière, la pressait gentiment de répondre.

— Miss Lancaster ?

Elle ouvrit les yeux et, essayant de corriger une vision trouble, battit des cils.

— Miss Lancaster ?

Sa vision se normalisait. Elle distingua deux hommes, l'un d'un certain âge, les cheveux gris, portant une fine moustache et des lunettes cerclées de métal, l'autre, beaucoup plus jeune, séduisant et, contrairement au premier, anxieux et fatigué.

Le plus âgé lui souriait et continuait à lui parler :

— Vous souvenez-vous de moi, Miss Lancaster ?

Elle voulut hocher la tête mais une terrible douleur se réveilla aussitôt et les larmes lui brûlèrent les yeux.

— Miss Lancaster, vous souvenez-vous de moi ? Savez-vous qui je suis ?

S'appliquant à rester immobile, elle lui répondit :

— Un médecin...

Elle avait les lèvres desséchées et le fait d'articuler des mots lui était pénible. Toutefois, il n'amplifiait pas ses douleurs. Rassurée, elle cessa de refouler les questions qui la taraudaient au fond de son esprit.

— Où suis-je ?

— Vous êtes en sécurité.

Elle insista :

— Où ?

— En Angleterre. Vous venez d'Amérique.

Sans comprendre pourquoi, cette information créa une sensation de malaise.

— Pour quelle raison ?

Les deux hommes échangèrent un regard, puis le médecin se fit apaisant.

— Vous comprendrez plus tard. Pour l'instant, ne vous tourmentez pas inutilement.

Mais elle insista encore, d'une voix que l'effort rendait rauque.

— Très bien, mon enfant, fit le médecin en lui tapotant le bras. (Il marqua une brève hésitation, puis sourit comme pour lui annoncer une très heureuse nouvelle.) Vous êtes venue rejoindre votre fiancé.

Elle s'était donc engagée à épouser... Lequel des deux hommes ? Pas le médecin. L'autre, celui qui paraissait si inquiet à son sujet. Inquiet et exténué. Elle tourna son regard vers lui avec un pâle sourire qui se voulait rassurant. Mais, les sourcils froncés, il avait les yeux rivés sur le médecin qui, secouant la tête, semblait le mettre en garde. Que voulaient exprimer ces hommes ? Elle l'ignorait mais se soucia d'autre chose. Aussi incongru que cela pût paraître dans une telle situation, elle savait au moins une chose, à défaut de connaître sa propre identité : on doit toujours s'excuser quand on cause du tracas à quelqu'un. Cette règle de courtoisie, elle la sentait inscrite dans son esprit et pressée de se faire entendre.

Sheridan succomba à cet impératif et dès que son fiancé reposa son regard sur elle, la voix faible, mais très audible, elle lui murmura :

— Je suis désolée...

Il tressaillit comme si ces paroles l'avaient blessé. Puis elle entendit sa voix – profonde, assurée et incroyablement apaisante.

— Ne le soyez pas. Tout va s'arranger. Ce n'est qu'une question de temps et de repos.

Parler commençait à l'épuiser. Elle ferma les yeux et, bientôt, entendit les deux hommes s'éloigner du lit.

— Attendez...

Elle s'était arraché ce mot qu'une soudaine terreur devant la solitude lui avait inspiré. Il y avait toujours à proximité ce grand trou noir dans lequel elle redoutait sans cesse de tomber pour ne plus en sortir. Rouvrant les yeux, elle regarda ses deux visiteurs, puis uniquement son fiancé. Jeune, fort, plein d'énergie, il saurait tenir à distance, par la seule puissance de sa volonté, les démons qui susurraient mille questions dans sa tête blessée.

— Restez, murmura-t-elle, à bout de forces.

Elle le vit hésiter, se tourner vers le médecin. Alors elle humecta ses lèvres désséchées et, inspirant laborieusement, résuma en deux mots toutes les pensées et les émotions qui l'agitaient. Sans doute ne pouvaient-ils que faiblement traduire ce qu'elle ressentait. Mais elle n'en voyait pas d'autres.

— J'ai peur, dit-elle.

Lourdes comme du plomb, ses paupières se fermèrent malgré elle, la ravissant au monde des vivants. La panique la submergea, l'écrasa, l'obligea à lutter pour garder son souffle... Puis elle entendit le bruit d'une chaise que l'on approchait du lit.

— Vous n'avez rien à craindre, affirma son fiancé.

Elle avança sa main sur la couverture, telle une enfant qui cherche le contact physique, sécurisant d'un parent. Des doigts d'homme se refermèrent sur les siens.

— Je hais la peur, articula-t-elle.
— Je reste auprès de vous. Je vous le promets.

Sa main, sa voix, sa promesse : elle s'y agrippa et elles l'accompagnèrent dans son lourd sommeil privé de rêves.

Étreint par la peur et la culpabilité, Stephen la regarda dormir de plus en plus profondément. Pâle comme une morte, la tête couverte de bandages, elle était d'autant plus impressionnante qu'elle donnait la sensation d'être toute petite dans ce grand lit, noyée parmi les oreillers et les couvertures.

Il avait peine à croire qu'elle se fût excusée, alors qu'il se sentait entièrement responsable de ses malheurs depuis le début. Non seulement il avait tué son fiancé et ses rêves, mais il l'avait laissée s'aventurer sur le quai dans l'effervescence d'un déchargement en négligeant toute prudence. Il n'avait même pas su réagir à temps lorsqu'il l'avait vue menacée par le filet rempli de caisses ! Pire : elle n'avait pu éviter l'accident parce qu'il lui avait trop brutalement annoncé la mort de Burleton, la privant de la présence d'esprit dont elle aurait eu besoin pour se protéger. Si elle mourait, il porterait l'entière responsabilité de sa disparition et il savait qu'il ne le supporterait pas longtemps. Le fardeau moral que représentait la mort de Burleton pesait déjà sur ses jours et ses nuits.

La peur au ventre, il entendit sa respiration se modifier. Il retint son souffle jusqu'à ce que sa poitrine se soulevât et s'affaissât à un rythme régulier et normal. Soupirant de soulagement, il regarda la main qui reposait, confiante, dans la sienne. Les doigts étaient effilés, gracieux et doux, mais les ongles coupés court. Cette main aristocratique, appartenant à une jeune femme très convenable, trahissait également un penchant pour les tâches pratiques.

S'il n'avait été perclus d'angoisse et à demi mort de fatigue, il eût souri en se demandant ce que la jeune femme si convenable pensait de son propre visage, de ses lèvres pulpeuses et de ses longs cils joliment recourbés qui dessinaient deux croissants soyeux sur ses joues. Ses pommettes hautes révélaient une ossature délicatement sculptée, et sa peau laiteuse avait des reflets opalins, presque translucides. Contrastant avec cette féminité délicate, le menton trahissait une grande volonté. Non. Plutôt du courage. Ni la peur ni la douleur ne lui avaient fait verser des torrents de larmes, et elle avait dit qu'elle haïssait la peur. Elle préférait donc combattre cette émotion affaiblissante au lieu d'y succomber.

À l'évidence, elle avait du courage. Et suffisamment de bonté pour vouloir s'excuser de causer des soucis. La présence de ces deux qualités en une seule femme était toujours remarquable, estimait Stephen. Et elle l'était plus encore chez une si jeune personne.

Jeune et... vulnérable, se dit-il en sentant resurgir la panique alors que sa respiration redevenait irrégulière, saccadée, laborieuse. Serrant sa main dans la sienne, il la regarda lutter pour retrouver un souffle paisible. Oppressé, craignant qu'elle ne mourût, il l'implora :

— Non. Non, ne mourez pas. Ne partez pas. Restez. Restez avec moi.

# 10

Un soleil éclatant s'insinuait entre les épais doubles rideaux à l'autre bout de la pièce lorsque Sheridan rouvrit les yeux. Près du lit, son fiancé, assis sur une chaise, dormait profondément, le visage tourné vers elle, en lui tenant la main. Pendant la nuit, il avait retiré sa veste et sa cravate, ouvert son col et s'était endormi, la tête posée sur ses bras croisés, tout près d'elle.

Apaisée par un sommeil réparateur, elle étudia l'homme qu'elle devait épouser. Le teint hâlé, comme s'il avait passé de longues heures au soleil, il avait des cheveux épais, d'un brun profond, lissés avec art sur les côtés et qui effleuraient légèrement son col. Dans son sommeil, avec ses longs cils noirs qui cachaient ses cernes, il avait quelque chose d'un petit garçon. Le reste de son apparence, cependant, n'avait rien d'enfantin et suscitait en elle un mélange de fascination et de gêne. Une barbe naissante ombrait une mâchoire carrée qui exprimait l'inflexibilité jusque dans le sommeil. Les sourcils froncés disaient sa contrariété au cœur de ses rêves. Le fin tissu de sa chemise se tendait sur ses épaules puissantes et ses bras musclés. Sheridan vit en lui un homme déterminé et rigoureux, en dépit de l'abandon que provoquait la fatigue.

Déterminé, rigoureux et fort séduisant...

Doucement, afin de ne pas réveiller la douleur, elle détacha son regard de cet homme si attirant pour le laisser errer sur le décor qui l'entourait. Elle écarquilla les yeux devant la richesse des soies émeraude qui couvraient les murs, masquaient les fenêtres, ruisselaient du baldaquin pour être retenues avec grâce par des cordons dorés. Tout était vert et or, même l'immense cheminée en marbre dont les coins du manteau s'ornaient d'oiseaux dorés et dont les accessoires étaient en cuivre gravé. Deux sofas aux lignes incurvées, couverts de soie vert d'eau, étaient disposés, devant la cheminée, de part et d'autre d'une table basse et ovale.

L'attention de Sheridan se reporta sur son fiancé. Manifestement elle avait une chance folle, en dépit de son accident et de la douleur qui menaçait de la submerger au moindre mouvement incontrôlé. Cet homme ajoutait à sa séduction une évidente fortune ! Et, de plus, il devait être très amoureux d'elle. Sinon, jamais il n'aurait passé la nuit à son chevet dans une position aussi inconfortable.

Oh, il avait dû lui faire une cour enchanteresse ! Fermant les yeux, elle chercha un souvenir de lui, mais sa mémoire n'était qu'un grand trou noir. Mais quelle femme, mon Dieu, pouvait oublier les mots tendres d'un tel homme ! C'était impossible. Tout allait lui revenir d'une minute à l'autre, se disait-elle en repoussant la panique nauséeuse qui s'emparait d'elle. Un jour, il avait dû lui demander de l'épouser en des termes aussi flatteurs que bouleversants : « Me ferez-vous l'honneur de devenir ma femme, mademoiselle... » Mademoiselle comment ? Comment ?

Elle s'obligea à ne pas céder à l'affolement. Elle devait se concentrer sur autre chose. Sur les mots doux qu'il avait dû lui murmurer. Involontairement, elle respira plus vite et serra si fort la main de son fiancé qu'elle lui enfonça ses ongles dans la paume. Il fallait qu'elle retrouve la mémoire de ses gestes courtois, des fleurs qu'il lui avait offertes, des compliments qu'il lui avait prodigués. Il avait dû lui dire qu'elle était belle, charmante, intelligente. Elle devait être tout cela à la fois pour inspirer de l'amour à ce merveilleux soupirant.

Elle tenta de penser à quelque chose d'intelligent, mais son esprit resta fermé. Elle chercha une phrase bien tournée, mais elle n'en trouva aucune. S'efforçant à rester calme, elle voulut se concentrer sur elle-même, songer à son visage.

Son visage...

Elle n'avait pas de visage !

Cette fois-ci, la panique prit le dessus. Elle trembla devant le trou noir qui avait englouti son nom, celui de son fiancé et jusqu'au souvenir de sa propre apparence.

Stephen, du fond de son sommeil, eut soudain l'impression que sa main était prise dans un étau qui entamait sa chair et empêchait le sang de circuler. Vainement, il tenta de se dégager. Privé de sommeil pendant soixante-douze heures, il dut faire un effort énorme pour soulever ses paupières et chercher la cause de son inconfort. Mais au lieu de découvrir un instrument de torture, il vit une femme dans son lit. Voilà qui n'était pas nouveau ! Et il se serait contenté de se soustraire à l'étreinte de sa main ravageuse sans le moindre commentaire s'il n'avait perçu sur le visage de cette femme un air de profond affolement. Fidèle au devoir de courtoisie envers le sexe opposé qu'on lui avait inculqué dès son plus jeune âge, Stephen, qui refermait déjà les yeux, demanda poliment :

— Que se passe-t-il ?

Il entendit la voix d'une femme prise de panique.

— Je ne sais pas à quoi je ressemble !

Des femmes obsédées par leur apparence, Stephen en avait connu plus d'une. Mais celle-ci, dans la pénombre d'une chambre, à une heure où elle eût sans doute mieux fait de dormir, frôlait le grotesque ! Il se crut donc dispensé de rouvrir les yeux quand la femme, resserrant sa main sur la sienne comme un étau, demanda, la voix tremblante :

— À quoi est-ce que je ressemble ?

— Vous êtes absolument ravissante, répondit-il platement.

En fait, il songeait plutôt aux douleurs qui commençaient à l'envahir et rassemblait ses forces pour lui demander de lui faire une place dans le lit – il venait de se rendre compte qu'elle était allongée et lui assis sur une chaise – lorsqu'il entendit un bruit de sanglots retenus. Quel ennui ! Et quel crime avait-il donc commis pour qu'elle pleurât ainsi ? Il résolut de prier Wheaton de lui remettre une charmante babiole pour obtenir son pardon. Pourquoi pas une broche de rubis ou quelque chose du même genre ? Les pleurs d'une femme n'étaient bien souvent qu'un moyen détourné d'enrichir un coffret à bijoux. Même au bord d'un profond sommeil, Stephen se souvenait de ça.

Les sanglots étouffés se transformèrent vite en pleurs déchirants, ponctués de hoquets et de frissons. Il ne douta plus de la gravité de son crime. Il ne suffisait pas d'un compliment maladroit ou d'une invitation oubliée pour provoquer pareille démonstration de détresse. Sa faute allait au moins lui coûter cette fois-ci une rivière de diamants !

« Et le bracelet qui va avec », se dit-il lorsqu'un hoquet convulsif secoua tout entière la femme allongée près de lui.

Exténué, il s'efforça de replonger résolument dans le sommeil. Mais quelque chose le perturbait. N'avait-elle pas dit « Je ne sais pas à quoi je ressemble » ?

Il ouvrit brusquement les yeux et se tourna vers la femme. La main sur sa bouche, elle tentait de refouler ses sanglots, mais ses joues ruisselaient de larmes et son corps tressaillait.

— J'étais trop endormi pour comprendre votre question plus tôt, dit Stephen. Veuillez me pardonner.

Elle se raidit en entendant sa voix et, avec vaillance, tenta de se maîtriser avant de rencontrer son regard.

— Qu'y-a-t-il ? demanda-t-il sans brusquerie.

Elle resta un instant muette devant la fatigue intense qui se lisait encore sur son visage. Il avait dû terriblement s'inquiéter pour elle et elle se trouvait soudain infantile et ingrate de pleurer pour si peu. Bien sûr, c'était angoissant de ne pas se souvenir de son visage, mais il ne s'agissait que d'un problème passager. Elle n'était ni mutilée ni atteinte d'une maladie mortelle. Ravalant ses dernières larmes, elle lui offrit un sourire contrit.

— Ça a l'air stupide mais... je ne me souviens pas de mon visage. Et c'est...

Elle s'interrompit parce qu'elle se refusait à lui faire partager sa panique plus longtemps.

— C'est peu de chose, reprit-elle, et je vais vous paraître très futile. Mais, puisque vous êtes éveillé, pourriez-vous me décrire un peu ?

Stephen ne fut pas dupe. Elle tentait de contrôler son angoisse et en même temps de le rassurer, ce qui lui parut aussi attendrissant que remarquablement courageux. Mais que lui répondre ? Il ne connaissait pas la couleur exacte de ses cheveux et redoutait sa réaction s'il lui tendait un miroir. Il opta pour un ton badin.

— En ce moment même, vos yeux sont rouges et gonflés. Mais ils sont aussi très grands et...

Il étudia la couleur de ses yeux.

— Gris, dit-il, avec un certain étonnement.

Il lui trouvait en fait des yeux étonnants, d'un gris argenté cerclé d'une fine ligne noire sous des cils épais, d'un brun doré.

— Gris ? répéta-t-elle, visiblement déçue.

— Et, humides comme ils le sont en ce moment, ils font penser à une eau argentée.

— Bon. Ils ne sont peut-être pas si mal que ça. Et le reste ?

— Vous êtes très pâle, vos joues portent les traces de vos larmes, mais en dépit de ça, vous avez plutôt un joli visage.

Elle parut hésiter entre un cri d'horreur, des larmes ou un éclat de rire. Surpris mais soulagé, il la vit finalement sourire.

— Quelle est la couleur de mes cheveux ?

— Ah, en ce moment, ils sont cachés par un large turban blanc ! C'est, comme vous le savez, la grande mode actuellement de porter un turban au lit.

Le soir de l'accident, elle portait une capuche. Puis le sang s'était répandu sur sa chevelure. Il n'avait pu déterminer sa couleur, mais puisqu'elle avait des cils d'un brun doré, il lui déclara :

— Sous le turban, vos cheveux sont auburn.

Elle sentit qu'il avait hésité.

— Vous avez eu du mal à trouver leur couleur exacte, dit-elle, étonnée mais sans suspicion.

— Je ne suis pas toujours très observateur, fit-il maladroitement.

— Pourrais-je avoir un miroir ?

Craignant qu'elle ait un choc si elle ne se reconnaissait pas ou simplement qu'elle s'affole en voyant son bandage et le bleu à sa tempe, Stephen préféra repousser l'échéance. De toute façon, il ne la confronterait pas à son image sans que Witticomb fût présent.

— Un autre jour, répondit-il. Demain, peut-être. Ou lorsque le bandage sera enlevé.

Elle devina ce qui le retenait et n'insista pas de crainte d'être trop impressionnée et de lui créer ainsi un peu plus de tourment.

Courageusement, elle opta pour un ton léger :

— Vous me parliez de turban tout à l'heure. C'est vrai que c'est bien pratique. On n'a plus besoin de peigne ni de brosse.

— Exactement.

Stephen s'émerveilla de sa bravoure et de sa grâce. Touché par son attitude et si heureux qu'elle pût parler, il mit sa main sur la sienne, plongea en souriant son regard dans ses yeux extraordinaires et demanda tendrement :

— Comment vous sentez-vous ? Souffrez-vous beaucoup ?

— Non. J'ai seulement un peu mal à la tête. Ne vous fiez pas à ma mauvaise mine.

Elle souriait comme s'ils menaient une conversation agréable et des plus naturelles. Sa voix douce, languissante, contrastait avec son expression ouverte, son regard direct. Le souci de son apparence ne semblait plus l'inquiéter. Stephen en conclut que ce n'était pas la coquetterie qui l'avait poussée à demander un miroir avec tant d'insistance. À l'inverse, la vanité et la prétention semblaient totalement étrangères à cette jeune femme, qu'il trouvait de plus en plus charmante.

Malheureusement, cette réflexion en entraîna aussitôt une autre, bien moins agréable, qui lui fit immédiatement retirer sa main. Rien ne l'autorisait à agir et à penser de cette manière. Il n'était pas son fiancé mais l'homme qui l'avait tué... La décence, le respect dû à la victime et le simple bon goût : tout l'invitait à savoir tenir ses distances, physiquement et mentalement. Il était le dernier homme sur terre qui eût le droit de la toucher ou de nourrir à son égard des pensées frivoles.

Souhaitant se retirer sur un propos léger, il se leva, fit rouler ses épaules endolories puis s'amusa à apporter une touche finale et fantaisiste au portrait qu'il avait brossé d'elle :

— Pour résumer l'impression que vous me donnez en ce moment même, dit-il, je dirais que vous ressemblez à une élégante grand-mère.

Elle eut un petit rire fragile qui donna la mesure de sa fatigue.

— Je vais vous faire apporter le petit déjeuner, annonça Stephen. Promettez-moi de manger quelque chose.

Elle approuva d'un signe de tête et Stephen s'apprêta à la laisser seule. Mais il se retourna quand il l'entendit le remercier.

— De quoi me remerciez-vous ?

Son regard candide rencontra le sien. Oh, elle ne tarderait sans doute pas à découvrir la noirceur de son âme... Mais, pour l'instant, ignorante et confiante, elle pouvait encore lui adresser un sourire chaleureux.

— Je vous remercie d'être resté à mon chevet toute la nuit.

Ces mots de gratitude renforcèrent la culpabilité de Stephen et le sentiment qu'il avait de l'induire en erreur. Non, il n'était pas ce preux chevalier qu'elle semblait voir en lui ! Alors, le sourire charmeur, il lui laissa entrevoir sa vraie nature :

— C'est bien la première fois qu'une jolie femme me remercie d'avoir passé la nuit avec elle.

Elle parut simplement confuse, et non consternée comme il l'aurait cru. Mais peu importait. Il était satisfait d'avoir été pour une fois honnête avec elle, même si elle n'avait pas su le juger comme il devait l'être. C'était le début de la rédemption.

En regagnant sa chambre, il se sentit, pour la première fois depuis des semaines – non, des mois ! – porté par un sentiment d'exaltation. Charise Lancaster allait guérir. Il n'en doutait plus. Désormais, il pouvait songer à informer son père, lui faire à la fois part de l'accident et de la prochaine guérison de sa fille.

Mais cela impliquait évidemment une recherche préalable. Il lui fallait localiser M. Lancaster. Cette tâche incomberait à Matthew Bennett. De même que la transmission d'une lettre dans laquelle M. Lancaster trouverait le récit des mésaventures de sa fille.

# 11

Stephen leva les yeux de la lettre qu'il était en train de lire lorsque Matthew Bennett, la trentaine et le front dégarni, entra dans son bureau et s'avança vers lui.

— Je suis désolé d'avoir dû interrompre vos vacances parisiennes, mais l'affaire est urgente et suffisamment délicate pour que je requière votre assistance personnelle.

Sans la moindre hésitation, Bennett répondit :

— Je suis toujours ravi de pouvoir vous être utile, monsieur le comte.

Stephen lui désigna un fauteuil de cuir devant son bureau et Matthew s'assit, ni surpris ni offusqué en constatant qu'après avoir interrompu des vacances bien méritées, le comte prenait le temps de terminer sa lettre avant de lui exposer l'affaire en question. Depuis des générations, les Bennett se félicitaient d'être les avocats de la famille Westmoreland et n'oubliaient jamais que cet honneur – accompagné de profits conséquents – entraînait l'obligation d'une totale disponibilité dès qu'un de leurs plus illustres clients requérait leurs services.

Bien que Matthew fût encore un jeune membre de l'étude familiale, il connaissait parfaitement les affaires des Westmoreland. Quelques années auparavant, il s'était même vu confier une mission tout à fait inhabituelle et personnelle par le frère du comte, le duc de Claymore. À cette occasion, Matthew Bennett s'était senti un peu intimidé et déconcerté par la nature du travail que lui demandait le duc. Mais il avait depuis acquis maturité et expérience et ne doutait pas de pouvoir désormais mener à bien n'importe quelle mission « délicate », sans le moindre embarras.

Il attendit donc avec sérénité l'exposé de l'affaire urgente qui l'avait fait revenir au galop de Paris. Prêt à donner son avis sur les termes d'un contrat ou, peut-être, d'un testament, il se dit qu'il devait néanmoins se préparer à une situation plus personnelle étant donné le caractère « délicat » et non seulement urgent de ce qui allait lui être soumis. Il imagina alors l'attribution d'une somme conséquente à la maîtresse actuelle du comte ou encore un don confidentiel à une organisation charitable.

Plutôt que de faire attendre Bennett plus longtemps, Stephen mit de côté la lettre de son intendant du domaine du Northumberland, appuya sa tête contre le dos de son fauteuil et fixa un instant, sans le voir, le lustre qui pendait quelque sept mètres au-dessus de lui. La gestion de ses terres passait après le problème plus compliqué de Charise Lancaster qu'il s'apprêtait à exposer lorsque entra un vieux maître d'hôtel en qui Stephen reconnut soudain l'ancien serviteur de Burleton. Hodgkin toussota poliment, puis annonça d'une voix anxieuse :

— Miss Lancaster insiste pour se lever, monsieur le comte. Elle ne veut plus rester au lit. Que faut-il lui dire ?

Stephen posa son regard sur le serviteur sans changer de position mais en souriant. À l'évidence, Charise allait beaucoup mieux.

— Dites-lui que je ne la laisserai pas sortir du lit avant une semaine. Vous ajouterez que j'irai la rejoindre après le dîner.

Un effarement admiratif se peignit sur le visage de Bennett, d'ordinaire peu expressif. Mais, indifférent aux conclusions que l'avocat tirait probablement de cette réplique, ambiguë pour qui ignorait la situation, Stephen passa sans plus de délai à l'affaire du moment.

— Figurez-vous que je me vois doté d'une fiancée, commença-t-il.

— Mes plus sincères félicitations ! s'empressa de répondre Matthew Bennett.

— Seulement elle n'est pas ma fiancée... Mais celle d'Arthur Burleton.

Matthew marqua une pause, le temps de se demander comment il se devait de réagir à cette précision inattendue.

— Dans ce cas, dit-il finalement, veuillez présenter mes félicitations à ce monsieur...

— Impossible. Il est mort.

— Oh ! C'est regrettable.

— Je l'ai tué.

— Voilà qui est encore plus regrettable ! lança Matthew, aussitôt embarrassé de ces paroles.

Il existait des lois qui sanctionnaient le duel, et la justice se montrait à ce sujet de plus en plus sévère. Quant à la présence de la fiancée du défunt dans le lit du comte, autant ne pas en parler ! Mais l'avocat réfléchissait déjà à la meilleure ligne de défense possible.

— De quelle arme s'agissait-il ? Épée ou pistolet ?

— Ma voiture, Bennett.

— Pardon ?

— Je l'ai écrasé.

— C'est moins élégant, mais plus facile à défendre.

Trop préoccupé pour remarquer le regard singulier que lui adressait le comte, Matthew poursuivit :

— La cour est susceptible d'accepter la thèse selon laquelle vous auriez choisi le duel si vous aviez eu la ferme intention de le tuer. Tout le monde sait que vous êtes un excellent tireur. Des douzaines de témoins pourraient, s'il le fallait, en attester. Theodore Kittering, entre autres. Sa réputation égalait presque la vôtre en ce domaine jusqu'au jour où vous l'avez blessé à l'épaule. Mais, non... nous nous passerons du témoignage de Kittering. Il ne vous porte pas dans son cœur. De toute façon, nous devons pouvoir convaincre la cour que la mort de Burleton est accidentelle.

Se voyant déjà triompher, Matthew, satisfait, redevint attentif à ce qui l'entourait et regarda le comte qui s'empressa d'exprimer sa confusion :

— Au risque de paraître désespérément obtus, pourrais-je vous demander de quoi vous parlez ?

— Pardon, monsieur le comte ?

— Dois-je comprendre que vous me croyez coupable de l'avoir écrasé intentionnellement ?

— En effet, monsieur le comte.

— Pouvez-vous me dire pour quelle raison j'aurais nourri ce noir dessein ?

— Il me semble que... qu'il y a un rapport avec... La présence d'une certaine jeune femme que... vous n'autorisez pas à quitter... vos appartements.

Le comte eut un éclat de rire forcé.

— Mais bien sûr ! s'exclama-t-il. J'aurais dû y penser. À quelle autre conclusion auriez-vous pu aboutir ? (Puis, se redressant sur sa chaise, il ajouta d'un ton ferme et sans fioritures :) La semaine dernière, la jeune femme qui est au premier étage – et qui s'appelle Charise Lancaster – est arrivée d'Amérique. Fiancée à Burleton, elle devait se marier incessamment. Étant donné que j'étais responsable de la mort de Burleton, et que personne d'autre ne pouvait lui apprendre la triste nouvelle, je suis allé l'attendre au port. Là, elle a eu un accident. Je venais de lui parler quand un chargement de caisses mal contrôlé l'a violemment heurtée à la tête. Comme elle est encore trop souffrante pour quitter l'Angleterre, je n'ai pas trouvé d'autre solution que de m'en remettre à vous pour prévenir ses proches et, éventuellement, accompagner toute personne qui souhaiterait venir la rejoindre ici. Je désire également mettre de l'ordre dans les affaires de Burleton. Constituez un dossier aussi complet que possible sur lui, et je verrai par où commencer. M'assurer qu'il ne laisse pas de dettes derrière lui est le moins que je puisse faire.

— Oh, je vois ! s'exclama Matthew avec un sourire de soulagement.

Il constata avec plaisir que le comte lui rendait son sourire.

— Bien, fit Stephen.

Prenant plume et papier sur le bureau, Bennett s'apprêta à noter les premiers éléments de son enquête.

— Où vit sa famille et quel est le nom de ses plus proches parents ?

— Je l'ignore.

— Vous l'ignorez ?

— Oui.

Aussi respectueux que prudent, Matthew suggéra :

— Peut-être pourrions-nous interroger la jeune femme ?

— Ce ne serait pas inutile, répondit sèchement Stephen, si elle avait quelque chose à nous dire.

Mais, devant l'air torturé de Matthew Bennett qui avait l'impression d'être entouré de ténèbres, Stephen expliqua aussitôt :

— Sa blessure à la tête l'a rendue amnésique. Ce peut n'être que temporaire. Mais, en attendant, elle ne se souvient vraiment de rien.

— Je suis désolé pour elle, répondit Matthew avec sincérité.

Il en conclut dans le même instant que la perspicacité ordinaire du comte devait être amoindrie par ses soucis. Diplomate, il reprit :

— Une servante l'accompagnait sans doute. Ne pourrait-elle nous être de quelque secours ?

— Certainement. Mais encore faudrait-il que je sache où la trouver.

Notant avec un certain amusement les efforts de Bennett pour rester impassible, Stephen expliqua :

— Quelques minutes après l'accident, j'ai envoyé quelqu'un dans sa cabine, mais la servante avait disparu. L'un des membres de l'équipage pensait qu'elle pouvait être anglaise. Dans ce cas, elle est peut-être tout simplement retournée dans sa famille.

— Je vois. Dans ces conditions, je vais en premier lieu enquêter sur le bateau.

— Il a repris la mer dès le lendemain matin.

— Ah ! Et dans les bagages ? Avez-vous trouvé quelque chose qui pourrait nous conduire à sa famille ?

— J'aurais éventuellement pu découvrir un indice qui nous mette sur la voie si les malles n'étaient reparties avec le bateau.

— Êtes-vous certain qu'elles n'ont pas été débarquées ?

— Absolument. Je dois dire que je me suis préoccupé de l'état de cette jeune femme avant de me soucier de ses bagages. Je n'y ai pensé que le lendemain, et le *Morning Star* était déjà loin.

— Eh bien, je commencerai mes recherches au bureau du port. Il doit s'y trouver une liste des passagers et des marchandises embarquées ainsi que de leur destination. Ce qui nous permettra également de connaître les escales prévues.

— Parfait.

Stephen se leva, imité par Matthew, déjà tout à son enquête.

— Je ne suis allé en Amérique qu'une seule fois, dit-il. Une seconde visite n'est pas pour me déplaire.

— Désolé d'avoir interrompu vos vacances, lui répéta Stephen. Mais vous comprendrez encore mieux l'urgence de l'affaire si je vous dis que Whitticomb s'inquiète de voir l'amnésie de Miss Lancaster se prolonger. Il me semble que le fait de revoir un membre de sa famille pourrait peut-être provoquer un choc salutaire.

# 12

Comme promis, Stephen monta voir Charise Lancaster après dîner. Il avait pris l'habitude de lui rendre deux visites par jour, et il en attendait l'heure avec une frémissante impatience bien qu'elles fussent brèves et d'un formalisme total.

Ce soir-là, lorsqu'il frappa à la porte de la chambre, il attendit vainement une réponse. Il hésita, recommença mais le silence persista. Ses instructions, suivant lesquelles une servante devait rester en permanence auprès de la malade, n'avaient pas été respectées. Ou bien la servante s'était-elle endormie, ce qui n'était guère mieux. Laissant pour l'instant sa colère de côté, il revint à l'essentiel. Après avoir manifesté le désir de quitter la chambre, la jeune femme était-elle passée à l'acte en dépit de ses recommandations ? À moins qu'elle ne se fût trouvée mal en mettant le pied par terre ? À moins... Mon Dieu, se pouvait-il qu'elle fût retombée dans l'inconscience ?

Il se résolut enfin à ouvrir la porte et entra pour trouver la chambre vide et le lit soigneusement fait. Cette petite idiote, tout comme la servante, avait ignoré ses conseils.

La colère le submergeait lorsqu'un léger bruit l'alerta. Il fit volte-face et se figea.

— Je ne vous avais pas entendu entrer...

Sa protégée, en robe de chambre trop grande pour elle, pieds nus, une serviette bleue cachant la moitié de son front, une brosse à cheveux à la main, se tenait devant lui avec autant de naturel que s'il l'avait toujours vue dans cette tenue. Quant au fait d'avoir trahi ses instructions, elle semblait l'ignorer en toute innocence !

Après la frayeur qu'il venait d'éprouver, Stephen passa de la désapprobation au soulagement puis à une joie irrépressible. Elle portait en guise de ceinture une cordelette dorée, empruntée à un double rideau et, avec ses orteils qui dépassaient de la robe de chambre et cette serviette bleue, comme un voile sur sa chevelure, elle lui fit penser à une madone aux pieds nus. Mais cette madone-là ne lui adressait pas un doux sourire, empreint de sérénité. Elle arborait, au contraire, une expression à la fois étonnée, accusatrice et malheureuse. Il n'eut pas à attendre longtemps pour en connaître la cause.

— Ou bien vous ne savez pas observer, monsieur le comte, ou bien votre vue est mauvaise.

Effaré, Stephen répondit avec circonspection :

— Je ne suis pas certain de comprendre ce que vous voulez dire...

Pointant un doigt nerveux vers sa chevelure dissimulée par la serviette bleue, elle précisa, dépitée :

— Je parle de mes cheveux.

Il se souvint que le sang de la blessure les avait imprégnés. Elle avait dû, évidemment, être impressionnée par leur couleur...

— Ils seront différents quand vous les aurez lavés, affirma-t-il en suivant sa logique.

— Oh, mais non ! répondit-elle, l'air sombre. Je les ai déjà lavés.

— Alors, je ne vois pas...

— Eh bien, regardez attentivement cette fois-ci ! lui lança-t-elle en retirant la serviette et en prenant ses cheveux à pleines mains. Regardez bien ! Ils sont rouges et pas simplement auburn !

Tandis qu'elle exprimait sa révolte, Stephen restait muet devant l'extraordinaire chevelure flamboyante qui cascadait jusque sur sa poitrine. Quand elle laissa retomber la poignée qu'elle avait saisie, Stephen crut voir un feu liquide courir entre ses doigts.

— Jésus... murmura-t-il.

— Oh, ils sont tellement... tellement voyants !

Ignorant sa détresse, il songea que le fiancé qu'il était supposé être se comportait bizarrement. N'était-il pas invraisemblable qu'il fût saisi de stupeur devant une chevelure qu'il était censé avoir déjà vue maintes fois ? À contrecœur, il détacha son regard de cette toison de braise, aussi magnifique qu'inhabituelle.

— Voyants ? répéta-t-il, retenant son envie de rire.

Elle hocha la tête puis, d'un mouvement impatient, rejeta en arrière toute une grappe de boucles cuivrées qui lui couvrait la moitié du front et lui tombait sur l'œil.

— Vous ne les aimez pas, si je comprends bien, fit Stephen.

— Bien sûr que non ! Et vous le saviez puisque vous ne vouliez pas me dire leur couleur exacte.

Il accepta volontiers l'explication qu'elle lui offrait et il posa à nouveau ses yeux sur cette chevelure surprenante quoique en parfaite harmonie avec son teint de porcelaine et la délicatesse de ses traits qu'elle mettait en valeur.

Au même instant, Sheridan eut la sensation que le visage de son hôte reflétait une certaine admiration.

— On dirait que... vous appréciez leur couleur, remarqua-t-elle.

— Oui. Beaucoup. Dois-je comprendre que je ne partage pas le goût des Américains ?

Sur le point de répondre, Sheridan constata qu'elle ne savait que dire.

— Comment pourrais-je le... savoir ? Vous oubliez que ma mémoire...

— Pardonnez-moi.

— Mais en tout cas, reprit-elle, je sais qu'ici vous faites exception.

— Pourquoi dites-vous cela ?

— Lorsque j'ai demandé à la servante qui m'a vue sans le bandage ce qu'elle pensait de ces cheveux, elle m'a répondu qu'elle n'en avait jamais vu de cette couleur. Et elle avait l'air consterné.

— Quelle est l'opinion qui compte le plus pour vous ?

— Ah, évidemment, si vous me présentez les choses comme ça...

Le sourire de Stephen la faisait fondre et sa séduction l'intimidait, bien qu'elle ne pût se résoudre à baisser les yeux. Il était très beau, d'une beauté virile et ténébreuse, et elle avait du mal à croire qu'il l'avait choisie et préférée à toutes les femmes de son pays. Son humour, l'attention qu'il lui portait, la douceur de sa voix s'ajoutaient à l'attrait de son apparence pour le rendre irrésistible. Elle avait constaté qu'elle comptait les heures entre ses visites malgré le fait qu'elles ne la sortaient pas des mystères qui s'étaient emparés de son esprit. Elle n'apprenait rien sur elle, ni sur lui d'ailleurs, ni sur leur relation. Les caprices de sa mémoire commençaient à engendrer une lassitude insupportable.

Il lui semblait qu'elle avait dépassé le stade où elle devait se ménager en évitant de brusquer son esprit. Sa santé physique retrouvée, son envie de quitter le lit, de prendre un bain, de se laver les cheveux s'accompagnait d'un désir : celui de poser des questions et d'obtenir des réponses. Que ses jambes fussent encore flageolantes ne l'inquiétait guère. Ce devait être dû au fait qu'elle était restée longtemps alitée. À moins que ce ne fût le trouble qui s'emparait d'elle en présence du comte.

Elle jeta un regard vers la soie verte des sofas devant la cheminée, puis s'adressa à Stephen :

— Pourrions-nous nous asseoir ? Le lit m'a donné des jambes en coton.

— Pourquoi ne l'avez-vous pas dit plus tôt ?

Stephen s'effaça pour la laisser passer.

— J'ignorais si j'avais le droit de m'asseoir.

Elle s'installa sur l'un des canapés, les jambes repliées sous elle, en se faisant une corolle de sa robe de chambre. Elle avait totalement oublié qu'une jeune femme bien élevée ne tient pas salon dans sa chambre quand son visiteur n'est pas son mari. Mais Stephen, également conscient de transgresser lui-même les usages, n'écouta que son plaisir.

— Pourquoi avez-vous parlé d'un... droit de s'asseoir ?

Embarrassée, elle regarda le feu dans la cheminée, le privant un instant de la contemplation de son visage dont il ne se lassait pas.

— Si j'en crois Constance, la servante, vous êtes un comte, dit-elle.

Lisant dans son regard qu'elle espérait se tromper, il la trouva décidément étonnante.

— Et alors ?

— Je devrais par conséquent vous dire : « Monsieur le comte ». Et une certaine intuition m'a soufflé de ne jamais m'asseoir en votre présence, à moins d'y être conviée, comme en présence d'un roi.

Stephen réprima difficilement une envie d'éclater de rire.

— Mais je ne suis qu'un comte, pas un roi !

— Eh bien, j'ignorais si le protocole était le même.

— Il diffère. Mais, puisque vous m'avez parlé de cette servante, pourrais-je savoir où elle se trouve ?

J'avais spécifié que l'on ne devait vous laisser seule sous aucun prétexte.

— Je lui ai dit que je pouvais me passer d'elle.

— Parce qu'elle ne semblait pas apprécier la couleur de vos cheveux, je présume. Je vais m'assurer que...

Elle l'interrompit :

— Non. Parce qu'elle était debout depuis l'aube et avait l'air exténué. De toute façon, elle avait fait la chambre et je n'avais pas besoin d'elle pour prendre un bain. Je ne suis pas un bébé. (Ne cessant de le surprendre, elle lui annonça :) J'ai pris certaines décisions aujourd'hui.

Il sourit devant son air résolu.

— Ah ?

— Oui. J'ai en particulier décidé de considérer mon amnésie comme un simple inconvénient passager. Et je crois qu'il serait bon que vous adoptiez la même attitude.

— L'idée me paraît excellente.

— J'aimerais toutefois vous poser quelques questions.

— Que voulez-vous savoir ?

— Oh, des choses très simples ! Par exemple, je souhaiterais connaître mon âge. Mon deuxième prénom, si j'en ai un.

Il se dit qu'elle était irrésistible et se sentit partagé entre l'envie de rire joyeusement devant ce merveilleux courage et celle de plonger ses mains dans sa fabuleuse crinière flamboyante. Car elle était aussi provocante que délicieuse dans ce peignoir trop ample pour elle, fermé par cette ceinture de fortune. Quelle courtisane, nue ou vêtue d'une robe somptueuse, eût été plus attirante qu'elle ?

La honte s'empara brusquement de Stephen. C'était Burleton et non lui qui aurait dû jouir de ces instants d'intimité, la voir sur le sofa, pieds nus, la déshabiller par la pensée et rêver de lui ouvrir son lit. Il n'avait sans doute eu que cela en tête en attendant son arrivée.

Mais l'ardent jeune homme était mort et enterré et, sans scrupule, l'homme qui l'avait tué se complaisait dans la compagnie de sa fiancée... Pire, il la désirait, imaginait ses lèvres sur les siennes, ses mains dans sa chevelure opulente...

« C'est obscène ! Dément ! » se dit Stephen. S'il voulait une femme, il pouvait faire son choix parmi les plus belles d'Europe. Averties ou naïves, sérieuses ou malicieuses, timides ou hardies, blondes, brunes et... rousses : elles étaient toutes prêtes à lui tomber dans les bras. Rien ne justifiait la folle attirance qu'il éprouvait pour cette jeune femme et qui le faisait réagir comme un adolescent trop excite ou un vieillard lubrique.

La douce voix de la jeune femme interrompit ses réflexions.

— Je ne sais de quoi il s'agit, dit-elle, à demi sérieuse, mais le péril est imminent...

Il tourna brusquement son regard vers elle.

— Je vous demande pardon ?

— Ce que vous fixiez par-dessus mon épaule... a tout intérêt à avoir des jambes pour se sauver au plus vite.

— Je vous prie de m'excuser. Ma pensée divaguait.

— Oh, mais ne vous excusez pas ! Je suis soulagée d'apprendre que ce n'était pas mon interrogatoire qui vous donnait cet air sombre.

— Je crois que j'ai complètement oublié vos questions.

— Je voulais connaître mon âge et savoir si j'avais un deuxième prénom.

Bien qu'elle eût pris un ton léger, elle l'observait attentivement tandis qu'il s'efforçait de reporter son attention sur ses questions.

Elle rompit le silence qu'il laissait se prolonger, avec un grand soupir de déconvenue tout aussi feinte que la tristesse de sa voix.

— Le docteur Whitticomb m'a dit que j'étais atteinte d'amnésie, mais que cette maladie n'était pas contagieuse. Par conséquent, vous me peineriez en prétendant que vous en souffrez à votre tour. Mais peut-être voudriez-vous commencer par quelque chose de plus facile ? Dites-moi par exemple quel est votre nom. Votre âge. Prenez votre temps. Réfléchissez aux réponses.

Stephen eût ri s'il avait pu accepter sa gaieté sans remords.

— J'ai trente-trois ans, dit-il, et je m'appelle Stephen David Elliott Westmoreland.

— Eh bien voilà qui explique que vous ayez dû prendre votre temps pour répondre !

Il se refusa à esquisser un sourire et s'empressa de la réprimander.

— Je vous trouve bien impertinente et je vous serais reconnaissant de me témoigner un peu plus de respect.

Nullement impressionnée, elle pencha la tête sur le côté et demanda :

— Parce que vous êtes un comte ?

— Non. Parce que je suis plus fort que vous.

Son rire cristallin obligea Stephen à un effort surhumain pour ne pas céder à sa contagion.

— Maintenant qu'il est établi que je suis impertinente et que vous êtes le plus fort des deux, peut-on affirmer avec la même exactitude que vous êtes le plus âgé ?

Craignant d'être trahi par sa voix, Stephen se contenta d'un signe d'assentiment.

Aussitôt elle enchaîna :

— De combien d'années ?

Il devint admiratif devant sa façon de le ramener à ses questions après une fausse diversion.

— Vous avez de la suite dans les idées, c'est le moins que l'on puisse dire, fit-il observer.

Elle prit un air grave et posa sur Stephen un regard intense et particulièrement séduisant.

— Je vous en prie, dites-moi mon âge et mon deuxième prénom, si j'en ai un. À moins que vous ne soyez incapable de me répondre...

C'était exactement le cas. Mais, après tout, il avait connu bien des femmes dont il ignorait l'âge et le deuxième prénom ! Et comme, par ailleurs, elle était censée avoir passé très peu de temps avec son fiancé, il jugea concevable de lui répondre :

— En fait, nous n'en avons jamais parlé.

— Et ma famille ? Savez-vous quelque chose d'elle ?

Il se souvint de ce que lui avait appris le maître d'hôtel de Burleton.

— Votre père est veuf et vous êtes sa seule enfant.

Elle enregistra sa réponse sans commentaire, puis lui sourit.

— Comment nous sommes-nous rencontrés ?

— J'imagine que votre mère vous a présenté à lui dès votre naissance.

Elle rit, croyant à une plaisanterie, tandis que surpris par ce genre de question mais contraint d'y répondre, il se sentait condamné à mentir ou à biaiser.

— Je parlais de vous et de moi...

— Eh bien, ça s'est passé normalement.

— Mais encore ?

— Nous avons été présentés l'un à l'autre.

Il se voyait menacé de tourner en rond sous le regard scrutateur de ses grands yeux gris. Alors il se leva et se dirigea vers une commode sur laquelle se trouvaient des verres et une carafe de cristal taillé posés sur un plateau.

— Monsieur le comte ?

Tout en débouchant la carafe, il la regarda brièvement par-dessus son épaule.

— Oui ?

— Sommes-nous très amoureux l'un de l'autre ?

Un sursaut mal réprimé lui fit renverser du cognac sur le plateau doré. Il jura entre ses dents et se dit que le jour où elle retrouverait la mémoire elle lui en voudrait de l'avoir induite en erreur quelle que fût sa réponse. Cependant, jamais elle ne pourrait le haïr autant qu'il se haïssait lui-même. Même ce qu'il s'apprêtait à faire lui semblait détestable... Il avala une gorgée d'alcool et lui répondit en sachant qu'il allait l'offusquer.

— Nous sommes en Angleterre et non en Amérique...
— Ça, je le sais.
— Et en Angleterre, poursuivit-il, les gens de la haute société se marient pour diverses raisons dont la plupart sont d'ordre pratique. Nous ne faisons pas étalage de nos sentiments, réels ou imaginaires, pas plus que nous ne dissertons sur cette fragile émotion que l'on appelle l'amour. Nous laissons cela aux paysans et aux poètes.

Elle sembla avoir reçu une gifle. Reposant son verre avec une brusquerie involontaire, il ajouta, avec le sentiment de se conduire comme un goujat :

— J'espère que je n'ai pas été trop brutal. Vous devriez vous reposer maintenant. Il est tard.

Il inclina la tête rapidement afin de lui signifier que leur conversation était terminée, puis il attendit qu'elle se levât en détournant le regard quand le peignoir révéla un instant le haut de sa cuisse. Il avait déjà la main sur la poignée de la porte quand elle l'appela :

— Monsieur le comte ?
— Oui ? dit-il sans se retourner.
— Vous avez bien un cœur, vous aussi, n'est-ce pas ?
— Miss Lancaster...

Il fit volte-face, furieux après lui-même et contre le destin. Mais si la situation lui paraissait intolérable, il trouva néanmoins sa protégée fort gracieuse, debout près du lit, la main sur une colonne de bois sculpté.

— Mon nom est Charise. J'aimerais que vous m'appeliez ainsi.

— Certainement, répondit-il sans aucune intention de se conformer à son souhait. Veuillez maintenant m'excuser.

Sheridan attendit qu'il eût refermé la porte derrière lui pour agripper la colonne à deux mains puis s'asseoir lentement sur le couvre-lit de satin. Prise de nausée, apeurée, elle sentait son cœur tambouriner douloureusement dans sa poitrine.

Qui était-elle ? Comment avait-elle pu accepter d'épouser un homme pareil ? Quelle froideur dans son regard et quelle brutalité dans ses propos ! À quoi avait-elle pensé lorsqu'elle s'était éprise de lui ? Elle avait dû tomber sous le charme de son sourire : c'était l'unique explication possible.

Mais voilà, il ne souriait pas en la quittant ! Elle se sentait perdue dans un désert hostile. Sans doute l'avait-elle exaspéré avec ses considérations sentimentales. Dès qu'elle le reverrait, elle lui demanderait de lui pardonner. Ou bien elle ne ferait aucune allusion à cet incident mais s'appliquerait à ne plus jamais le contrarier. Elle avait besoin de lui.

Elle tira sur le couvre-lit et se glissa entre les draps. La gorge serrée, elle fixa le baldaquin en retenant ses pleurs. Ce qui venait de se passer ne pouvait les séparer. Il était assez sage pour considérer qu'elle s'habituerait peu à peu aux mœurs de son pays. Et puis n'avait-elle pas elle-même été brutale en lui demandant s'il avait un cœur ?

« Mais demain tout s'arrangera », se dit-elle, en mettant le malaise qu'elle ressentait sur le compte de la fatigue provoquée par son bain, après tant de jours passés au lit.

Demain, il viendrait la voir et son sourire effacerait ses tourments.

Oui, elle avait besoin de lui.

# 13

Trois jours plus tard, Stephen dictait son courrier lorsque Whitticomb, souriant, fut annoncé par le maître d'hôtel. Quand, une demi-heure plus tard, il redescendit du premier étage, la mine du médecin n'était plus la même. Il s'engouffra dans le bureau de Stephen, au grand dam du maître d'hôtel qui n'avait pas eu le temps cette fois-ci de se conformer aux usages.

— J'aimerais vous parler en privé si vous pouvez m'accorder quelques minutes.

Stephen eut le pressentiment de ce qu'il allait entendre. Avec un soupir d'irritation, il fit signe à son secrétaire de se retirer, mit sa correspondance de côté et se renversa dans son fauteuil.

— Je me souviens très clairement vous avoir dit, commença Whitticomb, qu'il était impératif d'éviter toute contrariété à Miss Lancaster. Vous ne l'avez pas oublié, n'est-ce pas ?

Stephen réprima une repartie acerbe et se contenta de répondre sèchement :

— Je ne l'ai pas oublié, en effet.

Notant l'irritation de son interlocuteur, le docteur Whitticomb baissa d'un ton.

— Dans ce cas, dit-il, voudriez-vous m'expliquer pourquoi vous n'êtes pas allé la voir depuis trois jours ?

Comme je vous l'ai expliqué, il est important qu'elle puisse se distraire et oublier un peu ses ennuis.

— J'ai tenu compte de vos conseils et lui ai fait apporter toutes sortes de distractions féminines : des livres, des gravures de mode, des tapisseries et de quoi faire de l'aquarelle !

— Mais il y a une « distraction féminine » que vous avez négligée et à laquelle elle a parfaitement droit.

— Qu'est-ce à dire ?

— Vous l'avez privée de toute conversation avec son fiancé.

— Je ne suis pas son fiancé !

— Non. Mais vous êtes, malgré vous, responsable du fait qu'elle n'en ait plus. Comment avez-vous pu l'oublier ?

Stephen prit un ton glacial :

— Vous m'insultez, et il est heureux pour vous que vous soyez un vieil ami de la famille… égaré par la contrariété.

Le docteur Whitticomb comprit qu'il était allé trop loin et dans la mauvaise direction. Il avait oublié que l'homme inflexible assis derrière son bureau n'était plus depuis longtemps le petit garçon espiègle capable de se glisser en pleine nuit dans les écuries, de partir au galop sur un pur-sang qu'il ne connaissait pas, puis de refouler ses larmes, tout en écoutant sagement son sermon pendant qu'il lui soignait un bras cassé.

— Vous avez raison, admit-il. Je suis contrarié. Puis-je m'asseoir ?

Stephen accepta ces excuses d'un signe de tête hésitant.

— Certainement.

— Vieillissant et contrarié, j'ai tendance à me fatiguer facilement, ajouta Whitticomb en souriant.

Il fut soulagé de voir Stephen se détendre, une lueur d'amusement dans les yeux. Cherchant à laisser l'atmosphère s'apaiser un peu plus, il désigna d'un geste le coffret à cigares pose sur une table basse près de son siège.

— J'ai de temps à autre des envies irrépressibles de cigares. Quand je les sais excellents. Puis-je me permettre d'en prendre un ?

— Faites.

Pendant qu'il allumait le cigare, il trouva une meilleure façon de convaincre Stephen de la gravité de la situation et, le regard fixé sur la volute de fumée qui s'élevait dans la pièce, il expliqua :

— Lorsque je suis monté tout à l'heure, j'ai trouvé notre malade agitée et gémissante.

Saisi d'inquiétude, Stephen faillit se lever d'un bond, mais le médecin lui fit signe de l'écouter.

— Elle s'agitait dans son sommeil, Stephen, dit-il, rassurant, avant d'ajouter : Toutefois, elle m'a semblé fiévreuse. Et j'ai appris qu'elle manquait d'appétit, et qu'anxieuse d'obtenir des réponses à ses questions, elle interrogeait les domestiques à propos de cette maison, d'elle-même, de vous, son propre fiancé.

Ainsi dépeinte, la souffrance de Charise renforça les remords de Stephen.

— Mais je ne suis pas son fiancé ! Je suis l'homme qui est responsable de sa mort ! Et de plus, après l'avoir tué, je prends sa place. Tout cela est parfaitement amoral.

Étonné par le sentiment de culpabilité qui rongeait Stephen, Hugh Whitticomb fit observer :

— Vous n'êtes pas un assassin, Stephen. Burleton était ivre et s'est jeté sous votre voiture. Ce fut un accident. Il faut vous en persuader.

— Si vous étiez à ma place, vous comprendriez, rétorqua Stephen avec violence. Ce n'est pas vous qui l'avez relevé, la nuque brisée, les yeux ouverts et essayant de parler désespérément. Dieu qu'il était jeune ! On aurait dit qu'il était encore imberbe ! Je l'entendais murmurer : « Mary... Mary... » Je croyais qu'il réclamait la présence d'une certaine Mary. Le lendemain j'ai enfin compris que dans son dernier souffle il parlait de se marier. Si vous aviez été là, vous seriez moins prompt à me décharger de toute responsabilité. D'autant qu'après sa disparition je trouve le moyen de désirer sa fiancée !

Hugh avait attendu que Stephen achevât sa tirade de coupable pour lui faire remarquer que Burleton avait la réputation d'être inconséquent, porté sur la boisson et le jeu et qu'il n'aurait rien eu du mari idéal. Mais la dernière phrase de Stephen le lui fit oublier. Elle expliquait si bien l'étrange cruauté qu'il manifestait en laissant Charise seule.

Tirant machinalement sur son cigare, il se renversa dans son fauteuil et regarda le comte avec une pointe d'amusement.

— Ainsi elle vous attire de cette façon... ?
— Oui. De cette façon, répéta Stephen.
— Maintenant je comprends que vous l'évitiez.

Hugh resta pensif, les yeux plissés pour les protéger de la fumée, puis continua :

— En fait, je ne m'étonne pas que vous la trouviez séduisante. Moi-même j'apprécie sa fraîcheur et je dois avouer qu'elle est absolument charmante.

Stephen se fit caustique :
— Mais c'est parfait ! Dites-lui que vous êtes le vrai Burleton et épousez-la. Ainsi tout rentrera dans l'ordre.

Hugh Whitticomb trouva cette dernière phrase si révélatrice qu'il détourna le regard, prit le cigare entre ses doigts et sembla s'absorber dans sa contemplation.

— Voilà un raisonnement fort intéressant, en particulier en ce qui vous concerne... Il me paraît même très révélateur.

— Que voulez-vous dire ?
— Vous vous sentez responsable de la mort de Burleton comme de l'amnésie de Miss Lancaster et en même temps vous constatez qu'elle vous attire. Or, en dépit – ou à cause – de cela, vous refusez de l'aider

à se rétablir en jouant le rôle du fiancé. C'est exact, n'est-ce pas ?

— Disons que l'on peut voir les choses de cette façon.

Hugh se tapa sur le genou avec un sourire satisfait.

— Eh bien, tout s'éclaire ! s'exclama-t-il avant de s'expliquer. Miss Lancaster n'a plus de fiancé depuis cet accident qui vous plonge dans des abîmes de culpabilité. Mais elle l'ignore et vous prend pour son futur mari. Or, dans ces circonstances, si elle éprouve de l'affection pour vous, elle est en droit, dirais-je, d'attendre que vous l'épousiez... Étant donné votre attitude habituelle envers les femmes, bien éloignée du mariage, Miss Lancaster semblerait n'avoir aucune chance. Mais avec elle, c'est différent. Au-delà du désir qu'elle vous inspire, il y a la peur de la trouver définitivement irrésistible. Sinon, vous ne vous sentiriez pas obligé de vous cacher dans votre propre maison et d'éviter quelqu'un qui a besoin de votre compagnie et de vos attentions. C'est aussi simple que cela. Mais je comprends vos craintes. Pour la première fois de votre vie, vous sentez que votre cher célibat est menacé.

— Est-ce tout ? demanda Stephen sèchement.

— Oui. Que pensez-vous de mon résumé de la situation ?

— Je suis évidemment très impressionné par ce mélange de suppositions hasardeuses et de logique fallacieuse. Je n'avais jamais rien entendu de tel !

Par-dessus ses lunettes, Hugh Whitticomb regarda Stephen avec un sourire chaleureux.

— Dans ce cas, monsieur le comte, pour quelle raison la privez-vous du réconfort de votre présence ?

— Pour l'instant, je l'ignore. Rien n'est aussi clair que vous semblez le dire.

— Eh bien, laissez-moi vous aider, proposa Whitticomb sur un ton ferme et décidé. Je me suis renseigné sur l'amnésie. J'ai lu des articles, j'ai interrogé des spécialistes, et je peux vous dire que ce problème peut être aussi bien provoqué par l'hystérie que par un choc à la tête, voire par les deux en même temps. En d'autres termes, plus Miss Lancaster se tourmentera, plus elle sera contrariée et déprimée, plus elle courra le risque d'ajouter l'hystérie aux conséquences de l'accident. À l'inverse, si elle se sent en sécurité, entourée, elle a une chance de recouvrer la mémoire, même si cette chance est minime.

— Douteriez-vous de sa guérison ?

— On connaît des cas d'amnésie définitive. Dont celui d'un pauvre bougre qu'il a fallu rééduquer de A à Z.

— Seigneur !

Whitticomb hocha la tête, l'air navré, puis ajouta :

— Si vous hésitez encore à lui apporter le soutien dont elle a besoin, je vous demande de réfléchir à ceci : cette jeune femme sait qu'elle a peu vu son fiancé avant de venir ici parce que je le lui ai dit. Elle sait également qu'elle ne connaît ni cette maison ni ce pays parce que je le lui ai également assuré. Donc, jusqu'à présent, elle ne s'inquiétait pas trop de ne rien reconnaître. Mais... si son état ne s'améliore pas avant l'arrivée de sa famille, si elle ne peut pas reconnaître ses parents, alors ce sera la catastrophe. Souhaitez-vous qu'elle en arrive là ?

— Certainement pas.

— Quel risque êtes-vous prêt à prendre pour la sauver ?

— Je les prendrai tous s'il le faut.

— Je ne doutais pas de votre réponse lorsque vous auriez compris la gravité de la situation. Ah, à propos ! J'ai donné l'autorisation à Miss Lancaster de se lever. À condition qu'elle évite toute fatigue.

Hugh sortit sa montre, l'ouvrit et se leva.

— Il faut que je parte. Mais vous ai-je dit que j'ai reçu un mot de votre mère ? Elle m'informe qu'elle compte venir pour la saison avec votre frère et votre belle-sœur. Ils devraient être ici dans une semaine. Je me réjouis de les revoir.

— Moi aussi, répondit Stephen machinalement.

Lorsque Whitticomb eut quitté son bureau, Stephen réalisa, en rangeant ses papiers dans un tiroir, qu'il serait obligé de demander à sa famille de conspirer avec lui autour de Charise Lancaster. Mais il faudrait aussi faire face dans quelques jours à l'effervescence de la saison, aux réceptions, aux bals, aux mille sollicitations dont il serait l'objet.

Il ferma le tiroir à clef, puis se renversa dans son fauteuil, le front plissé, en pensant à ce qui l'attendait et en cherchant une solution. Refuser toutes les invitations ainsi qu'il en avait envie ne résoudrait pas le problème. Il se verrait au contraire harceler par des gens qui chercheraient à comprendre sa réclusion en plein Londres et en pleine fête.

Par conséquent, avait-il d'autre choix que d'éloigner Charise Lancaster en l'emmenant dans son domaine le plus lointain ? Cela l'obligerait évidemment à s'excuser auprès de sa mère et de sa belle-sœur qui avaient tant insisté pour qu'il passe la saison dans la capitale, après lui avoir rappelé combien elles appréciaient sa compagnie et regrettaient de le voir si peu. Elles avaient également en tête, sans lui en parler ouvertement, le projet de le pousser dans les bras de Monica Fitzwaring, pour le meilleur et pour le pire, et leur détermination de plus en plus précise ne manquait pas d'amuser Stephen. Bien entendu, il expliquerait à sa mère et à Whitney pour quelle raison il devait quitter Londres. Elles le comprendraient, certes lui pardonneraient, mais seraient extrêmement déçues.

# 14

Désormais convaincu qu'il devait jouer le rôle du fiancé et manifester une sollicitude sans faille, Stephen se conforma aussitôt aux conseils de Whitticomb. Il monta au premier étage, prit son courage à deux mains en pensant au déluge de larmes et aux récriminations qui l'attendaient dès qu'elle le verrait, frappa à la porte et demanda si elle pouvait le recevoir.

Au son de sa voix, Sheridan sursauta, mais se replongea aussitôt dans la lecture du journal où elle relevait des informations et lança à la servante qui se précipitait pour ouvrir :

— Veuillez dire à monsieur le comte que je ne me sens pas bien et que je préfère ne pas le recevoir.

L'information inquiéta Stephen, qui se demanda dans quel état l'avait mise son obstination à la fuir.

— Faites-lui savoir, répondit-il à la servante, que je reviendrai dans une heure avec l'espoir qu'elle ira mieux.

Sheridan voulut rester de marbre. Elle ne comptait plus sur son hôte mais sur elle-même pour guérir. Curieusement, l'inquiétude évidente manifestée par le docteur Whitticomb lui avait donné envie de se ressaisir. Il avait beaucoup insisté sur le fait qu'elle devait absolument se ménager, prendre soin d'elle-même et garder l'esprit actif.

Mais il avait assorti ces bons conseils d'une explication laborieuse au sujet des négligences de son fiancé soi-disant trop pris par sa vie mondaine et ses affaires. Peu convaincue, Sheridan préféra croire que le comte la punissait pour avoir évoqué l'amour la dernière fois qu'il était venu.

Pendant trois jours elle n'avait cessé de se reprocher son attitude. Elle s'en voulait surtout de lui avoir demandé s'il avait un cœur. Mais l'intervention du docteur Whitticomb avait fort heureusement substitué à sa détresse et à son sentiment de culpabilité une indignation virulente. Il fallait que ce fût le médecin qui s'inquiétât pour elle, qui se déplaçât pour lui rendre visite, alors que son fiancé, qui vivait dans la maison, restait invisible ! Si l'amour était un sentiment risible, voire interdit dans son milieu, n'aurait-il pu, au moins, se préoccuper de sa santé ?

Elle recommença à se demander ce qui l'avait conduite à se fiancer à cet homme. Avant de perdre la mémoire, elle avait dû connaître un moment de folie. À part sa remarquable séduction, qu'avait-il donc pour lui ? Rien, et elle avait désormais l'intention dans un avenir prochain de lui demander de reprendre sa demande en mariage et d'aller l'adresser à quelqu'un d'autre. Elle ne pouvait accepter sa conception glaciale du mariage, impersonnelle et dénuée de tout sentiment. Et il était improbable qu'elle eût jamais été la sienne. Il n'était pas impossible que son père, d'une manière ou d'une autre dupé par le comte, l'eût engagée à se fiancer en croyant lui présenter l'homme idéal. Si tel était le cas, elle expliquerait à son père qu'il s'était trompé. Lorsqu'elle tentait de penser à lui, nul visage ne se dessinait dans sa mémoire, mais elle ressentait des émotions, qui pour être fugaces n'en étaient pas moins réconfortantes. Et la douce tendresse, la complicité, la nostalgie qui s'attachaient à cette recherche de son père dans le brouillard de sa mémoire laissaient penser qu'il ne pourrait contraindre sa fille à s'unir à un homme qu'elle trouvait détestable.

Une heure plus tard, précisément, Stephen revint frapper à la porte de sa chambre.

Jetant un coup d'œil à l'horloge de la cheminée, Sheridan nota la ponctualité du comte, sans pour autant s'émouvoir. Toujours penchée sur les journaux qui s'étalaient sur une table, près d'une fenêtre, elle pria la servante d'informer le comte qu'elle se reposait. Convaincue de se ressaisir enfin, fière d'elle-même, elle se dit qu'au moins elle ne manquait pas de force de caractère...

Pendant ce temps, dans le couloir, Stephen exprimait son inquiétude :

— Est-elle souffrante ? demanda-t-il à la servante, qui, sur un signe de tête de Sheridan, répondit que non.

Stephen répéta, comme la première fois, qu'il reviendrait dans une heure.

Il revint en effet mais pour s'entendre dire que mademoiselle prenait un bain. À la quatrième tentative, l'inquiétude avait fait place à l'agacement, et lorsqu'on lui annonça que mademoiselle dormait, Stephen rétorqua :

— Dites à... mademoiselle... que je frapperai encore à sa porte dans une heure et que j'aimerais la voir, très propre et très reposée et prête à descendre pour le dîner qui sera servi à neuf heures.

Quand le comte se manifesta de nouveau, Sheridan éprouva une satisfaction réjouissante. Souriante, elle s'enfonça avec délice dans le bain moussant qui menaçait de déborder et de se répandre sur le sol de marbre.

— Faites savoir à monsieur le comte, dit-elle à la servante, que je préfère dîner dans ma chambre.

L'expression de la pauvre chambrière gâcha un peu l'amusement de Sheridan. On eût dit qu'elle venait d'être fouettée ou qu'elle craignait de l'être incessamment.

La réaction de Stephen fut violente. Avant que la servante eût achevé sa phrase, il faillit lui faire perdre l'équilibre en ouvrant brutalement la porte pour se précipiter dans la chambre.

— Où est-elle ?
— Dans... dans son bain, monsieur le comte.

Il s'avança vers la salle de bains qu'il avait fait installer quelques années plus tôt en exigeant le plus beau marbre de Carrare et ne changea de direction que lorsqu'il surprit l'air horrifié de la servante. Dominant à demi sa fureur, il se dirigea vers la table couverte de journaux parmi lesquels il vit une feuille de papier.

— Miss Lancaster, cria-t-il en terrifiant la servante, si vous n'êtes pas descendue dans exactement dix minutes, je viendrai vous chercher ! Et je vous traînerai au rez-de-chaussée quelle que soit la tenue dans laquelle vous vous trouverez. Est-ce clair ?

Incrédule, il dut constater que Miss Lancaster ne daignait même pas lui répondre. Qu'avait-elle donc en tête ? Et d'ailleurs à qui écrivait-elle ? Il prit la feuille de papier en se disant que le pauvre Burleton l'avait en quelque sorte échappé belle... Il devait être mieux où il était que dans l'enfer qu'elle lui eût fait subir avec ses entêtements scandaleux. Puis il découvrit ce qu'elle avait noté. D'une écriture élégante et claire, elle avait relevé des informations qu'elle avait dû connaître et qu'aujourd'hui il lui fallait réapprendre. À cause de lui.

« Roi d'Angleterre – George IV. Né en 1762.

« Père de George IV – George III. Mort il y a deux ans.

« Les Anglais l'appelaient "Le roi fermier".

« Le roi aime les femmes, les beaux habits et les bons vins. »

Elle avait ensuite essayé de dresser une liste de faits similaires, mais la concernant. Les plus simples réponses étaient remplacées par des blancs.

« Je suis née en 18...

« Mon père s'appelle...

« J'aime avant tout... »

Assailli par les remords et le chagrin, Stephen ferma un instant les yeux. Elle ne connaissait ni son nom ni celui de son père, ignorait la date de sa naissance et, si jamais elle retrouvait la mémoire, elle devrait encore subir le choc que lui provoquerait la nouvelle de la mort de Burleton. Et tout cela... à cause de lui.

Il laissa retomber le feuillet comme s'il était devenu brûlant, prit une inspiration et s'apprêta à ressortir. Plus jamais il ne s'emporterait contre elle, quoi qu'elle pût faire ou dire. Il n'avait pas le droit d'éprouver de la frustration ou de la colère. Il n'avait droit qu'à un sentiment de culpabilité et à la conscience de ses responsabilités.

Mais, s'il s'engageait à la réconforter, encore fallait-il qu'elle sortît de cette salle de bains ! Il lança donc, tout en se dirigeant vers la porte, d'une voix plus courtoise mais ferme :

— Il vous reste huit minutes.

Avant de sortir, il entendit avec satisfaction l'eau du bain se vider. Mais à peine commençait-il à descendre l'escalier qu'il se rendit compte de ce qui l'attendait. À l'évidence, elle n'allait pas se contenter d'une vague explication, de quelques platitudes imprécises ou d'un sourire. Elle était trop romantique pour ne pas exiger une solide justification des négligences de son fiancé. En repensant au moment où elle lui avait demandé s'ils « étaient très amoureux l'un de l'autre », Stephen frémit. L'expérience lui avait appris que très peu de femmes savaient ce dont elles parlaient quand elles prétendaient être amoureuses. À les écouter, on aurait pourtant pu croire que l'amour était pour leur sexe aussi naturel que le fait de respirer. Comment n'aurait-il pas finalement considéré avec méfiance et le mot « amour » et les femmes qui se targuaient d'aimer ?

Helene était la seule à partager son point de vue, raison supplémentaire d'apprécier sa compagnie. De plus, elle lui était fidèle, ce qu'il jugeait également exceptionnel, lui qui connaissait si bien les épouses de ses amis... Il lui réservait donc un traitement digne d'une femme d'aristocrate. Dans une magnifique résidence londonienne, une armée de serviteurs et une garde-robe éblouissante assuraient à Helene un train de vie à la mesure du plaisir qu'elle lui donnait. Il lui avait même offert, un jour d'enthousiasme particulier, une voiture, laquée d'argent avec des coussins bleu lavande. L'argent et le bleu lavande formaient une association de couleurs qu'Helene adorait et qui était devenue en quelque sorte « sa griffe ». Peu de femmes auraient pu l'adopter avec autant de bonheur qu'elle. Stephen trouvait Helene raffinée, sensuelle ; elle acceptait les règles du jeu qu'il avait fixées et, surtout, elle ne confondait pas amour et sensualité.

Il réalisa qu'aucune femme jusqu'à présent – même parmi celles qu'il avait suffisamment fréquentées pour provoquer des rumeurs de fiançailles – ne l'avait jamais engagé dans une conversation sur l'amour.

Mais Charise Lancaster ne possédait pas le sens pratique, pour ne pas dire l'intelligence de ces femmes. Il faudrait pourtant qu'elle se rendît à l'évidence : il repousserait résolument toute nouvelle tentative de ce genre. Et en premier lieu pour son bien, à elle, ce qu'évidemment elle ne pouvait comprendre.

Deux valets s'empressèrent de lui ouvrir la porte du salon. Le front plissé, il alla se verser un verre de xérès. Derrière lui, les deux battants se refermèrent silencieusement tandis qu'il se demandait encore comment justifier son silence de trois jours.

## 15

Contrainte à la précipitation, Sheridan ajusta le bustier de la longue robe bleu lavande dans le corridor, où des valets effarés la suivirent du regard, bouche bée. Elle longea le large couloir à la recherche du salon où l'attendait le comte et s'étonna de se retrouver en haut d'un majestueux escalier conduisant apparemment à un vaste hall.

Une main sur la rampe de marbre blanc, elle souleva de l'autre le bas de sa robe et descendit les marches sans un regard pour les portraits d'ancêtres illustres qui représentaient l'arrogance des Westmoreland depuis seize générations. Elle n'avait qu'une préoccupation : où allait-elle trouver le comte avant qu'il ne mît sa menace à exécution ? Car elle l'en croyait parfaitement capable. En plus de tous ses autres défauts, il semblait la considérer comme une partie du mobilier, que l'on déplace à volonté quand il paraît gêner ou pour mieux en jouir. Et il ferait avec elle ce qu'il ne pourrait faire avec un meuble. Il la traînerait comme un sac de farine sous les yeux de ses serviteurs !

Mais elle ne lui accorderait pas cette satisfaction. Mon Dieu, quelle idée elle avait eu de se fiancer à ce personnage... Il lui déplaisait et il était probable que sa mère l'irriterait tout autant. Selon la chambrière, la robe qu'elle portait appartenait à la mère du comte. Mais, comment une vieille dame ou même une jeune femme respectable pouvait-elle entrer dans un salon, recevoir des visiteurs, danser à l'occasion, dans une tenue si frivole, avec ce bustier fermé par de simples rubans argentés ! Furieuse et désenchantée, elle ignora aussi les quatre imposants chandeliers qui semblaient ruisseler de diamants ainsi que les fresques qui ornaient les murs et les arabesques de stuc décorant le plafond du hall.

Elle allait atteindre la dernière marche lorsqu'elle vit un vieil homme en costume noir et chemise blanche qui entrait dans une pièce, sur la gauche du hall, en disant :

— Vous avez sonné, monsieur le comte ?

Un instant plus tard, il ressortait en s'inclinant respectueusement avant de refermer la porte.

Sheridan l'interpella alors qu'il s'apprêtait à s'éloigner.

— Pardonnez-moi...

Il se retourna, le visage soudain en proie à d'étranges tics nerveux.

Croyant qu'il était saisi de panique en la voyant hors de sa chambre, elle s'empressa de le rassurer :

— Je vais très bien. Le docteur Whitticomb m'a autorisée à me lever. Nous ne nous sommes jamais vus... Je me présente : Charise... heu... Lancaster.

Comme elle lui tendait la main, il répondit à son geste mais avec une réticence qu'elle prit pour de la gêne. Souhaitant le mettre à l'aise, elle lui serra résolument la main et, souriante, lui demanda :

— Et vous êtes... ?

— Hodgkin, répondit-il avec peine, comme s'il avait la gorge bloquée. (Il toussota puis répéta :) Hodgkin.

— Je suis ravie de vous rencontrer, monsieur Hodgkin.

— Non, pas « monsieur ». Hodgkin, tout simplement.

— Mais je ne peux pas vous appeler ainsi. Ce serait irrespectueux.

— C'est l'usage ici, mademoiselle.

Pendant qu'Hodgkin semblait confronté aux pires tourments, Sheridan, une main pudique plaquée sur son bustier, s'exclama :

— Ah, faut-il s'étonner que cet animal arrogant soit capable de priver un vieil homme de sa dignité !

Le visage d'Hodgkin recommença à trembloter et, le cou tendu, il parut en quête d'oxygène.

— J'ignore à qui vous faites allusion, mademoiselle.
— Je veux parler de...

Elle dut chercher le nom du comte, que lui avait indiqué la servante. En fait, elle avait entendu toute une kyrielle de noms et de titres, mais en définitive son patronyme devait être... Westmoreland. Oui, c'était cela !

— De Westmoreland... Oui, c'est à lui que je fais allusion. Et je ne vois pas pourquoi je le gratifierais de son titre. Franchement, il est regrettable que personne ne lui ait appris la courtoisie. Il aurait eu besoin de quelques coups de bâton, je crois.

À l'étage, un valet qui badinait avec une servante se retourna et se pencha pour regarder dans le hall. Tout aussi intriguée, la servante le bouscula afin de l'imiter. À quelques pas de Sheridan, les quatre laquais qui venaient de défiler cérémonieusement dans la salle à manger, chargés de plats d'argent, se heurtèrent soudain les uns aux autres quand le premier s'arrêta net, le souffle coupé. Puis apparut un autre serviteur, un peu plus jeune que Hodgkin mais vêtu comme lui. Sortant également de la salle à manger, il surprit la chute d'un couvercle sur le sol de marbre et, pour comble d'horreur, le vit rouler vers lui et lui heurter la jambe.

— Qui a fait ça ? s'écria-t-il.

Puis, à son tour, il découvrit Sheridan et oublia de se composer un visage impassible devant cette chevelure, cette robe et... ces pieds nus.

Indifférente à ce qui se passait autour d'elle, Sheridan poursuivait son dialogue avec le vieux serviteur.

— Il n'est jamais trop tard pour redresser ses erreurs. À la première occasion, je ferai remarquer au comte qu'il se doit de vous appeler « Monsieur Hodgkin ». Je lui suggérerai de se mettre à votre place en s'imaginant au même âge que vous...

Elle s'interrompit, décontenancée par l'affolement qui se lisait sur le visage d'Hodgkin. Sa colère contre le comte l'avait poussée à prononcer des paroles inconcevables pour un vieux serviteur qui tremblait de perdre sa place. Elle ne tarda pas à s'en rendre compte.

— Je suis désolée, monsieur Hodgkin. N'ayez aucune crainte. Je ne parlerai pas de cela.

Dans le hall, comme au-dessus dans la galerie, ce ne fut qu'un soupir de soulagement. Mais, déjà, Hodgkin ouvrait la porte du salon et la jeune Américaine interpellait le comte sur un ton ironique :

— Vous avez sonné, monsieur le comte ?

Stephen se retourna brusquement mais resta muet. Partagé entre la stupéfaction et l'admiration, il la vit, le menton relevé, les yeux comme du vif-argent, insolente avec son air hautain, ses pieds nus et ses cheveux encore mouillés, mais très belle dans ce déshabillé de soie bleu lavande qui dénudait ses épaules pour y laisser cascader sa chevelure flamboyante. Elle semblait tout droit sortie d'une fresque de Botticelli.

Il étudia l'alliance hasardeuse du bleu pâle et de sa rousseur et constata que grâce à sa peau laiteuse l'effet était spectaculaire et fascinant. Il lui fallut un certain temps pour comprendre qu'elle n'avait pas voulu défier les usages ni l'exaspérer en se vêtant ainsi. Elle n'avait tout simplement rien d'autre à se mettre.

Ses malles étaient reparties avec le *Morning Star*.

De toute façon, si l'ensemble de sa garde-robe était dans le goût de son horrible manteau marron, il préférait la voir dans ce déshabillé d'Helene. Du moins pour cette fois-ci. À la première heure, le lendemain matin, il demanderait à son maître d'hôtel de remédier à la perte de ses bagages. Que de chuchotements il devinait dans les corridors !

Réprimant un sourire admiratif, il la regardait s'efforcer de rester impassible devant son silence et s'émerveillait de constater que sa personnalité s'exprimait sans parole ni mouvement. Il la devinait encore innocente au seuil de l'âge adulte et d'une audace que ne tempérait aucune prudence. Fugitivement, il imagina sa chevelure de feu s'éparpillant sur son torse, mais aussitôt il écarta cette vision, tandis qu'au même moment elle rompait le silence.

— Vous allez m'observer pendant longtemps comme ça ?

— En fait, je vous admire.

Elle s'était préparée à la confrontation, l'avait même souhaitée et ni son regard flatteur ni ses compliments ne la feraient fléchir. Cet homme était une brute qu'elle se refusait à épouser.

— J'imagine que vous n'avez pas requis ma présence auprès de votre auguste personne sans raison, dit-elle.

Ignorant son ironie, il s'inclina brièvement avant de lui répondre :

— Je vous ai demandé de descendre pour plusieurs raisons, en vérité.

— Lesquelles ?

— Je tiens, avant toute autre chose, à m'excuser.

— Ah ? Et pourquoi ?

Il céda au besoin de sourire. Ne devait-il pas lui reconnaître du courage et de l'orgueil ? Une bonne dose des deux, d'ailleurs ! Quelle autre femme, et même quel homme, oserait l'affronter comme elle le faisait ?

— Je regrette la façon dont j'ai interrompu notre conversation, l'autre soir. Et je regrette aussi de n'être pas venu vous voir pendant plusieurs jours.

— J'accepte vos excuses. Puis-je maintenant me retirer ?

— Non. Je dois vous expliquer pour quelle raison j'ai agi ainsi.

Elle lui lança un regard méprisant.

— Essayez donc !

— Mais écoutez-moi !

Stephen se dit que le courage de cette jeune femme devenait une qualité encombrante, finalement.

Constatant qu'il perdait un peu de sa superbe, Sheridan se sentit plus à l'aise.

— Allez-y. Je vous écoute.

— Voudriez-vous vous asseoir ?

— Ça dépend de ce que vous avez à me dire.

Elle le vit plisser les yeux et froncer les sourcils, mais sa voix n'exprima aucune contrariété.

— L'autre soir, il m'a semblé que... que les choses entre nous n'étaient pas... telles que vous les conceviez entre deux fiancés.

D'un signe de tête, elle manifesta son assentiment mais aussi le peu d'intérêt qu'elle accordait à cette mise au point.

Bien que déconcerté par son attitude, Stephen poursuivit :

— Je peux vous expliquer pourquoi, dit-il. Nous nous étions querellés lors de notre dernière rencontre. Puis vous avez eu cet accident. J'ai oublié notre dispute. Mais quand j'ai vu que vous alliez mieux et que j'ai été soulagé, j'ai malheureusement repensé à cette querelle. C'est la raison pour laquelle j'ai pu paraître...

— Froid et indifférent ? lui souffla-t-elle.

— Exactement.

Soudain elle s'assit, comme si elle acceptait de croire à la seule explication cohérente qui lui fût venue à l'esprit. Mais le soulagement de Stephen fut de courte durée.

— Quel avait été le sujet de cette querelle ?

Évidemment, cette jeune Américaine, rousse, insolente, capable d'entrer dans un salon pieds nus, ne pouvait si vite déposer les armes... Il aurait dû se douter qu'elle préférerait relancer la discussion au lieu d'accepter ses excuses et d'avoir la politesse de tourner la page.

Sans impatience visible, il expliqua :

— Nous nous étions heurtés à propos de votre disposition d'esprit.

De grands yeux gris le regardèrent, étonnés.

— Dans quelle disposition d'esprit étais-je ?

— Vous étiez... vous êtes souvent agressive.

— Je vois.

Elle sembla brusquement s'intéresser à ses mains, croisées sur ses genoux, comme si elle ne pouvait plus le regarder en face.

D'une voix hésitante où perçait la déception, elle demanda :

— Serais-je une sorte de mégère ?

Tête basse, épaules affaissées, elle lui inspira l'un de ces élans de tendresse qui avaient tendance à l'envahir aux moments les plus inattendus.

— Je ne dirais pas exactement ça, fit-il remarquer avec l'ombre d'un sourire dans la voix.

— J'ai observé chez moi des sautes d'humeur ces derniers jours, confessa-t-elle.

— Ça se comprend très bien en ce moment.

Elle releva la tête, chercha son regard.

— Pourrais-je savoir ce qui avait provoqué mon agressivité ?

Non, elle ne désarmait pas. Elle voulait comprendre à tout prix. Piégé, Stephen se tourna vers le plateau de liqueurs et prit la carafe de xérès en s'efforçant de trouver une réponse qui réussirait à l'apaiser.

— Je crois me souvenir que vous aviez trop prêté attention à un autre homme. Je suis jaloux.

Aucun sentiment ne lui était plus étranger, mais les femmes adoraient le provoquer chez un homme. Jetant un regard par-dessus son épaule, il constata que, sur ce plan au moins, Charise Lancaster ressemblait à ses congénères. Devant son air flatté, il retint un sourire et versa du xérès dans un petit verre de cristal.

— Un peu de xérès ? proposa-t-il.
— Non, merci.

Elle plongea son regard dans ses yeux bleus, soudain radieuse parce qu'elle recommençait à le trouver charmant, chaleureux et séduisant. D'étranges phrases traversèrent le brouillard qui flottait toujours dans sa mémoire...

*Le baron lui prit la main et la porta à ses lèvres en lui jurant une éternelle dévotion. « Vous êtes mon seul et unique amour... »*

*Le prince la prit dans ses bras et la serra sur son cœur. « J'aurais volontiers échangé cent royaumes contre vous, mon bel amour. Avant vous, je n'étais rien... »*

*Le comte fut si émerveillé par sa beauté qu'il ne put s'empêcher de poser un baiser sur sa joue. « Pardonnez-moi. Je n'ai pu me retenir. Je vous adore ! »*

Lisant une invitation dans son regard, Stephen posa le verre sur la table basse, et s'assit à côté d'elle. Pourquoi, dans ce délicieux moment d'harmonie, eût-il fallu refuser de répondre à une si douce attente ? se dit-il. Il lui prit le menton, effleura ses lèvres et sentit aussitôt son corps se tendre vers lui. Surpris par une réaction si intense, il se redressa et attendit qu'elle rouvrît les yeux. Quand ses longs cils mordorés battirent enfin, il lut dans le gris argenté de ses yeux un étonnement teinté de déception.

— Quelque chose ne va pas ?
— Oh, non ! Pas du tout.

Stephen estima qu'il manquait à sa réponse polie un accent de sincérité. Il la regarda, muet, ce qui d'ordinaire incitait à quelques précisions, et sa « fiancée » n'échappa pas à la règle.

— Il me semble simplement que je m'attendais à quelque chose de différent.

— À quoi, précisément ?

— Je l'ignore.

Le regard intense, elle donnait l'impression d'avoir vainement fouillé dans sa mémoire. Mais les souvenirs qui se dérobaient encore à cet instant précis devaient être ceux d'une passion charnelle. Stephen estima que Burleton avait donné libre cours à son désir. Que devait-il faire par conséquent sinon la rassurer, comme il l'avait promis à Whitticomb ? Il décida de respecter cet engagement alors que sa conscience lui soufflait de se méfier de lui-même.

Glissant un bras autour de sa taille, il lui chuchota à l'oreille :

— Peut-être vous attendiez-vous à ceci...

Le souffle chaud de Stephen sur son oreille provoqua un long frisson dans son corps et Sheridan voulut détourner son visage. Mais alors leurs lèvres se rencontrèrent, et au lieu de l'élan passionné qu'il attendait, Stephen devina une émotion juvénile qui l'incita à la douceur.

À l'instant même où il l'enlaçait étroitement, invitant ses lèvres à s'entrouvrir, elle éprouva dans un incroyable vertige l'envie de se fondre en lui. Jamais, elle en était sûre, elle n'avait connu de sensations aussi tumultueuses.

Stephen la sentit s'alanguir dans ses bras. Cependant, il s'arracha à ses lèvres, releva la tête et la regarda. Comment cette jeune femme au visage rouge d'émoi, qui avait maladroitement tenté de répondre à ses baisers, avait pu à ce point le troubler ?

À trente-trois ans, il éprouvait un net penchant pour les femmes expérimentées qui savaient rendre ce qu'elles recevaient. L'idée d'être tout de même attiré par une femme-enfant, vêtue d'un déshabillé appartenant à sa maîtresse attitrée, lui donna envie d'éclater de rire. Toutefois, elle avait montré des dispositions au plaisir charnel qui ne lui avaient pas échappé. Et le regard langoureux qu'elle lui adressait instinctivement, tandis qu'il s'attardait dans ses réflexions, n'était pas celui d'une petite fille effarouchée.

Au bout du compte, il décida que Charise Lancaster manquait certainement d'expérience, mais qu'avant tout elle avait été mal initiée par Burleton.

— Alors ? Vous ai-je donné ce que vous attendiez ? fit-il en espérant une réponse enthousiaste.

Elle le surprit.

— Non. Ça, je ne pouvais m'y attendre, parce que je ne l'avais jamais éprouvé.

Il en oublia ses suppositions. Sans se rendre compte de ce qu'il faisait, il caressa sa joue.

— Je me demande si vous êtes réellement aussi charmante que vous en avez l'air, Charise...

— Charmante ? Non. Je suis plutôt d'une nature rebelle, ce qui vous a peut-être échappé...

Il retint un rire surpris et amusé, et resta muet. Prenant son silence pour une marque de scepticisme, elle baissa les yeux et murmura avec un accent coupable :

— J'ai dû vous dissimuler ma vraie nature quand j'avais encore tous mes esprits.

Le silence de Stephen se prolongeant, elle fixa son regard sur les minuscules boutons de rubis qui brillaient sur sa chemise blanche, tout en savourant la délicieuse sensation de son bras autour de sa taille. Cependant, elle ressentait une sorte de malaise, quelque chose de faux dans sa propre attitude et qu'elle ne parvenait pas à éclaircir. Décidément, ses réactions la surprenaient, variaient, lui échappaient. Elle avait haï sa robe, son fiancé et son amnésie puis elle avait changé d'avis, comme par enchantement. Sa robe lui paraissait maintenant aussi somptueuse que celle d'une princesse, son fiancé, chaleureux et réconfortant et son amnésie, bienvenue. Pourquoi à certains moments son envie de retrouver la mémoire disparaissait-elle ? Ce devait être à cause de lui, de son sourire magique. Et de sa façon d'embrasser ! Mon Dieu, comme ses baisers avaient embrasé son corps ! Et puis, finalement, malgré un certain embarras, un sentiment de culpabilité et quelques incertitudes, elle trouvait que cette situation était fort agréable.

Prête à lui expliquer tout cela et peut-être même à lui demander conseil, elle prit une longue inspiration en laissant son regard s'attarder sur sa chemise.

— J'ignore ce que vous pensez de moi, mais j'ai l'impression d'avoir un drôle de caractère... On pourrait dire : un caractère imprévisible.

Cédant au charme de sa candeur, Stephen lui prit le menton.

— Je m'en suis aperçu, dit-il.
— Et cela ne vous trouble pas ?

Stephen était en effet troublé, mais pour une tout autre raison. Il sentait ses seins contre son torse, la douceur de sa chevelure sous sa main et trouvait à ses lèvres pulpeuses un attrait auquel aucun homme ne pouvait résister. Elle provoquait une ivresse aussi subtile que dangereuse. Elle n'était ni sa fiancée ni sa maîtresse, et il lui devait respect et protection. Il avait beau se le répéter, sa raison semblait hypnotisée par la voix et le sourire de la jeune femme.

Il finit par lui répondre :

— Vous me troublez beaucoup, en fait.
— Expliquez-moi... De quelle façon ?
— En me poussant à faire ce genre de chose...

Il prit ses lèvres avec une tendresse fiévreuse, l'embrassa avec la volonté de la sentir s'ouvrir à lui. Il lui caressa la nuque lentement, tandis que son autre main allait et venait sur son dos avec une douce vigueur. Timide mais docile, elle imita les mouvements de ses lèvres, sa façon d'explorer sa bouche, son ardeur ou sa lenteur appliquée. Quand elle sentit sa main se plaquer sur le creux de ses reins, elle s'enhardit encore, caressa son torse et ses épaules et se cambra en le serrant contre elle. Soudain il l'enlaça avec force, l'embrassa comme s'ils devaient se séparer à jamais, faisant courir en elle des frissons indicibles. Tremblante, elle épousa plus étroitement son corps, lui rendit ses baisers, le laissa effleurer ses seins.

Mais elle eut brusquement un mouvement de recul instinctif qu'elle ne put ni comprendre ni refréner. Alors, elle détacha ses lèvres de sa bouche et secoua la tête, comme au bord de la panique.

Stephen la relâcha et posa sur la jeune beauté qui avait réussi à émouvoir ses sens et son esprit un regard incrédule et amusé. Les joues en feu, haletante, ses yeux gris exprimant un mélange de désir et de confusion, elle semblait indécise.

— Il est temps de passer à autre chose, dit-il, prenant la décision pour deux.

— Qu'avez-vous... envie de faire ?

— Oublions mes envies, voulez-vous ? Elles n'ont rien à voir avec ce que je vais vous proposer.

Il décida de l'initier aux dames. Mais ce fut une erreur.

Elle le battit deux fois de suite, incapable qu'il était de se concentrer sur le jeu.

# 16

Le lendemain, Stephen évita de penser à elle. Mais quand vint l'heure de se préparer pour la soirée, il constata qu'il vibrait d'impatience, ce qui ne lui était pas arrivé depuis longtemps. Afin que Charise eût au moins quelques robes décentes, il s'était adressé à la couturière d'Helene. Affolée, celle-ci lui avait fait répondre qu'à l'approche de la saison elle était accablée de travail. Mais l'insistance du comte et les revenus que lui assuraient les commandes de sa maîtresse firent des miracles.

Quelques heures plus tard, on vint livrer cinq robes. Stephen ne s'attendait pas, vu les délais, à ce qu'elles fussent des chefs-d'œuvre, mais il était tout de même curieux de voir apparaître Charise dans une tenue autre qu'un déshabillé trouvé dans une penderie. Alors que son valet achevait de le raser, il se dit qu'il ne serait pas déçu. Charise Lancaster possédait une élégance naturelle, ainsi qu'il avait pu en juger, en la voyant en peignoir, un cordon de double rideau noué autour de la taille.

Elle tint ses promesses. Sa chevelure d'or cuivré sur les épaules, elle vint le rejoindre dans une robe vert d'eau, qui dessinait ses formes et soulignait sa taille avant de tomber, en plis souples, sur ses chevilles. Un côté ingénu s'alliait à un charme insolent. Évitant le regard admiratif de Stephen, elle sourit aux bouquets de roses blanches et aux chandeliers d'argent puis, avec grâce, prit place en face de lui. Il la vit si radieuse qu'il lui fallut quelques instants pour réaliser qu'elle ne pensait pas à lui ni à ses baisers, mais à sa robe.

— C'est une folie. Vous n'auriez pas dû.
— Ce n'est pas une folie. Et si vous la trouvez belle, je peux vous dire que la femme qui la porte l'est encore plus.

Apparemment gênée, elle détourna son regard, et Stephen en profita pour se rappeler qu'elle ne cherchait pas à le séduire. Elle ne jouait pas de son sourire, ni de sa démarche gracieuse, ni de la rondeur de sa poitrine. Il se devait de repousser les visions de chevelure flamboyante sur des oreillers de satin ou d'adorables seins au creux de ses mains.

— Qu'avez-vous fait aujourd'hui ? lui demanda-t-il aussitôt.
— J'ai lu les journaux.

Alors que la lumière des chandeliers faisait briller ses cheveux et ses yeux rieurs, elle le gratifia de commentaires hilarants sur sa découverte des activités de la saison londonienne. À travers la presse, lui expliqua-t-elle, elle voulait se familiariser avec son milieu, avant d'être présentée à ses amis. Évidemment elle faisait fausse route puisqu'il s'apprêtait à la soustraire à ces mondanités, mais comment le lui avouer quand elle semblait si gaie et enfin distraite de ses tourments ?

Il lui demanda donc ce qu'elle avait appris. Ses réponses et ses mimiques le réjouirent tout au long du repas. Sa façon de froncer le nez en signe de désapprobation ou de rouler des yeux, incrédule et amusée, donnait à chaque instant à Stephen envie d'éclater de rire. Mais elle lui posa aussi des questions surprenantes qui l'obligèrent à considérer les habitudes de son milieu – et probablement du sien – avec un regard neuf.

Les laquais leur servaient un succulent canard lorsqu'elle fit remarquer en riant :

— Selon *La Gazette*, la comtesse d'Evandale a porté à la Cour une robe ornée de trois mille perles. Croyez-vous que l'on puisse se fier à ce chiffre ?

Stephen plaisanta :

— J'ai la plus grande confiance dans les échos mondains de ce journal !

— Alors on peut en conclure que les perles étaient minuscules ou que la dame est très grosse.

— Pourquoi ?

— Si une femme mince avait porté tant de perles, elle aurait eu besoin d'un treuil pour se relever après sa révérence au roi !

L'image de la comtesse au bout d'un treuil déclencha chez Stephen un sourire réjoui qui ne s'estompa qu'au moment où, sans crier gare, Sheridan passa du frivole au sérieux.

Le menton appuyé sur ses mains croisées, elle le regarda et lui demanda :

— D'avril à juin, pendant la saison, que deviennent les enfants dont les parents quittent la campagne pour Londres ?

— Ils restent avec leurs gouvernantes et leurs précepteurs.

— Est-ce la même chose en automne, pendant la petite saison ?

Quand Stephen fit un signe affirmatif, elle pencha la tête sur son épaule et fit observer avec gravité :

— Ces enfants doivent alors se sentir bien seuls.

— Ils ne le sont pas pourtant.

— On peut ne pas être isolé et éprouver quand même un sentiment de solitude.

Soucieux de ne pas s'attarder sur un sujet qui risquait de les conduire à une impossible discussion sur le mariage et les enfants, Stephen prit sans s'en apercevoir un ton plus froid.

— Faites-vous allusion à une expérience personnelle ?
— Je... Je l'ignore.
— À ce propos, je dois vous dire que demain vous serez seule.
— Demain soir ?
— Oui.

Aussitôt elle détourna le regard, inspira profondément comme pour rassembler son courage, puis revint à lui.

— Serait-ce à cause de ce que je viens de dire ?

Il eut l'impression d'avoir été stupidement maladroit et s'empressa de préciser :

— Je dois honorer un engagement pris depuis quelque temps déjà.

L'explication était suffisante. Pourtant, le sentiment de sa maladresse persista et il éprouva le besoin d'ajouter :

— Si le sort des enfants dont nous avons parlé vous tracasse, je tiens à vous dire que certains parents les font de temps en temps venir à Londres. Ce fut mon cas et celui de mon frère. Nous venions rejoindre nos parents tous les quinze jours pendant la saison. Mon frère et sa femme, ainsi que quelques-uns de leurs amis font de même.

Il vit son sourire reparaître et éclairer son visage comme un soleil.

— Oh, vraiment ? Eh bien, je suis soulagée de l'apprendre !

— Mais sachez tout de même que cela fait sourire pas mal de gens.

— Qu'importe ! On ne doit pas se laisser influencer par l'opinion des autres. N'est-ce pas votre avis ?

Soudain, il comprit qu'en fait Charise Lancaster cherchait à découvrir sa personnalité et à évaluer ses dispositions au mariage et à la paternité, deux pièges dans lesquels il n'avait nullement l'intention de tomber. Le souhaitait-elle d'ailleurs ? D'autre part, le mépris qu'elle affichait pour les opinions des autres la mettrait en une seule semaine au ban de la société. Ce que lui-même pouvait faire parce qu'il était un homme, de surcroît riche et titré, lui serait à elle interdit. Toutes ces matrones qui se battaient pour lui donner leur fille en oubliant volontiers ses défauts et ses excès la cloueraient au pilori à la première occasion. Ce qui serait déjà le cas, si elles la voyaient dîner en tête à tête avec lui.

— N'est-ce pas votre avis ? répéta-t-elle.
— Oui. Absolument, admit-il avec solennité.
— Je suis heureuse de vous l'entendre dire.
— C'est bien ce que je craignais, fit-il en réprimant un sourire.

Il conserva sa bonne humeur jusqu'à la fin du repas, puis ensuite dans le salon où ils se retirèrent. Mais au moment de lui souhaiter une bonne nuit, il jugea plus prudent de ne poser qu'un baiser fraternel sur sa joue.

## 17

Le surlendemain, en début de soirée, alors que Stephen attendait Sheridan au salon, Hugh Whitticomb entra en souriant.

— Je ne sais ce que vous lui avez fait, mais cela a réussi !

— Elle va bien alors ?

Stephen se félicita que sa chère « fiancée » n'eût pas cédé à un accès de culpabilité. En repensant aux privautés qu'elle lui avait accordées l'autre soir, elle aurait très bien pu se confesser à Whitticomb... Ouf, il n'en était rien ! Stephen constata donc que les serviteurs qui l'avaient tenu informé des allées et venues de sa protégée ne lui avaient pas menti. Elle avait été d'humeur légère, tandis qu'il était resté toute la journée enfermé dans son bureau, d'abord avec l'un de ses contremaîtres, puis avec l'architecte qui travaillait sur le plan de rénovation d'un de ses domaines. Décidément, la soirée s'annonçait agréable. Il dînerait avec Charise, ensuite il rejoindrait Helene. Et peu lui importait de savoir ce qu'il attendait avec le plus d'impatience, du dîner ou de la suite.

— Elle va vraiment très bien, confirma le médecin. Je la trouve rayonnante. Elle m'a demandé de vous prévenir qu'elle vous rejoignait dans quelques instants.

Le plaisir anticipé de Stephen fut quelque peu contrarié par le fait que Whitticomb ne semblât pas pressé de prendre congé. De plus il le regardait avec insistance et un intérêt non dissimulé qui, chez un homme aussi astucieux que lui, annonçait immanquablement quelque question embarrassante.

— Vous avez accompli un miracle. Elle n'est plus la même. Pourrais-je connaître votre recette ?

Stephen se tourna vers le manteau de la cheminée sur lequel il avait laissé son verre de xérès.

— J'ai suivi vos conseils. Je l'ai rassurée.

— Vous serait-il possible d'être plus précis ? Les spécialistes que j'ai consultés au sujet de son amnésie pourraient s'intéresser à votre thérapie. Elle semble si efficace !

Un coude sur la cheminée, l'œil moqueur, Stephen répondit d'un ton sec :

— Je ne voudrais pas vous retenir à l'heure de vos visites...

La réplique de Stephen signifiant clairement qu'il souhaitait se débarrasser de sa présence, Hugh Whitticomb se demanda ce qu'il devait en penser. Stephen se réjouissait-il de passer la soirée en tête à tête avec Charise ou voulait-il s'éviter la présence d'un témoin quand il s'efforçait de jouer le rôle du fiancé ? Intrigué, mais espérant qu'il s'agissait de la première solution, Hugh fit la proposition qui lui permettrait peut-être de trouver la réponse :

— J'ai en fait terminé mes visites. Je suis libre ce soir. Peut-être pourrais-je dîner avec vous, ce qui me donnerait l'occasion de vous voir à l'œuvre ?

— C'est impossible.

Hugh Whitticomb sourit.

— Votre réponse ne me surprend pas.

— Je peux tout de même vous offrir un verre de madère, si vous le souhaitez.

— Avec plaisir.

Le comte fit signe au laquais qui se tenait près du placard à liqueurs. Quelques instants plus tard, le serviteur présenta un verre de madère sur un plateau d'argent.

Contraint de laisser en suspens ses interrogations, Hugh engagea la conversation sur l'ouverture de la saison, la semaine suivante. Il demandait à Stephen ce qu'il comptait faire de Charise pendant les festivités, quand il vit son hôte enlever son coude du manteau de la cheminée tout en regardant vers la porte. Il se retourna et découvrit Charise Lancaster dans une ravissante robe jaune. Un ruban de la même couleur savamment mêlé à ses boucles rousses ceignait telle une couronne le sommet de sa tête.

Elle s'avança vers lui, comme le lui dictait le respect dû à son âge.

— Docteur Whitticomb ! s'exclama-t-elle avec un sourire ravi. Vous ne m'aviez pas dit que je vous retrouverais ici.

Dans son enthousiasme, elle lui tendit les mains en un geste trop chaleureux pour convenir, selon les usages, à une relation si récente. Mais devant tant de chaleur spontanée, Whitticomb oublia les bonnes manières et répondit à son élan.

— Vous êtes ravissante, lui dit-il en se reculant légèrement pour l'admirer. Vous me faites penser à un bouton d'or.

Fébrile à l'idée de se retrouver face à son fiancé, Sheridan repoussa le moment de le regarder.

— Ne suis-je pas la même que tout à l'heure ? demandait-elle innocemment. Ah, oui, bien sûr, je n'étais pas habillée...

Elle s'interrompit, rougissante, en entendant Stephen étouffer un petit rire.

— Je voulais dire, rectifia-t-elle, trouvant enfin le courage de poser les yeux sur lui, que je ne portais pas encore cette robe...

Charmé par sa timidité soudaine, comme par le décolleté de la robe qui offrait un écrin doré à sa peau diaphane, Stephen la rassura :

— J'avais compris, dit-il.

— Je ne sais comment vous remercier. Vous m'avez fait livrer des robes merveilleuses. Je dois avouer que je me sens soulagée maintenant.

— Pourquoi ce soulagement ? demanda Stephen avec un sourire de ravissement.

— Je me posais la même question, fit Hugh.

Sheridan se tourna vers le médecin.

— Je craignais de voir arriver des robes comme celle que j'ai portée la première fois que je suis descendue ici. Elle était très jolie en fait, mais je trouvais qu'elle laissait beaucoup trop passer les courants d'air.

— Elle laissait passer les courants d'air ? répéta Hugh Whitticomb, plus effaré que soucieux pour la santé de sa patiente.

— Oui. Elle était très légère, elle flottait autour de moi. J'avais l'impression de porter un simple voile bleu lavande. Et puis j'avais peur que les rubans argentés, sur le bustier, ne se défassent... Je me serais retrouvée nue...

Elle s'interrompit en remarquant le docteur Whitticomb poser sur le comte un regard interrogateur autant que stupéfait.

— Ainsi cette robe était bleu lavande ? s'étonna le médecin. Et, disons, vaporeuse...

Notant que le docteur Whitticomb semblait juger sévèrement le comte, Sheridan s'empressa d'ajouter :

— Mais elle était parfaite pour l'Angleterre !

— Qui vous a dit ça, ma chère enfant ?

— Constance, la chambrière. En fait, elle m'a expliqué que cette tenue convenait pour aller de la chambre à la salle à manger. De toute façon je n'avais pas autre chose à me mettre.

Le médecin, le regard toujours aussi sévère, s'adressa à Stephen :

— Je compte sur vous pour que Miss Lancaster n'ait plus à se promener dans une robe à courants d'air. Et je vous suggérerais également de lui trouver une chambrière un peu moins légère dans ses explications.

— C'est noté. Mais convenez que cette servante a simplement dit qu'une robe d'intérieur était faite pour l'intérieur...

Hugh Whitticomb vida son verre et le posa sur le plateau d'argent que le laquais avait fait réapparaître à portée de sa main. Puis, au lieu de se retirer sur cette escarmouche, il céda à l'envie d'observer Stephen qui, souriant à Charise Lancaster, lui faisait remarquer :

— Vous ne m'avez pas encore dit bonsoir, mademoiselle. J'en suis bouleversé.

— Oh, oui, ça se voit ! fit Sheridan en riant.

Négligemment appuyé contre le manteau de la cheminée, le regard plongé dans le sien, Sheridan se dit que Stephen Westmoreland incarnait à la perfection le charme, la force virile et l'assurance.

— J'ai voulu vous saluer, mais j'avais oublié le protocole. Il faut que vous me le rappeliez.

— Que voulez-vous dire ?

— Dois-je vous faire la révérence ?

Comment pouvait-elle parler d'oubli sans effroi ? Où puisait-elle tant de courage pour s'accommoder de ses difficultés avec un franc sourire ? Quant à la façon dont il eût souhaité qu'elle le saluât, il ne put la lui exposer. Il l'imagina lui tendant les mains, comme à Whitticomb un peu plus tôt. Ou mieux : lui offrant ses lèvres pour recevoir le baiser qu'il avait tellement envie de lui donner.

Mais en présence d'Hugh Whitticomb, il lui répondit :

— Oui. C'est la coutume...

— J'en étais à peu près sûre.

Gracieuse, elle s'exécuta sans effort.

— Était-ce acceptable ? lui demanda-t-elle en prenant la main qu'il lui tendait pendant qu'elle se relevait.

— C'était même mieux que cela... Qu'avez-vous fait de votre journée ?

Du coin de l'œil, Hugh Whitticomb remarqua le sourire particulièrement chaleureux de Stephen, l'attention qu'il portait à Charise, la manière dont il se tenait tout près d'elle. S'il se contentait de jouer un rôle, il mettait sans nul doute du cœur à l'ouvrage. Et s'il ne jouait pas...

Espérant trouver une réponse à ses interrogations, il proposa :

— Je peux encore me laisser persuader de dîner avec vous, si vous y tenez...

Sheridan se retourna, mais Stephen n'accorda à Whitticomb qu'un bref regard.

— Il n'en est toujours pas question. Veuillez nous laisser seuls.

— Il faudrait que je sois complètement borné pour ne pas comprendre ! rétorqua Hugh avec bonne humeur.

Ce qu'il soupçonnait l'enchantait. Il s'accommoda fort bien du manque d'hospitalité sans précédent de Stephen et faillit, dans son enthousiasme, serrer la main du maître d'hôtel lorsque ce dernier lui présenta sa canne et son chapeau.

— Prenez soin de notre jeune patiente, lança-t-il à Stephen avec un clin d'œil conspirateur. Ce sera notre petit secret.

Il était déjà sur l'avant-dernière marche du perron lorsqu'il se rendit compte que le maître d'hôtel n'était pas Colfax mais un inconnu, beaucoup plus âgé. Peu importait ! Ce n'était qu'un détail que balaya le flot de son enthousiasme.

Sa voiture l'attendait, mais la nuit était si belle, sa joie si grande qu'il décida de marcher et fit signe à son cocher de le suivre. Depuis des années, les Westmoreland observaient, consternés, le manège des femmes à marier autour d'un Stephen récalcitrant. Toutes mouraient d'envie de partager sa notoriété et sa fortune. Elles s'offraient en échange d'un titre et d'une alliance avec sa famille, et Stephen en concevait une amertume et un cynisme qui avaient fini par entamer son charme et sa chaleur d'autrefois.

Il n'y avait pas une hôtesse ni une entremetteuse qui ne le traitât avec une déférence que dictaient sa fortune et sa puissance. Mais il savait qu'on ne s'intéressait qu'à ce qu'il représentait et non à ce qu'il était.

Le temps passant, il était devenu un véritable défi pour la gent féminine. Il ne pouvait plus entrer dans un salon sans provoquer des réactions frénétiques parmi ces dames. D'un œil froid, il observait, jugeait, parvenait toujours à la conclusion que les femmes étaient méprisables. Il préférait donc s'afficher avec sa maîtresse quand l'envie lui prenait d'aller au théâtre ou à l'opéra pendant la saison. Autrement, il passait ses soirées londoniennes à jouer au bridge ou aux échecs, chez lui, en compagnie masculine, ce qui préservait au moins l'honneur de la famille, bafoué par ses sottises avec Helene, au grand désespoir de sa mère et de sa belle-sœur.

Longtemps, il avait toléré ces femmes affriolées par son célibat. Mais depuis un an ou deux, sa condescendance amusée avait fait place à une irritation ouverte, qui se traduisait par des rebuffades ou des impolitesses cinglantes, sources de larmes, de mortifications et, pour sa famille, d'outrages répétés.

Et voilà qu'il retrouvait un peu de sa chaleur d'antan pour sourire à Charise Lancaster ! Son attitude lui était sans doute en partie dictée par un sentiment de culpabilité. Mais, de l'avis du docteur Whitticomb, il y avait autre chose. Stephen découvrait avec elle que sa vie manquait de tendresse et de douceur. Il avait besoin d'elle autant qu'elle avait besoin de lui. Et, surtout, il pouvait enfin constater grâce à elle que le monde n'était pas uniquement peuplé de femmes qui couraient après un titre, de l'argent et des domaines.

Toute vulnérable qu'elle fût, compte tenu de son état, Charise Lancaster semblait faire fi de sa situation sociale. Ni le décorum ni les attentions de Stephen ne l'intimidaient. Avec une spontanéité qu'Hugh trouvait irrésistible, elle lui avait tendu les mains sans manière, puis s'était gentiment moquée de la galanterie affectée de son hôte. Son absence totale de vanité comme sa franchise lui donnaient une fraîcheur charmante. Douce, elle l'était jusqu'au tréfonds d'elle-même, mais non sans péril, et la négligence de Stephen avait réussi à la blesser. D'une espère rare, elle pensait aux autres avant de songer à elle-même et savait pardonner avec grâce et générosité. Dès qu'elle avait pu parler, elle avait insisté pour que l'on rassurât le comte. On pouvait également louer la cordialité avec laquelle elle traitait tout le monde, y compris les serviteurs. Cette jeune femme était un enchantement.

En pensant à Monica Fitzwaring, jeune femme agréable et d'excellente famille, Hugh se disait que, malgré bien des qualités, elle ne représentait pas la femme idéale pour Stephen. Ravissante, elle avait appris la grâce et la sérénité mais, quand on doit ses atouts plus à son éducation qu'à sa véritable nature, on provoque peu d'émotions profondes. Jamais Hugh n'avait vu Stephen sourire à Monica comme à Charise. Certes, Monica Fitzwaring serait une parfaite maîtresse de maison, mais le cœur de Stephen resterait froid.

Récemment, Stephen avait semé le désarroi dans sa famille en annonçant qu'il n'avait pas l'intention d'épouser Monica ni aucune autre femme dans le seul but d'assurer sa descendance. Pour sa part, Hugh trouvait cela plus rassurant qu'alarmant. La mode des mariages de convenance dans la haute société lui semblait détestable, en particulier pour ceux qu'il aimait. Très attaché aux Westmoreland, il espérait pour Stephen une union semblable à celle de Clayton Westmoreland ou à la sienne.

Il pensa à sa femme défunte, Margaret. Sa Margaret... Et il sourit tout en marchant le long d'Upper Brook Street et de ses imposantes demeures. Il avait l'impression de retrouver un peu sa femme en Charise Lancaster. Non qu'elle lui ressemblât, mais elle possédait sa gentillesse et... son courage !

Tout bien réfléchi, il était convaincu que le destin offrait enfin à Stephen Westmoreland la chance qu'il méritait. Certes, Stephen n'avait pas encore compris ce qui lui arrivait, et Charise Lancaster ne prendrait sans doute pas pour une bénédiction la mort de Burleton et la conspiration menée par Stephen et son médecin. Mais Hugh se sentait l'allié du destin et, s'il le fallait, il saurait être convaincant.

« Ma petite Margaret, dit-il à voix haute, comme cela lui arrivait souvent afin de mieux la sentir près de lui, je crois que nous allons être à l'origine d'un mariage exceptionnel. Qu'en penses-tu ? »

Balançant joyeusement sa canne, il tendit l'oreille et rit dans sa barbe comme il le faisait depuis dix ans lorsqu'il l'entendait lui répéter : « *Cesse de m'appeler "Ta petite Margaret", Hugh Whitticomb. Je ne suis pas une enfant.* »

« Tu es ma petite Margaret depuis le jour où tu as glissé de la selle de ton cheval pour tomber dans mes bras », répondit-il en souriant parce qu'il ne changeait jamais d'argument.

« *Je n'ai pas glissé. J'ai mis pied à terre. Sans doute un peu maladroitement.* »

« *Ma petite Margaret, j'aimerais que tu sois ici.* »
« *Mais je suis avec toi, mon chéri.* »

# 18

Parti avec l'intention de passer la soirée et la nuit avec Helene, d'abord au théâtre puis chez elle, Stephen revint au bout de trois heures et fit grise mine en constatant que personne ne venait lui ouvrir la porte, bien qu'il eût frappé plusieurs fois. Il pénétra dans le hall, sans qu'aucun serviteur n'apparaisse, alors qu'il était relativement tôt. Il jeta ses gants sur la table près de l'entrée, entra dans le grand salon et, constatant qu'il était désert, enleva lui-même son manteau et le laissa tomber sur le bras d'un fauteuil. Puis il sortit sa montre en se demandant si elle ne s'était pas arrêtée.

Elle indiquait dix heures et demie, ce que confirmait l'horloge sur le manteau de la cheminée. Ordinairement, ses soirées avec Helene ou à l'un de ses clubs ne s'achevaient qu'à l'aube, mais il y avait toujours un valet pour l'accueillir, fût-ce en étouffant un bâillement.

Il pensa à ce qu'il venait de vivre avec Helene et machinalement se frotta la nuque, comme si ce geste devait suffire à évacuer la tension engendrée par l'ennui et le désagrément éprouvés au cours de la soirée. Au théâtre, déjà, il s'était montré distrait, puis déçu par les acteurs, les musiciens, le décor et insupporté par le parfum d'une douairière, assise dans la loge voisine. En fait, il était dans l'un de ces états d'esprit qui rendent tout exécrable ou d'un ennui profond. Où était donc passée l'humeur enjouée qui était la sienne quand Charise lui avait commenté la presse au cours du dîner ?

Dès la fin du premier acte, sentant sa contrariété, Helene, souriant derrière son éventail, l'avait invité à d'autres distractions.

— Veux-tu que nous jouions un second acte à notre manière ? En un lieu plus intime ?

Il avait accepté volontiers mais, hélas, il ne fut pas plus satisfait de sa performance que du jeu des acteurs... À peine dévêtu, il se rendit compte qu'il avait moins envie de sensualité que d'un soulagement rapide.

Il eut ce qu'il souhaitait. Mais Helene n'accepta pas docilement sa précipitation. Alors qu'il repoussait le drap pour se lever, elle se redressa à demi, s'appuya sur un coude et, le regardant se rhabiller, lui demanda :

— Qu'est-ce qui te préoccupe ?

Partageant sa frustration, il posa un baiser contrit sur son front soucieux.

— Je me trouve dans une situation compliquée que je ne t'expliquerai pas par peur de te blesser.

Il trahissait un accord tacite et tous deux le savaient, car si une maîtresse n'avait d'ordinaire droit à aucune explication comme à nulle récrimination, Helene échappait à la règle. Admirée, courtisée, cette demi-mondaine avait autant de succès que les plus belles femmes de la haute société. Elle pouvait choisir ses amants parmi une pléiade de nobles fortunés qui, à la manière de Stephen, lui offraient leur « protection » en échange de l'exclusivité de sa compagnie.

Souriante, elle glissa un doigt dans l'échancrure de sa chemise et l'informa avec une innocence feinte :

— J'ai appris que Mme LaSalle t'avait fait livrer plusieurs robes en urgence. Dans quel genre de situation te trouves-tu donc ?

Stephen la regarda avec un mélange d'amusement, d'irritation et d'admiration devant sa perspicacité.

— Je viens de te le dire : compliquée.

— On peut le penser, en effet...

Sa voix avait trahi une pointe de tristesse. À l'évidence, elle était préoccupée par la présence d'une inconnue chez lui, et il s'en étonna. Il évoluait dans un monde où les hommes conciliaient mariage et aventures extraconjugales avec le plus grand naturel. Les femmes les imitaient et ces alliances qui n'avaient d'autre but que la naissance d'un héritier se passaient de moralité, mais jamais de discrétion. Là était l'essentiel. Helene le savait parfaitement, et comme en plus ils n'étaient pas mariés, quelle raison la poussait donc à se montrer indiscrète ?

Penché vers elle, il embrassa ses lèvres tout en caressant sa cuisse.

— Ne te fais pas de souci. Il ne s'agit que d'une pauvre enfant égarée qui se remet d'un accident en attendant que sa famille vienne la chercher.

Il repensa à cette curieuse explication en quittant Helene. Depuis quand considérait-il Charise Lancaster comme une pauvre enfant égarée ? N'était-elle pas plutôt une jeune femme courageuse, intelligente, drôle, sensuelle, distrayante à souhait ? Il devait bien admettre qu'il avait préféré sa compagnie à celle d'Helene, ce soir-là.

Alors que sa voiture descendait Upper Brook Street et se rapprochait de chez lui, il se mit à échafauder un étonnant projet. En enquêtant sur la situation de Burleton au moment de sa mort, il avait découvert que le jeune baron entretenait une passion pour le jeu, une passion qui lui avait coûté sa fortune et des dettes considérables. Il ne laissait rien derrière lui, pas même un bijou.

En l'épousant, Charise n'aurait acquis que la respectabilité d'une femme mariée et un titre de noblesse sans grandeur particulière. Stephen se proposait donc, non de l'épouser mais de lui offrir tout ce qu'elle pourrait désirer, aussi longtemps qu'ils prendraient l'un et l'autre plaisir à être ensemble, et à condition qu'elle accepte cet accord...

Cela sous-entendait hélas un arrangement digne d'une courtisane et non d'une vierge innocente ! Et même si elle avait suffisamment d'expérience pour comprendre et accepter ce qu'il lui proposait, n'était-il pas trop âgé et trop blasé pour elle ?

Blasé ? Débauché, aussi ? Peut-être ne l'était-il pas assez pour oser s'en prendre à sa vertu et la priver ainsi de toutes chances de respectabilité. Non, il n'était pas à ce point immoral ! Ne serait-ce pas révoltant de profiter d'une jeune femme qui vient de perdre un fiancé, un fiancé qu'il avait aidé en quelque sorte à disparaître ? Ce ne serait pas seulement révoltant, mais pure folie ! En d'autres termes, il n'avait pas seulement perdu ses idéaux au fil des années mais également la raison.

Afin de s'éviter un tel mépris de lui-même, Stephen résolut de se comporter comme un tuteur temporaire à l'égard de Charise et de ne penser à elle que de façon impersonnelle. Il la distrairait, la rassurerait mais s'abstiendrait de toute intimité physique. Elle continuerait évidemment à le considérer comme son fiancé, mais il n'entrerait plus dans le jeu. Il n'avait eu que trop tendance à s'y laisser prendre, à oublier la réalité. Une personne amnésique, passait encore, mais deux, ah, non, ce serait trop !

Retrouvant son réalisme, il découvrit en même temps qu'il s'en voulait moins de l'avoir privée de son fiancé. Elle méritait mieux que ce jeune Burleton, irresponsable, sans le sou et sans doute dénué d'expérience avec les femmes. Il lui fallait quelqu'un de solide, d'intéressant et qui lui permît de vivre dans le luxe.

Il se sentit investi d'une mission : celle de lui trouver l'homme de sa vie. Mais, pour l'heure, il voulait penser à autre chose et essayer de sauver ce qui restait de la soirée en le partageant avec elle.

D'où lui venait donc cette faiblesse pour les demoiselles en détresse, en particulier lorsqu'elles étaient de flamboyantes rousses ? Il se le demanda tout en se préparant à jouer son rôle de protecteur, rassurant et divertissant.

Mais comment s'y prendre dans cette maison silencieuse et vide ?

Les mains dans les poches, il se tourna lentement vers la porte grande ouverte en espérant encore voir apparaître Charise ou un serviteur. Comme personne ne répondait à son attente, il faillit aller se coucher puis, finalement, s'apprêta à sonner ses serviteurs qui en prenaient trop à leur aise, contrairement à leurs habitudes. Que leur arrivait-il ? Mais, à l'instant où il allait tirer sur le cordon, un bruit de voix s'éleva, quelque part à l'arrière de la maison, fugitif autant qu'étrange.

Intrigué, Stephen quitta le salon pour se diriger vers l'endroit d'où avait surgi le bruit inattendu. Ses bottes résonnèrent dans le grand hall à colonnades, puis dans le long corridor au bout duquel il s'arrêta et tendit l'oreille. À cette heure, Charise n'était-elle pas plutôt dans sa chambre ? Il commençait à s'en vouloir de s'être précipitamment arraché aux bras d'une maîtresse attentionnée pour revenir apaiser sa mauvaise conscience et jouer les compagnons dévoués.

Sur le point de faire demi-tour, il s'immobilisa soudain en entendant la voix de Charise qui, avec des accents joyeux, provenait des cuisines.

— Très bien ! On recommence. Mais, vous, monsieur Hodgkin, vous venez à côté de moi et vous chantez plus fort pour que je puisse bien comprendre les paroles. On y va ? Tout le monde est prêt ?

Avec un bel ensemble, les serviteurs entonnèrent un chant de Noël que tout Anglais, depuis le Moyen Âge, apprenait dès sa plus tendre enfance. Irrité par la présence de sa protégée parmi ses domestiques, quand pas un seul laquais n'avait été là pour lui ouvrir la porte, Stephen s'approcha, puis s'arrêta net devant le spectacle qui s'offrait à lui.

Cinquante serviteurs, portant chacun son uniforme, s'étaient regroupés sur cinq rangs impeccables, face à Charise et à Hodgkin. D'ordinaire, le personnel respectait une hiérarchie très stricte, datant de plusieurs siècles, qui mettait le premier maître d'hôtel et la gouvernante à son sommet. Mais, faisant fi de cet usage, Charise avait placé ses gens selon leurs capacités vocales. C'était ainsi que le pauvre Colfax se retrouvait au dernier rang entre une chambrière et une lavandière. En ce qui concernait Damson, le valet personnel de Stephen, le mal était moindre. Il se tenait au premier rang. Mais alors qu'il n'avait pas pour habitude de mélanger les torchons et les serviettes, il avait passé son bras autour des épaules d'un laquais, et les deux hommes, le regard ravi, tourné vers le plafond, tête contre tête, harmonisaient leurs voix avec un plaisir partagé.

Le tableau était si extraordinaire que Stephen resta cloué sur place en écoutant valets, cuisiniers, servantes et maître d'hôtel mêler démocratiquement leurs voix, sous la direction d'un vieux maître d'hôtel de second rang qui se démenait comme un chef d'orchestre dirigeant un chœur symphonique.

Il fallut à Stephen un certain temps pour réaliser que Damson et quelques autres possédaient de fort jolies voix et cinq minutes de plus pour constater que lui-même prenait plus de plaisir à cette représentation d'amateurs, entre fourneaux et casseroles, qu'à la pièce de théâtre à laquelle il avait assisté un peu plus tôt.

Mais, au fait, pourquoi ce chant de Noël en plein printemps, se demandait-il quand soudain la voix de Charise monta, mélodieuse, au-dessus de celles des aspirants barytons et des futurs ténors, avec un charme à couper le souffle.

Quand le chant s'acheva, un petit laquais d'environ sept ans s'avança vers elle, le bras bandé et, en souriant timidement, lui dit :

— Mon bras guérirait plus vite, m'dame, si je pouvais entendre une autre belle chanson.

Sur le seuil, Stephen ouvrait déjà la bouche pour ordonner à l'enfant de ne pas harceler Charise, mais voyant Damson intervenir, il crut que son valet ferait le nécessaire. Or Damson le surprit.

— Je pense exprimer l'opinion générale, mademoiselle, en vous disant que nous avons passé une soirée merveilleuse grâce à vous et, si vous me permettez cette audace, grâce à votre ravissante voix.

Ces compliments appuyés provoquèrent chez Charise un sourire hésitant et timide, alors qu'elle s'était accroupie près de l'enfant pour ajuster son bandage.

Jetant au valet audacieux un regard méprisant, Colfax, le maître d'hôtel, jugea nécessaire de préciser :

— M. Damson voulait dire, mademoiselle, que nous vous serions infiniment reconnaissants si vous consentiez à prolonger encore un peu une aussi agréable soirée.

Le petit garçon regarda le maître d'hôtel puis le valet et résolut d'être plus direct que ces adultes maniérés :

— Ils vous demandent si l'on peut chanter une autre chanson, mademoiselle.

— Vraiment ? dit Charise en riant et en lançant un clin d'œil entendu à Damson et Colfax. (Elle se releva et ajouta à l'adresse des deux hommes :) C'est bien ce que vous vouliez dire ?

— Absolument, répondit le valet de chambre de Stephen.

— C'est ce que moi j'ai voulu dire ! répliqua le maître d'hôtel.

Le jeune garçon s'impatienta :

— Alors, on y va ?

— On y va ! Mais, cette fois-ci, je commence par vous écouter.

Elle alla prendre une chaise puis installa l'enfant sur ses genoux.

— J'aimerais entendre ce que vous avez chanté en premier, monsieur Hodgkin. Vous savez, ce chant de Noël qui parle de neige et de bonnes bûches dans la cheminée.

Hodgkin hocha la tête, leva les mains pour imposer le silence, puis se mit à battre la mesure et, d'un grand geste, donna le signal de la première note. Le chant monta du chœur dans un enthousiasme éclatant. Mais Stephen l'entendit à peine tant il observait Charise et l'enfant. Elle lui souriait, caressait sa joue, puis elle l'incita à se reposer, la tête contre sa poitrine. Cette scène, qui exprimait une telle tendresse maternelle, devint soudain gênante, presque insoutenable pour Stephen, qui sortit alors de l'ombre en demandant :

— Est-ce déjà Noël ?

Son irruption provoqua un effet foudroyant. Cinquante serviteurs fermèrent la bouche en même temps et n'eurent plus qu'une idée en tête : prendre la poudre d'escampette... Même l'enfant assis sur les genoux de Charisse s'éclipsa avant qu'elle ait pu tenter de le retenir. Seuls Colfax, Damson et Hodgkin préservèrent leur dignité en évitant la bousculade et en prenant la peine de se retirer, à reculons et courbés, selon l'usage.

— Quelle panique ! observa Sheridan. Vous les terrifiez.

Malgré tout heureuse qu'il fût rentré si tôt, elle ne cachait pas son sourire.

— Ils devraient être terrifiés au point de rester à leur poste quand il le faut, rectifia Stephen.

— C'est ma faute.

— Je l'imagine aisément.

— Pourquoi ?

— J'ai un énorme pouvoir de... déduction ! Figurez-vous que je ne les avais jamais entendus chanter et que c'est la première fois que je trouve le hall vide en rentrant.

— Je me sentais désœuvrée ce soir, expliqua Sheridan, alors j'ai exploré la maison. Quand je suis arrivée ici, dans la cuisine, le petit Ernest venait de se brûler le bras avec une bouilloire.

— Et vous avez décidé de le réconforter en organisant un concert ?

— Pas exactement. Je l'ai fait parce que tout le monde dans cette maison semblait avoir besoin d'un peu de distraction. Moi, la première.

Stephen s'inquiéta de cette remarque, bien qu'elle parût radieuse en dépit d'un certain embarras.

— Vous vous sentiez mal à l'aise ?
— Un peu.
— Un peu ?
— Je regrettais que vous soyez sorti.

La candeur de sa réponse provoqua chez Stephen une joie qu'il préféra ne pas analyser. Mais, puisqu'elle le considérait comme son fiancé, il jugea nécessaire de poser un baiser attendri sur sa joue légèrement empourprée par cet aveu. Il n'avait pas prévu d'effleurer ses lèvres ni de l'attirer un peu plus près de lui. Alors, où était le mal ? Cela ne remettait pas en cause sa décision de ne plus entretenir avec elle que des rapports platoniques. Cependant, quand Charise posa la main sur son torse, et qu'il comprit combien elle lui avait manqué pendant toute la soirée, il se dit qu'il aurait bien du mal à s'en tenir à sa résolution.

Aussitôt il s'écarta d'elle en s'efforçant de dissimuler son trouble et fut soulagé lorsqu'elle proposa de leur préparer une boisson chaude.

Dès qu'elle eut mis des tasses et un pot de porcelaine sur un plateau, elle revint et s'assit en face de lui, de l'autre côté de la grande table. Le visage entre les mains, un sourire flottant sur les lèvres, elle l'étudia tandis qu'il contemplait les reflets de la lumière dans ses cheveux.

— On doit avoir beaucoup d'obligations à remplir quand on est comte, dit-elle. Comment l'êtes-vous devenu ?

— Comment je suis devenu comte ?

— Oui.

Un regard sur le pot de porcelaine lui rappela qu'elle avait du lait sur le feu. Elle se leva précipitamment.

— L'autre jour, vous m'avez dit que vous aviez un frère aîné qui était duc. Et que vous aviez hérité de vos titres par défaut.

— Oh, je reconnais que j'ai été un peu désinvolte ! Je voulais dire que mon titre me vient, non de mon père, mais d'un oncle. Depuis des générations, les comtes de Langford ont le privilège de pouvoir choisir leur héritier quand ils n'ont pas d'enfants.

Il la vit sourire distraitement et hocher la tête sans demander plus de précision. Au contraire des autres femmes, elle ne trahissait pas de fascination particulière pour ses titres et leur histoire.

— Le chocolat est prêt ! annonça-t-elle.

Elle souleva le plateau sur lequel elle avait ajouté des petits gateaux qu'elle venait de découvrir dans un placard.

— J'espère que vous l'aimerez. Il me semble que je l'ai réussi. Mais enfin je n'en suis pas certaine...

Elle lui mit le plateau dans les mains comme s'il avait l'habitude de jouer les laquais à ses heures perdues. Il se demanda si elle-même s'était souvent substituée à ses serviteurs pour préparer à leur place le chocolat qu'elle aimait. Les Américaines allaient-elles plus facilement dans leurs cuisines que les Anglaises ?

— J'espère que vous l'aimerez, répéta-t-elle, inquiète.

Tout en se dirigeant vers le salon, il lui répondit :

— J'en suis sûr.

La dernière fois qu'il avait bu un chocolat chaud, il devait être en culottes courtes. À cette heure de la soirée, il aurait volontiers sorti un vieux cognac de sa réserve de liqueurs.

Craignant qu'elle pût lire dans ses pensées, il ajouta :

— Il a une odeur très agréable. Et ces chants de Noël qui parlaient de neige et de feu de cheminée ne pouvaient que me donner envie d'un chocolat chaud.

# 19

Lorsque, le plateau dans les mains, il traversa le hall pour se diriger vers le salon, trois valets ouvrirent des yeux ronds et restèrent bouche bée. Colfax, qui avait repris sa place près de l'entrée, se précipita vers lui, mais d'une remarque moqueuse Stephen le pria de le laisser faire, ne serait-ce que pour rester dans le ton de la soirée...

Il allait poser le plateau et inviter Charise à s'asseoir, quand il entendit frapper le heurtoir à coups répétés et sonores sur la lourde porte d'entrée. Ayant demandé qu'on laissât croire à son absence, il détournait déjà son attention de cette visite impromptue quand des voix joyeuses résonnèrent dans le hall. Il reconnut celle de sa mère qui s'adressait au maître d'hôtel :

— Mais il doit être ici, Colfax ! Il y a à peine deux heures qu'en arrivant à Londres nous avons trouvé un mot de lui nous annonçant son intention de repartir à la campagne. Ne me dites pas que c'est déjà fait !

Jurant entre ses dents, Stephen se retourna à l'instant même où son frère, sa belle-sœur et l'un de ses amis pénétraient dans le salon avec sa mère. Il eut l'impression de voir une flottille de guerre venant le rappeler à ses devoirs.

— Ah, tu es donc bien là, mon chéri ! lança sa mère en allant l'embrasser. Tu t'isoles...

Le regard soudain rivé sur Sheridan, elle baissa le ton pour achever sa phrase.

— ... beaucoup trop !

— C'est évident ! souligna Whitney Westmoreland que Colfax débarrassait de sa cape avant qu'elle n'entrât dans le salon.

— Clayton et moi-même avons bien l'intention de te faire sortir de ta coquille pendant ces six semaines de festivités, continua-t-elle en prenant le bras de son mari.

Mais à peine eurent-ils fait deux pas dans le salon qu'ils s'immobilisèrent, pétrifiés.

Stephen adressa un regard navré à une Sheridan complètement désorientée et lui murmura :

— Ne vous inquiétez pas. Ils seront ravis de faire votre connaissance, dès qu'ils auront surmonté leur surprise.

Puis, devant l'imminence d'un désastre, Stephen opta en quelques secondes pour la stratégie la plus raisonnable, celle qui éviterait à sa « fiancée » humiliation et désespoir. Que faire sinon jouer le jeu en présence de sa famille ? Il leur expliquerait la situation plus tard, quand Charise se serait retirée dans sa chambre.

Dans cette perspective, il lança à son frère un regard qui sollicitait une coopération sans faille. Mais Clayton, un sourire ironique flottant sur les lèvres, voyait uniquement Sheridan et le plateau que, dans sa distraction, Stephen avait oublié de poser sur la table.

— Tu t'attelles aux tâches domestiques, Stephen ? fit Clayton, le sourcil levé.

D'un geste impatient, Stephen se débarrassa du plateau, regarda Colfax qui attendait de recevoir l'ordre de servir des rafraîchissements, hocha impérieusement la tête, puis fit les présentations.

— Mère, je vous présente Miss Charise Lancaster.

Réalisant qu'elle avait devant elle une duchesse douairière, Sheridan paniqua. Le regard affolé, elle se tourna vers Stephen et demanda dans un murmure qui lui parut résonner dans le salon comme un cri de détresse :

— Est-ce qu'une révérence ordinaire suffit ?

Stephen la prit par le coude, à la fois pour la soutenir et pour l'encourager, et lui sourit.

— Oui, dit-il.

Elle fit sa révérence, sentit ses genoux faiblir, mais trouva assez de courage pour se redresser sans vaciller. Elle rencontra le regard inquisiteur de la duchesse et déclara courtoisement :

— Je suis très heureuse de faire votre connaissance, madame... Je veux dire : Votre Grâce.

Émue, elle ne remarqua pas le silence de la duchesse et regarda la ravissante brune aux yeux verts que Stephen lui présentait. Whitney, sa belle-sœur, ne devait avoir que quelques années de plus qu'elle, mais n'en était pas moins duchesse également. Alors, nouvelle révérence ou pas ? Comme devinant son hésitation, la belle Whitney lui tendit la main avec un léger sourire.

— Bonsoir, Miss Lancaster.

Sheridan lui serra la main, soulagée, puis se prêta à la poursuite du cérémonial. Le duc, grand, très brun, de large carrure, ressemblait, de visage et d'allure, à son frère.

— Votre Grâce, murmura Sheridan avec une nouvelle révérence.

Le quatrième visiteur, bel homme d'une trentaine d'années, Français et répondant au nom de Nicolas de Ville, se déclara enchanté de faire sa connaissance et la regarda avec dans les yeux un sourire qui lui fit l'effet d'un immense compliment.

Dès que les présentations furent achevées, Sheridan attendit un mot de bienvenue de la part de la famille de son fiancé ou quelques souhaits de bonheur. Mais personne ne répondit à cet espoir.

Ce fut Stephen qui rompit le silence en expliquant :

— Miss Lancaster est souffrante...

Quatre paires d'yeux se fixèrent sur Sheridan comme si elle devait s'évanouir d'un moment à l'autre, ce qui lui donna effectivement envie de perdre conscience à défaut de pouvoir se faufiler dans un trou de souris.

Mais, surmontant ses états d'âme, elle précisa :

— Je ne suis pas vraiment malade. Je me remets plutôt d'une blessure... Un coup à la tête.

— Asseyons-nous donc, suggéra Stephen.

Il sentait la situation s'alourdir à l'insu de l'innocence de Charise. À l'évidence, elle ne devinait pas les pensées de sa famille, qui voyait en elle une jeune femme sans chaperon dans le salon d'un célibataire, donc une jeune femme sans grande moralité. Il savait aussi qu'en ce qui le concernait on lui reprochait cette présence douteuse à une heure où il était encore susceptible de recevoir des visites. Quant à ces présentations, elles étaient d'une complète indécence s'il s'agissait vraiment d'une femme de petite vertu. On ne présentait pas ce genre de femme à sa famille ! Mais tout cela était impensable ! Stephen devait pouvoir justifier sa conduite, prouver que cette personne avait un chaperon – peut-être égaré dans les étages. À moins qu'il eût perdu la raison !

Conscient des réponses qu'on attendait de lui, Stephen chercha à gagner du temps. Alors que Colfax apportait des boissons, il se leva en s'exclamant :

— Ah, voici Colfax ! Mère, que désirez-vous boire ?

La vivacité de sa voix lui valut un regard surpris, mais puisqu'il semblait lui demander sa coopération, la duchesse obtempéra.

— Eh bien, voyons...

Après une rapide inspection du plateau de Colfax, elle s'intéressa à celui que Stephen avait posé sur la table.

— Oh, il me semble reconnaître une odeur de chocolat chaud...

Et, sans attendre de réponse, elle indiqua au maître d'hôtel qu'elle préférerait prendre du chocolat.

— À votre place, je choisirais plutôt un xérès, conseilla Stephen.

— Non. J'ai envie de chocolat.

Puis la duchesse fit la démonstration de son légendaire stoïcisme en se tournant vers Sheridan.

— J'ai remarqué que vous aviez un accent américain, Miss Lancaster. Depuis combien de temps êtes-vous en Angleterre ?

— Depuis quelques jours seulement, répondit Sheridan, en proie à l'incertitude et à l'angoisse.

Comment se faisait-il que personne dans cette pièce ne sût la moindre chose à son sujet ? Était-elle, oui ou non, la fiancée du comte ? Un mystère flottait dans l'air.

— Est-ce votre première visite dans notre pays ?

— Oui.

Elle coula vers Stephen un regard implorant. Ne voyait-il pas qu'elle se noyait ?

— Et quel est l'objet de cette visite ? demanda la duchesse.

Stephen vint finalement à la rescousse, mais pria pour que sa mère eût le cœur solide.

— Miss Lancaster est en Angleterre parce qu'elle est fiancée à un Anglais, qu'elle est venue rejoindre.

La duchesse se défendit visiblement et s'exclama avec chaleur :

— Quelle charmante nouvelle !

Mais elle se demanda tout aussitôt ce qui autorisait Colfax à lui verser du xérès quand elle demandait du chocolat.

— Colfax, cessez donc de me mettre ce vin sous le nez ! Je veux du chocolat.

Elle sourit à Sheridan tandis que le maître d'hôtel présentait le plateau aux autres visiteurs.

— Qui est l'heureux élu, Miss Lancaster ?

La duchesse avait saisi le pot de chocolat tout en posant sa question et remplissait une tasse.

— Je suis cet heureux élu, répondit Stephen d'un ton neutre.

Un silence de mort s'abattit sur le salon. Mais seule la gravité de la situation empêcha Stephen d'éclater de rire en pensant à l'énormité de la surprise qu'il venait de créer.

— Toi ? fit la duchesse sous le choc.

Elle reposa sa tasse de chocolat et attrapa un verre de xérès sur le plateau de Colfax.

Tandis que le duc fixait sur son frère un regard effaré, sa femme restait figée, le verre à la main, le bras à demi levé, comme si, voulant porter un toast, elle avait été interrompue par un cataclysme. Colfax partageait sa sympathie angoissée entre la mère du comte et sa fiancée, tandis que Nicolas de Ville scrutait l'extrémité de la manche de sa veste à défaut de pouvoir s'éclipser sur la pointe des pieds.

Préférant oublier de penser au lendemain, Stephen se tourna vers Sheridan qui, mortifiée par le manque d'enthousiasme de sa future belle-famille, gardait les yeux baissés. Il lui prit la main, la serra dans la sienne et se lança dans la première explication qui lui venait à l'esprit :

— Vous vouliez attendre de rencontrer ma famille avant que j'annonce nos fiançailles, dit-il avec un sourire qu'il souhaitait convaincant. C'est ce qui explique leur surprise.

Comme si elle parlait à un demeuré, la duchesse fit observer :

— Pour une surprise, c'en est une en effet, Stephen... Mais, enfin, quand vous êtes-vous rencontrés ? Et où ? Tu n'as pas été...

Avant qu'elle pût faire remarquer qu'il n'avait pas mis les pieds en Amérique depuis des années, Stephen l'interrompit d'un ton sec :

— Je répondrai à toutes vos questions lorsque Charise sera montée dans sa chambre. (Il se tourna vers sa fiancée.) Vous êtes bien pâle, ma chère. Vous devriez vous retirer. Je pense que vous avez besoin de repos.

Elle se serait volontiers soustraite à la tension et aux sous-entendus qui régnaient dans ce salon. Mais elle redouta de laisser en suspens un mystère qui l'empêcherait certainement de dormir.

— Non. Je préfère rester, dit-elle.

Il lut une blessure dans son regard et pensa à ce qu'aurait pu être pour elle l'annonce de ses fiançailles, si Burleton n'était pas mort sous les sabots de ses chevaux. Oh, certes, Burleton n'était pas le plus recommandable des maris, mais ils avaient dû éprouver de l'affection l'un pour l'autre, et le jeune baron aurait certainement battu le rappel de sa plus lointaine parenté pour faire honneur à sa fiancée.

— Puisqu'il vous plaît de rester, fit-il en souriant, une lueur malicieuse au fond des yeux, je vais, moi, me retirer et vous laisser expliquer à ma famille comment vous avez réussi à me convaincre de garder nos fiançailles secrètes tant que vous seriez pour eux une inconnue.

Sheridan se sentit aussitôt libérée de l'énorme poids qui lui faisait courber les épaules. Elle eut un rire timide en regardant le petit groupe qui, médusé, en oubliait de boire son xérès.

— Oh ? C'est donc ce qui s'est vraiment passé ?

Pour la première fois, Stephen vit sa mère perdre son sang-froid.

— Comment ? Vous l'ignoriez ?

Sheridan émut Stephen en répondant avec autant de douceur que de courage :

— Il faut que vous sachiez que j'ai complètement perdu la mémoire. C'est très ennuyeux, mais je peux vous assurer qu'il ne s'agit pas d'une démence héréditaire. C'est simplement la conséquence de ce stupide accident qui m'est arrivé sur les quais, près du bateau...

Elle répétait ce qu'on lui avait expliqué mais, visiblement, tentait encore une fois de se souvenir et se fatiguait. Stephen préféra prévenir toute autre question en prenant la situation en main.

Il se leva et l'invita à l'imiter.

— Vous avez tort de ne pas admettre votre fatigue. Hugh Whitticomb va m'arracher les yeux s'il ne vous trouve pas fraîche et dispose quand il viendra vous voir demain matin. Venez. Je vais vous accompagner jusqu'à votre chambre. Dites bonsoir à tout le monde.

Déconcertée, elle esquissa un sourire, salua les visiteurs de Stephen et ajouta :

— Comme vous le savez, Lord Westmoreland est très protecteur...

Au moment de suivre Stephen, elle remarqua le léger sourire de Nicolas de Ville qui, contrairement aux autres, semblait la trouver plus intéressante que bizarre. Elle repensa à son expression en allant s'asseoir sur son lit, dès qu'elle eut fermé la porte derrière elle.

Elle y trouva un réconfort quand tant de doutes effrayants et de questions sans réponse se bousculaient dans son esprit.

# 20

Quand Stephen revint, quatre paires d'yeux le suivirent jusqu'à ce qu'il se fût rassis, puis les deux femmes prirent l'initiative de l'interrogatoire.

— De quel accident parlait-elle ? demanda sa mère.
— Et de quel bateau ? fit sa belle-sœur.

Stephen regarda son frère en attendant sa question, mais Clayton se contenta de faire observer, le sourcil levé :

— J'en suis encore à m'étonner de ton prétendu côté « protecteur ».

Nicolas de Ville s'abstint poliment de tout commentaire, mais Stephen éprouva la nette impression que le Français trouvait la situation pour le moins distrayante. Il eut la tentation de le faire reconduire à son domicile, mais il songea que Whitney, dont Nicolas était un ami de longue date, lui reprocherait sévèrement ce mouvement d'humeur. D'autre part, la présence d'un élément étranger à la famille empêcherait sans doute la duchesse douairière de piquer la première crise de nerfs de sa vie, ce qui ne serait pas négligeable.

Il fallait maintenant raconter toute l'histoire, exposer la vérité à ceux qui l'exigeaient et l'inéluctable devenait urgent. D'ailleurs, il ne pouvait y avoir de moment plus opportun...

Se renversant dans son fauteuil, la tête appuyée contre le dossier, Stephen fixa le plafond et prit la voix posée d'un observateur impartial :

— La scène dont vous venez d'être les témoins fait partie d'une gigantesque farce. Tout a commencé il y a une semaine, lorsque j'ai été impliqué dans un accident qui a déclenché une série d'événements dont je m'apprête à vous faire le récit. La jeune femme que je vous ai présentée est l'une des deux victimes de cet accident. L'autre y a laissé la vie. C'était son fiancé, un jeune baron répondant au nom d'Arthur Burleton.

Whitney exprima aussitôt son effarement :
— Mais ce Burleton était un propre à rien !
— Peut-être, soupira Stephen, mais ils s'aimaient et devaient se marier. En ce qui concerne Charise Lancaster, vous allez pouvoir rectifier votre jugement. Ce n'est ni une demeurée ni une intrigante qui aurait su me convaincre de l'épouser. C'est en fait une jeune femme innocente, victime de ma négligence et de ma malhonnêteté et qui vous inspirera certainement de la pitié.

Quand il eut achevé son récit et répondu aux questions qui l'assaillirent, un lourd silence tomba sur le salon, où chacun tentait de rassembler ses pensées. Stephen éprouva le besoin de vider son verre, comme si le vin pouvait le laver de son amertume et de ses remords.

Ce fut son frère qui rompit le silence.
— Burleton était ivre, suffisamment ivre pour être le premier responsable de sa mort, me semble-t-il.

Avec les émotions de la soirée, Stephen avait plus que jamais retrouvé son sentiment de culpabilité. D'un ton sec, il rejeta l'argument de Clayton qui plaidait en sa faveur.

— Toute la responsabilité de cet accident m'incombe. Mes chevaux allaient trop vite et je n'ai pas su en garder le contrôle.

— Et avec ce genre de logique, je pense que tu te sens également responsable de l'accident de Charise Lancaster sur les quais...

— Évidemment ! Si je ne lui avais pas annoncé la mort de Burleton et si, moi-même, je n'avais pas été préoccupé par ce drame, nous aurions l'un et l'autre été plus vigilants. Voilà, c'est exactement ce que je me reproche : un manque de vigilance ! Sans cette carence, Charise Lancaster serait aujourd'hui une jeune femme en pleine santé, mariée et heureuse de l'être.

Oubliant la présence de Nicolas de Ville, Clayton rétorqua :

— Maintenant que tu as établi ta culpabilité, as-tu choisi la peine que tu entends t'appliquer ?

À l'évidence, Clayton n'aimait pas la façon dont Stephen s'accusait de négligence criminelle. Il se refusait à le comprendre, et la tension menaçait de monter quand de Ville prit l'initiative d'intervenir, non sans humour.

— Dans le but de vous épargner un duel des plus déplaisants et de m'éviter de me lever à l'aube afin de vous servir de témoin, puis-je respectueusement vous suggérer de vous allier pour trouver une solution au problème exposé plutôt que de vous affronter ?

— Nicolas a raison, murmura la duchesse, l'air sombre et le regard fixé sur son verre vide.

Puis elle se tourna résolument vers de Ville.

— Je regrette de vous mêler à nos affaires de famille, mais c'est toujours celui qui est le moins impliqué qui voit les choses le plus clairement.

— Merci, Votre Grâce. Dans ce cas, me permettez-vous de vous faire part de mes réflexions ?

La duchesse, d'un signe de tête sans ambiguïté, lui donna son assentiment. Whitney l'imita, pendant que les deux hommes se contentaient d'un silence approbateur.

— Si j'ai bien compris, commença de Ville, Miss Lancaster était fiancée à un propre à rien qui ne pouvait lui offrir autre chose qu'un malheureux titre de noblesse ? Est-ce correct ?

Stephen hocha la tête.

— Or, à cause de deux accidents successifs dont Stephen se juge responsable, Miss Lancaster a perdu et son fiancé et sa mémoire. C'est toujours exact ?

— Absolument, répondit Stephen.

— Mais son médecin pense que son amnésie n'est que temporaire...

— Exact.

— Eh bien, par conséquent, on peut affirmer qu'elle n'aura finalement subi qu'une seule perte irrémédiable : celle d'un fiancé dont le titre était insignifiant et les habitudes regrettables ! Il me semble donc...

Emporté par son élan, de Ville leva son verre et, saluant sa logique, poursuivit :

— ... que vous pouvez vous décharger de votre dette en lui trouvant tout simplement un autre fiancé. Et si le remplaçant de Burleton s'avère être quelqu'un de bien, capable de lui assurer une vie confortable et respectable, alors vous pourrez non seulement oublier vos remords mais, en plus, vous féliciter de lui avoir évité un mariage dégradant.

De Ville regarda Whitney puis Stephen.

— Que pensez-vous de mes conclusions ?

Stephen esquissa un sourire.

— J'avais moi-même envisagé une solution de ce genre. Mais je dirais qu'elle est plus facile à concevoir qu'à mettre en pratique.

— Oh, mais on peut y réfléchir tous ensemble ! intervint Whitney. La saison va commencer. On lui trouvera des dizaines de prétendants.

Whitney se tourna vers sa belle-mère qui lui adressa un sourire ravi en signe d'approbation.

Toutefois, Stephen préféra préciser :

— Il resterait encore un ou deux problèmes à régler si nous adoptions cette stratégie. Mais nous pourrions en discuter demain. Par exemple, à une heure, ici même. Il est en effet important de prévoir les difficultés à l'avance et de tenter de les aplanir. Ceci dans le but d'éviter à Charise des contrariétés qui seraient préjudiciables à sa santé.

Quand tout le monde se leva, Stephen regarda sa mère et Whitney, l'aide des deux femmes lui étant particulièrement précieuse.

— Je me dis que Charise doit, en ce moment même, se torturer l'esprit pour essayer de comprendre ce qui s'est passé ce soir. Je suis sûr que votre réaction l'empêche de dormir.

Sans qu'il eût besoin d'être plus explicite en formulant une requête, les deux femmes se précipitèrent vers le grand escalier du hall, désireuses de mettre du baume au cœur de sa fiancée temporaire.

# 21

Debout près de la fenêtre, le regard plongé dans la nuit londonienne, Sheridan se retourna brusquement lorsque l'on frappa à sa porte et fit savoir que l'on pouvait entrer.

La duchesse douairière pénétra la première dans la chambre.

— Nous venons vous demander de nous pardonner. Nous avons eu une réaction qui peut vous sembler bizarre, mais qui s'explique par le fait que nous ne savions rien de vous, de vos fiançailles, de votre accident. Enfin, maintenant, Stephen nous a tout expliqué.

Une lueur de regret dans ses yeux verts, la belle Whitney affirma :

— Je suis heureuse que vous soyez encore éveillée. Cela me permet de vous avouer que je n'aurais pas dormi si je n'avais pu vous dire combien je regrette la façon dont je me suis comportée avec vous.

Sentant qu'elle risquait de s'embourber, Sheridan préféra oublier qu'à des excuses ducales l'on devait sans doute répondre par une formule consacrée et s'empressa de rassurer les deux femmes.

— Ne vous inquiétez pas. J'ignore ce qui m'a poussée à souhaiter des fiançailles secrètes. Parfois je me demande si je ne suis pas d'un naturel excentrique.

Avec un sourire empreint d'une certaine tristesse, Whitney répondit :

— Je ne vois pour l'instant en vous que beaucoup de courage, Miss Lancaster.

Puis, comme sous l'effet d'une pensée soudaine, elle tendit les mains et s'exclama, radieuse :

— Oh… ! Et je vous souhaite la bienvenue dans notre famille ! Vous serez la sœur que je n'ai pas eue.

Soudain, Sheridan eut la nette sensation que Whitney Westmoreland forçait le ton. Quelque chose clochait. Mais quoi ? Elle ne put empêcher ses mains de trembler lorsqu'elle prit celles de sa future belle-sœur.

— Merci, dit-elle.

Ce fut un peu court et sec. Il s'ensuivit un malaise perceptible, qui obligea Sheridan à réprimer un rire nerveux avant de se hasarder dans une confession de circonstance.

— Je ne saurais dire si une sœur m'a manqué… Mais en revanche je suis certaine que si j'en avais eu une, j'aurais aimé qu'elle eût votre beauté.

Une pointe d'émotion dans la voix, la duchesse douairière s'empressa de cautionner cet échange de civilités.

— Que tout cela est charmant à entendre !

Elle glissa un bras autour des épaules de Sheridan et se fit maternelle :

— Il faut dormir maintenant.

Les deux duchesses promirent de revenir le lendemain, puis se retirèrent. Sheridan les regarda refermer la porte derrière elles en se disant que cette famille avait quelque chose de stupéfiant. Froids et distants, ils pouvaient devenir chaleureux et attentionnés dans la minute suivante. Le comte lui avait fait une ample démonstration de ces revirements, mais elle ne s'y était pas encore habituée… Perplexe, elle se laissa tomber sur son lit et chercha une explication.

Selon ce qu'elle avait lu dans le *Post* et le *Times* depuis qu'elle était à Londres, les Anglais manifestaient un mépris certain pour les Américains, qu'ils considéraient tantôt comme des aventuriers dotés d'un certain pittoresque mais mal dégrossis, tantôt comme d'authentiques barbares. Certes, les deux duchesses avaient été surprises par sa présence, mais sans doute avant tout par le fait que le comte ait pu choisir une Américaine. Ensuite, Lord Westmoreland les avait rassurées, mais de quelle manière ? Lassée de se poser tant de questions du matin au soir, elle se renversa sur le lit et posa son regard sur les draperies du baldaquin.

La duchesse de Claymore se retourna dans le lit et contempla le visage de son mari qu'éclairait à demi la bougie posée sur la table de chevet. Mais ses pensées revenaient sans cesse à la « fiancée » de Stephen.
— Clayton ? murmura-t-elle, un doigt distrait glissant sur le bras de son mari. Vous êtes réveillé ?
Sans ouvrir les yeux, Clayton eut un sourire suggestif à l'instant où sa femme renouvelait sa caresse.
— Aimeriez-vous que je le sois ?
— Il me semble que oui.
— J'attendrai que vous en soyez certaine...
— N'avez-vous pas remarqué, enchaîna Whitney, quelque chose de bizarre dans le comportement de Stephen ? Je veux dire... en ce qui concernait Miss Lancaster et leurs fiançailles ?
Clayton entrouvrit ses paupières sur un regard ironique.
— Ce n'est pas son comportement, c'est la situation qui est bizarre. Avez-vous déjà vu un homme fiancé à une femme qu'il ne connaît pas, qu'il n'aime pas, qu'il ne veut pas épouser et qui se prend pour quelqu'un d'autre ?
Ce résumé de l'imbroglio dans lequel était tombé Stephen fit à la fois rire et soupirer Whitney.
— Ce que je veux dire c'est que j'ai perçu en lui un attendrissement très inhabituel, expliqua-t-elle.

Clayton restant silencieux, elle ajouta :
— Trouvez-vous Miss Lancaster très séduisante ?
— Je serai prêt à vous faire n'importe quel aveu si en échange vous acceptez de faire l'amour ou de me laisser dormir...

Whitney se pencha sur son visage, non pas pour lui répondre mais pour lui demander :
— Clayton, mon chéri, donnez-moi votre avis. Peut-on dire que Miss Lancaster est particulièrement attirante ? D'une façon peu conventionnelle, je l'admets...

Il lui prit le menton.
— Si je réponds oui, je pourrai vous embrasser ?

Elle accepta. Mais dès qu'il abandonna ses lèvres, elle préféra revenir à ce qui la préoccupait, plutôt que de céder au désir qu'il savait si bien enflammer en elle.
— Croyez-vous que Stephen puisse s'éprendre d'elle ? murmura-t-elle.

Clayton glissa sa main dans le décolleté de sa chemise de nuit.
— Je croirais plus volontiers que vous vous faites des idées, ma chère. De Ville serait certainement plus disposé à la trouver irrésistible que mon frère. Ce qui, en passant, m'arrangerait bien.
— Pour quelle raison ?

Il se souleva sur un coude et la força à se renverser sur les oreillers.
— Il me semble que si de Ville avait une femme, il cesserait de convoiter la mienne.
— Nicolas ne me convoite nullement ! Il...

Whitney ne put achever sa phrase. Clayton étouffa ses paroles d'un baiser, puis lui fit oublier ses pensées.

## 22

Dressée sur la pointe des pieds, elle attrapa un livre sur l'Amérique qu'elle venait de découvrir parmi les nombreux volumes rangés sur les étagères de la bibliothèque. Puis elle se dirigea vers l'une des petites tables d'acajou harmonieusement disposées dans la pièce, y posa le livre, s'assit et commença son exploration, en espérant tomber sur une information, ou plutôt sur une illustration, qui pourrait lui rappeler quelque chose. Les diverses rubriques se présentent par ordre alphabétique, elle commença par le commencement, c'est-à-dire à la lettre A, comme Agriculture. Des cultures de céréales au pied de collines doucement arrondies suscitèrent la vision fugace d'autres champs, où une étrange floraison blanche se balançait dans le vent. Sa main trembla en allant vers d'autres illustrations. Mais ni la mine de charbon qui apparut ni ce qui suivit n'alluma la moindre lueur dans sa mémoire. Puis vint un visage d'homme, très rude, le nez fort, les cheveux noirs et longs. Sheridan lut la légende : « Indien d'Amérique » et sentit son cœur s'emballer. Était-ce un visage familier... ou bien ? Elle ferma les yeux, se concentra sur l'image que son esprit esquissait puis laissait s'évanouir. Des champs... des chariots... un vieil homme à qui il manquait une dent. Un homme d'une grande laideur mais qui lui souriait.

— Charise ?

Elle retint un sursaut, se retourna et regarda, étonnée, l'homme séduisant dont la voix, habituellement, lui redonnait du courage.

— Que se passe-t-il ?

Stephen s'étonnait de la voir si pâle, l'air à demi hagard. Il s'avança vers elle.

— Tout va bien, affirma-t-elle en se levant. Vous m'avez simplement fait peur.

Il posa ses mains sur ses épaules et, les sourcils froncés, scruta son visage.

— Vous êtes sûre qu'il n'y a pas autre chose ? Qu'étiez-vous en train de lire ?

— Un livre sur l'Amérique.

Les mains fortes et rassurantes du comte, sur ses épaules, lui donnaient l'impression qu'il ne la négligerait plus jamais. Une autre vision traversa son esprit, floue, plus floue que les précédentes, mais ô combien apaisante et tendre. Agenouillé devant elle, un bouquet de fleurs à la main, un bel homme brun, qui ressemblait au comte, lui disait : *Je n'étais rien avant que vous entriez dans ma vie... avant que vous me donniez votre amour... Non, je n'étais rien avant de vous connaître...*

— Dois-je faire appeler Whitticomb ? demanda Stephen d'une voix pressante en la secouant légèrement.

Elle sortit de sa rêverie en riant.

— Non, n'en faites rien ! Ça va. Je me souvenais simplement de quelque chose. À moins que ce ne soit un effet de mon imagination.

Stephen la relâcha sans la quitter des yeux.

— De quoi s'agissait-il ?

Elle rougit.

— Oh, non ! Je préfère ne pas vous le dire.

— Mais si, dites-le-moi.

— Ça vous ferait rire.

— Eh bien, voyons si cela est vrai.

Embarrassée, elle se recula, s'appuyant contre la table pour se donner une contenance.

— Je regrette votre insistance.

— Mais j'insiste tout de même. S'il s'agissait d'un vrai souvenir, ce serait intéressant, non ?

— Il est certain qu'il n'y a que vous qui puissiez me le dire...

— Alors ?

Elle détourna légèrement la tête.

— Lorsque vous m'avez demandée en mariage, auriez-vous par hasard précisé que vous n'étiez rien avant de me rencontrer ?

— Je vous demande pardon ?

Elle lui en voulut aussitôt de l'avoir contrainte à parler.

— Eh bien, c'est clair ! Ça ne s'est pas passé comme ça. Inutile maintenant de vous demander si vous vous étiez agenouillé.

— Inutile, en effet, répondit-il sèchement.

Il se sentit tellement offusqué en s'imaginant dans cette position ridicule qu'il en oublia qu'il ne l'avait tout simplement jamais demandée en mariage !

— Et si je vous parlais d'un bouquet de fleurs ? M'en avez-vous offert un tout en me disant : « Je n'étais rien avant que vous me donniez votre amour, Charise. Non, je n'étais rien avant que vous illuminiez ma misérable vie » ?

Croyant comprendre qu'elle s'amusait de lui, Stephen lui prit le menton, le temps de lui dire :

— Vous me faites marcher !

Elle le laissa sur cette impression, satisfaite qu'il pût penser qu'il ne l'intimidait pas.

— Plus sérieusement, annonça-t-il, j'étais venu vous demander de m'accompagner à mon bureau pour saluer ma famille. Nous allons avoir une discussion.

— Une discussion ?

Elle referma le livre et alla le remettre à sa place.

— Oui. À votre sujet. Nous voulons réfléchir à la meilleure façon de vous lancer dans le monde.

Stephen suivait ses gestes en essayant de ne pas se laisser fasciner par sa silhouette, que soulignait sa jolie robe pêche à col mandarin, sage mais très seyante.

Après une bonne nuit de sommeil, il s'était enfin réveillé optimiste quant à l'avenir de Charise. La coopération de sa famille lui permettait au moins de croire à une solution possible à défaut d'être idéale. Dans un mouvement d'enthousiasme, il avait envoyé à chacun un message leur demandant d'établir une liste des célibataires qu'ils connaissaient et une autre comportant les questions qui seraient à régler afin de préparer son entrée dans le monde.

Quand Stephen se fixait un but, il y consacrait toute sa détermination et son énergie, comme son frère d'ailleurs. Mais, en fait, rares étaient les aristocrates qui prenaient ainsi leurs affaires en main. La plupart refusaient dédaigneusement de s'identifier à la « classe des marchands et des financiers » et finissaient souvent par crouler sous les dettes. Stephen, au contraire, augmentait sans cesse son capital, moins par sagesse que pour le plaisir qu'il prenait à vérifier la justesse de ses idées et la rentabilité de ses investissements.

Il entendait considérer Charise comme l'un de ses biens, au même titre qu'un objet rare ou une cargaison d'épices précieuses, à cette différence près, qu'il s'assurerait que l'acquéreur fût un homme responsable et de qualité. La seule difficulté pourrait venir d'elle. Accepterait-elle facilement qu'il disposât d'elle de cette façon ?

Un peu plus tôt, dans son bain, il avait longuement réfléchi à ce problème et, alors que Damson l'aidait à enfiler sa veste d'alpaga, il avait trouvé la solution. Plutôt que de s'enfoncer un peu plus dans le mensonge, il allait lui annoncer une demi-vérité. Mais pas avant la réunion de famille.

Sheridan rangea la plume et le papier qu'elle avait sortis d'un tiroir de la table puis se tourna vers Stephen, qui lui offrit son bras. La galanterie de son geste et son regard souriant la firent vibrer de joie et de fierté. Avec sa veste beige, son pantalon et ses bottes couleur café, Stephen Westmoreland incarnait tous ses rêves.

Tandis qu'ils descendaient le grand escalier de marbre, elle coula un regard vers lui et s'émerveilla de la force orgueilleuse inscrite sur son visage, de son sourire indolent, du bleu profond de ses yeux rehaussé par son teint hâlé. Il avait dû faire battre le cœur de toutes les femmes d'un bout à l'autre du continent européen et en embrasser plus d'une si elle se fiait à la maîtrise avec laquelle il avait su prendre ses lèvres. Elle imagina l'emprise de sa séduction sur des milliers de femmes. Mais alors, pourquoi l'avait-il choisie, elle ? Pour quelle incompréhensible raison ? C'était incroyable, mystérieux et elle se sentit soudain mal à l'aise.

Elle lui offrit cependant un sourire malicieux et alors qu'ils approchaient de son bureau elle revint sur la question de la demande en mariage :

— Puisque je ne me souviens pas de ce qui s'est passé, vous auriez au moins pu me laisser croire que vous vous étiez agenouillé devant moi. Mon état de santé aurait justifié ce mensonge... chevaleresque.

— Mais c'est que je ne le suis pas du tout ! répliqua Stephen, le sourire impertinent.

S'immobilisant, elle fit remarquer avec le plus grand sérieux :

— Alors j'espère que j'ai eu assez de jugeote pour vous faire languir avant de vous donner une réponse.

Constatant la persistance de son amnésie, elle choisit d'en rire.

— Avez-vous dû attendre, monsieur le comte ?

Charmé par ce flirt distrayant et inattendu, Stephen s'accorda à son humeur.

— Certainement pas, Miss Lancaster. Vous vous êtes jetée à mes pieds en pleurant de gratitude et parfaitement bouleversée par l'offre émanant de mon auguste personne.

— Oh, quelle arrogance, quelle malhonnêteté ! s'écria-t-elle avec un éclat de rire offusqué. Je n'ai jamais fait une chose pareille !

Comme si elle cherchait confirmation de ses dires, Sheridan regarda Colfax qui tenait ouverte la porte du bureau tout en feignant de ne rien entendre de ce qui l'amusait profondément. Mais Stephen affichait un air tellement satisfait qu'elle eut l'horrible sentiment qu'il avait dit la vérité.

— Enfin, ce n'est pas possible... remarqua-t-elle dépitée.

Sur le point d'éclater de rire, Stephen préféra secouer la tête et la rassurer.

— Non. Ça ne s'est pas passé comme ça.

Il n'avait pas encore réalisé qu'il flirtait avec un bonheur évident sous les yeux de sa famille, de De Ville, de Whitticomb et de ses serviteurs médusés.

— Quand vous aurez salué tout le monde, annonça-t-il, je vous demanderai d'aller vous promener dans le parc pendant que nous mettrons au point certains détails. Le parc est très agréable et l'air frais vous fera du bien.

Il l'invita à entrer dans son bureau et attendit qu'elle manifestât à chacun sa cordialité naturelle.

Puis, désireux de ne pas perdre de temps, il interrompit Hugh Whitticomb, qui avait entrepris le récit enthousiaste des progrès de sa patiente.

— Puisque tout le monde est là, dit-il, la discussion peut commencer pendant que je conduis Charise jusqu'à la voiture. (Se tournant vers sa protégée, il ajouta :) J'aurais dû vous conseiller de prendre un petit lainage. Allez en chercher un. Je vous attends dans le hall.

Il la prit par le coude pour l'inciter à se retirer, alors qu'elle se serait volontiers attardée. Dès qu'ils eurent franchi la porte, Whitticomb fit signe à Colfax de refermer le battant, puis il regarda de Ville et les parents de Stephen et nota leur air pensif. La scène du flirt qu'il venait de surprendre confirmait ce qu'il pensait déjà et la transformation de Stephen n'avait probablement échappé à personne.

Il n'hésita que quelques secondes avant de tâter le terrain en s'adressant à la duchesse :

— Charmante jeune femme, n'est-ce pas ? fit-il d'un ton anodin.

— Charmante, en effet. Stephen semble très attentionné. C'est la première fois que je le vois se comporter ainsi avec une femme, fit remarquer la duchesse avant d'ajouter, soudain rêveuse : Elle l'apprécie également beaucoup, l'on dirait. Je ne peux m'empêcher de regretter qu'il se soit mis en tête de lui trouver un mari. Avec le temps, il aurait peut-être pu...

— C'est exactement ce que je pense ! s'écria Hugh.

La duchesse s'étonna visiblement de cette adhésion sans réserve à ses propos. Mais ne retenant que la similitude de leur point de vue, Hugh Witticomb se tournait déjà vers Whitney.

— Quelle est votre opinion, Votre Grâce ?

Le sourire de Whitney lui laissa présager son adhésion.

— Cette jeune femme est absolument délicieuse, et j'ai l'impression que Stephen est du même avis bien qu'il ne soit pas prêt de l'admettre.

Refrénant son envie de lui faire un clin d'œil complice, Hugh poursuivit son tour d'horizon avec Nicolas de Ville. Jusqu'à ce jour, les Westmoreland n'avaient eu d'autre confident que leur médecin. De Ville était uniquement proche de Whitney – Clayton ne partageant pas l'amitié que sa femme accordait à cet ancien rival – et Hugh s'expliquait mal sa présence dans cette réunion de famille.

— Elle est charmante, affirma de Ville avec un sourire tranquille. Et unique, me semble-t-il. D'après ce que j'ai pu observer, je jurerais que Stephen s'intéresse à elle.

Fort de cette concordance d'opinions, Hugh en arriva, confiant, à Clayton Westmoreland. Cependant, si Clayton n'était pas du même avis, ils devraient tous s'incliner et Hugh le savait.

— Votre Grâce ?

Le duc lui lança un regard sévère et répondit sèchement :

— Non.

— Non ?

— Quoi que vous ayez en tête, oubliez-le. Stephen n'acceptera jamais la moindre ingérence dans sa vie privée. (Puis, devançant une réplique de sa femme, il précisa :) Il me semble, par ailleurs, que la situation dans laquelle il se trouve est déjà extrêmement compliquée et basée sur une montagne de mensonges.

Whitney tenta de le faire changer de point de vue.

— Mais vous aimez bien Miss Lancaster, n'est-ce pas ?

— D'après ce que j'ai vu d'elle, oui, en effet. Toutefois, je n'oublie pas que Stephen est responsable de la mort de son fiancé et que le jour où elle comprendra que nous lui avons tous joué la comédie, elle se moquera de savoir que nous l'aimons bien. Parce qu'elle, elle nous détestera.

— Il est vraisemblable qu'elle sera contrariée quand elle réalisera qu'elle n'avait jamais rencontré Stephen avant de venir ici, concéda Hugh Whitticomb. Mais je me souviens que dès qu'elle a pu parler, elle m'a demandé de le rassurer. Elle voulait que je lui dise de ne pas s'inquiéter et me le répétait sans cesse. J'estime que cela laisse présager une grande compréhension de sa part.

Clayton revint à son premier argument.

— Comme je l'ai déjà dit, Stephen ne nous laissera pas lui dicter sa conduite. Cependant, si quelqu'un veut, malgré tout, s'essayer à la persuasion, il faudra que ça se fasse aujourd'hui et sans ambiguïté. La suite n'appartiendra qu'à lui, à elle et au destin.

Surpris de ne pas entendre d'objections de la part de sa femme, Clayton se tournait vers elle pour lui faire malicieusement remarquer cette conduite inhabituelle, quand il la vit froncer les sourcils à l'adresse de Nicolas de Ville. De Ville semblait follement amusé. Mais par quoi ?

Il s'interrogeait sur ce mystère lorsque son frère reparut.

# 23

— Désolé de vous avoir fait attendre, dit Stephen en refermant soigneusement la porte du bureau derrière lui. Mais je ne voulais pas que Charise risque de nous entendre. La voiture l'a emmenée visiter le parc.

Il alla s'asseoir à son bureau, regarda ses complices réunis en demi-cercle devant lui et, se refusant à tergiverser, déclara sur un ton cordial mais ferme :

— Avant de nous égarer dans les détails concernant son entrée dans le monde, parlons tout de suite de ses possibles prétendants. Avez-vous apporté la liste de vos connaissances susceptibles de remplir ce rôle ?

Les femmes provoquèrent quelques bruissements de soie en cherchant leur réticule, tandis que Whitticomb sortait une feuille de papier de sa poche. La duchesse douairière tendit sa liste à son fils.

— Sans dot, remarqua-t-elle, Miss Lancaster sera évidemment désavantagée. Si son père n'est pas aussi fortuné que vous le croyez...

— Je la doterai généreusement, affirma Stephen.

Il parcourut la liste de la duchesse, passant de l'effarement à l'hilarité.

— Lord Gilbert Reeves ? Sir Frances Barker ? Sir John Teasdale ? Voyons, mère, Reeves et Barker doivent avoir cinquante ans de plus que Charise ! Et le petit-fils de Teasdale était à l'université avec moi ! Ces hommes sont des antiquités.

— Comme moi, évidemment ! Mais de quels autres célibataires pourrais-je me porter garante ? Je ne connais qu'eux.

Stephen s'efforça de retrouver son sérieux.

— Je comprends, dit-il. Toutefois, pendant que je consulte les autres listes, peut-être pourriez-vous essayer de penser à des hommes plus jeunes, que vous connaissez au moins de réputation.

La duchesse acquiesça et Stephen se tourna alors vers sa belle-sœur dont il prit la liste en souriant.

Mais son sourire ne tarda pas à s'effacer.

— John Marchmann ? fit-il, les sourcils froncés. Marchmann est un fanatique de la pêche et de la chasse. Si Charise l'épousait, elle devrait passer le reste de ses jours à suivre toutes les rivières d'Écosse et d'Angleterre et à arpenter les terrains de chasse.

Whitney se composa une expression d'innocente confusion.

— C'est un homme néanmoins séduisant et très amusant.

— Marchmann ? Mais les femmes le terrifient. Dès qu'il voit une jolie fille, il rougit. À près de quarante ans... tout de même !

Stephen secoua la tête, passa au nom suivant puis revint à Whitney.

— Le marquis de la Salle ne peut pas convenir. C'est un don Juan ! Un hédoniste invétéré !

— Peut-être, concéda Whitney avec grâce, mais il a du charme, une réelle fortune et une excellente adresse.

— Crowley et Wiltshire, poursuivit Stephen, sont tous deux trop immatures et manquent singulièrement de sang-froid. Et si Crowley n'est pas brillant, son ami Wiltshire est un parfait crétin. Il y a quelques années, ils se sont battus en duel et Crowley a trouvé le moyen de se tirer une balle dans le pied. (Ignorant le petit rire de Whitney, Stephen ajouta avec un mépris non dissimulé :) Un an plus tard, ils ont recommencé et, cette fois-là, c'est Wiltshire qui s'est distingué en visant un arbre au lieu de tirer sur son adversaire. Et cela n'a rien de drôle parce que la balle a ricoché. Elle a atteint Jason Fielding, qui arrivait en courant pour tenter de les raisonner. Mais le plus beau c'est que sans Jason la balle serait revenue sur Crowley. Que Charise épouse l'un ou l'autre, et elle sera la veuve d'un homme qui se sera tué lui-même sans le vouloir... Et je ne plaisante pas.

Les deux noms suivants ne recueillirent pas plus d'éloges.

— Warren est d'un maniérisme ridicule ! Serangley, d'un ennui accablant. Franchement, Whitney, conclut Stephen en adressant à sa belle-sœur un regard agacé, je ne comprends pas que vous ayez pensé à ces gens. Qui peuvent-ils prétendre épouser ? En tout cas pas une jeune femme comme Charise Lancaster.

Le jeu de massacre continua encore pendant une dizaine de minutes. Mais si Stephen avançait des arguments qui lui semblaient irréfutables, on commençait autour de lui à s'amuser de ces rejets systématiques. Il s'en aperçut sans toutefois s'en émouvoir, et le dernier nom lui arracha une exclamation dégoûtée :

— Roddy Carstairs ! Mon Dieu ! Jamais je ne laisserais Charise côtoyer ce personnage égocentrique, ce nabot qui s'habille comme un parvenu, sans compter qu'il est une vraie langue de vipère. Il ne s'est jamais marié parce qu'il n'a jamais rencontré quelqu'un qu'il jugeât digne de lui. Le pauvre !

— Roddy n'est pas si petit, fit observer Whitney, qui jugeait important de revenir sur ce point. Je reconnais qu'il n'a rien d'un géant, mais tout de même ! Et c'est un ami que j'aime beaucoup.

Amusée par l'attitude de son beau-frère, Whitney se mordit la lèvre pour ne pas sourire.

— Je vous trouve particulièrement sévère, Stephen, reprit-elle.

— Je suis réaliste !

Rejetant par conséquent la liste de Whitney, Stephen prit celle d'Hugh Whitticomb, la parcourut, fronça les sourcils et, s'abstenant de la passer en revue, la posa sur son bureau.

— Ma mère et vous, mon cher, avez apparemment beaucoup d'amis communs...

Avec un soupir irrité, il se leva, contourna son bureau et s'y appuya. Puis, bras croisés, il adressa à son frère un regard où se mêlaient la contrariété et l'espoir.

— Je constate que tu n'as pas de liste, mais j'imagine que tu connais quelqu'un qui puisse lui convenir.

Clayton eut un ton d'ironie amusée.

— En fait, c'est en t'écoutant que j'ai pensé à un candidat qui me paraît posséder sinon toutes les qualités requises du moins un certain nombre... Je crois qu'il ferait l'affaire.

— Ah ! Quelle bonne nouvelle ! De qui s'agit-il donc ?

— De toi.

Une amertume étrange et irrationnelle s'empara de Stephen. Puis il rompit le silence qui venait de s'installer.

— Je ne suis pas sur les rangs ! rétorqua-t-il d'un ton glacial.

On entendit alors Nicolas de Ville s'exclamer en brandissant une feuille de papier qui portait le blason de sa famille :

— À mon tour !

Stephen décroisa lentement les bras et prit la feuille que de Ville lui tendait.

— Invité à participer à cette réunion, j'avais dressé ma propre liste et je constate donc que je n'ai pas perdu mon temps.

— Merci d'avoir pris cette peine, lui répondit Stephen.

Il se reprocha d'avoir laissé l'absurde jalousie de son frère à l'égard de De Ville influencer son jugement. Cet homme n'était-il pas en fait séduisant, cultivé, charmant, intelligent ? Mais, dès qu'il eut déplié le papier qui ne présentait qu'un seul nom, Stephen releva la tête et regarda de Ville, les yeux plissés.

— Est-ce une plaisanterie ?

— Nullement. Je ne m'attendais pas à cette réaction de votre part...

Incapable de croire qu'il pût être sérieux, Stephen le fixa dans un silence glacial. Pour la première fois, il perçut l'arrogance de cet homme, de son sourire, de sa façon de se tenir assis, ses gants de cavalier à la main. Il donnait l'impression de poser. Réalisant que les membres de sa famille attendaient une explication, Stephen demanda à de Ville :

— Vous songeriez sérieusement à épouser Charise Lancaster ?

Visiblement ravi d'embarrasser Stephen, de Ville rétorqua :

— Pourquoi pas ? Je ne suis ni trop vieux, ni trop petit, ni maladroit au point de me tirer une balle dans le pied. Je n'aime pas la pêche, je ne suis pas fou de la chasse et si j'ai probablement quelques vices, personne ne m'a encore accusé de m'habiller comme un parvenu ou d'avoir une langue de vipère.

*Mais égoïste et blasé, ça oui !* songea Stephen dans un nouvel accès d'hostilité. Puis l'hostilité se mua en dégoût, quand il imagina ce dandy serrant fougueusement Charise contre lui, les bras recouverts par le satin flamboyant de sa chevelure. Tant d'innocence, de spontanéité, de vivacité, d'esprit rebelle, de courage, d'intelligence pouvait-il un jour appartenir à de Ville ?

Mais la colère céda soudain le pas au bon sens, et Stephen se sentit libéré. De Ville se proposait de résoudre ses difficultés, or ce cher homme n'était-il pas des plus recommandables ? En tout cas, extrêmement sollicité. On le considérait comme un très beau parti.

— Dois-je considérer votre silence comme une marque d'assentiment ? demanda de Ville avec un air confiant.

Qu'aurait pu objecter Stephen ? Courtois, à défaut d'être cordial, il hocha la tête et annonça avec une scrupuleuse civilité :

— Mais certainement ! Vous avez ma bénédiction en tant que...

Il allait dire « tuteur » mais se retint en se rappelant qu'il n'était en aucun cas le tuteur légal de Charise.

— En tant que fiancé récalcitrant ? suggéra de Ville. Je ne m'étonnerais pas que vous vous sentiez plus léger à l'idée de poursuivre votre vie de célibataire, sans risque de mauvaise conscience puisque vous lui aurez trouvé un mari.

Whitney vit la mâchoire de son beau-frère se crisper dangereusement. Une lueur inquiétante brilla dans ses yeux bleus. Elle sentait Stephen capable d'écorcher vif l'impertinent Nicolas sans se soucier qu'il fût l'un de ses amis ou même son propre invité. Quand il croisa à nouveau les bras et qu'il se mit à toiser de Ville de la tête aux pieds avec un regard débordant de dédain, elle se demanda s'il ne s'apprêtait pas à lancer un défi en annonçant qu'il avait lui-même l'intention d'épouser Charise.

Mais elle se trompait.

Avec un accent insultant, Stephen lança :

— Il nous faudra discuter de vos qualités un peu plus tard, de Ville. Il me semble que lors du rejet des autres prétendants, le mot « débauché » a été prononcé...

— Oh ! s'écria Whitney, indignée.

Surprise, Stephen la regarda et, profitant de cet instant de distraction, elle ajouta :

— Ne vous en prenez pas à Nicolas, Stephen. Il ne cherche qu'à vous aider.

Dès que Stephen l'avait apostrophé, de Ville s'était figé et il semblait penser plutôt au meurtre qu'au mariage. Quant à Clayton, l'affrontement entre les deux hommes n'avait pas manqué de le réjouir. Mais, sentant peser sur lui le regard implorant de sa femme, il se décida à intervenir.

— Vraiment, Stephen, ce n'est pas une façon de traiter ton futur gendre, fit-il avec un humour glacial.
— Pardon ?
— À partir du moment où tu te proposes de doter – généreusement – Miss Lancaster, tu t'octroies le rôle de son père. Maintenant, de Ville n'étant encore qu'un prétendant, je te conseillerais d'attendre qu'il soit devenu le mari pour t'en prendre à lui.

L'absurdité de la situation ainsi décrite parut si évidente aux deux protagonistes qu'ils acceptèrent de se détendre. Mais Whitney ne poussa un soupir de soulagement que lorsque Stephen tendit enfin la main à de Ville.

— Bienvenue dans la famille, dit-il ironiquement.
— Merci.

De Ville lui serra la main.

— Quelle sera l'importance de la dot ? plaisanta-t-il.

Sans lui répondre, Stephen retourna s'asseoir à son bureau.

— Le premier obstacle étant franchi, il nous faut maintenant parler de son entrée dans le monde, dit-il.

Whitney le surprit en élevant immédiatement une objection.

— Puisque Nicolas s'offre à la courtiser, elle n'a plus besoin de participer à la saison.

Stephen la foudroya du regard.

— J'aimerais que Charise puisse éventuellement choisir entre plusieurs prétendants. Et qu'elle se soit éprise de quelqu'un lorsque sa mémoire reviendra. C'est la seule façon pour elle de ne pas trop souffrir lorsqu'elle apprendra la mort de Burleton.

À son tour, de Ville objecta :

— N'est-ce pas trop demander en si peu de temps ?
— Non. Pas dans son cas. Elle connaissait à peine Burleton. Il n'a pas pu devenir le centre de son univers pendant le court séjour qu'il a effectué en Amérique.

Si l'observation de Stephen parut d'une logique irréfutable, en revanche, les premiers pas de Charise dans la haute société londonienne firent l'objet d'un débat sans fin. Et ce fut avec un ennui croissant que Stephen écouta les appréhensions des uns et des autres devant diverses chausse-trapes, tantôt concevables et tantôt absurdes.

# 24

Une heure plus tard, alors qu'à bout de patience, Stephen commençait à rejeter systématiquement toute objection à son plan, Hugh Whitticomb décida soudain de donner son avis de médecin traitant.

— Je suis désolé mais je dois m'opposer à vos projets.

Devant ce jugement qui se voulait définitif, Stephen demanda d'un ton caustique :

— Auriez-vous l'obligeance de vous expliquer ?

— Certainement. Votre hypothèse selon laquelle on pardonnera facilement à Miss Lancaster d'ignorer certains de nos usages, parce qu'elle est américaine, est sans doute en partie exacte. Mais Miss Lancaster est suffisamment intelligente pour s'apercevoir de ses carences et elle risque fort de s'en vouloir. Ce qui augmenterait considérablement la tension qui pèse déjà sur elle. La saison commençant dans quelques jours, il lui est impossible d'être prête, en dépit de sa vivacité d'esprit.

Whitney ajouta :

— Il y a également le problème de sa garde-robe. On peut difficilement exiger de Mme Lassalle, ou de toute autre couturière de sa qualité, une telle surcharge de travail dans une période où elle est déjà débordée par ses clients réguliers.

Ignorant pour l'instant cette dernière difficulté, Stephen répondit au médecin :

— Il serait absurde de la tenir à l'écart. Elle n'aurait aucune chance de rencontrer d'éventuels prétendants. Et puis les gens se demanderaient pourquoi nous la cachons. Elle-même se poserait la question et arriverait sans doute à la conclusion que nous avons honte d'elle.

— Je n'avais pas pensé à ça, admit Hugh, visiblement troublé.

— Au lieu de sans cesse soulever des problèmes, cherchons des solutions, proposa Stephen avec fermeté. Je suggère un compromis. Nous la ferons participer à la saison, mais dans certaines limites, et à condition qu'il y ait toujours l'un de nous auprès d'elle. Nous lui éviterons ainsi d'être assaillie de questions embarrassantes.

— Il nous faudra tout de même expliquer qui elle est et comment elle a perdu la mémoire, fit remarquer Witticomb.

— Nous dirons la vérité, sans entrer dans les détails. Nous expliquerons qu'elle a été victime d'un accident, qu'elle n'est pas en mesure pour l'instant de répondre aux questions qu'on aimerait lui poser, mais que nous savons qui elle est.

— Vous n'ignorez pas de quelle cruauté les gens sont capables. Ils se figureront qu'elle est idiote.

Stephen se fit railleur :

— Idiote ? Avez-vous déjà tenté d'entretenir une conversation intelligente avec une débutante ? La dernière fois que je l'ai fait, j'ai constaté, une fois de plus, que la plupart étaient incapables de parler d'autre chose que du temps ou de la mode. Les autres ne savaient que rougir ou minauder. L'intelligence de Charise est en revanche si évidente qu'il faudrait être soi-même d'une grande stupidité pour ne pas s'en apercevoir.

— Personne ne la prendra pour une idiote, souligna Whitney. Elle apparaîtra plutôt mystérieuse à souhait, en particulier aux yeux des jeunes gens.

— Eh bien, considérons que nous sommes arrivés à une conclusion ! Whitney et vous, Mère, vous vous occuperez de sa garde-robe. Elle fera son entrée dans la société sous notre protection. Nous l'emmènerons d'abord à l'Opéra, où il sera difficile de l'approcher. Puis au théâtre et à quelques thés. Elle est si belle qu'elle attirera tous les regards et si elle fait de rares apparitions dans les soirées, le mystère l'entourant s'accentuera et, comme l'a dit Whitney, ce sera à son avantage.

Satisfait d'avoir réglé les points cruciaux, Stephen promena son regard sur le demi-cercle de ses complices.

— Quelqu'un a-t-il quelque chose à ajouter ?

— Il y a un point que nous n'avons pas abordé, fit observer sa mère. Elle ne peut rester une nuit de plus sous ton toit. Si l'on apprenait qu'elle séjourne dans cette maison sans chaperon, sa réputation serait ruinée et elle verrait disparaître tout espoir de faire un mariage décent. Espérons que, par miracle, les serviteurs n'ont pas déjà parlé.

— Ils l'adorent, répliqua Stephen, et ne diraient rien qui puisse lui porter préjudice.

— Ils peuvent très bien parler avec des domestiques appartenant à d'autres maisons sans avoir l'intention de lui nuire. Il est vraiment temps de prendre des précautions si tu ne veux pas qu'elle passe pour ta maîtresse.

Sentant que Stephen attendait une proposition de sa part, Whitney avança, malgré ses réticences :

— Clayton et moi pourrions l'inviter à séjourner chez nous.

— Parfait, accepta Stephen. Elle ira chez vous.

Whitney retint un soupir. Elle regrettait en fait de soustraire Charise aux attentions de Stephen. Une fois la saison commencée, tous seraient emportés dans un tourbillon d'activités mondaines, et Stephen risquait de ne plus voir Charise pendant plusieurs jours d'affilée ou, au mieux, de l'apercevoir quelques minutes par-ci par-là.

Hugh Whitticomb retira ses lunettes et se mit à essuyer les verres avec son mouchoir.

— Je ne peux vous donner mon accord sur ce point, dit-il.

Stephen dut faire un effort immense pour maîtriser une fois de plus son impatience.

— Expliquez-vous.

— Elle ne supportera pas un environnement nouveau. Ici, elle a fort heureusement commencé à s'habituer à des visages qu'elle ne connaissait pas il y a une semaine.

Quand il vit Stephen s'apprêter à lui répondre, il regarda ses voisins et ajouta sur un ton pressant :

— Et puis elle croit qu'elle est fiancée à Stephen et qu'il lui est très attaché. Quand elle était entre la vie et la mort, personne d'autre que lui ne l'a veillée. Elle a toute confiance en lui et en lui seul.

— Je lui expliquerai ce qu'elle risque en restant ici, rétorqua Stephen. Elle comprendra facilement que la situation est inconvenante.

— Mais elle ignore totalement ce qu'est une situation inconvenante, Stephen ! Autrement, elle ne serait jamais descendue au salon dans un déshabillé lavande, comme l'autre soir.

Offusquée, la duchesse douairière s'exclama :

— Stephen ! Mon Dieu, qu'entends-je !

— Ne vous inquiétez pas, Mère. Elle est décente. Que voulez-vous, elle n'avait rien d'autre à se mettre.

Nicolas de Ville crut bon d'intervenir.

— Elle ne peut rester sans chaperon. Je m'y opposerai.

— Mêlez-vous de ce qui vous regarde, rétorqua Stephen.

— Ah, mais ça me regarde ! Il en va de la réputation de ma future femme. Et je dois également ménager l'honneur de ma famille.

Stephen se carra dans son fauteuil et regarda de Ville avec une manifeste aversion, avant de déclarer, d'un ton aussi féroce que son regard :

— Je ne me souviens pas que vous ayez fait votre demande en mariage, de Ville.

— Je peux la faire maintenant.

— Vous attendrez qu'elle ait d'autres prétendants.

En se demandant comment son frère pouvait tolérer un individu si arrogant dans le sillage de sa femme, Stephen précisa :

— Pour l'instant, vous ne jouissez d'aucun statut particulier. Si vous voulez bien vous en souvenir, je suggérerai...

Sa mère l'interrompit pour proposer en désespoir de cause :

— Je peux chaperonner Miss Lancaster...

Les deux hommes cessèrent de se fusiller du regard pour se tourner vers Hugh Whitticomb. Mais, au lieu de répondre immédiatement, Hugh continua de nettoyer ses verres pendant qu'il pesait les conséquences de la présence ducale sur une romance encore fragile. Toujours royale et imposante à l'approche de la soixantaine, la duchesse avait surtout l'œil encore vif et s'empresserait d'interdire les rapports chaleureux que, pour sa part, Hugh voulait préserver entre Stephen et Charise. De plus, elle intimiderait la jeune femme, même si elle souhaitait le contraire. Sautant sur le premier argument solide qui lui venait à l'esprit, Hugh fit remarquer :

— Vous devriez penser à votre santé, Votre Grâce, et éviter les responsabilités de ce rôle. Je ne voudrais pas que les malaises de l'année dernière resurgissent.

— Mais vous m'aviez dit qu'il n'y avait rien de grave, Hugh !

— J'aimerais ne pas avoir à revenir sur ce jugement.

— Hugh a raison, Mère.

Souhaitant en finir avec toutes ces tergiversations, Stephen se rangea donc à l'avis du médecin puis résuma clairement le problème :

— Il faut que nous trouvions quelqu'un de réputation irréprochable et qui soit à la fois un chaperon et une compagne, si elles doivent être constamment ensemble...

— Lucinda Throckmorton-Jones pourrait peut-être convenir, suggéra la duchesse. Personne ne douterait de la moralité d'une jeune femme qu'elle serait chargée de surveiller.

— Oh, Dieu, non ! s'écria Whitticomb avec un emportement qui surprit tout le monde. Ce dragon au visage en lame de couteau provoquerait une rechute chez Miss Lancaster ! Je ne doute pas qu'elle puisse faire figure de duègne idéale dans les plus strictes familles de Londres, mais j'en ai un souvenir épouvantable. J'ai dû un jour passer un baume sur une brûlure que l'une de ses protégées s'était faite à la main, et ce dragon m'a presque sauté dessus, comme si je tentais de séduire ma patiente.

Les interventions de Whitticomb menaçant de devenir stériles, Stephen ne cacha plus son agacement :

— Eh bien, on attend vos suggestions, Whitticomb !

— Je me charge de vous trouver quelqu'un. Soyez rassuré. Pour tout vous dire, je pense à une personne qui se sent un peu seule et désœuvrée en ce moment. Si sa santé le lui permet, elle sera ravie d'accepter.

— Pourrions-nous savoir de qui il s'agit ? demanda la duchesse.

Hugh préféra éviter un éventuel refus de la part de l'astucieuse duchesse et décida de mener l'affaire en secret puis de mettre tout le monde devant le fait accompli.

— J'aimerais réfléchir encore un peu. Au moins jusqu'à demain. Une autre nuit sous le toit de Stephen ne changera pas grand-chose, me semble-t-il.

L'intervention de Colfax empêcha une quelconque réaction. Le maître d'hôtel venait annoncer que Miss Lancaster avait achevé sa promenade dans le parc.

Stephen se leva.

— Voilà qui met un terme à notre réunion.

— Encore deux petits détails, fit Clayton. Comment espères-tu obtenir la coopération de ta fiancée, quand tu lui annonceras que tu lui cherches un mari, au risque de l'humilier profondément ? Et que feras-tu si elle te prend de vitesse et annonce que vous êtes fiancés ? Ne crois-tu pas qu'elle serait la risée de Londres ?

Stephen fut sur le point de répondre qu'il n'était définitivement pas son fiancé puis y renonça.

— Je réfléchirai là-dessus, ce soir ou demain.

— Ménagez-la, dit Hugh. Évitez-lui... les chocs.

Whitney se leva en mettant ses gants.

— J'ai intérêt à aller voir Mme Lassalle sans tarder. Mais de toute façon il faudrait un miracle pour qu'elle accepte de constituer toute une garde-robe en ce moment.

— Plutôt que de miracle, parlons d'argent, rectifia Clayton avec un petit rire. De l'argent de Stephen... Je vous dépose devant sa boutique en allant chez *White*.

— White est dans la direction opposée, fit remarquer de Ville. Si vous me permettez d'accompagner votre femme chez la couturière, j'en profiterai pour lui demander en chemin comment je dois m'y prendre pour gagner la confiance de Miss Lancaster.

En l'absence d'objection plausible, Clayton acquiesça d'un bref signe de tête. Aussitôt de Ville offrit son bras à Whitney, qui prit le temps d'embrasser son mari sur la joue. Marchant derrière eux, les deux frères fixèrent sur le dos de De Ville le même regard noir.

— N'as-tu jamais eu envie de lui casser quelques dents ? demanda Stephen avec cynisme.

— Plus d'une fois, en effet, mais je pressens que tu vas éprouver ce genre d'envie encore plus souvent que moi, répondit sèchement Clayton.

Whitney s'assura que le maître d'hôtel avait refermé la porte et se pencha vers Nicolas de Ville.

— À quoi pensez-vous, Nicolas ?

Tout en faisant signe à son cocher, il sourit avant de répondre :

— Je me disais que votre mari et son frère doivent chercher un bon prétexte pour m'étriper.

Whitney étouffa un éclat de rire à l'instant où le cocher lui ouvrait la portière.

— Stephen serait sans doute le premier satisfait.

— Vous ne me rassurez pas. On connaît ses emportements et son habileté à manier le pistolet !

Elle oublia son envie de rire.

— Nicolas, mon mari nous avait prévenus que Stephen n'accepterait pas que l'on interfère dans sa vie privée. J'ai essayé à mon tour de vous mettre en garde. Vous avez voulu entrer en compétition, mais il faudra vous excuser à la première occasion. Clayton m'interdit rarement quelque chose, et je ne tiens pas à le défier quand il le fait.

— Mais c'est moi qui le défie, chère amie, pas vous. De plus, il a seulement dit que la « famille » ne devait pas interférer et, à mon grand regret, je n'en fais pas partie.

D'un sourire, il gomma la solennité de ses propos, et Whitney comprit qu'il se contentait de flirter.

— Nicolas...

— Oui, mon amour ?

— Ne m'appelez pas comme ça.

— Oui, Votre Grâce ?

— Vous souvenez-vous combien j'étais naïve et gauche quand vous avez décidé de parrainer mon entrée dans le monde ?

— Vous n'avez jamais été gauche, chère amie. Je vous trouvais d'une innocence rafraîchissante. Et si peu conventionnelle...

— Charise Lancaster est aussi inexpérimentée que je l'étais à l'époque. Ne la laissez pas croire à votre dévotion. Je ne voudrais pas qu'elle s'attache trop à vous et qu'elle en souffre. Je me sentirais responsable.

Nicolas allongea ses jambes et, perdu dans ses pensées, attarda sur elles son regard. Puis il sourit.

— Je me souviens qu'en vous accompagnant à votre première soirée, je vous ai recommandé d'être vigilante et de ne pas confondre un simple flirt avec une relation sérieuse. Je tenais aussi à ce que vous ne soyez pas malheureuse. Vous vous rappelez ce conseil ?

— Oui.

— Et finalement c'est vous qui m'avez rejeté.

— Vous avez su vous consoler, il me semble.

Sans songer à le nier, il ne s'attarda cependant pas sur ce propos.

— Charise Lancaster me fait penser à vous, avoua-t-il. Je ne saurais dire pour l'instant jusqu'à quel point elle sort de l'ordinaire et vous ressemble, mais j'entends bien le découvrir.

— Je veux qu'elle épouse Stephen, Nicolas. C'est une femme pour lui, et je suis certaine que le docteur Whitticomb est de mon avis. Vous êtes simplement supposé rendre Stephen jaloux.

— Oh, mais je m'en charge !

— Il faut qu'il craigne de la perdre.

— Si vous voulez respecter le diktat de votre mari, vous devez me laisser faire. D'accord ?

— D'accord.

# 25

Priée de rejoindre le comte dans son bureau, Sheridan salua joyeusement les serviteurs qu'elle rencontra dans le hall, s'arrêta un instant devant un miroir afin de jeter un coup d'œil à sa coiffure, lissa sa robe vert pâle, puis s'avança vers Hodgkin, qui l'attendait devant la porte ouverte du bureau tout en surveillant les laquais, occupés à fourbir les candélabres d'argent du corridor.

— Bonjour, Hodgkin. Vous êtes particulièrement élégant ce matin. Est-ce un nouveau costume ?

— Oui, mademoiselle. Merci, mademoiselle.

Hodgkin eut peine à dissimuler son plaisir en entendant Miss Lancaster lui confirmer qu'il avait fière allure dans son costume neuf. Soudain droit comme un I, il lui confia :

— Il a été livré hier. Il sort de chez le tailleur.

— Ma robe est également neuve.

Stephen, qui avait relevé la tête en entendant sa voix, la vit soulever le bas de sa jupe et virevolter lentement pour faire admirer sa robe.

— N'est-elle pas jolie ? demanda-t-elle.

Devant la fraîcheur et le charme de la scène, Stephen sourit et devança Hodgkin :

— Elle est ravissante !

Hodgkin sursauta, Sheridan laissa retomber le bas de sa jupe, mais elle eut un irrésistible sourire lorsqu'elle s'avança vers Stephen, souple et gracieuse. Même sa démarche tranchait avec celle des femmes qu'il avait l'habitude de rencontrer. Elle n'était pas, comme elles, prisonnière de cette rigidité qu'elles devaient à des leçons de maintien apprises à la baguette. Sheridan avait conservé intacte sa grâce naturelle. Quoi de plus féminin que de balancer légèrement ses hanches en marchant ?

— Bonjour, dit-elle. (Puis, désignant d'un geste la pile de documents et de correspondance qui encombrait le bureau, elle ajouta :) J'espère que je ne vous dérange pas.

— C'est moi qui vous ai priée de venir. Ne vous laissez pas impressionner par tous ces papiers. J'ai déjà demandé à mon secrétaire de nous laisser seuls. Asseyez-vous donc.

Un simple regard suffit pour qu'Hodgkin fermât le lourd battant de chêne pendant que Sheridan arrangeait sa robe autour d'elle. Elle en prenait grand soin, comme le remarqua Stephen en la voyant lisser un pli.

Quand elle eut achevé son inspection, elle posa sur lui un regard interrogateur mais confiant.

Il aurait apprécié cette confiance spontanée s'il ne s'était pas apprêté à la trahir. Il repensa au sursis qu'il s'était accordé la veille en dînant agréablement avec elle, et alors que le silence demeurait pesant, il se dit qu'il était temps de réagir. Manquant cependant de courage, il chercha un sujet de conversation, pour finalement demander :

— Avez-vous passé une bonne matinée ?

— C'est un peu tôt pour vous répondre, dit-elle d'un ton grave mais avec un sourire dans les yeux. Il y a seulement une heure que nous avons pris le petit déjeuner.

— Seulement une heure ? Oh ! Il me semblait qu'il y avait plus longtemps que ça.

Se sentant aussi maladroit qu'un puceau qui se retrouve seul avec une femme pour la première fois, il enchaîna :

— Qu'avez-vous fait depuis ?
— Je suis allée lire dans la bibliothèque.
— Ne me dites pas que vous avez terminé tous les magazines que je vous ai fait porter !

Sheridan se mordit la lèvre en retenant un rire moqueur.

— Les avez-vous feuilletés ?
— Non, pourquoi ?
— Je ne pense pas que vous les auriez trouvés très édifiants.

De ces magazines, Stephen savait seulement que les femmes les lisaient avec beaucoup d'attention. Mais afin d'entretenir la conversation, il s'enquit poliment de leurs noms.

— Il y en avait un avec un nom qui n'en finissait pas. Je crois qu'il s'appelait : *Le Musée mensuel des femmes : répertoire destiné à divertir, à nourrir l'esprit et à développer la personnalité.*
— Quel programme ! Quelle ambition !
— C'est ce que je me suis dit jusqu'à ce que j'ouvre ce journal. Savez-vous ce que j'ai trouvé dans l'un de ses articles ?
— Étant donné votre expression, je n'oserais pas vous le demander, répondit Stephen, le rire aux lèvres.
— Eh bien, il y avait tout un discours sur le rouge !
— Pardon ?
— Le rouge que l'on met sur les joues. L'art et la manière de se donner des couleurs... C'était absolument fascinant comme article ! Mais, à votre avis, ça contribuait à nourrir l'esprit ou à développer la personnalité ?

Elle feignait un sérieux qui déclencha chez Stephen un rire irrépressible.

— Dans d'autres magazines, j'ai trouvé des articles d'une plus grande portée, je dois dire. Par exemple, dans le *Journal de la mode et des usages de la Cour,* je suis tombée sur un article consacré à l'art de relever le bas de sa jupe pour faire la révérence. Quelle lecture envoûtante ! Je n'avais jamais réalisé qu'il était préférable de n'utiliser que le pouce et l'index pour ce genre d'exercice. Atteindre la perfection dans la grâce, voilà ce qui doit être l'ambition de toute femme.

— Est-ce votre théorie ou celle du magazine ?

Elle lui lança un regard oblique, éclatant de malice et d'impertinence.

— Que croyez-vous ?

Il songea qu'il pourrait se satisfaire jusqu'à la fin de sa vie de son impertinence et de sa gaieté, fût-ce au détriment d'une quelconque perfection. Plus sagement, il lui répondit :

— Ces journaux sont bons pour la poubelle, il me semble. On va vous en débarrasser.

— Oh, non ! Je les lis un peu chaque soir.

Elle eut l'air si sérieuse qu'il lui demanda :

— Vraiment ?

— Oui. J'en lis une page et je sombre dans le sommeil. C'est mieux que les somnifères.

Il lui répondit par un éclat de rire tandis que, d'un geste brusque de la tête, elle rejetait le voile de ses boucles rousses derrière son épaule. « Dommage », se dit Stephen en regrettant les ondulations cuivrées de sa superbe chevelure sur les rondeurs de sa poitrine.

Puis, devant la direction que prenaient ses pensées, il s'empressa de se ressaisir.

— Et à part les fards et l'art de la révérence, à quoi vous intéressez-vous ?

« À vous, pensa Sheridan. C'est vous qui m'intéressez. C'est de ce malaise que je sens en vous dont j'aimerais parler. Comme de ces instants où vous me regardez en me donnant l'impression que vous ne voyez que moi. Et de ces autres moments où l'on dirait que vous aimeriez me voir au diable. C'est ce qui a de l'importance pour vous qui m'intéresse parce que je veux compter pour vous. C'est votre histoire, mon histoire qui m'intéressent... »

— L'histoire ! répondit-elle finalement. J'aime l'histoire.

— Et quoi d'autre ?

À défaut de pouvoir puiser dans des souvenirs plus ou moins lointains, elle pensa à sa promenade de la veille.

— Je crois que j'aime beaucoup les chevaux.

— Pourquoi dites-vous cela ?

— Hier, dans le parc, j'ai vu des femmes faire de l'équitation et j'ai eu l'impression de revivre quelque chose d'exaltant.

— Dans ce cas, il faut que vous tentiez l'expérience. Je vais me mettre en contact avec Tattersall et demander qu'on vous trouve une gentille petite jument.

— Expliquez-moi ce qu'est Tattersall.

— Oh, c'est une salle des ventes !

— Ne pourrais-je y aller ?

— Vous provoqueriez une émeute, dit-il en souriant devant son air surpris. Les femmes n'y sont pas admises.

— Je vois... Mais de toute façon, je préférerais que vous ne dépensiez pas d'argent pour un cheval. Je ne sais peut-être pas du tout monter. Ne pourrais-je pas plutôt vous emprunter l'un de vos chevaux ? Si je demandais à votre cocher...

— Il n'en est pas question. Aucun de mes chevaux ne peut convenir à une femme, même expérimentée. Mes montures ne sont pas faites pour trottiner dans les allées du parc.

— Je n'ai pas eu hier l'impression de vouloir trottiner. Je me voyais galopant dans le vent.

— Ah, non, surtout pas ça !

Bonne cavalière ou non, elle n'avait pas la charpente d'une fille de la campagne. Elle était bien trop mince et délicate pour se lancer dans un galop effréné.

Voyant sa déception, il lui expliqua sans fioritures :

— Je ne tiens pas à vous ramener ici inconsciente pour la deuxième fois.

Il réprima le frisson que suscitait le souvenir de son corps inerte dans ses bras. Mais il était déjà trop tard pour repousser la vision d'un autre accident et d'un autre corps inerte : celui d'un jeune baron qui aurait dû épouser quelques heures plus tard une ravissante jeune femme et avoir toute la vie devant lui pour l'aimer. Comment osait-il encore parler de choses et d'autres au lieu d'aborder le seul sujet qui motivait ce tête-à-tête ?

Se renversant dans son fauteuil, Stephen s'efforça de lui adresser un sourire enthousiaste et s'engagea dans l'exposé de son plan.

— Je suis heureux de pouvoir vous annoncer que ma belle-sœur a réussi à persuader la meilleure couturière de Londres de venir jusqu'ici pour s'occuper de votre garde-robe, alors qu'elle est absolument débordée. Vous aurez ce qu'il vous faut pour la saison qui commence dans quelques jours.

Elle plissa le front au lieu de sauter de joie.

— Ne me dites pas que ce n'est pas une bonne nouvelle, fit-il, incrédule.

— Vous savez, j'ai déjà ce qu'il me faut. Il y a deux robes que je n'ai pas encore mises.

Elle était incroyable ! Ou bien son père était un fieffé radin... Cinq robes de ville n'avaient jamais constitué une garde-robe digne de ce nom.

— Vous aurez besoin d'un grand nombre de toilettes, l'informa-t-il.

— Pourquoi ?

— C'est la saison londonienne qui l'exige, dit-il sans plus d'explications avant d'enchaîner : Je dois aussi vous dire que le docteur Whitticomb va venir cet après-midi avec l'une de ses connaissances, une personne d'un certain âge qui, d'après lui, serait toute disposée à vous servir de chaperon. Elle a les qualités requises pour occuper cette fonction, m'a-t-il assuré.

Il la vit rire aussitôt.

— Mais je n'ai pas besoin d'un chaperon ! Je suis une...

Brusquement à court de mots, elle éprouva une sorte de nausée. Qu'avait-elle voulu exprimer ? L'idée elle-même s'était volatilisée.

Stephen remarqua son malaise.

— Vous êtes une... Une quoi, Charise ?

— Je ne sais pas. Je ne sais plus ce que je voulais dire.

— Ne vous inquiétez pas, la rassura Stephen. C'est une question de patience. Vos souvenirs finiront par revenir. Pour l'instant, écoutez-moi. J'ai encore autre chose à vous dire. Je...

Le voyant hésiter, elle posa sur lui ses grands yeux gris argent et l'encouragea à poursuivre.

— Je vous écoute. Vous aviez commencé une phrase...

— Oui. J'allais vous dire que j'ai pris une décision, et ce, avec l'accord de ma famille. J'ai décidé de vous laisser profiter de la saison et... savourer d'autres hommages que les miens avant d'annoncer nos fiançailles.

Elle eut l'impression qu'il venait de la gifler. Pourquoi lui parlait-il d'autres hommes ? Quelle idée bizarre ! Comment pouvait-il imaginer un étranger la courtisant sous ses yeux ?

D'une voix presque tremblante, elle demanda :

— Puis-je savoir ce qui a motivé cette décision ?

— Bien entendu. Se marier est un acte important qui ne doit pas être pris à la légère...

Il se sentit bêtement sentencieux et préféra se lancer dans une explication moins impersonnelle.

— Nous ne nous étions vus qu'une seule fois avant que vous veniez à Londres. Nous nous connaissons encore peu. Je pense donc que je dois vous laisser la liberté de regarder autour de vous, de rencontrer d'autres prétendants possibles afin que vous soyez sûre de votre choix. Il serait bon par conséquent que nos fiançailles demeurent secrètes.

Elle sentit quelque chose se briser en elle. Ainsi il souhaitait qu'elle trouvât quelqu'un d'autre. Il essayait de se débarrasser d'elle ! Et, après tout, elle pouvait le comprendre. Elle n'avait plus de mémoire et elle était bien différente de ces jeunes femmes belles et gaies qu'elle avait vues la veille dans le parc. Il lui était même impossible de soutenir la comparaison avec sa mère ou sa belle-sœur, dont elle ne possédait ni l'assurance ni l'allure royale. Apparemment d'ailleurs on ne voulait pas d'elle dans la famille. Leur cordialité n'avait été qu'un jeu hypocrite.

Alors que des larmes d'humiliation commençaient à lui brûler les yeux, elle se leva, hésita en sachant qu'elle ne se résignerait ni à le regarder en face ni à quitter la pièce en courant, puis alla cacher son émotion et sa blessure près de la fenêtre. Lui tournant le dos, elle fixa un regard aveugle sur l'animation de la rue.

— Votre idée me paraît excellente, monsieur le comte, dit-elle en s'efforçant de contrôler sa voix.

Elle l'entendit se lever à son tour et s'avancer vers elle pendant qu'elle prenait une longue inspiration avant d'ajouter :

— Tout comme vous, j'ai éprouvé quelques réserves au sujet de nos relations... Elles se sont imposées, je dois dire, dès mon arrivée.

Il lui sembla percevoir un sanglot dans sa voix. La conscience déchirée, il mit ses mains sur ses épaules.

— Charise...

— Ayez la gentillesse de... (elle inspira à nouveau profondément) d'enlever vos mains de mes épaules.

— Tournez-vous vers moi et écoutez ce que j'ai à vous dire.

C'en était trop. Elle ferma les yeux, mais ne put empêcher les larmes de rouler sur ses joues. Alors, comment se retourner sans qu'il la vît pleurer ? Plutôt que de s'exposer à cette humiliation, elle baissa la tête et redessina lentement la géométrie des petits carreaux de la fenêtre.

Retenant difficilement l'envie de la prendre dans ses bras et d'implorer son pardon, Stephen déclara :

— J'essaie de faire au mieux, dans votre intérêt autant que dans le mien.

Elle serra les dents, puis d'une voix presque assurée répondit :

— Bien entendu... J'ai probablement déçu votre famille. Ils ne comprennent pas ce que vous avez pu me trouver. Mais moi je me demande comment mon père a pu penser que vous me conviendriez.

Avait-elle retrouvé suffisamment d'assurance pour qu'il la relâchât ? Il allait le faire lorsqu'il vit des larmes tomber sur la manche de sa robe.

Toute retenue l'abandonna. L'obligeant à se retourner, il la prit dans ses bras et lui murmura, les lèvres sur sa chevelure parfumée :

— Je vous en prie, ne pleurez pas. Non, ne pleurez pas. J'essaie vraiment de faire au mieux.

— Eh bien, dans ce cas, laissez-moi tranquille !

— Non. Je ne peux pas.

Il la pressa contre lui et, tandis que les larmes mouillaient sa chemise, il posa un baiser sur sa tempe.

— Je suis désolé...

Trop fière pour se débattre, trop ébranlée pour cesser de pleurer, elle se raidit de toutes ses forces, secouée par des sanglots silencieux.

— Je vous en prie... implora Stephen, je ne voulais pas vous faire de mal. (Il tenta de l'apaiser en caressant sa nuque.) Ne me laissez pas vous blesser, murmura-t-il, la voix rauque.

Puis il céda au désir de la prendre par le menton et de laisser courir ses lèvres sur sa joue humide. Elle n'avait jusqu'alors pleuré qu'une seule fois : le soir où elle avait repris conscience. Ni la douleur physique ni son amnésie ne lui avaient arraché une seule larme. Et voilà qu'elle pleurait maintenant, en silence, à cause de lui. Soudain, il voulut goûter la douceur salée de ses lèvres et, resserrant son étreinte, l'incita à lui offrir sa bouche mouillée de larmes. Mais, ce matin-là, elle refusa ses baisers, et il en ressentit une douleur presque physique. Il la revoyait lui souriant quelques instants plus tôt, chantant avec les serviteurs dans les cuisines, flirtant malicieusement avec lui, la veille, devant la porte de son bureau : « J'espère que j'ai eu assez de jugeote pour vous faire languir avant de vous donner une réponse », avait-elle dit alors en riant. Mais elle n'aurait désormais qu'un désir : le repousser, et il eut envie de crier qu'il ne voulait pas perdre sa tendresse et sa chaleur. Les mains enfouies dans ses cheveux, il l'obligea à le regarder. Dans le gris de ses yeux, il lut l'hostilité d'une femme profondément blessée.

— Charise, embrassez-moi, l'implora-t-il en cherchant à reprendre ses lèvres.

À défaut de pouvoir lui échapper, elle s'arma d'une rigide indifférence qu'il décida de combattre. Faisant appel à toute son expérience de séducteur, il s'attaqua aux défenses fragiles de cette vierge de vingt ans, qu'il enlaça farouchement, caressa de ses mains, de sa bouche, puis de sa voix :

— Puisque je vais être comparé à d'autres, laissez-moi vous montrer ce que je sais faire, dit-il, inconscient de sa maladresse.

Mais, en revanche, ce furent précisément ces paroles qui persuadèrent Sheridan de le tenir désormais à distance, de ne plus jamais lui permettre de l'embrasser ni de la toucher. C'était terminé ! Alors, parce que c'était la dernière fois, elle cessa de résister, et le chasseur célébra sa victoire avec, finalement, la tendresse comme arme ultime.

Le réalisme reprenant le dessus, Stephen abandonna les lèvres de la jeune femme et laissa retomber ses bras.

Elle se recula, haletante, puis lui adressa un sourire forcé mais néanmoins éclatant.

— Je vous remercie pour la démonstration, monsieur le comte. Vous avez des atouts que je n'oublierai pas quand viendra le temps de la comparaison.

Il l'entendit à peine et ne fit rien pour la retenir quand elle tourna les talons et s'en alla. Les mains plaquées contre l'encadrement de la fenêtre, il regarda sans le voir le décor habituel de la rue et murmura avec un accent sauvage :

— Salaud...

S'efforçant de sourire en passant devant les serviteurs qu'elle rencontra dans les couloirs, Sheridan sentait ses lèvres meurtries par des baisers volés qui l'avaient détruite.

Elle voulait rentrer chez elle.

L'expression de ce désir viscéral devint comme une ritournelle qui tourna dans sa tête à chacun de ses pas pendant qu'elle regagnait sa chambre. Réfugiée sur le lit, elle se lova sur elle-même en serrant très fort ses genoux contre sa poitrine, comme si elle craignait de se briser en mille morceaux au moindre relâchement. Le visage enfoui dans l'oreiller afin d'étouffer ses sanglots, elle pleura sur l'avenir qui lui échappait et sur le passé qui se dérobait à elle. « Je veux rentrer à la maison... Je veux rentrer à la maison », répétait-elle, meurtrie. « Je veux rentrer à la maison, papa. Pourquoi ne viens-tu pas me chercher ? »

# 26

Un splendide cheval pie paissait non loin. Elle s'en approcha, sauta sur son dos et partit au galop dans la nuit qu'éclairait une immense lune rousse. Le vent portait l'écho de son rire tandis que, faisant corps avec l'animal, elle avait la sensation de voler... de voler... « Tu vas te rompre le cou, *querida* ! » lui cria un jeune homme, lancé à sa poursuite. Et tous deux rirent en volant au-dessus des vertes prairies...

Mais une autre voix, celle d'une femme, se fit entendre à travers une sorte de brouillard.

— Miss Lancaster !

Sur son épaule, elle sentit une main la secouer doucement jusqu'à ce qu'elle ouvrît les yeux.

— Je suis désolée de vous réveiller, mais Sa Grâce vous attend avec la couturière.

Grande fut la tentation de s'envelopper dans les couvertures comme dans un cocon et de reprendre le cours de son rêve. Malheureusement, elle ignorait en quels termes on signifiait à une duchesse, flanquée de sa couturière, que l'on préfère ses rêves à la réalité. Il lui eût fallu sans doute beaucoup de doigté.

D'autant qu'on ne faisait que tolérer sa présence, en attendant qu'elle trouvât un fiancé adéquat. Donc, il fallait se lever, se laver, s'habiller et suivre la servante jusqu'à la pièce qui servait de salon d'essayage.

La duchesse de service n'était pas la douairière, mais la belle-sœur de ce cher comte, la ravissante Whitney.

Fermement décidée à dissimuler sa blessure d'orgueil, Sheridan salua Whitney sans chaleur ni froideur particulières. Si la jeune duchesse remarqua une différence dans son comportement, elle ne laissa transparaître aucun étonnement et, déjà, se réjouissait de voir Charise « vêtue à la dernière mode ».

Elle parla de bals, de réceptions, de petits déjeuners à l'aube, pendant que les employées de Mme Lassalle s'affairaient autour de Sheridan avec une fébrilité de moustiques au bord du lac, un soir d'été. Mesurée, drapée, épinglée, de face, de dos, Sheridan eut l'impression que ces simagrées duraient une éternité. Debout, sur une plate-forme exposée au soleil, elle écoutait sans mot dire les commentaires que Whitney mêlait à ses évocations de réjouissances plus extraordinaires les unes que les autres. Mais tout cela la laissait froide. Comme les autres, Whitney voulait se débarrasser d'elle et considérait la confection d'une garde-robe indispensable pour atteindre ce but. Mais Sheridan avait son plan. Elle allait retourner chez elle – où que ce fût – et le plus vite possible. Dès que cette comédie ridicule s'achèverait, elle irait en informer Whitney Westmoreland. Seul un réveil un peu brutal l'avait empêchée de s'opposer à ces essayages qui n'en finissaient pas. Quand, enfin, on lui retira les dernières épingles, elle se jeta sur ses vêtements. Mais quelle ne fut pas sa surprise de constater qu'on lui demandait de passer un simple peignoir. Ce n'était pas encore terminé !

On ouvrit devant elle des coffres magnifiques, remplis de tissus que l'on étala sur le tapis, les meubles, les rebords de fenêtres. Le salon ne fut plus qu'une débauche de couleurs.

— Qu'en pensez-vous ? demanda Whitney.

On pouvait être pris de vertige devant ce déploiement fabuleux de batistes richement brodées de fleurs multicolores, de linons et de mousselines, de soies brochées d'or et d'argent. Souriante, Whitney attendait que Charise exprimât son émerveillement et ses préférences.

Relevant le menton, la fiancée temporaire de monsieur le comte regarda Mme Lassalle, qui avait un accent français et des allures de général, et demanda, sans savoir d'où lui venait ce choix :

— Avez-vous du rouge ?

— Du rouge ! Avec vos cheveux ! Voyons, mademoiselle !

On ne pouvait être plus horrifiée.

— J'aime le rouge, insista Sheridan.

Mme Lassalle retrouva un ton diplomatique, mais refusa de trahir ses convictions artistiques.

— Si vous aimez le rouge, il faut que vous en ayez. Chez vous, sur vos fauteuils, à vos fenêtres si vous voulez. Mais sur vous, sur votre ravissante personne, mademoiselle, non. La couleur étonnante de vos cheveux est une bénédiction du ciel, et ce serait un péché de porter une couleur qui ne mettrait pas en valeur ce cadeau divin.

Ce discours fleuri obligea et Sheridan et la duchesse à réprimer un éclat de rire. Acceptant cette complicité d'un instant, Sheridan précisa :

— Je crois que je peux en déduire que je serais absolument horrible en rouge.

— Oui, exactement ! s'écria Mme Lassalle.

— Et rien ne pourrait vous persuader de me faire tout de même une robe rouge, n'est-ce pas ?

Ce fut Whitney qui répondit :

— Mme Lassalle préférerait se jeter dans la Tamise.

— Pour sûr ! affirmèrent les ouvrières de Mme Lassalle d'une seule voix.

Pendant quelques instants, la pièce résonna d'un rire partagé par huit femmes attelées à la même tâche.

Ce qui suivit concerna essentiellement la duchesse et la couturière. Elles discutèrent à n'en plus finir du choix des tissus et du style des robes. Sheridan attendait, s'impatientait, croyait pouvoir enfin pousser un soupir de soulagement quand, en fait, elles marquaient une simple pause avant d'entreprendre la sélection des ornements : nœuds, dentelles et rubans. Mais quand elle comprit que les ouvrières allaient s'installer dans la maison afin d'y travailler jour et nuit, elle sortit de son mutisme.

— C'est absurde ! J'ai déjà cinq robes. Je peux presque en changer chaque jour de la semaine.

Les conversations s'interrompirent, les regards convergèrent vers elle, et Whitney fit remarquer en souriant :

— Vous ne devrez pas seulement vous changer chaque jour, mais cinq fois par jour.

« Quelle corvée et que de temps gaspillé ! » Mais Sheridan se tut jusqu'à ce qu'elle fût seule avec la duchesse dans le corridor. Alors qu'elle se dirigeait vers sa chambre, où elle souhaitait retrouver un peu de solitude, elle se tourna vers Whitney, qui marchait à ses côtés.

— Il me semble impossible de me changer cinq fois par jour. Je suis désolée mais tout ça va être du gaspillage.

Sereine, Whitney lui adressa un sourire confiant.

— Vous vous habituerez. Ne vous inquiétez pas.

S'étonnant de voir aujourd'hui Sheridan si réservée et si distante, elle poursuivit néanmoins :

— Pendant la saison, la tradition veut que l'on ait une robe différente pour le matin, le déjeuner, l'après-midi, le dîner et la soirée. Sans compter les tenues de marche ou encore d'équitation. C'est là la garde-robe de base. À laquelle la fiancée de Stephen Westmoreland se doit d'ajouter des toilettes pour l'opéra, pour le théâtre...

— Je ne suis pas sa fiancée, l'interrompit Sheridan, et je n'ai pas l'intention de le devenir.

Elles étaient arrivées devant sa chambre. La main sur la poignée, Sheridan ajouta :

— Il y a des heures que j'essaie de vous faire comprendre que je n'ai ni besoin ni envie de ces robes. Vous pouvez tout annuler. Et maintenant, si vous voulez bien m'excuser...

— Pourquoi dites-vous que vous n'êtes pas sa fiancée ? demanda Whitney, inquiète autant qu'intriguée, en posant instinctivement sa main sur le bras de Sheridan. Que s'est-il passé ?

Puis, voyant une lingère traverser la galerie, les bras chargés de draps, elle proposa :

— Pourrions-nous parler dans votre chambre ?

D'une voix volontairement ferme, Sheridan rétorqua :

— Pardonnez-moi, mais je n'ai rien à vous dire, Votre Grâce.

Whitney la surprit. Au lieu de paraître offusquée, elle garda son sourire et poussa la porte que Sheridan avait entrouverte.

— Je crois au contraire que nous avons beaucoup de choses à nous dire.

Sheridan s'attendit, en premier lieu, à quelque réprimande provoquée par son impolitesse et son ingratitude. Mais se refusant à courber l'échine ou à s'excuser, elle se tourna vers la duchesse, prête à faire front.

En l'espace de quelques secondes, Whitney rapprocha les paroles de Sheridan de son attitude distante et en conclut que derrière cette froideur orgueilleuse se cachait une profonde blessure. Comme Stephen était le seul à pouvoir lui faire du mal, il devait, évidemment, être à l'origine de cette situation.

Décidée à réparer le mal coûte que coûte, Whitney demanda prudemment :

— Qu'est-ce qui vous fait dire aujourd'hui que vous n'êtes pas la fiancée de Stephen et que vous ne désirez pas l'être ?

Maîtrisant mal son émotion, Sheridan s'écria :

— Oh, s'il vous plaît... Si j'ignore qui je suis et où je suis née, je sais en revanche que quelque chose en moi s'insurge devant la comédie que l'on m'a jouée. Je vais me mettre à hurler si ça continue. Où voulez-vous donc en venir lorsque vous faites mine de m'accepter dans votre famille ? Cela n'a pas de sens !

— Très bien, répondit calmement la duchesse. Cessons de feindre...

— Merci.

— ... de feindre un certain détachement. Vous ne pouvez savoir combien je souhaite que vous deveniez ma belle-sœur.

— Et j'imagine que vous allez maintenant tenter de me convaincre que le comte de Westmoreland est enchanté par ces fiançailles !

— Oh non ! répondit en riant la duchesse. Je ne m'y hasarderais pas.

Effarée, Sheridan rétorqua :

— Eh bien, alors ?

— Je dois vous dire que Stephen Westmoreland est extrêmement réservé à l'idée de se marier, en général, et avec vous, en particulier. Mais ce n'est pas sans de très bonnes raisons.

Un rire nerveux secoua Sheridan.

— Je crois que vous êtes tous fous dans cette famille.

Whitney eut un soupir sonore.

— Je peux difficilement vous en vouloir de penser cela. Mais asseyons-nous tout de même. J'aimerais vous parler un peu du comte de Langford. À condition que vous me fassiez part de ce qu'il vous a dit ce matin et qui vous a permis de croire qu'il ne désirait pas vous épouser.

Si elle était effectivement désireuse d'en apprendre un peu plus sur cet homme qui restait pour elle un mystère, Sheridan n'en était pas moins intriguée par le rôle que s'attribuait la duchesse.

— Pour quelle raison souhaitez-vous intervenir de cette façon ?

— Je vous apprécie beaucoup, Charise, et j'aimerais que ce soit réciproque. Et puis, surtout, je suis convaincue que vous êtes faite pour Stephen, et je trouverais désolant que les circonstances actuelles vous entraînent à commettre une erreur dont vous vous apercevriez trop tard. J'attends donc que vous me disiez ce qui s'est passé et ensuite je vous parlerai un peu de lui.

Sheridan hésita, regarda Whitney comme si elle cherchait sur son visage l'indice d'un piège mais n'y lut qu'attente et inquiétude sincère.

— Seul mon orgueil peut pâtir de mes confidences, fit-elle en esquissant un sourire.

Puis, d'un ton presque neutre, elle raconta la scène qui s'était produite dans le bureau du comte.

La façon dont Stephen avait sollicité la coopération de la jeune femme parut à Whitney d'une intelligente simplicité. Elle fut de même impressionnée par la perspicacité de Charise qui, en dépit de sa naïveté, de son amnésie et du fait qu'elle se trouvât seule, loin de chez elle, parmi des étrangers, avait su voir clair dans le projet de Stephen. De plus, elle avait eu suffisamment de sagesse – et de fierté – pour ne pas s'y opposer.

— Est-ce tout ?
— Non...

Sheridan dissimula mal son embarras et sa colère.

— Qu'est-il arrivé d'autre ?

— Après avoir entendu ce qu'il me proposait ou, plutôt, cherchait à m'imposer, je me suis sentie quelque peu bouleversée.

— À votre place, j'aurais cherché un objet assez lourd pour l'assommer.

— J'ai réagi autrement : j'ai été prise d'une stupide envie de pleurer et je suis allée près de la fenêtre pour cacher mes larmes.

— Et lui, qu'a-t-il fait ?

— Il a eu assez d'audace, de... d'arrogance, de... toupet pour essayer de m'embrasser.

— A-t-il réussi ?

— Je lui ai résisté autant que j'ai pu... Enfin, il me semble. Mais il sait très bien s'y prendre et...

Ce qu'elle comprit soudain, elle l'exprima haut et fort, dans un élan de fureur.

— Il sait très bien s'y prendre et il en a conscience ! C'est pour ça qu'il a voulu m'embrasser. Il croyait pouvoir me convaincre, avec ses baisers, qu'il ne voulait que mon bien. Il ne m'a pas convaincue, mais il a finalement pu m'embrasser et je suppose qu'il doit en être fier.

Elle avait pris un ton dédaigneux qui amusa d'autant plus Whitney qu'elle avait surpris en arrivant l'air sombre de Stephen.

— J'en doute, dit-elle en riant. Il faisait une tête épouvantable quand je suis arrivée ce matin. Non, je n'ai vraiment pas le sentiment qu'il ait eu l'impression de triompher.

Sheridan eut un sourire réjoui mais fugace. Elle secoua la tête.

— J'ai du mal à comprendre toute cette histoire. Peut-être que j'ai l'esprit naturellement obtus.

— Oh, que non ! Je vous trouve beaucoup de perspicacité. Et de courage. Et vous êtes également une personne très chaleureuse.

Une lueur incertaine traversa les yeux gris de Sheridan et Whitney eut envie de lui livrer toute la vérité, en commençant par la mort de Burleton. Mais elle se souvint des recommandations du docteur Whitticomb et craignit de la bouleverser, ne serait-ce qu'en lui révélant le rôle joué par Stephen dans cette disparition.

Elle s'apprêta donc à lui parler longuement en faisant abstraction de cet événement tragique.

— Je vais vous raconter une histoire au sujet d'un homme très particulier que vous aurez peut-être du mal à reconnaître... Quand je l'ai rencontré pour la première fois, il y a quatre ans, les femmes l'adulaient, les hommes admiraient le sportif et le chasseur. Sa mère et moi nous amusions à observer la façon dont les femmes – toutes les femmes, innocentes ou expérimentées – se pâmaient devant lui. Je savais qu'il trouvait leurs réactions stupides, mais il n'en restait pas moins d'une extrême galanterie. Puis trois choses l'ont radicalement changé. Plutôt en bien pour ce qui est des deux premières. D'abord, Stephen, puisqu'il s'agit de lui, décida un jour de s'intéresser de plus près à ses affaires, dont mon mari jusqu'alors s'occupait plus souvent que lui. Immédiatement, il prit des risques que Clayton n'aurait pas osé prendre avec de l'argent qui ne lui appartenait pas. Il multiplia les audaces, augmenta les risques, mais se trompa si peu qu'il réalisa d'énormes profits. Puis arriva le jour où il hérita des titres d'un cousin de son père, dont celui de comte de Langford. Normalement, les titres nobiliaires sont transmis au fils aîné, mais ceux dont je vous parle, et qui remontent à Henri VII et au premier duc de Claymore, ont bénéficié à l'origine d'un décret particulier qui permet de faire exception à la règle. S'il n'a pas d'enfant, le détenteur de ces titres peut désigner un héritier de son choix, à la seule condition qu'il fasse partie de la descendance directe des ducs de Claymore.

« Je noterai en passant que les terres et les revenus qui accompagnaient ces titres prestigieux n'avaient quant à eux rien d'intéressant. Mais ce fut sans importance. À l'époque, Stephen avait déjà fait quadrupler son capital. Comme il aime l'architecture, qu'il a d'ailleurs étudiée à l'université, il acheta un magnifique terrain de vingt mille hectares et se mit à dessiner les plans de la maison qui deviendrait sa résidence principale. Pendant qu'on la construisait, il acquit trois ravissants domaines anciens dans différents coins de l'Angleterre et entreprit de les restaurer. Ainsi, cet homme qui était déjà séduisant, fortuné et issu d'une des plus vieilles familles anglaises, se trouvait dorénavant le détenteur de trois titres exceptionnels, d'une immense fortune et de quatre superbes domaines. Devinez-vous ce qui arriva alors ?

— J'imagine qu'il s'est installé dans l'une de ses nouvelles maisons.

Devant cette naïveté dénuée de toute malice, Whitney resta un instant bouche bée, puis laissa fuser un rire absolument ravi.

— Oui. Bien sûr, dit-elle finalement. Mais ce n'est pas là que je voulais en venir.

— Je ne comprends pas.

— Eh bien, voilà : des centaines de familles qui cherchaient pour leurs filles un titre et un mari inscrivirent Stephen Westmoreland en haut de la liste des époux potentiels. Ses atouts lui valaient une célébrité qui tourna bientôt au cauchemar. Comme il approchait de la trentaine, on pensa qu'il ne tarderait plus à se marier. Les sollicitations se firent donc très pressantes. Des familles entières fondaient sur lui dès qu'il entrait quelque part.

« Généralement, on reçoit un ou plusieurs titres dès sa naissance et la fortune vous précède. À trente ans, vous avez eu le temps de vous y habituer. C'est ce que mon mari m'a expliqué tout en précisant que même dans ce cas on peut avoir l'impression d'être pourchassé comme un lièvre ! Mais Stephen, lui, a vu sa vie changer du jour au lendemain. Il lui aurait fallu beaucoup de patience et de tolérance pour s'y habituer. Peut-être y serait-il parvenu s'il n'y avait pas eu Emily Kendall.

Sheridan eut un coup au cœur. Elle aurait préféré ne jamais entendre parler d'une autre femme, malgré la résolution qu'elle avait prise. Mais, sa curiosité éveillée, elle demanda en constatant que Whitney marquait une hésitation :

— Qui était-elle ? Qu'est-il arrivé ?

— Je vais vous le dire. Mais, d'abord, jurez-moi de garder ces confidences secrètes.

Sheridan fit un signe d'acquiescement.

Whitney se leva, s'approcha d'un pas nerveux de la fenêtre, puis se retourna et, appuyée contre la vitre, les mains dans le dos, le visage sombre, elle continua son récit.

— Stephen rencontra Emily deux ans avant qu'il hérite de ses titres. C'était une femme d'une rare beauté, intelligente, pleine d'esprit mais très arrogante. De mon point de vue, en tout cas. Ce qui ne l'empêchait pas d'avoir à ses pieds une bonne moitié des célibataires que comptait alors l'Angleterre. Stephen était fou d'elle, mais se gardait de devenir son jouet et n'en avait sans doute que plus d'attrait. Puis un jour, dans un moment d'égarement, je suppose, il lui demanda de l'épouser.

— Quelle fut sa réaction ?

— Elle sembla foudroyée.

— Pourquoi ? Parce qu'il l'aimait ?

— Non. Parce qu'il la mettait dans une situation terrible.

— Comment ?

— Selon son mari, à qui Stephen se confia, Emily tomba d'abord sous le choc, puis elle reprocha à Stephen de vouloir lui rendre la vie intenable. Étant la fille d'un duc, sa famille voulait bien entendu qu'elle épousât un homme titré. Un homme qu'ils avaient déjà choisi. Elle devait en effet se marier incessamment avec William Lathrop, marquis de Glengarmon, un homme beaucoup plus âgé qu'elle, dont le domaine jouxtait celui de son père. Leurs fiançailles venaient à peine d'être conclues, ce qui expliquait que Stephen ne fût pas au courant. Emily éclata en sanglots en lui reprochant cette déclaration d'amour. Elle s'était, disait-elle, résignée à épouser Lathrop, mais en sachant que Stephen l'aimait elle allait vivre un calvaire... Stephen, quant à lui, était furieux et cria au gâchis. Mais elle réussit à le convaincre de ne pas chercher à parler à son père. C'était en effet son intention bien qu'il sût parfaitement qu'une fille se doit d'épouser l'homme que lui a choisi sa famille.

Marquant une pause, Whitney eut un sourire mi-confus mi-satisfait puis avoua :

— Je n'ai pas vraiment accepté cet usage lorsque mon père a revendiqué le droit de me choisir un mari...

Après cette réflexion d'ordre personnel, elle reput son récit :

— Donc, Stephen renonça à intervenir, d'autant plus, si mon souvenir est bon, qu'Emily lui avait dit pour le convaincre que son père la battrait s'il apprenait qu'elle s'était plainte de son sort à Stephen.

— Oh ! Et ils se sont alors séparés ?

— Ils auraient mieux fait ! Mais Emily lui expliqua qu'elle ne pourrait pas vivre sans le voir, maintenant qu'il lui avait avoué son amour.

Sheridan se rembrunit tant elle supportait mal cette histoire d'amour fou. Croyant qu'elle manifestait sa désapprobation, Whitney s'empressa de défendre ce qui ne pouvait l'être. Elle se voulait loyale à l'égard de Stephen et refusait que sa protégée le condamnât sans autre forme de procès. Malheureusement, elle comprit vite que cela l'obligeait à livrer une information très approximative.

— Ce que lui demandait Emily n'avait rien d'inhabituel ni même de scandaleux. Dans notre milieu, bien des femmes recherchent l'amitié... enfin, la compagnie d'un homme agréable susceptible de... les distraire de diverses façons. Ce sont des... arrangements discrets, évidemment.

— Vous voulez dire qu'elles doivent entretenir des amitiés secrètes ?

— On peut présenter les choses ainsi.

À l'évidence, Charise passait heureusement à côté de la réalité. Elle ne ressemblait pas à ces jeunes filles qui, dans la bonne société anglaise, surprenaient des confidences de femmes mariées et pouvaient imaginer bien plus que de simples échanges de poignées de main et de regards, sans pour autant savoir ce qui se passait dans les alcôves.

— Qu'arrive-t-il si le secret est découvert ?

La naïveté de Charise permettant cette fois-ci d'exposer impunément la vérité, Whitney lui répondit sans détour :

— Généralement, le mari manifeste son mécontentement surtout s'il y a eu des commérages.

— Exige-t-il dans ce cas que son épouse se contente d'amitiés féminines ?

— Oui. Mais il peut aussi y avoir une discussion avec l'ami de la dame.

— Quel genre de discussion ?

— Le genre de discussion qui se déroule sur un pré entre deux interlocuteurs que vingt pas séparent l'un de l'autre.

— Un duel ?

Effarée, Sheridan ne put croire à une réaction aussi insensée. Même une étroite amitié ne la justifiait pas. Mais Whitney confirma :

— Oui, un duel.

— Et Lord Westmoreland avait accepté de revoir Emily Kendall après son mariage ?

— Il l'a vue pendant un an. Jusqu'au moment où son mari l'a appris.

Sheridan hésita puis demanda :

— Il y a eu un duel ?

— Oui.

Puisque Lord Westmoreland était encore bien vivant, Sheridan en conclut que Lord Lathrop était, quant à lui, bel et bien mort et enterré.

— Et il l'a tué, par conséquent.

— Pas du tout. Mais je pense que Stephen en avait eu l'intention. Il haïssait Lord Lathrop. Il lui en voulait d'avoir offert à Emily de l'épouser avant lui, de lui voler sa jeunesse et d'être trop âgé pour lui donner des enfants. Le jour du duel, il lui assena ces vérités en des termes qui devaient être particulièrement éloquents.

— Que s'est-il passé alors ?

— Pour le vieux marquis, le choc fut presque fatal. Puis il expliqua à son rival que c'était Emily et son père qui l'avaient sollicité, et non le contraire. Cette chère Emily voulait plus que tout devenir duchesse, ce qui ne tarderait pas, le père de William, le duc de Lathrop, étant mourant. Ce jour-là, Stephen crut Lord Lathrop parce qu'il estima que personne ne pouvait feindre un tel étonnement. De plus, Lathrop n'avait aucune raison de mentir.

— Ils se sont quand même affrontés ?

— Oui et non. Stephen a tiré en l'air, ce qui équivalait à des excuses. Il procura ainsi au vieil homme la satisfaction qu'à juste titre il pouvait attendre de lui. Le père d'Emily envoya sa fille en Espagne et elle y resta jusqu'à la disparition de son mari, un an plus tard. Elle revint transformée, sans doute plus belle qu'avant, mais aussi plus sereine et moins hautaine.

Whitney marqua une pause. Mais Sheridan, impatiente de connaître la suite, la laissa à peine souffler.

— Se sont-ils revus ?

— Oui. Et entre-temps, Stephen avait hérité de ses titres. Comme par hasard, peu après le père d'Emily vint le voir. Il lui dit que sa fille l'aimait depuis toujours, ce qui, à la manière très égoïste d'Emily, devait être vrai, et lui demanda d'accepter de la rencontrer.

« Stephen donna son accord. Je suis sûre que Lord Kendall repartit persuadé que sa fille allait devenir la comtesse de Langford. Emily vint voir Stephen la semaine suivante et lui avoua à la fois son égoïsme et ses mensonges, en le suppliant de lui pardonner et de lui donner l'occasion de lui prouver qu'elle avait changé et qu'elle l'aimait.

« Il lui répondit qu'il devait réfléchir. Le lendemain même, son père, sous prétexte d'une simple visite de courtoisie, vint voir Stephen et aborda bien vite le sujet d'un éventuel contrat de fiançailles entre sa fille et son hôte. Stephen proposa d'en faire préparer un, et Lord Kendall repartit en se félicitant d'avoir affaire à l'homme le plus généreux et le plus clément qui fût.

— Il voulait l'épouser après ce qu'elle avait fait ? s'étonna Sheridan. C'est incroyable ! Il devait avoir perdu la tête !

Elle réalisa aussitôt qu'elle éprouvait autant de jalousie que d'indignation et se modéra pour demander plus calmement

— Et alors, qu'est-il arrivé ?

— Emily et son père se rendirent chez Stephen, comme il en avait été décidé, mais le papier que Stephen leur présenta n'avait rien d'un contrat de fiançailles.

— Qu'était-ce ?

— Une liste de maris possibles pour la jeune veuve. Chaque nom était celui d'un homme titré, entre soixante et quatre-vingt-douze ans. L'insulte était cinglante.

Impressionnée, Sheridan resta muette quelques instants avant de faire remarquer :

— Il est très rancunier ! Mais, à votre avis, que lui reprochait-il le plus ?

— Le duel. Il a pensé qu'elle avait voulu le pousser à supprimer son mari... Maintenant, si vous considérez tout ce que je viens de vous dire, il me semble que vous pouvez commencer à comprendre pourquoi il se méfie de son propre jugement sur les femmes et met en doute leur sincérité. Peut-être même en arriverez-vous à vous convaincre que son désir de vous voir rencontrer d'autres hommes avant de prendre une décision n'est pas la marque d'une particulière cruauté. Je ne prétends pas qu'il ait raison. Mais j'aimerais simplement que vous écoutiez votre cœur et teniez compte de ce que vous venez d'apprendre sur lui. Il y a encore une chose qui peut vous aider à réfléchir.

— Laquelle ?

— Mon mari et moi n'avons jamais vu Stephen regarder une femme comme il vous regarde, avec autant de douceur, de chaleur et de bonne humeur.

N'ayant plus rien à ajouter, Whitney se dirigea vers la porte, tandis que Sheridan se levait.

— Vous avez été très aimable de me donner toutes ces informations, Votre Grâce, je vous en remercie.

— Appelez-moi Whitney, proposa la duchesse avant d'ajouter en souriant : Ne croyez pas que je sois vraiment aimable. En fait, je suis intéressée.

— Intéressée ?

— Je vous l'ai déjà dit. Je vois en vous la chance d'avoir enfin une sœur si vous entrez dans la famille. Et vous seriez la sœur idéale.

Dans un monde où semblait régner tant de méfiance entre des gens généralement distants, le sourire et les paroles de la duchesse touchèrent profondément Sheridan. Elle lui tendit la main la première, dans un élan de gratitude. Whitney serra longuement sa main entre les siennes comme pour l'encourager. Puis, soudain, elles furent dans les bras l'une de l'autre, sans savoir comment. Leur sourire, lorsqu'elles se séparèrent, exprima un léger embarras, les usages ayant exigé plus de formalisme entre deux femmes qui se connaissaient à peine. Du moins en apparence. Car elles ne pouvaient nier qu'un lien très fort les unissait désormais. Elles venaient d'en témoigner, le pas était franchi et elles ne feraient pas marche arrière.

Le sourire de Whitney perdit son soupçon d'embarras. Elle secoua la tête comme si elle se sentait partagée entre le plaisir et l'étonnement.

— Je vous aime beaucoup, dit-elle.

Puis elle disparut dans un tourbillon de soie moirée. Mais quelques secondes plus tard, elle rouvrit la porte, et passa la tête dans la chambre.

— À propos, la mère de Stephen vous aime également beaucoup. Nous vous verrons au dîner.

— Oh, je m'en réjouis !

— À tout à l'heure.

Quand elle fut seule, Sheridan s'approcha de la fenêtre qui donnait sur Upper Brook Street. Les bras croisés, elle laissa errer son regard sur le va-et-vient de la rue, où des hommes et des femmes très élégants avaient abandonné leurs voitures pour profiter de la douceur de l'après-midi.

Elle tourna et retourna dans sa tête ce qu'elle venait d'entendre et s'aperçut que Stephen Westmoreland prenait une nouvelle dimension. S'il refusait d'être aimé pour ce qu'il possédait, il prouvait qu'il n'était ni vaniteux ni cynique. Et puis, s'il n'avait pas voulu abandonner la femme qu'il aimait mais qu'il avait perdue, n'était-ce pas la preuve d'une profonde constance dans ses sentiments ? Quant aux risques pris en acceptant un duel, ne révélaient-ils pas la noblesse de son âme ?

Emily Lathrop, en revanche, l'avait induit en erreur et manipulé et cela expliquait évidemment sa prudence au moment de choisir une épouse.

Mais tout en observant une voiture qui transportait une longue perche et obligeait les passants à s'écarter, elle repensa à la vengeance du comte. Ni vaniteux ni cynique, n'était-il pas, par contre, très rancunier ?

Elle se détourna du spectacle de la rue, s'approcha de son secrétaire et feuilleta lentement le journal du matin en essayant d'oublier une autre vérité : elle ne savait toujours rien de ce qu'il éprouvait pour elle...

Il aimait l'embrasser, certes, mais elle avait la sensation que ce n'était pas forcément une marque d'amour. Parfois, il appréciait sa compagnie, et elle savait aussi qu'il aimait partager ses rires. Ah, comme elle eût aimé retrouver la mémoire sans plus attendre ! Derrière les ténèbres qui masquaient ses souvenirs se trouvaient les réponses à toutes ses questions.

D'un geste nerveux, elle ramassa un morceau de papier sur le tapis, en se disant qu'elle devait adopter envers lui un comportement qui ménageât son amour-propre. En aucun cas elle ne voulait paraître affectée par sa décision. Et, surtout, elle devait éviter de lui donner la moindre occasion de la blesser une seconde fois.

Elle serait naturelle, mais manifesterait la réserve nécessaire pour le tenir à distance. Seulement, il fallait qu'elle trouvât le moyen de ne plus penser à ses caresses et à ses baisers, à la façon dont il glissait ses mains dans sa chevelure, la serrait contre lui, suscitait l'impression qu'il ne pouvait plus se détacher d'elle... Et sous aucun prétexte elle ne devait songer à son sourire, cet éblouissant sourire qui lentement s'épanouissait sur son visage hâlé et plissait si joliment le coin de ses yeux bleus qu'elle en avait à chaque fois le souffle coupé.

Mais ne faisait-elle pas, à cet instant même, ce qu'elle cherchait à s'interdire ? Contrariée, elle s'assit devant son secrétaire et concentra son attention sur le journal.

Quelques instants plus tard, elle entendit une petite voix lui dire : « Il a aimé Emily Lathrop... » Furieuse, elle ferma les yeux comme si ce geste suffisait à chasser de son esprit l'image de Stephen Westmoreland et d'Emily Lathrop, à lui faire oublier cette histoire d'amour fou qui lui faisait mal. Elle se sentait jalouse. C'était idiot. Mais elle n'y pouvait rien. Elle était amoureuse de Lord Westmoreland...

# 27

Sheridan était encore sous le choc de cet aveu lorsqu'on lui demanda de rejoindre le docteur Whitticomb et sa future « duègne » au rez-de-chaussée.

Regrettant d'être interrompue dans ses réflexions et déprimée à l'idée de vivre sous le regard réfrigérant d'une Anglaise aux aguets, elle découvrit dans le salon une vieille dame étonnante, assise sur le sofa à côté du docteur Whitticomb. L'amazone rébarbative qu'elle avait imaginée ressemblait en fait à une petite poupée chinoise, potelée, les joues roses, les cheveux argentés coiffés d'un bonnet de dentelle blanche.

— Je vous présente Miss Charity Thornton, la sœur aînée du duc de Stanhope, murmura Hugh Whitticomb.

Sheridan réprima un petit rire effaré devant ce chaperon inattendu et somnolent et, à voix basse, répondit poliment :

— C'est très gentil à elle de venir s'occuper de moi.
— Oh, elle a été ravie d'accepter ma proposition !
— Ça se voit, plaisanta Sheridan. Elle paraît même exaltée !

Elle ne s'était pas encore aperçue de la présence de Stephen qui, dans un coin de la pièce, appuyé contre une table en bois satiné venu tout droit des Indes, sourit en entendant sa remarque.

À mi-voix, Whitticomb expliqua :

— Sa sœur cadette, Hortense, voulait l'accompagner. Mais comme elles ont tendance à se chamailler constamment, y compris au sujet de leur différence d'âge, j'ai préféré l'en dissuader.

— Quel âge a sa sœur ?

— Soixante-douze ans.

— Je vois.

Prête à exploser de rire, Sheridan dut se mordre la lèvre. Puis elle murmura :

— Croyez-vous qu'on devrait la réveiller ?

Stephen sortit soudain de son retranchement en intervenant de sa voix habituelle.

— Ou on la réveille ou on l'enterre ici même.

Sheridan se figea mais, en revanche, Miss Charity sursauta comme si un canon avait tonné à ses oreilles.

— Mon Dieu, Hugh ! s'écria-t-elle d'un ton sévère. Pourquoi ne m'avez-vous pas réveillée ?

Elle regarda Sheridan et lui tendit la main en souriant.

— Je suis si heureuse de vous venir en aide, ma chère. Le docteur Whitticomb m'a expliqué que vous vous remettiez d'une blessure et que vous aviez besoin d'un chaperon à la réputation irréprochable, pendant que vous séjournez chez le comte de Langford. (L'air brusquement égaré, elle plissa le front.) Pardonnez-moi, mais j'ai oublié de quelle sorte de blessure il s'agissait...

— Une blessure à la tête.

— Ah, oui, en effet, je me souviens !

Fixant de son regard bleu et vif la tête de Sheridan, elle constata :

— Elle semble guérie.

Le docteur Whitticomb intervint :

— La blessure elle-même est guérie, lui rappela-t-il. Mais Miss Lancaster en a gardé des séquelles. Elle est encore amnésique pour le moment.

— Ma pauvre enfant ! Savez-vous qui vous êtes ?

— Oui.

— Savez-vous qui je suis ?
— Oui, madame.
— Qui suis-je donc ?

Sheridan eût si volontiers hurlé de rire qu'elle regarda un instant ailleurs et rencontra sans le vouloir le sourire du comte, qui lui adressa un clin d'œil complice. Préférant ignorer cette attitude amicale tant qu'elle n'aurait pas fermement arrêté une ligne de conduite à son égard, elle revint à son chaperon et se soumit sagement à son test.

— Vous êtes Miss Charity Thornton, la sœur du duc de Stanhope.

Soulagée, la vieille dame s'exclama :

— C'est bien ce que je pensais !

— Je... je crois que... que je vais sonner pour qu'on nous... nous apporte le... le thé, fit Sheridan.

Elle s'éclipsa, la main sur la bouche, les épaules secouées d'un rire irrépressible.

— Quelle beauté ! remarqua Miss Thorton. Mais si elle bégaie, il sera difficile de lui trouver un bon parti.

Hugh lui tapota l'épaule d'une main rassurante.

— On compte néanmoins sur vous, Charity.

— Je vais la préparer à faire une entrée éblouissante dans la société.

Sheridan venait de reparaître. Elle observa que, sortie de sa somnolence, Miss Thornton manifestait une vivacité d'esprit et une lucidité qu'elle ne lui avait pas soupçonnées. À son invitation, elle alla s'asseoir à côté d'elle sur le sofa.

— Nous allons passer des moments très agréables, lui assura son chaperon. Nous irons à des soirées, à des réceptions princières, à des bals. Nous ferons des emplettes dans Bond Street. Nous nous promènerons dans Hyde Park et sur le Mall. Oh, et il faut absolument que vous soyez invitée dans les salons de l'*Almack*. Avez-vous entendu parler de l'*Almack* ?

— Non, madame, répondit Sheridan en se demandant comment Miss Thornton pourrait soutenir un tel rythme.

Joignant les mains dans un mouvement d'extase, Charity s'enflamma :

— Vous allez adorer ! C'est le summum de l'élégance. Une présentation à la Cour ne peut soutenir la comparaison. Les bals ont lieu le mercredi soir, et il vous suffit d'y être admise une fois pour que toutes les autres portes s'ouvrent devant vous. Le comte vous y accompagnera la première fois, ce qui vous vaudra d'être enviée par les femmes et convoitée par les hommes. C'est vraiment l'endroit idéal pour faire votre entrée dans la société.

Charity s'interrompit et adressa un regard soucieux à Stephen.

— Langford, Miss Lancaster a-t-elle une invitation pour l'*Almack* ?

— Non, rien n'est prévu. J'avoue que je n'y avais pas pensé, répondit Stephen.

Il se tourna à demi afin de dissimuler la véritable révulsion que lui inspirait ce lieu.

— Je vais en parler à votre mère. Elle devra user de toute son influence, mais je ne doute pas qu'elle réussisse.

Son regard clair rivé sur le complet bordeaux que portait. Stephen, Charity Thornton ajouta, l'air catastrophé :

— Vous n'y serez pas admis, Langford, si vous n'êtes pas vêtu de façon convenable.

Le plus sérieusement du monde, Stephen promit :

— J'avertirai mon valet des conséquences sociales qu'il me faudra subir s'il ne m'habille pas comme il faut.

— Demandez-lui un frac, insista Charity.

Visiblement, elle doutait des compétences de l'excellent Damson.

— Je lui transmettrai vos instructions.
— Et qu'il n'oublie pas un gilet blanc, bien sûr.
— Bien sûr.
— Et une cravate blanche.
— Naturellement.

Rassurée, Miss Thornton expliqua néanmoins en se tournant vers Sheridan :

— Le duc de Wellington lui-même s'est vu refuser l'entrée des salons quand il est arrivé avec l'un de ses affreux pantalons que les hommes portent aujourd'hui. (Puis, changeant de sujet à la vitesse de l'éclair, elle demanda :) Vous avez probablement appris à danser...

— Heu... Je n'en suis pas certaine.

— Dans ce cas, nous devons vous trouver immédiatement un maître de danse. Vous apprendrez le menuet, le quadrille et la valse. Mais vous ne devrez pas danser la valse avant le bal à l'*Almack*. C'est l'usage, et si vous ne le respectiez pas vous seriez montrée du doigt... Langford sera votre premier cavalier. Mais vous ne devrez pas lui accorder plus d'une danse. Autrement, on en déduirait qu'il vous porte une attention particulière, ce qui est la dernière chose qui doive arriver.

Brusquement, elle s'adressa à Stephen qui, perdu dans la contemplation du profil de Sheridan, sursauta.

— Langford, êtes-vous suffisamment attentif à ce que je suis en train d'expliquer ?

— Je bois vos paroles ! Mais je dois vous dire qu'à mon avis Nicolas de Ville va requérir l'honneur d'escorter Miss Lancaster et d'être son premier cavalier.

Cherchant discrètement à observer la réaction de Sheridan, il se pencha imperceptiblement de côté avant d'ajouter :

— J'ai déjà un engagement pour mercredi prochain et je ne peux être le premier inscrit sur son carnet de bal. Je me contenterai d'attendre mon tour.

Il constata qu'elle restait impassible, le regard fixé sur ses mains, posées sur ses genoux. Mais il eut l'impression que leur discussion de la matinée l'avait mortifiée.

Charity Thornton le mit de nouveau en garde.

— Les portes ferment à onze heures précises et le Seigneur lui-même ne les ferait pas rouvrir.

Alors que Stephen s'émerveillait devant sa façon de se souvenir de certaines choses tout en en oubliant d'autres, elle demanda :

— De Ville ? N'est-ce pas le jeune homme qui avait, à un moment donné, un faible pour votre belle-sœur ?

Stephen glissa sur sa remarque et annonça :

— Il me semble très épris de Miss Lancaster.

— Mais c'est parfait ! Il vient au second rang des plus beaux partis d'Angleterre. Juste après vous.

— Il sera absolument ravi de l'apprendre.

Stephen se félicitait de son inspiration soudaine. Déjà il imaginait de Ville assailli par une meute de débutantes avides d'attirer son attention et par des mères cupides cherchant à évaluer sa fortune tout en regrettant qu'il ne pût y ajouter un titre prestigieux. Depuis plus de dix ans, Stephen se tenait à l'écart de la « foire aux mariages », ainsi qu'il désignait les salons de l'*Almack*, mais il se souvenait parfaitement de la salle de jeu, où les mises autorisées se limitaient à des sommes ridiculement basses, et des buffets d'une accablante médiocrité. Dès qu'il devrait abandonner sa cavalière, de Ville serait condamné à un purgatoire sinistre dont il se souviendrait comme d'une... purge !

En ce qui le concernait, Stephen comptait accompagner Charise à l'opéra, le lendemain. Il savait qu'elle aimait la musique depuis le soir où il l'avait entendue chanter avec les domestiques, et elle apprécierait certainement *Don Giovanni*.

Bras croisés, il observa Charity Thornton qui prodiguait ses conseils à sa protégée. À première vue, le choix de Whitticomb lui avait paru fou. Mais le joyeux bavardage de Miss Thornton le faisait changer d'avis.

Quand elle n'était pas en train de somnoler ou de chercher une idée qui venait de lui échapper, elle était une charmante compagne. En tout cas, elle amusait Charise au lieu de l'intimider ou, pire, de la perturber.

Il songeait à tout cela lorsqu'il se rendit compte que Charity parlait des cheveux de Charise.

— Oh, la couleur n'est pas vraiment gênante ! Il suffirait d'une bonne coupe pour qu'elle soit moins voyante.

Aussitôt, Stephen s'écria :

— Non ! Ne touchez pas à sa chevelure !

— Mais enfin, Langford... Les jeunes femmes ont les cheveux courts aujourd'hui.

Il savait que ce n'était pas son rôle de se mêler de ces affaires de femmes. Mais la vision des cheveux flamboyants de Charise sur un plancher, prêts à être balayés par une main indifférente, lui parut intolérable.

Sur un ton qui, d'ordinaire, donnait aux gens envie de rentrer sous terre, il insista :

— Ne lui faites pas couper les cheveux !

Hugh Whitticomb ne put s'empêcher de sourire.

Charity baissa les yeux avec un air contrit.

Sheridan eut très envie, pendant quelques instants, de prier un coiffeur de lui couper les cheveux au ras de la nuque...

# 28

Whitney sourit en suivant les gestes de la servante qui mettait la dernière touche à la coiffure de Sheridan. Au rez-de-chaussée, Nicolas de Ville attendait, prêt à se joindre à Charity Thornton pour accompagner dans les salons de l'*Almack* celle qui allait faire son entrée dans la société londonienne. Stephen les rejoindrait plus tard. Ensuite, ils iraient tous les quatre chez les Rutherford, afin de rejoindre Whitney, Clayton et la duchesse douairière dont le patronage était la garantie d'une soirée réussie.

— Stephen a eu absolument raison lorsqu'il vous a implorée de ne pas couper vos cheveux, fit Whitney.

— Il ne m'a pas vraiment implorée. Je dirais plutôt qu'il me l'a interdit.

La duchesse douairière intervint.

— Eh bien, je le comprends ! C'eût été un crime de toucher à une chevelure si extraordinaire

Sheridan se contenta de sourire. Depuis que Lord Westmoreland lui avait demandé, trois jours plus tôt, de regarder autour d'elle au lieu de ne voir que lui, Whitney et sa belle-mère s'étaient beaucoup rapprochées d'elle, et elle leur en était très reconnaissante. Elles l'avaient accompagnée dans ses promenades comme dans les magasins et encouragée pendant ses cours de danse. Elles lui avaient raconté des anecdotes amusantes, au sujet des personnes qu'elle allait rencontrer et, le soir, elles avaient tenu à dîner chez le comte où Clayton les rejoignait.

La veille, Whitney était arrivée avec son fils, Noel, âgé de trois ans, alors que Sheridan prenait sa leçon de danse sous la conduite d'un personnage aux allures martiales. Avec le petit Noel assis sur ses genoux et en compagnie de la duchesse douairière, Whitney observa les efforts de Sheridan. Constatant que celle-ci n'avait visiblement jamais appris à danser et la voyant mal à l'aise sous le regard autoritaire du professeur, elle se leva et proposa de danser avec le maître dans l'espoir qu'une démonstration pourrait aider Sheridan. Soulagée, l'élève s'empressa d'échanger sa place avec Whitney, prenant à son tour l'enfant sur ses genoux. Quelques minutes plus tard, la duchesse douairière décidait à son tour de s'avancer sur la piste de danse et de montrer aux deux jeunes femmes comment l'on dansait autrefois. Finalement, elles décidèrent toutes trois de danser entre elles, et la séance se termina dans un immense éclat de rire provoqué par l'indignation du professeur.

Le soir, à l'heure du dîner, elles déclenchèrent l'hilarité de Stephen et de Clayton en racontant comment s'était passée la leçon et en décrivant l'attitude du maître de danse. Sheridan se sentait à l'aise grâce à la présence de la famille de Stephen, qui lui évitait de se retrouver en tête à tête avec son fiancé récalcitrant. Elle les soupçonna d'ailleurs de venir dîner dans ce but. Ainsi entourée, elle se sentait capable de traiter le comte avec courtoisie, ni plus ni moins cependant. Et si, à certains moments, elle le sentait irrité par son attitude, elle s'en félicitait. Elle s'amusait même de ses regards réprobateurs lorsqu'elle riait avec Clayton, lequel semblait se réjouir de l'humeur de son frère. Le lendemain matin, il la surprit en descendant prendre son petit déjeuner plus tôt qu'à l'ordinaire et en s'installant avec elle dans le boudoir où elle s'était réfugiée, espérant l'éviter. Elle fut tout aussi étonnée par sa réaction lorsqu'elle lui parla du duc de Claymore en termes des plus élogieux, lui expliquant combien elle le trouvait charmant.

— Je suis ravi d'apprendre que vous avez rencontré le modèle de l'homme idéal, répondit-il avec sarcasme.

Puis il abandonna son petit déjeuner en prétextant un travail urgent.

La veille, comme le soir précédent, il était sorti avec un ami et elle savait par Hodgkin qu'à ces deux occasions il n'était rentré qu'à l'aube.

Whitney et la duchesse douairière la trouvèrent encore attablée dans le boudoir, l'air perplexe. Quand elle leur parla de sa conversation avec le comte et de son comportement, les deux femmes se regardèrent et s'exclamèrent en chœur :

— Il est jaloux !

Sheridan était sceptique. Cependant, lorsqu'elle le retrouva dans le salon avant le dîner et manifesta de l'enthousiasme à l'égard de Nicolas qui l'avait emmenée se promener dans le parc, le comte eut la même réaction que le matin.

— M. de Ville est un compagnon agréable et distrayant.

— Vous êtes facile à satisfaire, dit-il avec mépris.

Puisque la duchesse et Whitney avaient demandé à être informées de son comportement, elle leur rapporta ses propos dès le lendemain matin. De nouveau, elles s'écrièrent à l'unisson :

— Il est jaloux !

Était-ce réjouissant ? Elle n'aurait su le dire tant elle se sentait partagée entre la peur d'être trop crédule et l'envie de croire qu'il manifestait quelque intérêt pour elle.

Il ne viendrait la rejoindre à l'*Almack* que pour attirer l'attention sur elle, comme l'avait suggéré Charity Thornton... Mais peu lui importait d'être le point de mire de la haute société pendant quelques instants, pourvu seulement qu'elle se montrât digne de lui et de sa famille. Tout l'après-midi, elle avait été nerveuse en pensant à cette soirée. Fort heureusement, Whitney était venue lui tenir compagnie pendant qu'elle se préparait, ce qui lui parut durer une éternité.

— Je fais attendre M. de Ville, dit-elle nerveusement.

— Il trouve certainement cela naturel. D'ailleurs les hommes s'étonnent quand on ne les fait pas attendre, déclara Whitney.

Mais en vérité, Sheridan se préoccupait moins de l'impatience de Nicolas que de la réaction du comte en la voyant. Elle craignait qu'il ne sortît avant qu'elle pût juger de l'effet produit. Toute cette longue préparation modifierait-elle sa façon de la regarder ? L'impatience la tenaillait.

Elle voulut découvrir sa nouvelle coiffure dans le miroir, mais Whitney l'en empêcha.

— Non ! Attendez d'avoir mis la robe, dit-elle, avant d'ajouter avec un sourire indéfinissable : J'étais à Paris avec mon oncle et ma tante lorsque j'ai eu l'âge de faire mon entrée dans la société. Je ne m'étais jamais vue dans une vraie robe avant l'instant où ma tante m'a laissée me tourner vers un miroir.

— Vraiment ?

Sheridan avait cru, en lisant les journaux, que les Anglaises fortunées étaient vêtues comme des princesses dès leur plus jeune âge.

Whitney devina la question que la politesse lui interdisait et rit en lui disant :

— Il y a beaucoup de choses que j'ai dû attendre longtemps...

Comment cette belle femme brune, assise au bord de son lit, avait-elle pu connaître des moments difficiles ? se demanda Sheridan, étonnée.

— Peu de temps avant cet événement parisien, continua Whitney, je n'avais guère que deux ambitions apprendre à me servir d'un lance-pierre et susciter un amour fou chez mon petit voisin. C'est en fait pour tenter de me ramener à la raison que l'on m'a expédiée en France.

Le rire de Sheridan résonna entre les murs lambrissés de la chambre, tandis qu'une ouvrière de Mme Lassalle, assistée de la servante, l'aidait à enfiler sa robe, et qu'au même moment la duchesse douairière entrait dans la pièce.

— Je ne pouvais pas attendre d'être chez les Rutherford pour découvrir votre transformation, dit-elle.

— Est-ce que M. de Ville s'impatiente ?

— Non, pas du tout. Il prend un apéritif avec Stephen. Et... Oh !

Sheridan venait de se retourner.

— Ne me dites surtout pas que quelque chose ne va pas ! Je serais incapable de supporter cette séance d'habillage une seconde de plus.

Devant le silence de la duchesse, Sheridan se tourna vers Whitney, qui lentement se levait, muette.

— J'aimerais bien savoir ce que vous pensez, protesta Sheridan, anxieuse.

Whitney s'adressa à la servante :

— Approchez le miroir... Oh, non, attendez une seconde. Les gants, d'abord. Et l'éventail. (Puis elle se tourna vers Sheridan.) Il faut que vous puissiez voir l'effet final. Vous êtes d'accord avec moi ?

Partagée entre l'appréhension et la curiosité, Sheridan hocha la tête machinalement, enfila les longs gants couleur ivoire, prit l'éventail ivoire et or que lui tendait la servante puis se retourna et, lentement, leva les yeux pour découvrir sa silhouette.

L'incrédulité se mêla au plaisir devant l'image de la jeune femme superbement coiffée et habillée que lui renvoyait le miroir.

— Je suis... ravissante, admit-elle.

La mère de Stephen secoua la tête en entendant ce commentaire.

— C'est peu dire, me semble-t-il...

— En effet, l'expression est faible ! souligna Whitney.
Elle avait tellement hâte d'observer la réaction de Stephen qu'elle faillit attraper Sheridan par la main et l'entraîner vers le salon, où il devait attendre avec plus d'impatience que de Ville et miss Thornton.

# 29

Après avoir amusé Stephen, l'idée d'envoyer de Ville se morfondre une grande partie de la soirée à l'*Almack* commençait à perdre de son attrait. Assis dans le salon, il observait Miss Thornton en grande conversation avec de Ville, et s'étonnait de la voir écouter son interlocuteur avec une sorte d'extase. Littéralement suspendue à ses lèvres, elle n'était qu'approbation et sourire. N'était-ce pas une attitude étrange pour une duègne ? Attitude d'autant plus incompréhensible que de Ville possédait une légendaire réputation de don Juan.

— Ah, les voilà ! Je les entends ! s'écria Charity Thornton.

Elle se leva d'un bond en manifestant un enthousiasme et une énergie insoupçonnés.

— Nous allons passer une merveilleuse soirée ! Venez, monsieur de Ville.

Prenant son châle et son réticule, elle précéda Nicolas dans le hall. Alors qu'il sortait à son tour du salon, Stephen vit de Ville se pétrifier. Il regarda alors dans la même direction que lui, et ce qu'il découvrit le remplit aussitôt d'une immense fierté. Il n'arrivait pas à croire que la jeune femme qui descendait les marches de marbre, vêtue d'une robe ivoire, pailletée d'or, était celle qui avait un soir dîné avec lui pieds nus, enveloppée dans un déshabillé trop grand pour elle. L'ayant déjà trouvée ravissante dans cet accoutrement, il s'était attendu à ce qu'elle fît sensation dans une robe de bal. Mais la réalité dépassait ce qu'il avait imaginé. Sa coiffure était aussi éblouissante que sa robe. Des perles ruisselaient parmi les longues boucles de feu qui cascadaient sur ses épaules. Il en eut le souffle coupé et il sut qu'elle s'en apercevait. Pour la première fois depuis quatre jours, il cessa d'être transparent à ses yeux. L'espace d'un instant il rencontra son regard.

— Madame, lui dit-il, je vais devoir engager une armée de chaperons ce soir.

Elle avait pratiquement réussi à oublier ce que soudain il lui rappelait : il n'avait d'autre but que de la voir attirer sur elle l'attention du plus grand nombre possible de prétendants éventuels. Il la voyait déjà entourée, sollicitée, convoitée et s'il en plaisantait il devait également s'en réjouir... Il l'avait de nouveau blessée à un moment où il aurait dû se contenter de l'admirer.

Sur la dernière marche, elle lui rétorqua :

— Je vais tout faire pour que vous soyez obligé d'en arriver là.

Inexplicablement, il parut contrarié.

— N'en faites pas trop tout de même. Pensez à votre réputation, dit-il.

# 30

Stephen acheva de nouer sa cravate puis, tout en se passant la main sur le menton afin de vérifier qu'il était rasé de près, il s'adressa à son valet :

— De quoi me parliez-vous donc, Damson ?

— De cette lettre que Hodgkin m'a remise pour vous. Il a pensé que vous aimeriez peut-être la lire avant de sortir.

Damson posa la missive froissée sur le lit et s'empressa d'aider le comte à s'habiller. De l'une des penderies, il sortit un frac, effaça ici et là l'ombre d'un pli et le présenta au comte. Quand Stephen l'eut enfilé, il s'assura que les épaules étaient bien en place, les revers impeccablement plats, puis il recula pour juger des résultats de son service méticuleux.

— Hodgkin vous a-t-il dit d'où vient cette lettre ? demanda Stephen en ajustant ses boutons de manchettes faits de quatre saphirs.

— Elle vous a été adressée par l'ancien propriétaire de Lord Burleton. J'ai cru comprendre qu'elle était arrivée au domicile qu'occupait le baron.

Stephen ne s'étonna pas puisqu'il avait lui-même demandé que l'on fît suivre le courrier de Burleton chez lui. Jusqu'à présent, il n'y avait eu que des factures que Stephen se faisait un devoir de régler.

— Remettez-la à mon secrétaire, dit-il.

Il était pressé de sortir. Son frère l'attendait au *Strathmore* pour une partie de cartes, et il risquait d'être en retard. Mais, surtout, il voulait éviter de laisser trop longtemps Chaise en compagnie de De Ville. Il passerait une heure ou deux au club, puis filerait les rejoindre pour les emmener au bal des Rutherford, où l'atmosphère serait plus agréable et où de Ville devrait se contenter d'escorter Charity Thornton.

— J'ai déjà suggéré à Hodgkin de l'apporter à votre secrétaire, monsieur le comte. Mais il a insisté pour qu'elle vous soit remise, car cette lettre vient d'Amérique.

Pensant que Burleton avait dû laisser là-bas quelques dettes lors de son voyage, Stephen prit tout de même la lettre et l'ouvrit dans l'escalier.

— McReedy vous attend avec la voiture, l'informa Colfax en lui tendant ses gants.

Mais Stephen ne le vit ni ne l'entendit. Toute son attention se portait sur la lettre envoyée à Burleton par le notaire de M. Lancaster, le père de Charise.

Colfax remarqua le changement d'expression du comte et craignit devant son air sombre qu'il n'annulât ses plans pour la soirée.

— Miss Lancaster était éblouissante – si je puis me permettre d'exprimer mon opinion – et m'a semblé se réjouir à l'idée de passer une excellente soirée.

Certes, Colfax disait la vérité, mais par la même occasion, il signifiait au comte qu'une apparition dans les salons de l'*Almack* aux côtés de miss Lancaster lui semblait d'une extrême importance. Elle l'attendait là-bas et la décevoir, gâcher sa joie serait un crime...

Stephen replia lentement la lettre, prit ses gants, mais regarda a peine Colfax. Il était ailleurs, il était loin, en Amérique d'où lui venaient des nouvelles tragiques. Sans un mot, il marcha à grands pas décidés vers sa voiture.

À l'adresse d'Hodgkin, penché vers le hall depuis la galerie du premier étage, Colfax commenta :

— Je crains que les nouvelles ne soient mauvaises. Je dirais même : très mauvaises.

Jugeant qu'il était indigne de sa position de se lancer dans des conjectures, Colfax hésita. Puis il constata qu'il se faisait plus de souci pour l'adorable miss Lancaster que pour sa propre dignité et ajouta :

— La lettre était adressée à Lord Burleton, on peut penser qu'elle ne concernait que lui et non miss Lancaster...

# 31

Situé à St James Square, et précédé d'un long auvent vert sombre, le *Strathmore* réservait à une clientèle triée sur le volet la possibilité de se livrer à des jeux d'argent dans un décor feutré et de déguster autre chose que du gibier bouilli ou des tartes aux pommes.

Contrairement aux autres clubs, celui-ci était géré par ses cent cinquante membres, descendants de ses cent cinquante fondateurs. Transmise de génération en génération, cette fonction privilégiée consistait à faire du *Strathmore* une forteresse impénétrable où ses membres pouvaient miser des fortunes sur des tapis verts, converser à mi-voix ou apprécier la cuisine de ses chefs français et italiens. La discrétion que l'on exigeait de chacun lui était en retour assurée. Ailleurs, au *White* ou au *Brooks*, par exemple, le montant des pertes et des gains aux tables de jeu n'était jamais tenu secret. Tout Londres en avait connaissance en quelques heures. En revanche les murs du *Strathmore* ne laissaient rien transpirer. Pourtant on y misait des sommes fabuleuses dont on eût fait des gorges chaudes dans les salons. Toutefois, on se serait trompé en prenant ses membres pour des modèles de discrétion. À l'intérieur du club, ils cancanaient volontiers, et leurs commentaires se répandaient d'une pièce à l'autre avec un entrain qui trahissait une évidente jubilation.

Mais cette jubilation ne se partageait pas avec des étrangers. Le beau Brummell lui-même n'avait pu dépasser les piliers de marbre de l'entrée, alors que les clubs les plus en vogue se disputaient sa présence, et il avait laissé le souvenir d'une colère mémorable.

Et le prince régent n'avait-il pas connu une mésaventure semblable sous prétexte qu'on ne pouvait le compter parmi les descendants des fondateurs ? Réagissant à sa manière, il avait alors fondé son propre club – le *Watier* – en confiant les cuisines à deux chefs de la maison royale. Mais le *Watier* ne possédait pas l'extrême raffinement qui régnait sans conteste au *Strathmore*.

Toutefois, rien de ce qui l'entourait ne sembla concerner Stephen lorsqu'il pénétra au *Strathmore* ce soir-là. L'air absent, il n'adressa qu'un petit signe de tête au directeur qui s'inclinait devant lui et ignora indifféremment tous les membres du club présents, ceux qui conversaient, installés dans des fauteuils de cuir, comme ceux qui avaient pris place autour des tables de jeu. Il attendit d'arriver dans la troisième pièce pour s'asseoir à une table, à côté de deux chaises vides, appréciant d'être pratiquement seul entre les murs aux lambris de chêne. Le regard fixé sur la cheminée éteinte, il recommença à penser au contenu de la lettre et à la décision qu'il s'apprêtait à prendre.

La situation révélée par le courrier venu d'Amérique créait un problème auquel il ne voyait qu'une solution. Et plus il l'envisageait avec sérieux, plus il se sentait libéré et heureux... Il savait que même sans cette lettre, il serait arrivé à la même conclusion. Simplement, les nouvelles d'Amérique lui permettaient d'agir selon son désir sans s'encombrer de scrupules à l'égard de feu Burleton. À l'évidence, depuis qu'il avait conseillé à Charise de regarder autour d'elle, il ne cessait de le regretter ! Quand elle louait les qualités de De Ville, il bouillait de jalousie et il se voyait mal accueillir ses prétendants. Il s'était même dit qu'il enverrait mordre la poussière du trottoir le premier qui oserait venir lui demander la main de sa protégée...

Quand elle se trouvait dans la même pièce que lui, il avait constamment envie de la regarder, ne s'en lassait jamais, et s'ils étaient seuls, il devait sans cesse s'interdire de la prendre dans ses bras. En son absence, il ne pensait qu'à elle et prenait plaisir à se répéter qu'ils partageaient un désir identique. Il en avait été convaincu dès le début, et elle continuait à le désirer bien qu'elle se montrât distante. Il lui suffirait de la serrer contre lui quelques instants pour qu'elle fondît entre ses bras. Rien n'était vraiment gâché, rien n'était perdu. Il ne pouvait ni ne voulait en douter.

Son frère le surprit en pleine réflexion.

— Puisqu'il me faut interrompre un monologue intérieur visiblement complexe, je te propose soit de le remplacer par un dialogue soit d'entreprendre une partie de cartes... Qu'en penses-tu ?

L'ironie fraternelle de Clayton donna envie à Stephen de parler plutôt que de jouer. Jetant un bref regard autour de lui, il constata que la pièce était beaucoup moins déserte qu'à son arrivée. Puis il repensa à la décision qu'il avait arrêtée et se dit qu'il allait se jeter à l'eau sans plus tarder. De cette hâte qui le réjouissait il ne vit que les avantages et aucun des inconvénients. Il se sentait de plus en plus libéré, décidément.

À Clayton, qui attendait sa réponse, sourcils levés, il annonça :

— Je préférerais que l'on parle. Je n'ai pas la tête à jouer aux cartes.

— J'avais cru le comprendre. Tout comme Wakefield et Hawthorne qui souhaitaient que l'on fasse une partie ensemble...

Stephen chercha du regard ses deux amis que sa distraction avait dû offenser.

— Je ne les ai même pas entendus. Où sont-ils ?
— Ils sont allés jouer au pharaon pour oublier l'affront que tu leur as fait subir.

Magré son ton léger, Clayton se demandait ce qui avait pu plonger Stephen dans un tel abîme de réflexion. Il attendit quelques instants puis demanda :

— As-tu déjà choisi un sujet de conversation où dois-je le faire ?

Stephen sortit la lettre de sa poche et la tendit à son frère.

— C'est envoyé par le notaire de M. Lancaster, dit-il. Lis-la et tu sauras ce qui me préoccupe.

Il laissa dans l'enveloppe le document bancaire qui accompagnait la lettre.

Clayton déplia le feuillet et commença à lire.

*Chère Miss Lancaster,*
*J'adresse ce courrier à votre mari, afin qu'il puisse vous préparer à la nouvelle affligeante qu'il contient.*

*C'est avec beaucoup de peine et de regret que je dois vous annoncer la mort de votre père. Il était mon ami, et je l'ai assisté dans ses derniers instants. Il m'a confié les remords qu'il éprouvait en pensant à la façon dont il vous avait élevée. Il se reprochait des erreurs – dont celle de vous avoir trop gâtée. Je tenais à vous le dire dans votre propre intérêt.*

*Vous avez fait les meilleures études et un brillant mariage, et votre père s'en félicitait. Mais la dot généreuse dont il vous a pourvue a achevé de le ruiner. Il a épuisé les revenus dont il disposait et hypothéqué le reste. Le document ci-joint représente le peu dont vous pouvez encore disposer.*

*Je sais que vous avez été maintes fois en conflit avec votre père, Miss Lancaster, mais j'ai l'espoir – un espoir que lui-même partageait – que vous saurez un jour apprécier les efforts qu'il a faits pour vous et profiter pleinement de vos acquis. Comme vous, Cyrus avait beaucoup de caractère et de volonté. Ce sont d'ailleurs peut-être ces ressemblances qui ont provoqué vos dissensions.*

*Il se peut aussi que ce manque de complicité entre vous diminue votre peine à l'annonce de sa mort. Mais tôt ou tard vous regretterez de n'avoir su vous rapprocher de lui quand il était encore temps.*

*Sachez qu'il m'a demandé de vous dire qu'il vous aimait et qu'il pensait que vous l'aimiez également. Le reste n'aura été que malentendus.*

Quand il eut terminé sa lecture, Clayton rendit la lettre à son frère. Son expression reflétait, comme celle de Stephen, la peine qu'il éprouvait en pensant à Charise, mais également un certain étonnement.

— Décidément, le sort s'acharne sur elle, dit-il. Espérons que le notaire a raison lorsqu'il estime qu'elle ne sera pas trop affectée par cette disparition... (Il marqua une hésitation, plissa le front, puis ajouta :) N'as-tu pas l'impression qu'il parle d'une autre jeune femme que celle que l'on connaît ?

— Si. Mis à part l'allusion à son caractère et à sa volonté, rectifia Stephen avec un petit sourire ironique. Tu sais, il me semble que le père et le notaire devaient avoir les mêmes idées sur l'éducation des filles et prôner la docilité.

— J'étais parvenu à cette conclusion également. Il m'a suffi de penser à mon beau-père...

— À mon avis, Lancaster était un radin de la plus belle espèce. Si tu avais vu le manteau qu'elle portait en arrivant ! Si c'était ça qu'il appelait la gâter !

Stephen s'installa plus confortablement dans son fauteuil, allongea les jambes, mit les mains dans ses poches et, jetant un regard par-dessus son épaule, fit signe à un serveur qui s'approcha aussitôt.

— Champagne, dit-il.

Clayton s'étonna de la subite décontraction de son frère, et de son air satisfait tandis que le serveur remplissait deux coupes.

Impatient de savoir quel moment Stephen comptait annoncer la nouvelle à Charise, il finit par demander :

— Que vas-tu faire maintenant ?

— Porter un toast.

— Je voulais dire : quand vas-tu lui remettre cette lettre ?

— Après notre mariage.

— Je te demande pardon ?

Au lieu de se répéter, Stephen adressa à son frère un regard amusé, prit sa coupe et la leva.

— À notre bonheur !

Pendant que Stephen vidait sa coupe, Clayton se ressaisit en s'appliquant à dissimuler soigneusement sa satisfaction devant la tournure que prenaient les événements. Puis, à son tour, il se renversa dans son fauteuil, étendit ses jambes, prit sa coupe. Mais, au lieu de la boire, il regarda Stephen, un sourire dans les yeux.

— Tu te demandes si je commets une erreur ? fit Stephen.

— Pas du tout. Je me demandais seulement si tu t'étais rendu compte que tu avais provoqué chez elle, disons une... sorte d'aversion à ton égard ?

— Je sais que si mes vêtements prenaient feu, elle refuserait encore de s'approcher de moi pour m'asperger d'eau. Oui, ça je le sais.

— Crois-tu qu'étant dans cet état d'esprit elle va quand même accepter ta demande ?

— Il se pourrait effectivement qu'elle refuse, admit Stephen avec un petit rire.

— Et que ferais-tu pour la faire changer d'avis ?

Faussement sérieux, Stephen répondit :

— Je pense que je lui reprocherais de s'être méprise sur mes intentions et mon sens moral. Je soulignerais que ma demande en mariage en est la preuve. Puis je lui dirais que s'il lui importe d'obtenir mon pardon, je suis prêt à le lui accorder.

Il était si convaincant que Clayton lui adressa un regard lourd de reproches.

— Et qu'arriverait-il alors ?

— Je n'aurais plus qu'à m'enfermer chez moi pendant quelques jours.

— Avec elle, j'imagine ?

— Non. Avec des compresses sur les yeux.

Le rire de Clayton fut interrompu par le retour de Jordan Townsende, duc de Hawthorne, et de Jason Fielding, marquis de Wakefield. Stephen, ayant achevé ses confidences, les invita à aller s'asseoir à une table de jeu.

Mais il lui fut difficile de se concentrer. Ses pensées revenaient sans cesse à Charise et à sa demande en mariage. S'il en avait parlé avec humour, il ignorait encore comment il allait s'y prendre. Mais était-ce si important ? Seule la perspective de vivre avec elle comptait réellement. La mort de son père le débarrassait de son sentiment de culpabilité à l'égard de Burleton. Désormais il pouvait se dire qu'il n'allait pas épouser la fiancée d'un homme qu'il avait tué, mais une jeune femme qui n'avait plus personne sur qui elle pût s'appuyer.

Toutefois il n'oubliait pas qu'il l'eût demandée en mariage même s'il n'y avait pas eu cette lettre. D'une certaine manière, il l'avait su dès l'instant où il l'avait vue dans ce peignoir noué avec un cordon de rideau, une serviette bleue sur la tête : madone aux pieds nus, madone désespérée par la découverte de sa chevelure flamboyante...

Mais non, c'était inexact ! N'avait-il pas déjà ressenti quelque chose pour elle le jour où il s'était réveillé à son chevet et où elle lui avait demandé de lui décrire son visage ? Dans ses fascinants yeux gris, il avait lu un mélange de courage et de douceur étonnant. Tout avait commencé à cet instant-là et, depuis, tout en elle lui avait plu. Il aimait son esprit irrévérencieux, son intelligence, la chaleur qu'elle manifestait à chacun. Il aimait la façon dont elle s'abandonnait dans ses bras et le goût de ses lèvres, sa vivacité et sa tendresse. Et, surtout, sa droiture.

Les femmes qu'il avait rencontrées avant elle ne lui souriaient que pour dissimuler leur convoitise et leur ambition et feignaient d'éprouver pour lui une passion suscitée en fait par sa fortune et ses titres. Mais finalement Stephen Westmoreland avait rencontré quelqu'un qui ne s'intéressait qu'à lui-même.

Il en éprouvait une telle joie qu'il ne savait que lui offrir. Commencerait-il par des bijoux ? Des voitures, des chevaux, des fourrures ? Non, ce serait d'abord des bijoux, décida-t-il tandis qu'il s'apprêtait à recommencer une partie. Il lui choisirait une fabuleuse parure et un diadème pour ses cheveux roux. Puis des perles, des centaines de perles pour orner une robe qu'il ferait confectionner en secret. Il pourrait même y en avoir trois mille... plus une ! Il sourit intérieurement en pensant à la façon dont elle s'amusait en lui parlant de la robe de la comtesse d'Evandale. Certes, Charise ne semblait pas très intéressée par sa garde-robe, mais ce ruissellement de perles la ferait rire et la robe lui plairait parce qu'il l'aurait choisie pour elle.

Il était aussi sûr de sa réaction que du désir qu'il lui inspirait. Ses lèvres avaient tremblé sous les siennes, son corps avait frémi et s'était cambré entre ses bras, et sa candeur ne lui permettait pas de jouer la comédie. De tout cela il ne pouvait douter.

Dans quelques jours, il lui ferait l'amour et lui apprendrait à goûter aux délices qui accompagnent l'accomplissement du désir.

En entendant soudain son nom prononcé par Jason Fielding, Stephen leva les yeux, s'aperçut qu'on attendait sa mise et lança des jetons sur la pile déjà formée.

Jason lui fit remarquer en riant :

— Si vous preniez ce que vous venez de gagner au lieu de tout mélanger comme ça, vous pourriez faire un joli petit tas avec nos jetons.

L'observant avec curiosité, Jordan Townsende ajouta :

— J'ignore ce à quoi vous pensez, Stephen, mais ça a l'air particulièrement absorbant.

— Vous nous avez regardés sans nous voir tout à l'heure, fit remarquer Jason Fielding en distribuant les cartes. Il y avait des années que je n'avais été aussi vexé !

— Stephen est en effet très pris par ses pensées, ironisa à son tour Clayton.

À l'instant où il achevait sa phrase, William Baskerville, célibataire d'une cinquantaine d'années, s'approcha de leur table et, un journal plié à la main, se mit à suivre leur jeu.

Étant donné que sa présence à l'*Almack* aux côtés de Charise serait l'objet de toutes les conversations dès le lendemain matin et qu'il en irait de même de ses fiançailles pendant le week-end, Stephen ne vit aucune raison de faire plus longtemps mystère de ce qui l'occupait.

— En fait... commença-t-il.

Puis, un œil sur l'horloge, il s'aperçut qu'il avait déjà passé trois heures au club et décida d'être bref.

— En fait, reprit-il, je suis en retard ! Si je n'arrive pas avant onze heures à l'*Almack*, je vais trouver porte close.

Il posa ses cartes, se leva et s'éclipsa, suivi du regard par trois hommes ébahis et prestement imité par Clayton, qui déclara aller rejoindre sa femme.

Comment croire que Stephen Westmoreland eût envie de s'égarer à l'*Almack*, parmi une nuée de débutantes rougissantes à peine sorties du collège et cependant déjà avides d'accrocher un mari ? C'était stupéfiant et comique à la fois.

Baskerville fut le premier à exprimer sa stupeur.

— Doux Jésus ! Ai-je bien entendu ? Langford a parlé de l'*Almack* ?

Le marquis de Wakefield détacha son regard de l'entrée et se tourna vers ses compagnons.

— C'est en effet ce que j'ai cru comprendre, dit-il.

D'un ton sec, le duc d'Hawthorne ajouta :

— Non seulement il a parlé de l'*Almack*, mais en plus il était pressé de s'y rendre !

— Il aura de la chance s'il en sort vivant, plaisanta Jason Fielding.

— Vivant et encore célibataire, précisa Jordan Townsende en riant.

— Pauvre vieux ! fit Baskerville d'une voix tragique.

Secouant la tête, il alla retrouver d'autres connaissances, qui jouaient aux dés à une table voisine, et s'empressa de les divertir en leur apprenant que le comte de Lanford était parti précipitamment afin de ne pas rater la soirée dans les salons de l'*Almack*...

Les joueurs de dés en conclurent que Stephen avait dû promettre à un mourant d'être le chevalier servant de l'une de ses jeunes parentes.

À la table de pharaon, on émit une autre hypothèse : le comte de Langford avait perdu un pari et s'acquittait de sa dette en passant une soirée là-bas.

Les hommes rassemblés autour de la roulette estimaient pour leur part que Baskerville devenait sourd et avait mal compris. Quant aux joueurs de whist, très concentrés sur leurs cartes, ils se dirent que Baskerville avait tout simplement perdu la tête.

Mais quelque opinion que l'on eût, la réaction fut identique. Dans l'atmosphère raffinée du *Stathmore*, on s'étrangla, on pouffa de rire, on gloussa joyeusement, tandis que de table en table circulait l'incroyable nouvelle : le comte de Langford était allé passer la soirée à l'*Almack*...

# 32

Stephen n'arriva à l'*Almack* qu'à onze heures cinq. Deux jeunes gens venaient de se voir refuser l'entrée et regagnaient leur voiture tête basse. Se précipitant vers la porte que l'on refermait, Stephen reconnut Lady Letitia Vickery et l'interpella :

— Letitia, vous n'oserez tout de même pas me fermer cette maudite porte au nez !

Indignée, Lady Vickery scruta la pénombre.

— Qui que vous soyez, vous êtes en retard, un point c'est tout !

Stephen n'hésita pas à bloquer le battant avec son pied.

— Il me semble que vous devriez faire une exception.

Le dédain fit place à la stupéfaction sur le visage de Lady Vickery.

— Langford ? Est-ce bien vous ?

— Évidemment que c'est moi ! Ouvrez donc cette porte !

— Vous ne pouvez pas entrer.

— Voyons, Letitia, soyez raisonnable. Ne m'obligez pas à vous rappeler le temps où vous m'invitiez dans des endroits infiniment moins convenables que celui-ci... avec votre mari à portée d'oreille.

Elle ouvrit la porte, mais en lui barrant le chemin. Stephen se demanda sérieusement s'il n'allait pas l'empoigner par les épaules et la déplacer comme un objet tandis qu'elle implorait :

— Pour l'amour du ciel, Stephen, soyez raisonnable ! Je vais me faire tuer si je vous laisse entrer.

— Détrompez-vous, vous serez félicitée, au contraire. Pensez à l'affluence que vous aurez demain, quand on saura que je me suis, moi, laissé persuader de venir me joindre à cette ennuyeuse assemblée de vierges effarouchées pour la première fois depuis quinze ans...

Lady Vickery marqua une hésitation. Puis l'alléchante perspective d'un regain de notoriété pour l'*Almack* lui fit oublier ses principes et ses craintes.

— J'imagine qu'en effet le tout-Londres célibataire voudra apercevoir celle qui vous a attiré ici.

— C'est exactement ce que je voulais dire. Vous aurez une telle foule que vous serez obligée d'agrandir votre délectable buffet.

L'imagination de Lady Vickery se mit à galoper, à multiplier les mariages, et les congratulations dont elle serait l'objet. Elle en oublia les sarcasmes de Stephen à propos de son buffet et du reste.

— Très bien. Vous pouvez entrer.

Jusqu'à onze heures précises, Sheridan s'était amusée en dépit d'une certaine impatience. Bien accueillie par tous, elle avait dansé avec plaisir mais, à onze heures précises, elle avait éprouvé une déception cuisante. Elle aurait cependant dû s'attendre, songeait-elle, à ce qu'il ne vînt pas. Il avait visiblement manqué d'enthousiasme et n'était pas le genre d'homme à s'imposer des contraintes. Seule une certaine affection pour elle aurait pu lui donner envie de la rejoindre, mais force était de reconnaître qu'il n'en était rien. Whitney et sa mère s'étaient trompées. Mais, décidée à ne plus penser à lui et à profiter de la soirée, elle prêta une oreille attentive à la conversation d'un groupe de débutantes et de leurs mères qui s'efforçaient poliment de l'inclure dans leur cercle.

La plupart des débutantes étaient plus jeunes qu'elle. Toutes lui paraissaient charmantes, bien qu'elle les trouvât excessivement intéressées par la fortune et l'ascendance des célibataires présents dans les salons de l'*Almack*. Elles possédaient ainsi que leurs mères, qui étaient sans doute les premières à s'informer, une foule de renseignements sur les uns et les autres.

La duchesse de Clermont, vieille dame sévère, présenta à Sheridan sa petite-fille américaine puis, désignant d'un mouvement du menton un jeune homme qui avait sollicité auprès de Sheridan l'honneur de se voir accorder une seconde danse, elle l'avertit :

— À votre place, je ne laisserais plus ce jeune Makepeace s'approcher de moi. Il n'est qu'un petit baronnet et ses revenus sont faibles.

Nicolas de Ville, qui avait passé une grande partie de la soirée dans la salle de jeu, surprit la remarque de la duchesse alors qu'il rejoignait Sheridan.

À mi-voix, il fit observer, amusé :

— Vous m'avez l'air singulièrement embarrassée, ma chère. C'est fou, n'est-ce pas, comme dans un pays où l'on se targue de posséder les manières les plus raffinées du monde on se permet d'être aussi insultant à l'égard de ses semblables !

Tandis qu'après une pause les musiciens reprenaient leurs instruments, Sheridan dit en élevant la voix pour se faire entendre malgré la musique :

— Miss Thornton me paraît exténuée.

Charity Thornton entendit son nom et releva la tête en sursaut.

— Je ne suis pas exténuée, ma chère enfant. Je suis vexée ! Profondément vexée. L'absence de Langford est impardonnable et je compte bien le lui dire !

En un clin d'œil, Charity Thornton avait monopolisé l'attention. On se mit à murmurer fébrilement, tandis que Sheridan, ignorant la cause de ces émois, affirmait :

— C'est sans importance pour moi, madame. Je peux très bien me passer de lui.

Charity ne se calma pas pour autant.

— Je ne me rappelle pas avoir été aussi contrariée depuis trente ans ! Et même si je me torturais l'esprit, je suis certaine de ne pas retrouver le souvenir d'une telle contrariété.

Soudain, la duchesse de Clermont, qui n'avait pas perdu un mot, cessa de s'intéresser à l'exaspération de Charity Thornton pour reporter son attention ailleurs.

— Oh, je n'en crois pas mes yeux ! s'exclama-t-elle soudain.

Puis, pendant que l'assistance s'agitait et bruissait de commentaires haletants, elle se pencha vers sa petite-fille et, forçant la voix, lui ordonna :

— Arrange ta coiffure et ta robe, Dorothy. Ne laisse pas passer une chance unique !

Étonnée, Sheridan regarda Dorothy qui remettait en place une boucle folâtre. Mais elle n'était pas la seule à s'inquiéter de son apparence. Sheridan découvrit que toutes les débutantes avaient une réaction identique, lissant chevelures et robes comme si un coup de vent venait de traverser la salle. Plus curieusement encore, une bonne moitié d'entre elles prenaient en même temps la direction des toilettes.

— Que se passe-t-il ? demanda Sheridan à Nicolas.

Il balaya la salle du regard, nota que blondes et brunes avaient le rouge aux joues et l'œil brillant, mais ne daigna pas se retourner.

— S'il n'y a pas d'incendie sur la piste de danse, alors c'est que Langford vient de faire son entrée...

— C'est impossible ! Il est plus de onze heures. Les portes sont fermées !

— Il n'empêche que je serais prêt à parier une petite fortune que Langford est bien la cause de ce remue-ménage. L'instinct de nos chasseresses est émoustillé, ce qui trahit la présence d'une proie de premier choix. Voulez-vous que je vérifie ?

— Discrètement, si possible...

De Ville se retourna et confirma :

— Il est en train de présenter ses hommages aux organisatrices de la soirée.

Sheridan s'étonna de sa propre réaction, mais ne put se refréner. Sans autre commentaire, elle fila vers les toilettes avec l'intention non de se pomponner mais de se ressaisir, de surmonter son émotion et sa surprise. Enfin, elle commencerait par là puis... elle prendrait peut-être le temps de s'arranger un peu devant une glace.

L'affluence était telle qu'elle dut attendre son tour. Ce fut pour elle l'occasion de découvrir que son fiancé était l'objet d'une conversation aussi instructive que gênante.

— Ma sœur aînée va s'évanouir quand elle apprendra que Langford était ici ce soir ! L'automne dernier, il s'est un moment intéressé à elle, pendant le bal de Lady Millicent, ce fut bref mais mémorable. Encore aujourd'hui elle a un faible pour lui.

Les amies de la débutante indiscrète s'étonnèrent. L'une d'elles rectifia :

— Mais, l'automne dernier, Langford était très lié à Monica Fitzwaring ! On pensait même qu'il allait l'épouser.

— Oh, non, je crois que tu te trompes ! s'écria une autre jeune fille. Mes sœurs disaient qu'il... (Elle baissa la voix et chuchota :)... qu'il entretenait une liaison... torride avec une femme mariée.

Une troisième intervint :

— Avez-vous déjà vu sa tendre amie ? Ma tante a rencontré Langford avec elle au théâtre, il y a deux jours.

— Sa tendre amie ? répéta Sheridan, sidérée.

Il avait dîné avec elle et sa famille deux jours plus tôt. Était-il possible qu'il les ait quittées pour aller rejoindre cette femme ?

Les jeunes filles auxquelles elle avait été présentée un peu plus tôt se firent un devoir de l'informer, afin qu'elle pût apprécier toutes les subtilités de la conversation.

— On appelle « tendre amie » une courtisane, une femme qui satisfait les plus viles passions d'un homme. Helene Duvernay est la plus belle d'entre elles.

— J'ai entendu un soir mes frères parler d'elle. Ils disaient qu'elle était absolument divine. Elle adore le bleu lavande, et Langford lui a offert un cabriolet, spécialement conçu pour elle, avec un intérieur de cette couleur.

Sheridan pensa immédiatement au déshabillé qu'elle avait trouvé dans sa chambre et à l'expression du docteur Whitticomb quand elle lui en avait parlé. Sans le savoir, elle avait porté un vêtement appartenant à une femme qui flattait les plus « viles passions » des hommes, passions qui restaient pour elle entourées de mystère, mais qu'elle devinait intenses, intimes et scandaleuses. Et le comte de Langford se livrait à elles à peine avait-il fini de dîner avec sa fiancée, jugée indésirable, certes, mais tout de même...

Bien qu'elle fût informée de la présence de Stephen quelque part dans la salle, Miss Thornton n'avait pas encore décoléré quand Sheridan reparut.

— Demain, je ne commencerai pas la journée sans avoir d'abord informé la duchesse de la conduite de son fils ! Il va se faire sévèrement tancer, croyez-moi !

La voix moqueuse de Stephen se fit soudain entendre à deux pas de Sheridan. Elle se figea, furieuse de se sentir dépendante de son jeu désinvolte.

— Pourquoi vais-je me faire tancer, madame ? demanda Stephen à Charity Thornton.

— À cause de votre retard, vilain garçon !

L'animosité de Charity Thornton avait déjà disparu. Pas plus qu'une autre elle ne résistait à son sourire ravageur, quand il avait décidé de s'en servir.

— Et aussi parce que vous vous êtes trop attardé auprès de nos chères organisatrices, ajouta-t-elle. Et que... et que vous abusez de votre charme ! Maintenant, baisez ma main comme vous savez si bien le faire et emmenez Charise sur la piste de danse.

Cachée par de Ville, Sheridan avait senti sa colère monter en entendant Miss Thornton changer de ton et elle constata qu'elle redoublait lorsque de Ville finit par s'écarter, la laissant ainsi face à un regard amusé et à un sourire qui aurait fait fondre une banquise. Consciente d'être le point de mire de l'assistance, elle tendit la main, comme il se devait. Les lèvres de Stephen effleurèrent cette main réticente qu'il retint volontairement dans la sienne.

— Miss Lancaster, me ferez-vous le plaisir de m'accorder la prochaine danse ?

— Lâchez ma main. Tout le monde nous regarde.

Les joues roses, les yeux brillant d'un éclat intense, elle était magnifique, et il se demanda comment il avait pu oublier que la colère lui allait si bien. Il regretta sa ponctualité à l'heure des repas puisqu'il suffisait d'un léger retard pour que son indifférence cédât à une fureur qui lui seyait à ravir...

— Lâchez ma main ! répéta-t-elle.

Heureux de constater qu'elle l'avait attendu avec impatience, il ne cessait de sourire et de se sentir d'excellente humeur.

— Allez-vous m'obliger à vous traîner sur la piste de danse ? fit-il.

Son air ravi s'effaça quelque peu lorsque, réussissant à libérer sa main, elle lui lança :

— Je ne me laisserai pas faire !

Décontenancé, Stephen n'eut d'autre réaction que de s'écarter lorsqu'un jeune dandy vint s'incliner devant Sheridan.

— Il me semble que la prochaine danse m'était réservée, monsieur le comte, dit-il en se tournant vers Stephen.

Stephen recula d'un pas, regarda Sheridan lui faire une courte mais gracieuse révérence et la suivit des yeux tandis qu'elle gagnait la piste de danse. À côté de lui, de Ville affichait un air réjoui.

— Ne venez-vous pas d'essuyer un sérieux affront, Langford ?

— C'est parfaitement exact, de Ville, reconnut Stephen, d'un ton affable.

Il se sentait si heureux qu'il parvenait même à se montrer aimable avec de Ville.

— J'imagine qu'on ne trouve pas le moindre alcool ici, n'est-ce pas ? demanda Stephen sans quitter des yeux Sheridan et son cavalier sur la piste de danse.

— Pas une seule goutte !

À la déception générale, ni Lord Westmoreland ni de Ville ne manifestèrent le désir d'inviter une autre débutante que la jeune Américaine. Et quand Sheridan entreprit une deuxième danse avec le même cavalier, Stephen prit un air sombre.

— Ignore-t-elle qu'il n'est pas convenable d'agir ainsi ?

— Il me semble que vous devenez jaloux...

Stephen ignora la remarque de Nicolas et laissa errer son regard sur l'assemblée féminine qui, les yeux rivés sur lui, trahissait tant de convoitise qu'il eût l'impression d'être entouré de cannibales salivant devant un morceau de choix.

— Sauriez-vous, par hasard, si elle est libre pour la danse suivante ?

— Son carnet de bal est complet.

Dès que le cavalier de Sheridan la raccompagna auprès de Charity Thornton, Stephen observa le ballet des hommes qui allaient chercher une nouvelle partenaire. Qui viendrait cette fois-ci s'incliner devant Sheridan ? Qui devrait lui céder son tour ? Car il était bien décidé à prendre ce nouvel importun de vitesse ! À côté de lui, de Ville se redressa.

— Je crois bien que cette danse est la mienne, annonça-t-il.

— Certainement pas, affirma Stephen avec un calme trompeur dont de Ville ne fut pas dupe. Et si vous essayez de me contredire, j'informerai Charise que vous êtes dans cette affaire le complice de ma belle-sœur.

D'un pas décidé, Stephen s'avança vers Sheridan.

— Cette danse est pour Nicolas, lui annonça-t-elle avec hauteur, en prenant soin de désigner de Ville par son prénom.

— Il m'a cédé son tour.

Ce fut dit sur un tel ton que Sheridan préféra s'incliner, sous peine d'être obligée de provoquer une scène.

— Parfait.

Alors que l'orchestre entamait une valse et qu'elle devenait aussi raide qu'un bout de bois entre ses bras, il lui demanda courtoisement :

— Est-ce que la soirée vous plaît ?

— Jusqu'à présent elle me plaisait, oui, merci.

Il baissa les yeux sur son visage et y lut un tel ressentiment qu'il se serait probablement muré dans le silence s'il n'avait pensé à la lettre qui était dans sa poche.

— Charise ? dit-il avec une pointe de tendresse.

Intriguée par la douceur de sa voix, elle refusa cependant de le regarder.

— Oui ?

— Je vous demande de me pardonner tout ce que j'ai pu faire ou dire de blessant à votre égard.

S'entendre rappeler qu'il l'avait blessée en toute connaissance de cause et se dire en même temps qu'il pouvait recommencer offensait sa fierté. Furieuse, elle lui lança en feignant un ennui dédaigneux :

— C'est sans importance. Ne prenez donc pas la peine de vous excuser. Je suis certaine que d'ici la fin de la semaine j'aurai le choix entre plusieurs prétendants et je vous remercie vivement d'avoir permis cette situation. (La colère commença à vibrer dans sa voix lorsqu'elle ajouta :) Pas plus tard que cet après-midi, je croyais encore que tous les Anglais étaient lunatiques, vaniteux, déplaisants et despotiques. Maintenant je sais que c'est faux. Il n'y a que vous qui êtes ainsi.

Surpris par l'âpreté de sa colère, Stephen fit néanmoins observer, au risque de jeter de l'huile sur le feu :

— Malheureusement, et pour vous et pour eux, nous sommes déjà fiancés.

Trop occupée à remettre le comte de Langford à sa place, elle ignora cette dernière remarque.

— Les hommes que j'ai rencontrés ce soir, poursuivit-elle, sont, non seulement d'une extrême délicatesse, mais également plus attirants que vous.

— Vraiment ? Et pourrais-je savoir pourquoi ?

Avec l'envie d'effacer d'une gifle son sourire arrogant, elle rétorqua :

— Eh bien, ils sont plus jeunes que vous ! Vous êtes bien trop âgé pour moi. J'ai compris cela ce soir.

— Ah ?

Il posa sur ses lèvres un regard lourd de sous-entendus.

— Vous n'avez pas toujours été de cet avis. Voulez-vous que je vous rappelle quelques souvenirs ?

Elle baissa les yeux.

— Cessez de me dévisager comme ça, dit-elle. Les gens vont jaser. Ils regardent tous dans notre direction.

Essayant de s'écarter de lui, elle sentit son étreinte se raffermir. Mais le plus insupportable fut ce ton de conversation anodine qu'il prit pour lui demander :

— Pouvez-vous imaginer ce qui arriverait si je cédais à l'envie de vous jeter sur mon épaule et de vous sortir d'ici ou bien à celle de vous embrasser pendant que nous dansons ? Eh bien, voyez-vous, pour commencer, plus aucun homme respectable ne voudrait de vous... Et moi, bien entendu, comme je suis vaniteux, déplaisant, despotique, je...

— Vous n'oseriez jamais ! s'exclama-t-elle.

Autour d'eux, on tendait l'oreille et on ratait des pas à trop vouloir suivre l'altercation entre la mystérieuse Américaine et le comte de Langford.

Devant sa beauté rehaussée par la rébellion, Stephen ne put retenir un sourire.

— Vous avez raison, ma chérie, dit-il d'une voix douce. Je n'oserais jamais.

— Et maintenant vous avez le toupet de m'appeler votre chérie, après ce que vous m'avez fait !

Oubliant qu'elle n'avait nullement l'habitude du badinage auquel on se livrait sans vergogne dans son milieu, Stephen posa son regard sur son décolleté avantageux.

— Si vous saviez ce que je suis encore capable de vous faire... dit-il, le sourire suggestif. À propos, vous ai-je complimentée pour votre robe ?

— Vous et vos compliments, vous pouvez aller au diable ! rétorqua-t-elle, furieuse.

Puis, s'arrachant à ses bras, elle le planta là, sur la piste de danse, sans plus se soucier du qu'en-dira-t-on.

— Doux Jésus ! s'écria Makepeace à l'adresse de sa cavalière. Vous avez vu ça ? Miss Lancaster a abandonné Langford au beau milieu de la piste.

— Il faut qu'elle soit folle... Mon Dieu, comment peut-on...

— Oh, mais elle n'est pas du tout folle, ma chère ! Elle m'a personnellement manifesté beaucoup de civilité et de douceur.

Dès que la danse fut terminée, Makepeace s'empressa de vérifier que ses amis avaient remarqué ce coup d'éclat et en avaient conclu que la rousse et belle Américaine préférait ses attentions à celles de Langford.

La plupart des hommes présents dans la salle avaient évidemment enregistré l'événement. C'était pour eux une immense satisfaction de pouvoir constater qu'au moins une femme dans toute cette assemblée avait suffisamment de bon goût et de clairvoyance pour préférer Makepeace à l'arrogant Langford.

En l'espace de quelques minutes, Makepeace acquit une stature nouvelle et Miss Lancaster devint l'héroïne de la soirée. Car en manifestant sa préférence pour Makepeace face au puissant Langford, elle avait redoré le blason de chacun.

Pendant ce temps, Stephen, outragé, suivait des yeux le manège des célibataires qui allaient s'agglutiner autour de Sheridan en espérant qu'elle leur accorderait une danse et en la flattant avec tant d'impudeur qu'elle lança dans sa direction un regard affolé. Mais il se méprenait : elle s'adressait à de Ville et non à lui.

De Ville abandonna son verre de limonade pour se diriger vers elle. Mais il s'arrêta quand il la vit jouer des coudes pour se dégager de la meute de ses admirateurs et se réfugier dans les toilettes. De Ville rejoignit alors Stephen et s'adossa près de lui à un pilier. Bras croisés, se tenant côte à côte, ils présentaient l'image de deux hommes élégants, séduisants mais manifestement en proie à un profond ennui.

— En vous repoussant, elle est devenue l'héroïne de tous ces messieurs, fit observer de Ville.

Stephen, qui en était arrivé à la même conclusion, était ravi de constater que de Ville semblait partager sa contrariété.

— Demain, continua de Ville, on ne parlera plus que de la Jeanne d'Arc de l'*Almack*. Ma tâche va être difficile. Vous m'avez mis de sacrés bâtons dans les roues !

— Oh, pire que ça ! J'ai carrément anéanti vos projets.

Visiblement satisfait sur ce point, Stephen désigna du menton des débutantes qui faisaient tapisserie de l'autre côté de la salle.

— Vous êtes désormais libre de vous intéresser à l'une de ces demoiselles et de combler ses espoirs. Formulez ce soir une demande en mariage et, avec la bénédiction de la famille et une autorisation spéciale, vous serez marié pas plus tard que demain.

Nicolas suivit le regard de Stephen, oublia momentanément leur rivalité et, l'amenant sur le terrain de leurs expériences communes, lui demanda quelle impression lui inspirait la convoitise des femmes.

— Est-ce qu'elles ne vous donnent pas le sentiment d'être une grosse pâtisserie qu'elles auraient envie d'engloutir ?

— Oui. Quelque chose comme une énorme pièce montée... admit Stephen.

Tout en poursuivant leur conversation, l'un et l'autre observaient machinalement l'assistance. Une débutante en profita pour minauder derrière son éventail à l'intention de De Ville, qui lui fit comprendre courtoisement qu'il l'avait remarquée. Stephen, de son côté, inclina imperceptiblement la tête à l'adresse de la ravissante fille de Lady Ripley qui, incitée par sa mère à tourner les yeux vers lui, s'abstenait toutefois de battre des cils comme une idiote.

— Je remarque que la petite Ripley est l'une des rares à avoir assez de fierté et de bon sens pour ne pas se rendre ridicule, dit-il.

— Laissez-moi vous la présenter. Ça rattrapera un peu la soirée !

— De Ville... fit Stephen d'une voix menaçante tout en gardant un air d'extrême courtoisie afin de sauvegarder les apparences.

— Langford ?

— Ne faites pas l'imbécile !

— Dois-je comprendre que vous n'avez plus tellement envie de vous libérer de vos obligations envers Miss Lancaster ?

— Chercheriez-vous à me rencontrer à l'aube dans quelque clairière isolée ?

— Ce n'était pas mon intention. Mais l'idée me paraît assez séduisante, en fait, répondit de Ville.

Sur ce, il s'éloigna et se dirigea vers la salle de jeu.

Sheridan s'aperçut qu'elle avait acquis un nouveau statut parmi les débutantes dès qu'elle pénétra dans les toilettes. Les conversations s'interrompirent, tous les regards se tournèrent vers elle puis, rompant le silence, une jeune fille charpentée prit la parole.

— Nous nous sommes beaucoup amusées tout à l'heure, Miss Lancaster. Le comte de Langford n'a certainement jamais subi un tel affront.

Malgré sa fureur et son embarras, Sheridan s'efforça de paraître indifférente.

— Je suis cependant certaine que des dizaines de femmes se sont déjà précipitées vers lui.

— Des centaines ! rectifia son interlocutrice. Que voulez-vous, il est tellement beau, tellement viril ! Vous n'êtes pas de cet avis ?

— Non. Je préfère les blonds.

— Ils sont à la mode en Amérique ?

À court de souvenirs, Sheridan répondit :

— Je parle de mon propre goût.

Avec un mélange de sympathie et de curiosité, une autre débutante lui demanda :

— J'ai entendu dire qu'un accident vous avait rendue amnésique. Est-ce exact ?

Sheridan se rappela les conseils de Charity et de Whitney et, le sourire assuré, le regard ferme, elle affirma :

— C'est une amnésie très temporaire. (Mais comme il lui sembla qu'on attendait autre chose, elle improvisa :)

Cela me permet de croire que je n'ai aucun souci dans la vie, et c'est très agréable.

Quand elle retourna dans la salle de bal, elle en avait assez entendu sur Stephen Westmoreland pour se dire qu'il était décidément un libertin, un hédoniste, un homme dangereux parce qu'il ne pensait qu'à lui. On lui connaissait d'innombrables liaisons, dont celle qu'il entretenait avec cette courtisane d'une grande beauté alors qu'ils étaient fiancés ! Mais, volage, épris de tous les plaisirs, redoutable charmeur, il n'en était pas moins adulé par toutes ces jeunes femmes, qui voyaient en lui le plus beau parti d'Angleterre.

Meurtrie, outragée et convaincue d'être insignifiante, Sheridan voulut réagir en se lançant dans une entreprise de séduction dont profita la vingtaine de jeunes gens qu'elle devait retrouver plus tard au bal des Rutherford. À tous elle promit une danse avec un sourire radieux. Toutefois, son fiancé se contenta de l'observer de loin, sans rien trahir de ce qu'il éprouvait devant le triomphe de celle qui l'avait bafoué.

Il semblait si peu concerné que lorsqu'il s'approcha d'elle pour lui dire qu'il était l'heure d'aller chez les Rutherford, elle n'éprouva aucun embarras à son égard. Dehors, pendant qu'ils attendaient leurs voitures, elle le vit même sourire sans ironie quand Charity Thornton fit remarquer, extatique :

— Charise a eu un succès fantastique, Langford ! J'ai hâte d'en parler à votre mère et à votre belle-sœur. Tout s'est si bien passé pour elle !

Elles étaient venues avec de Ville dans un landau très élégant. Mais quand Sheridan découvrit la berline du comte de Langford ses yeux s'agrandirent. Laquée de noir, les portières décorées du blason des Langford, elle avait un attelage de quatre chevaux gris aux harnais argentés. Le cocher et les laquais étaient connus de Sheridan qui les avait déjà vus dans les cuisines le soir du concert improvisé. Mais dans leur livrée blanc et vert, avec leurs galons d'or, leurs bottes de cuir, leurs cravates et leurs gants d'un blanc neigeux, ils lui parurent aussi élégants que les invités de l'*Almack* et, spontanément, elle les complimenta.

Si les trois serviteurs sourirent, ravis, Miss Thornton, en revanche, prit un air catastrophé. Mais Sheridan nota surtout l'impassibilité du comte et s'en inquiéta suffisamment pour refuser de monter dans sa berline quand il l'y invita.

— Non. Je préfère rester avec Miss Thornton et M. de Ville.

Elle se tournait déjà vers la voiture de De Ville, lorsque Stephen l'attrapa parle coude et la fit changer de direction.

— Montez ! lui ordonna-t-il devant la portière que tenait un laquais. Vous vous êtes suffisamment donnée en spectacle ce soir, alors ne me contrariez pas ou bien vous serez obligée d'en rajouter.

Elle réalisait soudain que Stephen Westmoreland avait su dissimuler soigneusement sa fureur. Elle jeta un regard implorant vers Miss Thornton et de Ville, mais il était trop tard : le landau démarrait déjà. Près d'eux, des petits groupes sortant de l'*Almack* attendaient leurs voitures. Alors, à moins de refaire une scène en public, elle n'eut pas d'autre choix que d'obtempérer.

Derrière elle, elle entendit Stephen ordonner au cocher :

— Faites le grand tour par le parc.

Lorsqu'ils furent assis face à face, elle se recula instinctivement au fond du siège et attendit l'explosion de colère qu'elle jugeait inévitable. Le comte regardait la rue plongée dans la pénombre et, devant sa mâchoire crispée, Sheridan trouvait le silence pesant et souhaitait l'orage. Mais quand il finit par tourner vers elle un regard glacial et prit un ton vibrant d'une sourde fureur, elle regretta son mutisme.

— Si vous avez le malheur de recommencer une seule fois à me mettre dans l'embarras comme vous l'avez fait ce soir, je vous promets de vous donner la fessée de votre vie devant tout le monde. Est-ce clair ?

Il l'entendit reprendre son souffle, avant de répondre d'une voix tremblante :

— C'est parfaitement clair.

Elle crut qu'il en avait fini alors qu'il ne faisait que commencer.

— Que signifiait cette façon de flirter outrageusement avec le premier imbécile qui venait vous inviter à danser ? Qu'aviez-vous en tête quand vous m'avez planté là, au beau milieu d'une danse ? Et quand vous vous accrochiez au bras de De Ville et buviez ses paroles ?

Qu'il lui reprochât sa conduite envers lui, elle l'admettait. Mais pour le reste, quelle injustice, quelle hypocrisie ! C'était intolérable.

— Mais que pouviez-vous attendre d'une femme qui a été assez stupide pour accepter d'être votre fiancée ? lui lança-t-elle. J'ai eu l'occasion ce soir d'en apprendre de belles à votre sujet ! Je n'ai cessé d'entendre parler de vos conquêtes, de votre belle amie, de vos liaisons avec des femmes mariées. Et vous avez l'audace de me faire la leçon, vous, le plus grand libertin de toute l'Angleterre !

Aveuglée par son emportement, elle se moqua et de son silence et du muscle qui tressaillait sur sa joue, signes de mauvais augure. Sur sa lancée, elle poursuivit :

— Je comprends maintenant pourquoi vous avez dû aller chercher une fiancée en Amérique. Par contre, je m'étonne que votre réputation ne vous y ait pas précédé. Quand je pense que vous avez eu l'audace de vous engager auprès de moi alors que vous laissiez espérer le mariage à une bonne dizaine de femmes, dont une certaine Monica Fitzwaring ! De combien de personnes vous êtes-vous moqué ? Je ne serais pas surprise d'apprendre que vous avez eu de multiples fiançailles secrètes qui se sont toutes terminées de la même façon : par une invitation à se trouver quelqu'un d'autre ! (Essoufflée, elle ajouta néanmoins avec une note de triomphe dans la voix :) Je ne me considère plus comme votre fiancée. M'entendez-vous, monsieur le comte ? Je romps mon engagement. En conséquence, je m'estime libre de flirter avec qui bon me semble. Est-ce clair ?

Elle avait prononcé sa dernière phrase sur le même ton que lui et attendit sa réaction avec un sentiment de revanche bien méritée.

Mais, au lieu de lui répondre, il lui adressa un regard énigmatique, dans un visage impassible. Puis, au bout d'un moment qui sembla s'éterniser, il se pencha vers elle, la main tendue.

Tout à son étonnement, elle se méprit et crut qu'il allait la frapper avant de comprendre qu'il voulait simplement lui serrer la main afin de sceller la rupture de leurs fiançailles. Secrètement humiliée, elle dut faire appel à toute sa fierté pour répondre à son geste, tout en le regardant droit dans les yeux.

Mais, dès qu'il eut sa main dans la sienne, il l'arracha à son siège et la fit atterrir à côté de lui sans ménagement.

Penché sur elle, les yeux brillants de fureur, il adopta un ton d'une douceur réfrigérante.

— Je serais très tenté de relever vos jupes et de vous inculquer un peu de bon sens... Alors, écoutez-moi bien. Ma fiancée va se conduire de façon décente et ma femme ne jettera jamais le discrédit sur mon nom !

Coincée entre son torse et la portière, affolée, elle réussit tout de même à lui rétorquer avec mépris :

— Eh bien, n'importe qui soit-elle, assurez-la de ma plus profonde sympathie ! Je...

— Taisez-vous donc, diablesse ! cria-t-il avant de plaquer sur sa bouche un baiser féroce.

Se débattant avec rage, elle finit par soustraire ses lèvres aux siennes et à s'écrier :

— Arrêtez ! Arrêtez, je vous en prie !

Oui, elle le suppliait et s'en voulait, mais où trouver assez de force pour rester plus longtemps hautaine et sarcastique ?

Stephen leva la tête, scruta son visage, pâle et marqué par la détresse, et prenant conscience qu'il avait posé sa main sur sa poitrine, il fut soudain effaré par ce manque inhabituel de retenue. Il n'avait cherché qu'à la dompter comme un animal sauvage et non à l'humilier ou à la terroriser. Mais, déjà, elle reprenait confiance en elle. La rébellion se lisait au fond de ses yeux gris, son menton se redressait, et il la trouva magnifique d'impertinence, de fierté, de courage et d'intelligence...

Il ne put s'empêcher de caresser du regard ses boucles flamboyantes et de penser, toute colère dissipée, que cette ravissante jeune femme rousse, cette rebelle aux airs de madone allait porter ses enfants, présider à sa table et opposer, à l'occasion, ses volontés aux siennes. Vingt ans de relations étroites et intenses avec les femmes lui permettaient d'être sûr de ne pas se tromper. Il en venait même à considérer comme un détail ce qui se passerait lorsqu'elle retrouverait la mémoire.

Dès l'instant où, la main dans la sienne, elle s'était endormie sous son regard vigilant, un lien s'était créé entre eux, et ce qu'elle avait pu dire ou faire au cours de la soirée ne prouvait aucunement qu'elle voulût briser ce lien. Stephen était convaincu qu'elle continuait à partager son désir. N'avait-elle pas simplement réagi à sa manière à tous les commérages qu'elle avait entendus ? Il finirait bien par lui faire comprendre qu'ils ne constituaient pour l'essentiel qu'un fatras de mensonges !

Devant son expression radoucie, Sheridan s'empressa de retrouver un ton plus ferme.

— J'aimerais pouvoir m'asseoir normalement, dit-elle.

Calme mais implacable, il lui répondit :

— Il faut que nous nous mettions d'accord avant que vous sortiez de cette voiture.

— Nous mettre d'accord sur quoi ?

— Sur ce genre de choses...

Il enfouit une main dans sa chevelure, tandis que de l'autre il lui prenait le menton puis, lentement, il posa ses lèvres sur les siennes.

Surprise par l'exquise douceur de son baiser, elle se détendit et accepta les caresses de sa bouche tandis qu'abandonnant sa chevelure, sa main glissait sur sa nuque. Son baiser sembla ne jamais devoir s'achever comme s'il disposait de l'éternité pour savourer le plaisir que lui donnaient ses lèvres. Le cœur battant la chamade, elle retrouvait soudain le fiancé qui avait dormi à son chevet quand elle devait garder le lit, qui avait su la faire éclater de rire et fondre entre ses bras. Toutefois elle ressentait en lui une subtile transformation, quelque chose qui changeait sa façon de l'embrasser et de l'étreindre, une sorte d'élan possessif qui augmentait sa séduction.

Le léger balancement de la berline les berçait agréablement tandis qu'il l'incitait à entrouvrir les lèvres. Mais dans un ultime sursaut de volonté, Sheridan lui résista. Il la surprit en abandonnant sa bouche pour égrener des baisers sur son visage avant de s'aventurer vers son oreille. Elle sentit la pression de sa main sur sa nuque tandis qu'il provoquait savamment les longs frissons qui lui traversaient le corps. La sentant prête à capituler, il revint jouer avec ses lèvres, plus provocant que jamais. Alors, elle céda et, frissonnante, lui offrit sa bouche.

Il la sentit se serrer contre lui, glisser sa main sur son torse, libérer soudain la fougue qui la submergeait. Leur baiser devint si passionné que Stephen en perdait la raison. Il caressa ses seins, s'enivra de son abandon, conscient cependant qu'il devait se contenter de l'embrasser. Il la fit gémir en cherchant plus longuement le miel de sa bouche. Elle l'imita, timidement, mais sa tentative suffit à exacerber encore plus son désir. Empoignant sa chevelure, il l'embrassa jusqu'à perdre haleine, une main déraisonnable sur ses seins irrésistibles. Quand finalement il les dénuda, prise de panique, elle attrapa son poignet. Mais il ignora son geste et se pencha sur sa peau de lys.

Les emportements de Stephen avaient défait sa coiffure. Une pluie de perles était tombée sur le siège aux coussins de soie grise.

# 33

Quelque peu étourdie par la violence de ses émois, Sheridan laissa sa main se poser sur le cœur de Stephen. Instinctivement, elle cherchait à savoir si la fièvre de leurs baisers l'avait également chaviré. Elle fut aussitôt rassurée, et la tendresse avec laquelle il caressait son dos renforça encore sa conviction que leurs sentiments étaient partagés. Il y avait décidément quelque chose de différent en lui, comme un mélange de douceur et d'autorité difficilement définissable et qu'elle s'expliquait mal. En revanche, elle pensa comprendre autre chose. Le front appuyé contre son torse, elle lui demanda :

— Ce que nous venons de faire... explique pourquoi j'ai voulu vous épouser, n'est-ce pas ?

Elle semblait tellement troublée par leurs élans passionnés qu'il sourit en rectifiant :

— Disons plutôt, pourquoi vous *allez* m'épouser...

— Nous n'allons pas du tout ensemble.

— Vraiment ? demanda-t-il en l'enlaçant plus étroitement.

— Il y a chez vous beaucoup de choses que je désapprouve.

Stephen retint un éclat de rire.

— Je vous laisserai énumérer tous mes défauts, mais pas avant samedi.

— Pour quelle raison ?
— Il faut que vous attendiez que nous soyons mariés pour jouer les mégères.

Elle se raidit entre ses bras puis releva la tête, et il put lire dans son regard encore langoureux une lueur de refus.

— Il m'est impossible de vous épouser samedi.
— Eh bien, ce sera pour dimanche.

Il l'imaginait préoccupée par les préparatifs, mais ce n'était pas de cela qu'il s'agissait.

— Dimanche non plus, fit-elle sur un ton empreint de désespoir. Je veux retrouver la mémoire avant de franchir ce pas décisif.

Précisément soucieux de devancer le retour de ses souvenirs, il objecta :

— Je ne pourrai attendre plus longtemps.
— Mais pourquoi ?
— Vous allez comprendre...

Il prit ses lèvres et l'embrassa avec une fougue presque sauvage. Puis il chercha son regard et lui laissa entendre qu'elle devait manifester son opinion.

— Bien sûr, admit-elle, il y a de ça... Mais ce n'est pas une raison suffisante pour précipiter un mariage.
— Dimanche, répéta-t-il, comme s'il s'agissait maintenant d'une évidence.

Mais elle secoua la tête, bien décidée à manifester sa volonté.

— Comme vous n'avez pas encore le droit de me soumettre à vos désirs, monsieur le comte, je vous suggère de vous montrer moins autoritaire. Cela m'irrite, voyez-vous. Et j'insiste pour que vous me laissiez le choix...

Le voyant glisser la main sous son corsage, elle s'écria :

— Que faites-vous ?
— Je vous donne le choix entre deux possibilités : admettre que vous me désirez et accepter que je fasse

de vous une femme honorable dimanche ou bien nier votre désir et...

Il laissa sa phrase en suspens dans le but de l'inquiéter.

— Et quoi ? demanda-t-elle d'une voix radoucie.

— Je vous emmène à la maison au lieu d'aller chez les Rutherford, et nous y poursuivrons ce que nous avons commencé tout à l'heure. Jusqu'à ce que vous soyez convaincue malgré vous ou que vous admettiez de vous-même que j'ai raison. Dans les deux cas, mon entreprise se soldera par un mariage, dimanche...

Sous le velours de sa voix perçaient une détermination et une assurance qui accentuèrent le sentiment d'impuissance qu'éprouvait Sheridan. Elle ne doutait pas qu'il saurait la convaincre. Il lui suffisait de quelques minutes pour la griser et faire tomber ses défenses.

— Hier, vous n'étiez pas si pressé de vous marier. Vous aviez même envie de rompre vos fiançailles, fit-elle remarquer. D'où vient ce brusque changement ?

« Votre père est mort et vous n'avez plus que moi au monde », pensa Stephen, tout en sachant qu'il y avait une autre raison, de loin plus décisive. Ce fut celle-ci qu'il invoqua en réponse à la question de Sheridan.

— Hier, je ne mesurais pas encore la force de notre désir réciproque.

— Peut-être. Mais aujourd'hui, en début de soirée, je ne vous désirais pas. J'en suis certaine... Attendez... J'ai une suggestion à vous faire...

Il sourit de voir son visage s'éclairer soudain bien qu'il ne fût pas disposé à modifier ses plans. Il avait hérité de cinq cents ans d'autorité absolue et il allait de soi que sa volonté devait s'imposer. Il ne la laisserait pas gâcher leurs chances de bonheur. À part cela, il souhaitait qu'elle pût se réjouir de leur union pendant un certain temps avant d'apprendre la mort de son père et de mêler les larmes à la joie.

— Nous pourrions continuer à vivre comme maintenant, lui expliqua-t-elle. Et si vous n'êtes pas désagréable, si nous aimons toujours nous embrasser, eh bien, à ce moment-là, nous pourrons penser au mariage.

Stephen resta poli.

— C'est une proposition tentante. Toutefois je n'éprouve pas seulement l'envie de vous embrasser, et je souhaiterais... vivement... parvenir à une satisfaction que vous partagerez certainement.

— Je ne vois pas très bien ce que vous voulez dire. Mais par contre je suis sûre que vous vous sentiriez déjà beaucoup mieux si je m'asseyais ailleurs. Je suis pratiquement sur vos genoux.

À l'évidence, elle n'avait pas uniquement oublié son nom et celui de son fiancé ! Ou alors, comme c'était le cas pour beaucoup de jeunes Anglaises de bonne famille, personne ne lui avait jamais dit ce qui se passerait pendant sa nuit de noces.

— Nous reviendrons sur cette question plus tard, proposa Stephen, la voix légèrement rauque.

Une onde de plaisir venait de le traverser alors qu'innocemment elle s'était trémoussée en quittant ses genoux.

Assise en face de lui, elle insista :

— Quand y reviendrons-nous ?

— Dimanche soir.

Renonçant à discuter avec lui, elle regarda à l'extérieur et s'aperçut qu'ils étaient arrivés devant une splendide maison précédée d'un perron majestueux. Sur ses marches se tenaient des valets qui, une torche à la main, éclairaient la façade. Une longue file d'invités, d'une grande élégance, franchissait peu à peu le seuil de la demeure. Ceux qui avaient entendu arriver la berline du comte avaient tourné la tête et regardaient par-dessus leur épaule. Sheridan fut prise de panique en découvrant sur la vitre le reflet d'une jeune femme décoiffée par les élans fougueux de son fiancé.

— Ma coiffure... murmura-t-elle, affolée.

Elle constata que le bel échafaudage de boucles luxuriantes s'était effondré pendant que Stephen, secrètement ravi de la voir ainsi, se livrait une fois de plus à ses fantasmes, imaginant ses longues mèches de feu répandues sur son torse.

— Je ne peux pas sortir comme ça, dit-elle. Les gens vont penser...

Elle laissa la fin de sa phrase se perdre dans un silence embarrassé, et Stephen esquissa un sourire.

— Que vont-ils penser ?

La couleur de ses lèvres et de ses joues ne devait rien au fard et ils seraient plus d'un à ne pas se méprendre.

— Je préfère ne pas l'imaginer...

Elle enleva les épingles qui avaient résisté aux mains de Stephen, prit un peigne dans son réticule et coiffa l'épaisse masse de cheveux, qu'elle laissa tomber librement sur ses épaules.

— Ne me regardez pas de cette façon, fit-elle. Vous me gênez.

— Depuis le moment où vous m'avez demandé de vous décrire votre visage, vous regarder est devenu mon passe-temps favori.

Une telle déclaration, faite avec le plus grand sérieux, lui parut plus renversante encore que ses baisers. Elle se sentit capable de lui annoncer qu'elle l'épouserait avec bonheur, mais sa fierté, comme son cœur, avait ses exigences. Il fallait d'abord qu'elle eût la certitude d'un attachement profond de la part de son séduisant fiancé. Elle lui plaisait infiniment, certes. Mais encore... ?

— Avant que vous ne reparliez de mariage, commença-t-elle d'une voix hésitante, il faut que vous sachiez que... que j'ai une profonde aversion pour... pour quelque chose que l'on a l'air de très bien accepter ici et que je ne supporte pas. Je dois dire que je ne m'en étais pas rendu compte avant ce soir.

— De quoi s'agit-il, mon Dieu ?

— Du bleu lavande.

Sa témérité étonna Stephen. Pris de court, il se contenta de répondre :

— Je vois.

— Veuillez y réfléchir, ajouta-t-elle. Ce sont nos fiançailles même qui en dépendent.

— J'y réfléchirai.

Elle fut déçue par son ton circonspect, tout en reconnaissant qu'il l'avait au moins prise au sérieux et qu'il ne semblait pas fâché.

Revenant à sa chevelure, elle se donna encore quelques coups de peigne sous le regard admiratif d'un comte de Westmoreland conquis par sa beauté.

— Regardez ailleurs. Vous me troublez, fit-elle.

— Que devrais-je dire... lui répondit Stephen.

# 34

Lorsqu'ils entrèrent chez les Rutherford, tous les regards convergèrent vers elle. À défaut de pouvoir crier son embarras, elle releva la tête et offrit le spectacle de son éclatante beauté. Ses lèvres rosies par les baisers de Stephen et sa chevelure de feu caressant ses épaules contrastaient avec le sage ivoire de sa robe. Personne n'aurait pu ignorer sa présence.

Mais, comme pour échapper à la fascination, les hommes s'amusaient à interpeller Stephen et à plaisanter.

Avant même que le maître d'hôtel ait pu les annoncer, l'un des invités lança au comte :

— J'ai entendu dire, Langford, que vous vous intéressiez aux salons de l'*Almack* ? C'est nouveau !

Au rire de son interlocuteur, Stephen répondit par une grimace, mais il n'en avait pas fini avec les remarques moqueuses des uns et des autres. Un instant plus tard, quelqu'un s'empressa de soustraire les deux coupes de champagne qu'un laquais présentait aux nouveaux arrivants en s'écriant :

— Non, non, non ! Pas de champagne ! Monsieur le comte préfère en ce moment la limonade. Oh, faites en sorte qu'elle soit tiède ! Comme on la sert à l'*Almack*.

Stephen se pencha vers le plaisantin et lui glissa à l'oreille quelque chose qui le fit pouffer. Et le jeu continua tandis que Stephen et Sheridan se frayaient un chemin dans la foule.

Elle se sentait mal à l'aise en songeant combien Stephen était épié. Chacun semblait au courant de tous ses faits et gestes, et elle se demanda s'il ne s'était pas trouvé quelqu'un pour observer ce qui s'était passé dans la berline. Était-ce ainsi partout ? Avait-elle déjà fréquenté un milieu si indiscret ? Elle aurait juré que non tant elle éprouvait de gêne.

Elle fut à deux doigts d'abandonner l'air indifférent qu'elle s'était composé lorsqu'ils entrèrent dans la salle de bal et qu'un homme d'une cinquantaine d'années accosta le comte en lui demandant :

— Langford, est-ce vrai ? Une jeune rousse vous aurait-elle laissé tomber au milieu d'une danse, à l'*Almack* ?

Stephen confirma la nouvelle en désignant Sheridan d'un geste de la main.

L'homme demanda à être présenté et, avec un large sourire, déclara

— Chère demoiselle, c'est un privilège de vous rencontrer. Jamais je n'aurais cru qu'il existât une femme immunisée contre le charme diabolique de Langford !

À cette scène qu'observait tout un groupe d'invités vint se joindre un vieil homme qui s'appuyait sur une canne. Le souffle bruyant, il dit à Stephen :

— Il paraît, Langford, que vous danseriez plutôt mal en ce moment. Si l'on se voit demain, je pourrai vous donner une ou deux leçons, mon cher.

Ravi de conserver tant d'humour, le vieillard souligna ses propos d'un coup de canne sur le plancher et d'un petit rire chevrotant.

Il y eut ainsi bien d'autres plaisanteries, que Stephen accueillit avec une indulgence amusée. Mais Sheridan ne souriait pas. Que de commentaires ils se seraient attirés si tous ces gens avaient surpris leurs ébats dans la voiture ! Elle en rougissait encore de honte quands ils retrouvèrent Miss Thornton, accompagnée de Whitney et Clayton.

— Mon Dieu ! s'écria Charity. Quelles belles couleurs vous avez, ma petite ! Savez-vous à quoi vous me faites penser ? À des fraises dans de la crème. Le trajet dans la berline a été une vraie promenade de santé. Vous étiez si pâle en sortant de l'*Almack* !

Sheridan se mit à s'éventer vigoureusement, mais le petit groupe qui entourait les Westmoreland avait entendu les commentaires de Miss Thornton. Stephen se pencha vers Sheridan avec un sourire complice.

— Que pensez-vous de votre promenade de santé ?

— Traître... siffla-t-elle à mi-voix en secouant la tête pour marquer sa désapprobation.

Mais ce mouvement attira malheureusement l'attention de Charity Thornton sur ses cheveux.

— Qu'est-il arrivé à votre coiffure ? Où sont les épingles ? Les perles ? Oh, la servante va m'entendre ! Il n'est pas possible de faire si mal son travail.

Les conversations du petit groupe s'arrêtèrent, et Sheridan maudit Charity. Elle était censée protéger sa réputation et non la détruire ! Sheridan surprit le sourire du duc de Claymore. Mais il ressemblait tant à celui de Stephen qu'oubliant d'être intimidée elle lui adressa un regard de connivence. Il éclata de rire puis la présenta à ses voisins : le duc et la duchesse de Hawthorne, le marquis et la marquise de Wakefield. Les deux couples la saluèrent avec chaleur et cordialité.

— J'imagine que c'est pour vous que Stephen s'est rendu à l'*Almack*, lui dit le duc de Hawthorne.

La duchesse lui sourit et ajouta :

— Nous avions hâte de vous voir. Et maintenant, nous...

Elle regarda les Wakefield pour indiquer qu'elle parlait aussi en leur nom avant d'achever sa phrase :

— ... comprenons pourquoi Stephen est parti en courant du *Strathmore* quand il a vu onze heures arriver !

Charity Thornton n'écoutait plus la conversation. Elle s'intéressait à la demi-douzaine de jeunes gens qui venaient des salons de l'*Almack* et fendaient la foule pour retrouver Sheridan.

— Disparaissez, Langford ! ordonna-t-elle à Stephen. Ces jeunes gens sont ici pour Charise. Vous risquez de leur faire peur avec votre air renfrogné. C'est à croire que vous les aviez déjà repérés...

Whitney intervint :

— Effectivement, Stephen, vous n'êtes pas très avenant.

Elle glissa son bras sous celui de son beau-frère avec un sourire qui laissait entendre que Clayton lui avait fait partager les confidences de Stephen, puis elle poursuivit :

— Vous devriez vous montrer accueillant avec ces charmants célibataires qui ne viennent que pour Charise...

— Il n'en est pas question, répondit froidement Stephen.

Puis, se tournant vers sa fiancée, il l'invita à faire la connaissance de leur hôte.

Grand, de stature imposante, le sourire chaleureux, Marcus Rutherford possédait l'aisance naturelle et l'assurance des hommes riches et de haute noblesse. Il plut immédiatement à Sheridan, qui regretta d'être obligée de se détourner de lui pour retrouver ses cavaliers.

Tandis que Makepeace l'entraînait sur la piste de danse avec la bénédiction de Miss Thornton, Rutherford fit observer :

— Vous avez de la concurrence, Stephen, et l'on ne saurait s'en étonner.

Clayton, qui observait l'expression radieuse de Charity Thornton, ajouta :

— Et pour une fois, l'objet de tous tes égards a un chaperon qui n'a pas l'air de te trouver fascinant.

Stephen resta muet. Il lui venait une idée qui l'enchantait et qui pourrait immédiatement réparer le dommage causé par Charity Thornton à la réputation de sa fiancée.

— J'ai entendu dire que de Ville trouvait cette jeune fille exceptionnelle, commenta Rutherford tout en portant sa coupe de champagne à ses lèvres. On raconte qu'à l'*Almack* vous avez partagé le même pilier pendant que l'on s'empressait autour de Miss Lancaster… Je regrette d'avoir raté ce spectacle ! Deux vieux loups supplantés le même soir par des louveteaux, c'est à hurler de rire ! Mais, à propos, où est de Ville ?

Pendant que Rutherford parcourait l'assistance du regard, Stephen commença à mettre en œuvre son idée.

— J'espère qu'il a trouvé de quoi se consoler. Il doit avoir le cœur brisé.

— De Ville, le cœur brisé ? C'est aussi difficile à imaginer que votre incursion à l'*Almack* ! Qu'est-ce qui aurait pu lui briser le cœur ?

— Le fait d'apprendre que Miss Lancaster va épouser quelqu'un d'autre.

— Vraiment ?

Rutherford eut en direction de Makepeace un regard qui mêlait étonnement et respect. Mais l'incrédulité l'emporta :

— Ne me dites pas qu'il s'agit de Makepeace. Ce gamin ne la mérite pas.

— Je ne parlais pas de lui.

— Alors de qui

— De moi.

Rutherford passa de la stupéfaction à la joie, puis à une impatiente envie de créer l'événement.

D'un geste ample de la main qui tenait sa coupe de champagne, il désigna l'assistance en demandant à Stephen :

— Accepteriez-vous que j'annonce l'heureuse nouvelle ici même ? J'adorerais voir leur réaction.

— Ça peut se faire...

— Parfait ! approuva Rutherford tout en jetant à Whitney un regard sévère. Souvenez-vous, Votre Grâce, j'ai voulu jadis annoncer ici même vos fiançailles mais vous vous étiez mis en tête de garder le secret, n'est-ce pas ?

Clayton et Stephen mimèrent un air de reproche qui évoquait, comme la remarque de Rutherford, les réticences de Whitney devant le mariage et les remous qu'elles avaient provoqués à travers Londres.

— Arrêtez tous les deux ! dit-elle avec un rire embarrassé. Nous n'allons pas revenir là-dessus éternellement.

— Non. Nous n'en parlerons plus, la rassura Clayton.

Lord Rutherford s'était éloigné lorsqu'il avait vu Sheridan revenir vers Stephen et s'était frayé un chemin jusqu'à l'orchestre. Soudain, on entendit un crescendo impérieux, suivi d'un silence brutal, façon classique de réclamer l'attention de l'assistance. Les conversations s'arrêtèrent et les invités, surpris, se tournèrent vers l'estrade.

— Mesdames et messieurs, commença Rutherford d'une voix puissante, j'ai le très grand honneur de vous annoncer ce soir, avant la presse, des fiançailles dont l'importance ne vous échappera pas...

À l'instar de la plupart des invités, Sheridan regarda autour d'elle en se demandant où était l'heureux couple, sans prêter attention au comte, qui l'observait avec un sourire empreint d'une tendresse amusée.

— Je sais que ces fiançailles, poursuivit Rutherford, seront accueillies avec soulagement par beaucoup de célibataires présents dans cette salle. Ah ! je constate que j'ai éveillé votre curiosité ! Mais, voyez-vous, je ne vais pas la satisfaire immédiatement en vous donnant les noms des fiancés. Je vais plutôt leur demander de me faire l'honneur d'ouvrir officiellement le bal.

On libéra la piste puis, pendant que l'orchestre entamait une valse, chacun scruta l'assemblée, interrogeant même ses voisins d'un regard soupçonneux.

— C'est une façon merveilleuse d'annoncer des fiançailles, commenta Sheridan.

— Je suis heureux que cela vous plaise, lui répondit Stephen.

Il prit sa main et, comme s'il voulait qu'elle fût au premier rang pour découvrir le couple, il l'entraîna vers la piste. Mais au lieu de rester au bord, il pénétra dans le cercle où devaient apparaître les fiancés et se tourna vers elle.

— Miss Lancaster...
— Oui.
— Me ferez-vous l'honneur de m'accorder cette danse ?

Elle n'eut pas le temps de réagir ni d'être prise de panique. Déjà il l'entraînait en valsant vers le centre de la piste, tandis qu'explosaient les applaudissements et les rires.

Sous le scintillement des chandeliers de cristal, les miroirs qui recouvraient les murs renvoyaient l'image d'un bel homme, grand et brun, qui faisait valser avec aisance et grâce une jeune femme rousse en robe ivoire. Apercevant le reflet de leur couple romantique dans ce décor féerique, Sheridan leva les yeux vers Stephen. Au fond de son regard bleu qui lui souriait, elle découvrit une autre magie, quelque chose d'indicible qui semblait s'éveiller à la vie. C'était comme une promesse, une demande... une invite.

« Je vous aime », pensa-t-elle.

Elle sentit son bras resserrer son étreinte, songea qu'il avait dû deviner sa déclaration muette puis, soudain, réalisa qu'elle avait parlé à voix haute.

De la galerie du premier étage, la duchesse douairière de Claymore contemplait la scène et souriait en imaginant avec bonheur la splendide descendance que promettait le couple. Ah, qu'elle eût aimé partager ces instants de bonheur avec son mari ! Elle ne doutait pas que Robert aurait été séduit par Charise Lancaster et, faisant machinalement tourner son alliance, elle laissa son cœur murmurer : « *Regardez-les, mon amour. Il vous ressemble tant ! Et elle me rappelle par bien des côtés ce que je fus.* » Alicia put presque sentir la main de son mari sur ses hanches et son souffle à son oreille. « *Dans ce cas, ma douce, Stephen ne va pas s'ennuyer…* »

Fière d'avoir contribué à cette union, elle repensa en souriant à la liste des prétendants qu'elle avait soumise à son fils. Elle revit son mouvement de rejet et s'en amusa. Ils étaient tous si vieux que Stephen n'avait pas jugé nécessaire d'ajouter qu'ils étaient également infirmes !

À ses côtés, Hugh Whitticomb contemplait la même scène en se remémorant les soirées qu'il avait passées à danser avec sa femme. Et, tout en retrouvant ces merveilleux souvenirs, il se félicitait lui aussi, certain d'avoir été l'artisan des fiançailles de Stephen et de Charise. Évidemment, il fallait s'attendre à quelques difficultés lorsqu'elle retrouverait la mémoire, mais ces deux-là s'aimaient et surmonteraient les obstacles. « *Ce mariage ne se serait pas fait sans moi, Margaret* », murmura son cœur. « *Certainement, mon chéri. Mais maintenant invite Alicia à danser. C'est une soirée tellement exceptionnelle !* »

— Alicia… aimeriez-vous danser ?

Elle eut un sourire radieux et posa sa main sur son bras :

— Merci, Hugh ! Quelle merveilleuse idée ! Il y a des années que nous n'avons pas dansé ensemble.

À proximité de la piste, Charity Thornton marquait du pied la cadence et contemplait avec ravissement le comte de Langford qui, pour la première fois, se comportait en futur marié. D'autres couples se joignaient aux fiancés et Charity se laissait bercer par cette atmosphère magique lorsque de Ville se pencha sur son oreille.

— Miss Thornton...

Elle sursauta.

— Oui ?

— Voudriez-vous m'accorder cette danse ?

Avec une joie de jeune fille, elle posa sa main sur le bras de Nicolas et se laissa conduire sur la piste de danse par cet homme qui comptait parmi les plus séduisants de la soirée.

— Ce pauvre Makepeace, fit-elle remarquer sans une once de sympathie, il a l'air complètement accablé.

— J'espère que ce n'est pas votre cas.

Il eut brusquement l'air si soucieux que Charity le regarda, perplexe.

— J'avais l'impression, expliqua-t-il, que vous ne détestiez pas me voir faire la cour à Miss Lancaster...

Visiblement troublée lorsqu'il l'enlaça et l'entraîna dans la danse en s'adaptant à ses petits pas, elle attendit quelques instants avant de lui répondre :

— Nicolas, pourrais-je vous avouer quelque chose ?

— Mais, certainement.

— Je suis âgée, je m'endors n'importe où et j'ai d'affreux trous de mémoire, mais...

— Je n'avais rien remarqué de tout cela, fit-il, galant.

— Mais, reprit-elle, je ne suis pas assez stupide pour avoir cru un seul instant que vous étiez sincèrement épris de notre chère Miss Lancaster.

De Ville faillit rater un pas.

— Vous... vous n'y avez pas cru ? demanda-t-il, circonspect.

— Oh, certainement pas ! Et les choses se sont passées telles que mon plan les prévoyait.

— Votre plan ? répéta-t-il.

De Ville commençait à changer d'avis sur Charity Thornton et à trouver réponse à certaines questions. Il aurait volontiers éclaté de rire, ne serait-ce qu'en pensant à sa propre naïveté.

— Je n'ai pas pour habitude de me vanter, affirma Charity, mais je peux dire que c'est moi qui suis l'instigatrice de ces fiançailles.

Osant à peine croire ce qui lui venait à l'esprit, de Ville observa sa cavalière du coin de l'œil.

— Puis-je savoir quelle fut votre stratégie ?

— Très simple. Une petite phrase par-ci, une petite phrase par-là. À l'occasion, un coup de coude. Il n'y a eu que le tête-à-tête de Charise et du comte dans la voiture que je n'avais pas prévu. Je regrettais même de ne pas l'avoir empêché. Langford était tellement remonté contre Makepeace. (Un rire joyeux secoua ses frêles épaules.) Je ne m'étais pas tant amusée depuis trente ans ! Ça va me manquer, toutes ces émotions. Et puis je me suis sentie utile dès que Whitticomb a fait appel à moi. Évidemment, j'ai tout de suite compris qu'il me fallait accomplir ma mission aussi mal que possible. Sinon il aurait sollicité quelqu'un d'autre.

— Il y eut un long silence. Intriguée, elle leva les yeux et constata que Nicolas de Ville la regardait comme s'il ne l'avait jamais vue.

— Vous souhaitez dire quelque chose, mon cher garçon ?

— Oui.

— Je vous écoute.

— Veuillez accepter mes plus humbles excuses.

— Pour m'avoir sous-estimée ?
Nicolas hocha la tête, sourit, et Charity ajouta en lui rendant son sourire :
— Tout le monde me sous-estime.

# 35

— Je me sens comme un invité dans ma propre maison, déclara Stephen à l'adresse de son frère.

Ils attendaient dans le grand salon que Whitney et Sheridan viennent les rejoindre avant de partir à l'Opéra. Stephen s'en réjouissait, mais regrettait néanmoins que depuis l'annonce de leurs fiançailles, la veille, chez les Rutheford, il n'ait pas eu une seconde d'intimité avec sa future femme. Il trouvait même franchement absurde qu'une déclaration d'amour publique et officielle pût les éloigner l'un de l'autre.

Sur le conseil de sa mère, il s'était installé chez Clayton. La duchesse douairière, pour sa part, avait décidé de rester auprès de Sheridan pendant les trois jours qui les séparaient du mariage. Il s'agissait, avait-elle expliqué, « d'éviter toute critique d'ordre moral, tout commérage dont Charise serait la première victime ».

Pour cette soirée à l'Opéra, Whitney et Clayton joueraient les chaperons, la duchesse ayant d'autres obligations. Elle avait toutefois promis d'être de retour lorsqu'ils reviendraient.

— Charise pourrait venir chez nous si tu préfères être ici, observa Clayton.

Il devinait l'envie très compréhensible de Stephen de se retrouver seul avec sa fiancée et trouvait amusant que, pour une fois, il dût dompter son désir.

— Ce serait aussi stupide ! Mais enfin, que croit-on ? Que je ne peux pas attendre trois jours de plus pour...

Il s'interrompit en entendant des voix féminines dans l'escalier et se leva, imité par Clayton. Puis il prit son manteau sur une chaise, l'enfila tout en sortant du salon et faillit se heurter à son frère qui s'était arrêté net en voyant les deux futures belles-sœurs descendre dans le hall en riant.

— Regarde-les. Quel charmant tableau !

Les deux hommes sourirent. Avec un rire cristallin, la duchesse de Claymore et la future comtesse de Langford échangeaient leurs manteaux et leurs chapeaux devant le miroir pendant que Colfax et Hodgkin, les mains dans le dos, semblaient ne rien remarquer. Toutefois, on voyait qu'un sourire menaçait l'impassibilité d'Hodgkin, moins habile à dissimuler ses pensées.

Whitney était arrivée vêtue de bleu et avait trouvé Sheridan en robe verte, bien qu'elle portât le saphir bleu que Stephen lui avait offert dans l'après-midi comme bague de fiançailles. « J'adore ce bleu, avait dit Sheridan en admirant le bijou. C'est tout à fait la couleur de votre robe ! »

Quelques minutes plus tard, les deux femmes étaient montées dans la chambre de Sheridan, où elles avaient échangé leurs robes.

Stephen et Clayton s'avançaient vers elles lorsqu'ils entendirent Whitney chuchoter :

— Clayton ne remarquera même pas le changement.

— Quant au comte de Langford, il ne m'a même pas écoutée quand je lui ai demandé son avis sur ma robe. Il s'imaginait trop en train de...

Stephen retint un éclat de rire en constatant qu'elle n'osait prononcer le mot « embrasser ».

— Nous y allons ? demanda-t-il à son frère.

— Allons-y.

Ils rejoignirent les deux femmes en se trompant de partenaire. Clayton offrit son bras à Sheridan et entendit son rire fuser lorsqu'il plaisanta :

— T'avais-je complimenté sur ta robe verte, ma chérie ? Elle t'allait à ravir.

Alors qu'elle mettait ses gants, Stephen posa ses mains sur les épaules de Whitney et murmura tendrement à son oreille :

— Charise, je me suis arrangé avec mon frère pour que nous puissions être seuls un moment quand nous reviendrons. Il détournera l'attention de Whitney...

Whitney, entrant dans le jeu, prit un air indigné.

— Stephen Westmoreland, si vous osez...

Dans la rue, berlines, victorias et landaus défilaient, lampes allumées, et formaient comme une procession de lucioles d'or. À la hauteur du 14, Upper Brook Street, la duchesse de Dranby se pencha vers sa portière afin d'admirer la splendide façade.

— À qui marier Juliette, maintenant que Langford est pris ? demanda-t-elle à son mari. Aucun homme n'a son goût, son élégance, son raffinement et...

Elle n'acheva pas sa phrase. La porte venait de s'ouvrir et deux couples, riant aux éclats, apparurent. Mais le plus étonnant fut de voir le comte dévaler les marches, à la poursuite de sa fiancée.

— Charise ! Attendez ! Je savais que ce n'était pas vous.

La jeune femme riait en se précipitant vers la voiture du duc de Claymore. Le nez collé à la vitre de la portière, le duc et la duchesse de Danbry virent avec effarement le comte de Langford attraper sa fiancée par la taille alors qu'elle montait dans la berline des Claymore, la soulever dans ses bras et la faire disparaître dans sa voiture.

— Dranby, nous venons d'assister à une scène délicieuse qui fera la joie de nos amis. J'ai hâte de leur en parler !

Le duc se rejeta contre le dossier de son siège.

— Si vous voulez mon avis, ma chère, n'en faites rien.
— Pourquoi, grands dieux ?
— Personne ne vous croira.

# 36

Dans Bow Street, les voitures ralentirent puis s'immobilisèrent en attendant de pouvoir atteindre l'entrée de Covent Garden, l'opéra de Londres.

En apercevant la façade illuminée, Sheridan s'exclama :

— On dirait un temple grec ! Ça me fait penser au tableau qu'il y a dans votre bibliothèque.

Son enthousiasme était si communicatif que Stephen se pencha à son tour vers les portières et admira avec elle le somptueux bâtiment.

— C'est en fait une réplique du temple de Minerve, à Athènes, expliqua-t-il.

Lorsqu'ils purent quitter la berline, Sheridan prit la main que Stephen lui tendait pour l'aider à descendre, puis contempla une dernière fois la façade avant d'entrer.

— C'est magnifique !

Des regards amusés convergèrent vers elle tandis qu'ils traversaient le vestibule pour se diriger vers le grand escalier. S'il était de bon ton de paraître blasé, Sheridan s'en moquait et, visiblement fascinée, s'arrêta dans le foyer pour admirer les gracieuses colonnades et les tableaux reproduisant des scènes de drames shakespeariens.

Conscient d'empêcher la foule d'avancer, Stephen dut se résoudre à la prendre par le coude en lui disant avec douceur :

— Vous pourrez admirer tout ce que vous voudrez après le spectacle. Mais pour l'instant, nous devons avancer.

— Oh, pardonnez-moi ! Mais j'ai du mal à comprendre que l'on puisse passer devant ces merveilles avec indifférence.

Dès qu'ils furent dans la loge, elle reprit sa contemplation admirative. Chaque loge avait son chandelier et sa décoration frontale de fleurs d'or et d'étoiles.

S'asseyant à côté d'elle, Stephen lui confia :

— J'aime l'opéra. J'espère que vous l'apprécierez également. J'essaie de venir chaque jeudi.

— J'ignore encore si je l'aime, mais je suis tout émue. Ce doit être un bon signe.

Elle vit son regard brillant glisser soudain vers ses lèvres, s'y attarder tandis que son expression changeait.

Un baiser. C'était un baiser, se dit-elle. Et il avait voulu qu'elle le sache, qu'elle le sente... Bouleversée, elle esquissa un geste vers sa main qu'elle eût aimé prendre dans la sienne.

Il saluait des amis dans la loge voisine et n'avait certainement pas remarqué ce geste imperceptible. Et pourtant, alors qu'elle l'imitait en se tournant vers ses amis, il posa sa main sur sa paume ouverte et glissa ses doigts entre les siens. Un frisson intense parcourut tout son corps lorsque son pouce la caressa avec une savante lenteur. C'était une autre façon de l'embrasser en secret. Plus langoureuse, plus intime.

Elle regarda cette main virile à demi dissimulée par son éventail tandis qu'elle se sentait fondre de plaisir dans ce lieu public, sous des centaines de regards curieux souvent armés de jumelles.

Quand Stephen cessa de la caresser et que son cœur s'apaisa, elle s'estima trop sensible. Que de frissons pour ce qui ne devait être, aux yeux of Stephen, qu'une gentille expression de sa tendresse ! Mais, quelque peu intriguée par sa propre réaction, elle voulut observer celle de son fiancé, dans la même situation. Tandis qu'il conversait avec son frère, elle lui prit la main à son tour. L'espace d'une seconde, elle crut qu'il allait la retirer. Mais il n'en fit rien et peu à peu, elle eut l'impression en imitant ses caresses de lui dire son amour. « Je vous aime. Aimez-moi, vous aussi. » Les mots passaient dans sa main, s'inscrivaient sur sa paume. Oui, elle doutait encore qu'il pût l'aimer comme elle l'aimait, et elle souhaitait qu'il le comprît.

Stephen finit par renoncer à mener une conversation intelligente et jeta un regard oblique vers cette vierge inexpérimentée qui parvenait à lui faire autant d'effet que toute une heure de préliminaires érotiques. Son cœur battait au rythme d'un désir d'autant plus intense qu'il ne pouvait s'exprimer, et il ne songea pas à retirer sa main. Au contraire, il la lui offrit plus ouvertement, marquant ainsi sa soumission à une délicieuse torture.

Il ne pouvait cependant s'empêcher de penser que le plaisir qu'il éprouvait n'était pas tant dû aux caresses de Charise qu'au fait qu'elle en eût pris l'initiative. Dans le monde brillant, sophistiqué qui était le sien, les rôles étaient nettement départagés dans le couple. La femme assurait la descendance, l'homme les revenus et le statut social. Pour la passion, il y avait les maîtresses. Dans les couples mal assortis, qui ne s'entendaient pas, la femme et le mari menaient chacun une double vie. Stephen aurait pu citer une vingtaine de couples qui n'avaient à partager qu'une affection mesurée et une centaine qui ne partageaient rien du tout. Quant aux femmes qui aimaient susciter le désir de leur mari et exprimer leur propre désir, il n'en connaissait pas. Alors comment Charise ne l'aurait-elle agréablement surpris en inversant les rôles ?

Sous ses paupières mi-closes, il observait son profil pendant qu'elle traçait quelque chose au creux de sa paume. Quand elle recommença pour la troisième fois, il fit l'effort de se concentrer sur son geste. Il sentit qu'elle dessinait un cercle ouvert puis une ligne verticale qui bifurquait perpendiculairement. En d'autres termes : elle avait voulu inscrire ses initiales – C L – sur sa peau.

Stephen étouffa un soupir et se laissa entraîner par son imagination. Il se voyait dans un coin sombre de la loge, laissant courir ses lèvres sur son visage, dans son cou, sur ses...

Il embrassait un sein quand il entendit l'orchestre se préparer et sentit la main de Charise s'immobiliser. En fut-il soulagé ou désolé ? Il eût hésité à répondre. Mais, en revanche, il n'avait aucun doute sur la curiosité qui s'était saisie de sa fiancée.

Penchée en avant, elle suivit avec fascination l'ouverture du rideau sous l'arche gracieuse décorée de peintures représentant des femmes, trompettes ou couronnes de laurier à la main. Puis l'orchestre commença à jouer et elle oublia le reste du monde.

Stephen lui tint la main pendant tout le trajet de retour en se faisant un peu l'effet d'être un adolescent.

Quand, éclairés par une pleine lune resplendissante, ils montèrent, côte à côte, les marches du perron, il fit observer :

— J'ai l'impression que le spectacle vous a plu, n'est-ce pas ?

— Oh, je l'ai adoré ! Et il me semble avoir reconnu certains airs.

À cette bonne nouvelle s'en ajouta une autre. Tout en aidant Sheridan à enlever sa cape, Colfax annonça que la duchesse douairière s'était retirée pour la nuit.

— Merci Colfax. Je vous suggère de faire de même, lui répondit Stephen.

Déjà il revenait à la scène imaginée dans sa loge, pendant que Colfax éteignait les bougies en ne laissant que l'entrée allumée.

— Merci pour cette merveilleuse soirée, monsieur le... commença Sheridan.

— Je m'appelle Stephen. Comment ne vous ai-je pas demandé plutôt de m'appeler ainsi !

— Merci, Stephen... fit-elle, intimidée.

Mais elle n'eut pas le temps de réfléchir à cette nouvelle forme d'intimité. La prenant par le bras, Stephen l'entraîna dans le couloir sans lumière, puis dans un salon seulement éclairé par la lune. Il referma la porte et, au lieu de pénétrer plus avant dans la pièce, se retourna. L'instant d'après, prise entre le battant de chêne et son corps, Sheridan l'interrogea du regard puis hasarda :

— Qu'avez-vous l'intention de faire... ?

— Ceci.

Se serrant contre elle, il prit sa bouche et accompagna son baiser ardent d'un lent balancement des hanches qui enleva à sa fiancée toute envie de lui résister. Dans un gémissement étouffé par sa fougue, elle glissa ses bras autour de son cou et lui rendit son baiser, submergée par le désir que rythmait de plus en plus le mouvement de son corps.

# 37

Le journal à la main, Thomas Morrison entra dans la salle à manger et posa un regard circonspect sur sa femme, qui suivait par la fenêtre le va-et-vient bruyant des voitures au lieu de terminer son petit déjeuner.

— Charise, tu me sembles préoccupée depuis quelques jours. Que se passe-t-il ?

Charise tourna la tête vers l'homme qu'elle avait trouvé si séduisant sur le bateau, puis elle regarda la petite salle à manger de sa petite maison et, furieuse après lui comme après elle-même, ne daigna pas lui répondre. Elle s'en voulait tellement de s'être laissé duper par son air romantique et ses belles paroles. Tout avait changé dès le soir de leur mariage, quand il lui avait demandé de faire cette chose dégoûtante au lit et qu'elle avait provoqué sa colère en refusant. Leur brève lune de miel dans le Devon s'était finalement passée sans autre accroc, puisqu'elle avait réussi à le convaincre de la laisser tranquille. Mais quand ensuite elle avait découvert la maison qu'il habitait à Londres, elle n'en avait pas cru ses yeux. Il lui avait menti en lui parlant d'une belle maison et de ses solides revenus. Pour elle, il n'était qu'un pauvre, ou presque, et elle méprisait la pauvreté. Et lui avec !

Si elle avait épousé Burleton, elle serait devenue une baronne et se serait fait une joie de piller les fabuleuses boutiques qu'elle avait vues dans Bond Street et à Piccadilly à cette heure précise, vêtue d'une magnifique robe ornée de dentelles, elle aurait pu être en train de bavarder avec une nouvelle amie, résidant dans l'une des superbes demeures de Brook Street ou du Mall. Au lieu de cela, elle n'avait pu s'acheter qu'une seule robe, sans dentelles et, en se promenant dans Green Park, elle s'était aperçue que le beau monde l'ignorait totalement. Ici, il fallait un titre de noblesse pour exister aux yeux de ces gens qui se complaisaient dans un petit univers extrêmement fermé. Comme toujours, très confiante en elle-même, elle avait cru qu'elle serait acceptée partout, même en s'appelant Mme Morrison, mais maintenant elle déchantait.

Quelle idée vraiment d'avoir renoncé à un destin de baronne pour suivre cet homme comme s'il était un prince ! Quand elle revoyait sa réaction devant le prix de sa robe, elle s'indignait. Elle avait bien cru qu'il allait en pleurer au lieu de la féliciter de son bon goût et d'admirer sa silhouette.

Mais c'était elle qui serait en droit de pleurer ! Chez elle, à Richmond, tout le monde l'enviait et ne songeait qu'à l'imiter. Ici, avec cet homme, réduite à se consumer de convoitise dans les allées de Green Park, elle n'était rien, pire, elle était moins que rien.

Elle regarda avec mépris Thomas Morrison plongé dans la lecture de son journal. L'ennui avec lui c'était qu'il ne comprenait pas combien sa femme était une personne exceptionnelle. Ce lourdaud ignorait ce que tout Richmond savait, et quand elle avait voulu l'éclairer, il lui avait répondu qu'il ne trouvait rien de remarquable à son comportement. Elle lui avait rétorqué, ulcérée, que « les gens se comportent comme on les traite ! ». Fière de sa remarque, elle dut néanmoins constater qu'elle lui passait au-dessus de la tête. Il n'en tenait aucun compte.

Mais que pouvait-elle attendre d'un homme qui ne savait même pas faire la différence entre une employée et une riche héritière ?

Au début, sur le bateau, il avait visiblement été attiré par cette Sheridan Bromleigh, payée pour l'accompagner en Angleterre et qui avait l'habitude de s'égarer dans la lecture de romans à quatre sous, sans doute parce qu'elle ne valait pas mieux que leurs héroïnes, ces gouvernantes qui épousaient le maître de la maison ! Quand elle lui avait fait remarquer la stupidité de ces histoires, Sheridan Bromleigh lui avait répondu que ni la fortune ni un titre ne pesaient sur la décision de deux êtres qui s'aiment. Quelle idiote !

Et le malheur avait voulu qu'elle, Charise Lancaster, se laissât influencer par toutes ces sornettes... Sans ces contes de fées pour domestiques rêveuses, elle aurait eu l'esprit plus clair et ne se serait pas inventé une histoire d'amour avec Morrison sur le pont d'un transatlantique. Cette sorcière rousse était bien la cause de ses malheurs actuels.

— Charise ?

Percevant dans la voix de son mari une note étrange, elle le regarda. L'incrédulité qu'elle lut sur son visage était telle qu'il en avait l'air idiot. Elle faillit lui demander ce qui lui arrivait alors qu'elle ne lui adressait plus la parole depuis deux jours.

— Est-ce que quelqu'un d'autre sur le bateau s'appelait Charise Lancaster ? Il me semble que ce n'est pas un nom très commun... fit-il.

Elle faillit exploser de dédain. Quelle question idiote ! Et quel crétin que cet homme ! Ce qui la concernait n'était jamais... commun !

Mais Morrison leva les yeux de son journal pour lui expliquer :

— Selon ce journal, une certaine Charise Lancaster, arrivée à Londres il y a trois semaines à bord du *Morning Star*, vient de se fiancer au comte de Langford.

Charise mit brusquement fin à son mutisme.

— Je ne te crois pas, répliqua-t-elle en arrachant le journal des mains de son mari. Il n'y avait pas d'autre Charise Lancaster sur ce bateau !

— Lis toi-même...

Quand elle reposa le journal sur la table, la fureur décomposait son visage.

— Quelqu'un s'est fait passer pour moi. Une intrigante, une femme machiavélique a séduit le comte en se servant de mon nom...

Étouffant de rage, elle se leva pour sortir de la salle à manger.

— Où vas-tu ? s'inquiéta Morrison.

— Je vais rendre visite à mon nouveau fiancé !

# 38

Sheridan chantonnait gaiement en déposant avec précaution sur le lit la robe de dentelle bleue qu'elle avait choisie pour se marier. Elle voulait la passer elle-même, sans aucune aide, et avait donc renvoyé les servantes qui l'avaient coiffée et maquillée.

Dans une demi-heure, elle se changerait. « Dans une demi-heure... » se répéta-t-elle en fixant sur la pendule un regard impatient. Que ces aiguilles tournaient lentement !

Les Westmoreland avaient opté pour un mariage dans l'intimité, étant donné l'impossibilité, en un temps si court, de réunir toutes leurs connaissances. Ce choix leur permettait également d'attendre quelques semaines avant d'annoncer officiellement une union qui risquait de paraître un peu précipitée.

La duchesse douairière qui, la veille, avait gentiment proposé à Sheridan de l'appeler « Mère », disait qu'en effet les mariages hâtifs provoquaient toujours commérages et conjectures. Miss Thornton était aussi invitée, bien qu'elle ne fît pas partie de la famille. Personne, en effet, n'aurait voulu qu'elle se sente exclue d'une cérémonie et d'une fête qu'à sa manière elle avait favorisées. Le docteur Whitticomb devait également être admis dans le cercle familial mais, ayant été appelé d'urgence auprès d'un malade, il ne pourrait venir que plus tard, pour le champagne.

Selon ce qui était prévu, le duc de Claymore, sa mère et sa femme devaient arriver dans une heure et Stephen trente minutes plus tard, à l'heure précise de la cérémonie. Il serait alors onze heures. On lui avait expliqué qu'en Angleterre les mariages se célébraient traditionnellement entre huit heures et midi, quand la lumière du jour succède à la nuit porteuse de conseil. Autrement dit, le couple devait s'unir en toute connaissance de cause... Très conscient de l'importance de son rôle dans le mariage du comte de Langford, le pasteur était déjà là, tant il craignait d'être en retard. Colfax était venu avertir Sheridan de son arrivée avec un petit sourire amusé. Vêtu, comme tous les autres serviteurs, de la livrée réservée aux grandes occasions, il lui avait également annoncé que le personnel souhaitait chanter pour elle, en ce jour de fête, un vieux chant traditionnel qu'ils avaient répété dans les cuisines. Sheridan ne lui avait pas caché son émotion et avait accepté avec joie.

Elle alla vers la coiffeuse et posa un regard émerveillé sur l'extraordinaire collier que Stephen lui avait fait porter un peu plus tôt. D'un doigt léger, elle caressa les trois rangs de diamants et de saphirs bleus qui scintillaient à l'unisson de son bonheur. Ce bijou était peut-être un peu trop somptueux pour sa robe, mais elle ne pouvait renoncer à porter un tel gage d'amour.

Elle repensa aux baisers et aux caresses de Stephen la veille, dans la pénombre du salon. Elle sentait encore le mouvement de ses hanches, la pression de ses lèvres, la fièvre de ses mains sur ses seins, avant qu'il ne s'écartât un peu, le souffle rauque, pour lui dire :

— Savez-vous à quel point vous êtes passionnée ? Votre ardeur est unique et me plaît infiniment.

Il ignorait qu'au fond d'elle-même elle ressentait un certain malaise quand elle s'abandonnait à l'envie de lui manifester son amour. Mais incapable d'expliquer ce sentiment de culpabilité, elle avait glissé sa main sur sa nuque et pressé sa joue contre son torse.

Avec un rire mêlé à un soupir, Stephen avait enlevé sa main de sa nuque et reculé.

— Arrêtons-nous, ou bien la lune de miel précédera le mariage...

Elle avait certainement eu l'air déçu car il avait recommencé à se serrer contre elle et à l'embrasser.

Un coup frappé à la porte l'arracha à ses rêveries langoureuses. C'était Hodgkin.

— Il y a en bas une jeune femme qui demande à vous voir, lui annonça le vieux serviteur, dont le visage semblait exprimer la douleur.

— Mais pourquoi avez-vous cet air-là, Hodgkin ? Seriez-vous malade ?

— Non, mademoiselle. Mais... cette personne prétend être Miss Charise Lancaster.

— Vraiment ? C'est très...

Le cœur de Sheridan se mit à battre plus vite sans qu'elle sût pourquoi, et sa voix s'étrangla sur le mot « étrange ».

Hodgkin expliqua sur un ton qui la pressait de démentir ses informations :

— Cette jeune femme est au courant de certains faits qui pourraient accréditer ses propos, mademoiselle. Je le sais parce que j'étais autrefois au service du baron Burleton.

*Burleton... Burleton... Burleton...* Ce nom résonna comme un hurlement dans la tête de Sheridan.

— Elle... elle a demandé à voir monsieur le comte, poursuivit Hodgkin. Mais vous avez été si bonne avec moi... avec nous tous que j'ai cru préférable de vous en parler d'abord. Je devrai évidemment informer monsieur le comte de la visite de cette personne, mais peut-être pourriez-vous d'abord lui parler et la calmer un peu...

Comme étourdie, elle s'appuya à la coiffeuse et d'un signe de tête fit savoir à Hodgkin qu'elle acceptait de voir cette femme. Puis elle ferma les yeux et se concentra sur le nom qui continuait à résonner dans sa tête.

*Burleton... Burleton... Oui, Burleton...*

Des images, des voix commencèrent à se bousculer dans son esprit. Bientôt elles se chevauchèrent tant elles affluaient de plus en plus vite.

... Un bateau, une cabine, une servante affolée. « *Le baron pensera que nous avons tué sa fiancée pour la voler ou que nous l'avons enlevée et vendue. Ce sera sa parole contre la vôtre. Les lois anglaises ne sont pas faites pour protéger les gens comme nous, sans importance...* »

Puis elle vit des torches, des grues, et un homme, grand, l'air sévère, qui attendait sur un quai. « *Miss Lancaster, j'ai le regret de vous apprendre qu'un accident est arrivé. Lord Burleton est mort hier soir.* »

Défilèrent ensuite des champs de coton, des prairies, un chariot rempli d'objets divers, une petite fille avec des cheveux rouges... « *Mon père m'appelle "carotte" à cause de mes cheveux, mais mon nom est Sheridan. C'est le nom d'une rose et ma mère a choisi de me le donner pour cette raison.* »

... Un cheval fougueux, un vieil Indien au visage buriné, le soleil de l'été sur des routes infinies... « *Les Blancs ne savent pas donner des noms aussi bien que les Indiens. Vous, vous n'êtes pas une fleur. Vous êtes le feu. La flamme. La flamme vive. Rouge.* »

... Des feux de camp, la lune, un bel Espagnol avec des yeux qui sourient et une guitare à la main, la musique qui se répand dans la nuit. « *Chantez avec moi, querida mia.* »

... Une petite maison, impeccablement tenue, une petite fille rebelle, une femme en colère. « *Patrick Bromleigh, vous mériteriez d'être fouetté ! Cette enfant ne sait ni lire ni écrire, ses manières sont déplorables et ses cheveux ceux d'une gueuse. Elle a eu, de plus, le culot de m'annoncer qu'elle aimait beaucoup un certain Raphael Benavente qu'elle demanderait l'un de ces jours en mariage. Oui, elle compte s'attribuer un rôle qui revient aux hommes ! Et si j'ai bien compris, l'homme de son choix est un vagabond espagnol qui triche au jeu. J'ai également appris qu'elle avait un autre compagnon, un Indien rêveur qui ressemblait à un ours ! Sheridan a besoin d'une maison et d'une éducation décente. Elle doit rester ici.* »

À cette mégère succédèrent deux hommes qui, l'air solennel, attendaient dans une cour, et un troisième, le visage tendu, debout sur le seuil de la maison. « *Je ne tarderai pas à revenir, dans un an – deux au maximum. Fais-moi confiance.* »

… Une enfant s'accrocha à cet homme en sanglotant.

« *Non, papa, non, ne me laisse pas ici ! Je t'en prie, ne fais pas ça ! Je mettrai une jupe et des bottines. Je me ferai un chignon, mais ne m'abandonne pas. Je veux rester avec toi, avec Raphael, avec Ours qui rêve. Quoi qu'elle dise, je ne peux pas vivre sans vous. Papa, papa, attends…* »

Puis revint la femme en colère que l'enfant devait appeler « tante Cornelia ». « *N'essaie pas de me faire perdre contenance avec ce genre de regard glacial, ma petite. Je le connais trop bien pour y être sensible. J'en ai moi-même fait tout un art, ma chère, et je peux t'assurer qu'en Angleterre il t'aurait beaucoup servi. Mais nous sommes en Amérique, loin des salons des Faraday.* »

… Une autre femme, forte, imposante, mais agréable. « *Nous pourrons peut-être vous recruter pour notre institution, Miss Bromleigh. Votre tante m'a dit beaucoup de bien de vous.* »

Enfin, elle perçut des voix d'adolescentes. « *Bonjour, Miss Bromleigh !* » Et elle vit de très jeunes filles, chaussettes blanches et rubans dans les cheveux, s'entraîner sous sa conduite à faire la révérence.

Les mains moites, les jambes flageolantes, Sheridan entendit la porte s'ouvrir. Une jeune femme blonde entra en s'écriant :

— Infâme usurpatrice !

Encore sous l'emprise de ces visions brusquement resurgies du passé, elle s'efforça de rouvrir les yeux, de relever la tête et de regarder dans le miroir de la coiffeuse. À côté de son propre reflet, elle découvrit celui d'un autre visage. Un visage qu'elle reconnaissait !

— Oh, mon Dieu... gémit-elle.

Seule la panique l'empêcha de s'évanouir. Elle se retourna pour faire face à Charise Lancaster et reçut ses mots haineux comme une gifle en plein visage.

— Sale garce !

Folle de rage, Charise regarda autour d'elle.

— Vous vous êtes attribué tout ce luxe à ma place ! En usurpant mon identité !

— Non ! hurla Sheridan d'une voix méconnaissable. Non, vous vous trompez ! Mon Dieu, ne...

— Il vous faudrait plus que des prières pour vous éviter la prison. Vous avez pris ma place. Vous m'avez jetée dans les bras de Morrison en me bourrant le crâne de stupidités. Vous saviez ce que vous faisiez ! Vous vouliez vous servir de mon nom pour épouser un comte !

— Je vous en prie, écoutez-moi. J'ai eu un accident. J'ai perdu la mémoire.

La fureur de Charise redoubla.

— Ah, comme ça, vous avez perdu la mémoire ! Eh bien, il me semble que je vous ai aidée à la retrouver ! (Elle se retourna et se dirigea vers la porte en lançant :) Je vais chercher la police et l'on verra ce qu'ils pensent de votre amnésie.

D'un bond, Sheridan s'élança vers elle, l'attrapa par les épaules et tenta de se justifier avant que l'irréparable fût commis.

— Charise, écoutez-moi. J'ai été blessée à la tête. Je ne savais plus qui j'étais. Attendez, je vous en prie. Vous allez provoquer un scandale insupportable pour les Westmoreland.

Charise se dégagea et, hors d'elle, menaça :

— Vous serez en prison avant la nuit. Et tout le monde découvrira que votre précieux fiancé n'est qu'un crétin !

Sheridan entendit de nouveau résonner les paroles de la servante apeurée : « *Ils vont nous jeter dans des oubliettes ! Les lois anglaises ne sont pas faites pour les gens comme nous, sans importance.* »

— Je vais partir ! s'écria-t-elle en reculant vers la porte. Je vais partir et je ne reviendrai jamais. On n'entendra plus parler de moi. N'allez pas à la police. Le scandale les tuerait. Regardez... Je m'en vais.

Elle se précipita vers la porte, courut dans le corridor, descendit l'escalier quatre à quatre, en bousculant un laquais au passage. La gorge serrée, elle pensa à Stephen qui arriverait dans un moment et ne trouverait pas sa fiancée. Affolée, elle se rua dans la bibliothèque, écrivit quelques lignes sur un calepin, arracha la feuille et la mit dans les mains d'un Hodgkin effondré avant d'ouvrir elle-même la grande porte d'entrée et de disparaître dans la rue.

Elle courut jusqu'à perdre haleine puis s'appuya contre un mur et entendit une voix, la voix d'un être cher qui appartenait à un passé récent et qui lui expliquait quelque chose qui était prétendument arrivé à une femme qu'il n'avait jamais rencontrée. « *Nous nous étions querellés lors de notre dernière rencontre, en Amérique. Puis vous avez eu cet accident. J'ai oublié notre dispute. Mais quand j'ai vu que vous alliez mieux, j'ai malheureusement repensé à cette querelle. Quel en avait été le sujet ? – Je crois me souvenir que vous aviez trop prêté attention à un autre homme. Je suis jaloux.* »

Elle suivit d'un regard aveuglé par la détresse et la confusion une voiture qui passait dans la rue. Jaloux, il ne l'avait jamais été. Leur amour n'avait jamais existé. Elle ne s'étonnait plus de son changement d'attitude, de cette froideur qu'il avait manifestés lorsqu'elle lui avait demandé s'ils étaient « très amoureux l'un de l'autre ».

Elle se mit à marcher au hasard, victime d'un nouveau choc.

# 39

En grande tenue, prêt pour la cérémonie, Stephen pénétra dans le hall et sourit à Colfax.
— Le prêtre est-il arrivé ?
— Oui, monsieur le comte. Il est dans le salon bleu.
— Mon frère est avec lui ?
— Non. Monsieur le duc vous attend dans le grand salon.

Ne songeant qu'à son bonheur, Stephen ne prêta aucune attention au visage étrangement fermé de son maître d'hôtel et, puisque l'usage voulait qu'il ne vît pas la mariée avant la cérémonie, il demanda :
— Je peux y aller ? Il est seul ?
— Oui, monsieur le comte.

Stephen trouva Clayton debout devant la cheminée, le regard fixé sur le foyer vide.
— Je suis un peu en avance, dit-il. Où sont Mère et Whitney ? Avec Chaise ?

Clayton se retourna lentement.
— Elles vont arriver d'un instant à l'autre. Whitney a eu un problème avec sa robe.

S'il avait ignoré l'expression de Colfax, Stephen fut frappé par celle de son frère.
— Qu'y a-t-il ?
— Elle est partie, Stephen.

Stupéfait, celui-ci resta muet.

Clayton sortit de sa poche une feuille de papier pliée en quatre.

— Elle a laissé ceci... Il y a aussi quelqu'un qui t'attend. Une jeune femme qui veut te parler. Elle prétend être la vraie Charise Lancaster.

Stephen déplia la lettre visiblement écrite à la hâte et sentit chaque mot lui déchirer le cœur.

*Comme vous allez bientôt l'apprendre de la bouche de la vraie Charise Lancaster, je ne suis pas celle que moi-même je pensais être. Il faut que vous me croyiez. Avant qu'elle n'entre dans ma chambre ce matin, je ne me souvenais de rien et me contentais de répondre au nom que l'on me donnait depuis l'accident. Maintenant que je sais qui je suis, je me rends compte qu'un mariage entre nous serait impossible. Je sais aussi que les arguments de Charise risquent d'être beaucoup plus convaincants que tout ce que je pourrais dire et qui ne serait pourtant que la stricte vérité.*

*Cela est terriblement blessant pour moi, beaucoup plus sans doute que vous ne pouvez l'imaginer. J'ignore comment je continuerais à vivre si je devais penser que je suis devenue à vos yeux une intrigante de la pire espèce. Mais vous ne croirez jamais cela, j'en suis sûre.*

Elle avait rayé le dernier mot et signé simplement : *Sheridan Bromleigh.*

Sheridan. À l'instant le plus douloureux de sa vie, la lettre à la main, ces mots incroyables inscrits dans son esprit en lettres de feu, Stephen relut plusieurs fois ce nom, lui trouva une force et une beauté particulières, et se dit qu'il lui allait beaucoup mieux que « Charise ».

— La femme qui t'attend affirme que tu as été délibérément dupé.

Stephen froissa la lettre et la jeta sur une table basse.

— Où est-elle ?

— Dans ton bureau.

La fureur inscrite sur le visage, Stephen sortit bien déterminé à prouver que cette femme mentait ou en tout cas se trompait en criant à l'imposture.

Mais il lui resterait à comprendre pour quelle raison Sheridan avait fui, comme une coupable qui veut éviter une explication...

# 40

Tout en se dirigeant d'un pas nerveux vers son bureau, Stephen se disait que Sheridan reparaîtrait bientôt. Elle avait dû fuir sous le coup de la colère plutôt que d'étrangler cette intruse malveillante. Dans une heure ou deux, elle serait de retour.

En attendant, elle devait errer dans Londres, meurtrie et égarée, et cette pensée ne le prédisposait pas à se montrer courtois avec la femme blonde qui l'attendait. Il la salua d'un mouvement de tête sec et contraint, puis se précipita derrière son bureau et se laissa tomber sur le fauteuil.

— Asseyez-vous, ordonna-t-il, et voyons ce que vous avez à me dire.

— Oh, j'ai beaucoup de choses à vous dire ! lança Charise.

Stephen trouva qu'elle ressemblait exactement à la femme qu'il s'était attendu à voir débarquer du *Morning Star*.

Elle sentit évidemment qu'il n'était pas prêt à la croire et comme elle se persuada en même temps que cet aristocrate, riche et séduisant, aurait très bien pu lui appartenir, en d'autres circonstances, sa fureur menaça de ne pas connaître de limites.

Mais ce fut Stephen qui attaqua le premier, pendant qu'elle se demandait encore comment s'y prendre avec un homme aussi glacial.

— Vous avez porté des accusations effarantes contre quelqu'un qui n'est pas là pour se défendre. Je ne devrais même pas vous écouter. Mais je tiens tout de même à ce que vous réitériez vos accusations devant moi.

— Oh, je vois bien que vous n'êtes pas disposé à me croire ! Mais moi aussi j'ai été incrédule quand j'ai lu l'annonce de vos fiançailles dans le journal. Elle vous a pourtant manipulé, je peux vous l'affirmer ! J'ai été sa première victime.

— Elle était devenue amnésique.

— Quand elle m'a vue, elle l'a vite retrouvée, sa mémoire. Comment expliquez-vous ça ?

Certes, il ne pouvait lui répondre. Mais il était bien décidé à lui dissimuler ses sentiments quoi qu'elle plût dire.

— Je peux vous dire que c'est une intrigante, poursuivit Charise. Sur le bateau, elle m'a raconté qu'elle cherchait à épouser quelqu'un comme vous, et elle a failli y arriver, il me semble !

— Tant qu'elle ne pourra pas vous répondre elle-même, je me contenterai d'enregistrer vos propos, lesquels me semblent avant tout dictés par la jalousie.

Charise Lancaster explosa :

— Jalouse, moi ! (Elle se leva d'un bond.) Comment osez-vous prétendre que je puisse être jalouse de cette sorcière rouquine ! Et sachez, monsieur le comte, qu'elle ne reviendra jamais. Elle s'est enfuie parce qu'elle s'est vue démasquée. Croyez-moi, vous ne la reverrez pas, et ça vaut beaucoup mieux pour vous. D'ailleurs elle m'a avoué qu'elle vous avait menti.

Stephen se sentait de plus en plus oppressé. Cette femme semblait dire la vérité. Sinon où aurait-elle puisé tant de haine à l'adresse de Sheridan et tant de mépris pour lui ?

— Pendant le voyage, elle m'a dissuadée d'épouser Burleton et m'a poussée dans les bras d'un autre. À la réflexion, je me demande même pourquoi elle n'a pas accaparé mon propre fiancé !

Malgré le tumulte de ses émotions, Stephen songea que cette femme aux poings crispés et qui tremblait de fureur devant lui avait deux mauvaises nouvelles à apprendre. Dans l'état d'esprit où il se trouvait, il n'eut aucune envie de la ménager et, prenant un ton détaché, il l'informa :

— Burleton est mort.

— Mort ?

Elle se rassit, abasourdie. Son secret espoir que Burleton voudrait encore d'elle, si elle réussissait à se séparer de Morrison, volait en éclats.

— Comment est-ce arrivé ? demanda-t-elle en sortant de son sac à main un mouchoir de dentelle.

Stephen lui décrivit les circonstances de l'accident et vit ses traits s'affaisser tandis qu'elle essuyait de réelles larmes de détresse.

— Que va penser mon pauvre père de tout ça... Et ma dot ? Qu'est-elle devenue ?

— Je crains que Burleton n'ait eu le temps de l'engloutir... Il n'a laissé que des dettes derrière lui.

— Mon Dieu ! J'ai évidemment un bon prétexte maintenant pour rentrer chez moi, mais quel gâchis ! Mon père va être doublement horrifié.

— Miss Lancaster...

Stephen faillit fermer les yeux, tant il lui était difficile d'utiliser à l'adresse de cette femme un nom qu'il avait pris l'habitude d'associer à une tout autre personne.

— Mademoiselle, j'ai une lettre, envoyée par le notaire de votre père, et que m'a transmise l'ancien propriétaire de Burleton.

Mettant un instant de côté ses propres préoccupations, Stephen ouvrit un tiroir de son bureau, sortit la lettre et le document bancaire qui l'accompagnait et les lui tendit.

— Ce ne sont pas de bonnes nouvelles, annonça-t-il.

Sa main se mit à trembler tandis qu'elle prenait connaissance de ce courrier inattendu. Puis elle leva sur Stephen des yeux écarquillés.

— C'est tout l'argent qui me reste ? Et ma dot qui a été gaspillée ! Mais qu'en a-t-il fait ?

— C'était un joueur invétéré.

Nullement concerné par les difficultés financières de cette harpie, Stephen se souciait cependant d'éviter le scandale, donc de l'empêcher de parler.

— Je serais prêt à vous remettre une somme substantielle, dit-il comme s'il traitait une affaire quelconque. Elle adoucirait votre peine, mais elle ne serait pas sans contrepartie. J'exigerais en échange que vous gardiez le silence sur toute cette affaire.

— Combien ?

Elle était méprisable. Comme était méprisable l'idée de la payer pour éviter un scandale qui sinon retentirait jusqu'au fin fond de l'Écosse. Et méprisable le fait qu'il doutât de plus en plus du retour de Sheridan. Loin de lui dire adieu, sa lettre le suppliait de la croire, de l'écouter. Elle n'était partie que pour lui laisser le temps de comprendre que Charise Lancaster mentait.

Elle reviendrait, désorientée, confuse, indignée, mais elle reviendrait. Elle avait d'ailleurs des questions à lui poser et était en droit d'attendre des réponses. Elle lui demanderait dans quel but il s'était fait passer pour Burleton, son fiancé présumé, et il lui expliquerait. Comment pouvait-il douter qu'elle eût envie de revenir et de connaître toute la vérité ? Elle n'avait de leçon de courage et de droiture à recevoir de personne.

Il ne cessa de se conforter dans ses certitudes pendant que l'intruse prenait l'énorme somme d'argent qu'il lui avait proposée, puis la dissimulait dans son sac et ses poches avant de se lever pour disparaître à jamais.

Dès qu'elle eut quitté son bureau, il s'approcha d'une fenêtre et regarda la rue en espérant y voir apparaître

sa fiancée. Mais il ne vit que Charise Lancaster qui hélait un cocher tandis que Clayton venait le rejoindre.
— Que comptes-tu faire ?
— Attendre.
Peu habitué à hésiter et à éprouver un sentiment d'impuissance, Clayton Westmoreland demanda d'une voix éteinte :
— Veux-tu que je renvoie le prêtre ?
— Non. Nous allons encore attendre.

# 41

— Le valet de Nicolas de Ville présenta à son maître un manteau bordeaux tout en jetant un coup d'œil admiratif à sa cravate.

— Comme je le dis souvent, aucun Anglais ne porte la cravate avec plus de chic que vous.

De Ville, tout en boutonnant son manteau, fit observer en souriant :

— Et je vous réponds, comme d'habitude, que je suis français et non anglais et que vous, Vermonde, vous entretenez des préjugés contre vos compatriotes.

De Ville s'interrompit en entendant le coup impérieux frappé à la porte de la chambre.

Le valet alla ouvrir et laissa entrer un laquais, qui pourtant n'était pas censé pénétrer dans les appartements privés.

— Qu'y a-t-il ? demanda de Ville.

— Je dois vous dire, monsieur, qu'une jeune dame voudrait vous voir. Elle est dans le petit salon et paraît... affolée. Elle dit que vous la connaissez sous le nom de Miss Lancaster. Le maître d'hôtel a essayé de la renvoyer d'où elle venait quand il a vu qu'elle était à pied, mais elle a insisté. Et il y a aussi qu'elle n'a pas l'air d'aller très bien parce que...

Le laquais laissa sa phrase en suspens devant le changement d'expression de son maître qui faillit le bousculer en se précipitant dans le couloir.

— Charise ?

L'inquiétude de Nicolas augmenta quand il vit l'air hagard de Sheridan. Baigné de larmes, son visage était si pâle que ses yeux gris en devenaient sombres, et sa façon d'être assise au bord du sofa donnait l'impression qu'elle était sur le point de s'enfuir ou de basculer en avant.

— Que vous est-il arrivé ?

Elle semblait avoir du mal à respirer comme si elle manquait d'air.

— Je... j'ai... retrouvé la mémoire. Tout est faux... Pourquoi Stephen a... prétendu. Non, c'est... moi qui ai... prétendu...

— N'essayez pas de parler, lui ordonna Nicolas.

Il se dirigea vers une commode en bois de rose sur laquelle se trouvait un plateau avec des verres et une carafe et versa du cognac dans l'un des verres.

— Buvez ça, dit-il. C'est la meilleure façon de retrouver votre calme.

Il croyait qu'elle s'était mise dans cet état en découvrant qu'elle n'avait jamais été fiancée à Stephen.

Pendant quelques secondes, elle le regarda comme si elle le jugeait déraisonnable de se préoccuper de son état puis, telle une automate, elle but à petites gorgées avec des gestes mécaniques.

Quand elle eut vidé le verre, elle toussa, ouvrit ensuite la bouche pour parler, mais Nicolas l'arrêta.

— Attendez encore un moment.

Elle obéit, docile, les mains sur les genoux, attendant que l'alcool ait fait son effet. Le fait de retrouver brutalement la mémoire, de revoir Charise, d'être l'objet d'accusations horribles l'avait poussée à fuir comme une démente le théâtre de ces bouleversements. Pendant près d'une heure, elle avait erré dans les rues de

Londres en essayant de trouver un moyen de convaincre Stephen de son amour et de sa loyauté. Mais soudain elle s'était heurtée à une évidence qui avait augmenté son désarroi. Stephen Westmoreland n'avait jamais été fiancé à Charise Lancaster. Le nom du fiancé était Burleton ! Tout le monde avait joué la comédie.

Accablée par le doute et par tant de choses inexplicables, elle était allée s'asseoir dans un parc. La tête lui tournait, le mystère s'épaississait, et si elle ne voulait pas devenir folle il fallait que quelqu'un répondît à ses questions, quelqu'un qui n'aurait aucun intérêt à lui mentir.

Le cognac lui ayant redonné un peu de couleurs, Nicolas proposa :

— Je vais faire prévenir Langford.

— Non, non ! Non, surtout pas !

Il s'assit en face d'elle et la rassura.

— Très bien. Je reste ici. Je ne bougerai pas avant que vous ne me le permettiez.

— Il faut que je vous explique... dit-elle en s'efforçant à un calme apparent.

Mais aussitôt elle changea d'avis. Bien que de Ville n'eût sans doute aucune raison de lui mentir, elle préférait être trop méfiante que pas assez. Elle avait eu sa part d'illusions et de duperies.

Elle rectifia sa proposition

— Non. C'est vous qui allez me donner une explication.

Nicolas comprit alors qu'elle était venue vers lui non sous le coup d'une impulsion mais avec un but précis, et elle lui en apporta la preuve :

— Je voulais vous voir parce que n'avez rien à gagner en continuant la comédie que m'ont jouée les Westmoreland.

— Ne vaudrait-il pas mieux avoir une discussion avec votre fiancé ?

— Mon fiancé ! fit-elle avec un rire amer. C'était Arthur Burleton, le fiancé de Charise Lancaster, et non Stephen Westmoreland ! Si j'entends encore un seul mensonge, je vais...

Nicolas l'interrompit en se penchant vers elle.

— Reprenez un peu de cognac.

— Donnez-moi donc des explications plutôt que du cognac !

Comprenant qu'elle n'obtiendrait pas ces explications si Nicolas la prenait pour une folle, elle s'efforça de se maîtriser et de s'exprimer plus calmement. Le regard implorant, elle expliqua :

— Je suis venue ici parce que j'avais l'impression que vous n'aviez jamais participé à cette farce monstrueuse. Je ne vous ai jamais entendu parler du comte comme de mon fiancé. Maintenant, aidez-moi, je vous en prie. Dites-moi toute la vérité. Si vous ne le faites, pas, je sens que je vais vraiment perdre la tête.

Lorsque Langford avait annoncé son mariage, de Ville n'avait pas compris la raison d'une telle précipitation. Mais quand Whitney lui avait expliqué que M. Lancaster était mort et qu'en conséquence Stephen voulait d'abord épouser Charise, lui donner cette joie et la rassurer avant de lui apprendre la mauvaise nouvelle, il avait vu d'un autre œil cette union précipitée.

Si Whitticomb avait recommandé à tout le monde de la ménager, Nicolas pensait que désormais elle avait besoin de connaître la vérité, toute la vérité.

Prenant son courage à deux mains, il s'apprêta à lui révéler ce qu'il savait. Puisqu'elle n'avait apparemment confiance qu'en lui, il se sentait obligé de parler au nom des autres, rôle ingrat qu'il se serait volontiers abstenu de jouer...

— Aidez-moi, insista-t-elle. Ensuite, je vous expliquerai à mon tour certaines choses... difficiles à révéler, embarrassantes, mais que vous devez savoir. Je déteste dissimuler la vérité.

Elle le vit se rejeter contre le dossier de sa chaise, visiblement résigné à une discussion difficile.

— Je vais être très franc. Êtes-vous certaine de pouvoir le supporter ?

— Je m'en sens capable, oui.

— Par quoi voulez-vous commencer ?

— Par le commencement, fit-elle avec un rire tendu. Dites-moi pour quelle raison il m'a laissée croire qu'il était Burleton. Maintenant je me souviens qu'il m'attendait à la descente du bateau et qu'il m'a appris la mort de Lord Burleton à ce moment-là.

Elle ne sembla pas particulièrement bouleversée par cette disparition, et Nicolas se rappela que Stephen l'avait prédit en soulignant qu'elle connaissait trop peu Burleton pour s'être profondément attachée à lui.

— Burleton a eu un accident la veille de votre arrivée, commença-t-il d'une voix compatissante mais sans hésitation.

— C'est une nouvelle qui m'a attristée. Mais j'aimerais comprendre comment le comte a été mêlé à cette affaire.

— Langford conduisait l'attelage qui a écrasé Burleton. Il y avait du brouillard, le baron était ivre et il n'a pas vu les chevaux. Mais Langford s'est jugé responsable de cet accident et j'aurais peut-être eu la même réaction à sa place. L'attelage n'avait pas l'habitude de la ville. C'était un peu une imprudence de l'utiliser dans Londres, surtout par temps de brouillard.

« Enfin, le mal était fait et Langford est allé au domicile du baron pour avertir la famille. Il apprit alors qu'il n'avait pas de proche parent mais qu'en revanche sa fiancée arrivait le lendemain d'Amérique. Constatant qu'il n'y aurait personne pour vous accueillir, il décida d'aller lui-même vous attendre. En fait, si le maître d'hôtel de Burleton n'avait pas été au courant de votre arrivée, vous n'auriez trouvé personne sur le quai... Vous vous souvenez du moment où il vous apprit la mort de votre fiancé, mais ce qui suivit vous échappe évidemment puisque vous étiez inconsciente. En fait, Stephen était si bouleversé par la nouvelle qu'il venait de vous annoncer qu'il manqua du réflexe qui aurait pu vous éviter d'être blessée.

Nicolas observa Sheridan attentivement, admira son calme et, rassuré, poursuivit :

— Langford vous emmena alors chez lui et appela le médecin de la famille. Pendant plusieurs jours, Whitticomb redouta que vous ne puissiez sortir de votre coma. Puis finalement la conscience vous revint, mais pas la mémoire, et Whitticomb recommanda à chacun de vous ménager. Comme vous sembliez croire que Langford était votre fiancé, on vous laissa cette illusion. C'est à peu près tout ce que je sais. Mais j'ajouterai, par loyauté envers Langford, qu'il s'en voulait beaucoup de n'avoir su vous éviter cet accident. Et ce sentiment de culpabilité vint s'ajouter à celui d'avoir causé la mort de Burleton.

— Et alors il s'est fait un devoir de jouer le rôle du fiancé. C'est cela ?

Nicolas hésita avant de répondre, puis acquiesça.

— Oui.

Refoulant des larmes d'humiliation, elle détourna la tête. Mais la vérité était là : elle était tombée amoureuse d'un homme qui ne lui avait manifesté de l'intérêt que par devoir. Elle ne pouvait plus s'étonner qu'il ne lui ait jamais parlé d'amour et qu'il l'ait même invitée à rencontrer d'autres hommes !

— Il allait m'épouser pour apaiser un sentiment de culpabilité...

— Je n'en suis pas certain. J'ai eu l'impression qu'il éprouvait quelque chose pour vous.

— Oui. De la pitié !

— Je vais vous reconduire chez lui.

— Non, c'est impossible ! s'écria-t-elle.

De Ville prit un ton autoritaire.

— Miss Lancaster...

Sheridan l'interrompit aussitôt avec un rire nerveux.

— Je ne suis pas Charise Lancaster.

Son rire se brisa et les larmes roulèrent sur ses joues.

Les bras serrés sur la poitrine, elle se mit à se balancer d'avant en arrière.

— J'étais l'accompagnatrice de Charise Lancaster, expliqua-t-elle. C'est une gouvernante qu'il s'apprêtait à épouser ! Une simple employée ! Il a eu pitié d'une servante qui n'aurait même pas osé poser le regard sur Lord Burleton. Il y a de quoi hurler de rire, non ?

Malgré son air effaré, Nicolas la croyait.

— Mon Dieu, quelle histoire, murmura-t-il.

Elle cessa de se balancer, mais des sanglots secouaient ses épaules.

— Je n'ai pas triché, dit-elle. Je pensais être Charise Lancaster. Je le pensais vraiment, je vous le jure.

Bouleversé, Nicolas se leva pour la réconforter, passer ses bras autour de ses épaules, la laisser pleurer, la joue contre son torse.

— Je le pensais, répéta-t-elle entre deux sanglots, jusqu'à ce qu'elle vienne, ce matin, dans ma chambre... C'est vrai, vous savez. Je ne mens pas.

— Je vous crois. Rassurez-vous.

Il s'en étonnait, mais c'était ainsi : il la croyait.

— Elle n'a pas voulu partir avant qu'il arrive. Elle voulait lui parler... Que vais-je faire ? Je ne sais pas où aller. Je n'ai pas d'argent. Pas de vêtements...

Cherchant à lui offrir un petit rayon de soleil, Nicolas lui fit remarquer :

— Ce n'est donc pas votre père qui est mort, et ça c'est au moins un sujet de réconfort.

Lentement, elle leva la tête, le regard brouillé par les larmes.

— Que dites-vous ?

— Langford a reçu la semaine dernière une lettre, que lui a transmise l'ancien propriétaire de Burleton.

Elle annonçait à Charise Lancaster la mort de son père, quinze jours après son départ pour l'Angleterre.

Il l'entendit prendre une longue inspiration saccadée, proche du sanglot, comme si elle avait du mal à accepter la nouvelle de cette mort. Mais en fait elle était déjà assaillie par une pensée autre qui menaçait de renforcer son sentiment d'humiliation si elle s'avérait juste.

Devant son mutisme, de Ville lui demanda :

— Vous connaissiez M. Lancaster ?

— Oui. C'était un homme bourru mais qui avait du cœur. Il a beaucoup gâté sa fille... (Elle s'interrompit, en proie à un doute affreux.) Vous dites que la lettre est arrivée la semaine dernière ? N'était-ce pas le jour où nous sommes allés à l'*Almack* ?

— Si, en effet.

Sheridan baissa la tête, accablée.

— Je comprends maintenant son changement d'attitude, dit-elle d'une voix lasse, alors que des larmes jaillissaient à nouveau de ses yeux.

Elle revit les gestes complices qu'ils avaient échangés dans la loge, à l'opéra. Ses regards, aussi éloquents que des baisers... Quelle mascarade !

— Je voudrais être morte, murmura-t-elle.

— Taisez-vous ! Ne dites jamais ce genre de chose. Ce soir, vous resterez ici. Et demain, je vous accompagnerai chez Langford et nous lui expliquerons tout.

— Je lui ai déjà laissé une lettre. Je ne retournerai pas là-bas, et si vous le faites venir ici, je ne pourrai pas le supporter. Le revoir est au-dessus de mes forces.

Elle pleura un long moment dans ses bras. Puis il y eut un silence qu'elle rompit lorsqu'elle sentit la douleur engourdie, le chagrin figé.

— Je ne peux pas rester ici, dit-elle d'une voix faible.

— Vous ne savez pas où aller, vous me l'avez dit vous-même.

Elle s'écarta de lui, se redressa puis se leva, en titubant un peu.

— Je n'aurais pas dû venir ici. Je suis peut-être déjà recherchée.

Nicolas trouva insoutenable l'idée que Langford pût entreprendre une action judiciaire, mais cette possibilité n'était pas à écarter totalement. Préférant ne pas en imaginer les conséquences, il rassura Sheridan :

— Ici, vous êtes en sécurité. Du moins pour cette nuit. Demain matin, nous verrons comment je peux vous aider.

Le soulagement se heurta en elle au sentiment d'être comme une épave qui ne savait même pas où s'échouer.

— Il faudra que... que je trouve un emploi, une occupation. Je n'ai pas de références. Je ne peux pas rester à Londres. Je ne suis pas...

— Ne vous inquiétez pas pour l'instant. Nous parlerons de tout cela demain. Allez vous reposer. Je vous ferai apporter votre dîner.

— Personne parmi les membres de sa famille ou ses connaissances ne voudra m'employer. Et qui ne connaît-il pas à Londres ?

— Demain, répéta de Ville d'un ton ferme.

Lasse, Sheridan se contenta d'acquiescer. Mais elle n'avait pas monté trois marches que déjà elle se retournait.

— Monsieur de Ville ?

— Je vous autorise à m'appeler Nicolas, mademoiselle, dit de Ville sur un ton qui se voulait badin.

— Nous ne sommes pas du même milieu, monsieur, fit-elle remarquer sans sourire.

Elle semblait tellement à bout de forces que de Ville s'abstint de répondre et la laissa poser sa question.

— Vous ne direz à personne que je suis ici, n'est-ce pas ? Vous me le promettez ?

Nicolas hésita, réfléchit et finalement répondit :

— Je vous donne ma parole que je garderai le secret.

Il la regarda monter l'escalier, précédée par une servante dont elle aurait pu prendre la place tant elle paraissait humble. Jamais elle n'avait eu cette allure. Elle devait être brisée, et de Ville en voulut terriblement à Langford. Pourtant, il l'avait vu se conduire honorablement avec elle. Plus qu'honorablement, dut-il même admettre.

# 42

— Aurez-vous besoin d'autre chose, monsieur le comte, avant que je ne me retire ?

Stephen cessa de fixer le verre de cognac qu'il tenait à la main et regarda son valet.

— Non, répondit-il d'un ton sec.

Il avait fait attendre sa famille et le prêtre pendant trois heures avec l'espoir que Sheridan Bromleigh reviendrait. Si elle était innocente, comme il le croyait, elle n'avait aucune raison de fuir. Au contraire, elle avait besoin de s'expliquer et aussi de lui demander pourquoi il avait prétendu être son fiancé. Mais, son absence se prolongeant, comment ne pas se dire qu'elle avait toujours feint d'être amnésique ?

Stephen ne trouva plus aucun moyen de se dissimuler la vérité. Une fureur, que tout le cognac du monde n'aurait pu apaiser, commença à le submerger. Sheridan Bromleigh n'avait jamais perdu la mémoire. Dès qu'elle était sortie de son coma, elle avait tout simplement saisi l'occasion qui lui était donnée de s'offrir pendant un certain temps une vie agréable. Elle avait dû hurler de rire intérieurement lorsqu'il lui avait demandé de l'épouser...

Malgré toute son expérience, il était tombé dans le piège qu'elle lui avait tendu en jouant la demoiselle en détresse. C'était une histoire vieille comme le monde, et il s'était déjà laissé berner par Emily. Eh, oui, c'était la deuxième fois que cette mésaventure lui arrivait ! Ah, il pouvait se targuer de bien connaître la comédie humaine ! Mais force était d'admettre que le talent de comédienne de Sheridan Bromleigh tenait du prodige...

Avec un tel talent, elle pouvait monter sur les planches. Elle y serait à sa place parmi toutes ces demi-mondaines si habiles à réciter un texte appris par cœur et à jouer avec une conviction confondante ! Il la revit le matin où elle lui avait dit, en larmes : « Ça a l'air stupide, mais je ne me souviens pas de mon visage... Puisque vous êtes éveillé, pourriez-vous me le décrire ? » Elle était tout simplement pathétique ! Et puis il y avait eu la soi-disant découverte de ses cheveux. En fait, elle voulait attirer son attention sur l'éclat de sa luxuriante chevelure au cas où il manquerait d'y être sensible...

Il but une gorgée de cognac en se traitant de crétin. Il revivait avec mépris sa fascination devant cette madone aux cheveux de feu tandis qu'elle feignait la contrariété « Ils sont si... voyants ! » avait-elle dit avec un air dépité à souhait.

À un autre moment, elle avait joliment mimé l'embarras en lui avouant qu'elle ne savait comment s'adresser à lui. « Si j'en crois Constance, la servante, je devrais vous dire : "Monsieur le comte". Et une certaine intuition me souffle de ne jamais m'asseoir en votre présence avant d'y être conviée, comme l'on fait avec les rois. »

Mais elle n'avait jamais déployé autant de talent que le jour où elle lui avait demandé « Et ma famille, savez-vous quelque chose d'elle ? » Puis, un peu plus tard : « Sommes-nous très amoureux l'un de l'autre ? » Ah, oui, là elle avait été parfaite, avec ses grands yeux gris et leur regard implorant !

En tout et pour tout, elle n'avait eu qu'une seule défaillance, lorsqu'il lui avait annoncé l'arrivée de

Charity Thornton. « Mais je n'ai pas besoin d'un chaperon, je suis une... » Elle avait été à deux doigts de se trahir ou plutôt elle s'était trahie, mais Stephen n'avait pu le comprendre à ce moment-là.

Maintenant il pouvait aussi s'expliquer son attitude envers les serviteurs. Sa chaleur, sa gentillesse n'étaient que l'expression d'une complicité naturelle de la part de l'une des leurs.

Comme pour faire passer le goût amer du mépris qu'il avait de lui-même, il vida son verre, se leva et se dirigea vers son cabinet de toilette. Le geste rageur, il se déshabilla en jetant par terre son costume de marié, qu'il trouva soudain du plus haut ridicule. Damson entra à l'instant où il nouait la ceinture de sa robe de chambre et, sans un mot, l'air accablé, il se baissa et ramassa les vêtements éparpillés sur le parquet.

— Brûlez tout ça ! ordonna Stephen. Il faudra aussi que quelqu'un se charge de vider sa chambre.

Damson salua son maître et le laissa devant la cheminée, le verre de cognac à la main.

Quelques instants plus tard, on frappa de nouveau à la porte.

Le vieux serviteur de Burleton apparut, aussi joyeux qu'un supplicié.

— Que se passe-t-il encore ? fit Stephen, exaspéré.

— Je... je m'en voudrais de me mêler de ce qui ne me regarde pas, monsieur le comte, mais je m'en voudrais encore plus si je m'abstenais de vous communiquer... une information qui peut vous intéresser...

En lui rappelant Sheridan Bromleigh, Hodgkin se trouvait désormais exposé à son mépris et ce fut d'une voix cinglante qu'il lui répondit :

— Eh bien, vous vous expliquez ou vous comptez rester ici toute la nuit ?

Le vieux serviteur sembla se recroqueviller, comme sous le fouet.

— Le docteur Whitticomb m'avait demandé de garder un œil attentif sur Miss Lan... sur la jeune dame...
— Intéressant ! Et alors ?
— Quand je l'ai vue fuir comme si elle avait rencontré le diable, je me suis inquiété et j'ai demandé à un laquais de courir derrière elle et de la suivre. Elle... elle est allée chez M. de Ville. Et elle y est toujours...

Devant le regard noir de Stephen, Hodgkin recula en s'inclinant respectueusement et disparut.

De Ville ! Ainsi elle était allée se réfugier chez lui.
— La petite garce ! fit Stephen à haute voix.

Il était hors de question d'aller la chercher là-bas. Pour lui, elle était morte. Il se moquait complètement de ce qu'elle pouvait faire maintenant. De toute évidence, elle savait retomber sur ses pieds quoi qu'elle fît. Un sourire ironique aux lèvres, il se demanda quelle fable elle avait inventée pour persuader de Ville de la garder chez lui, avant de le convaincre de l'installer dans un bel appartement, moyennant quoi il pourrait user de ses charmes.

La sorcière rousse était une courtisane née, et la plus redoutable qui fût.

Dans l'une des suites que Nicolas de Ville réservait à ses amis, debout devant une fenêtre, le front appuyé à la vitre, les yeux brûlants de larmes contenues, Sheridan plongeait son regard dans la nuit. L'esprit plus clair, elle pensait à ce qu'elle avait perdu en se demandant comment elle allait survivre à ce fiasco.

Puis au bout d'un moment, elle se détourna de la fenêtre, s'avança vers le lit et s'y laissa tomber. Trop exténuée pour tenter de repousser encore les souvenirs qui affluaient à son esprit, elle laissa s'imposer l'image de son sourire. « Mademoiselle Lancaster, me ferez-vous l'honneur de m'accorder cette danse ? » Elle entendait sa voix et retrouvait la tendresse de son regard à l'instant où leurs fiançailles devenaient officielles... Elle sentit ses lèvres sur les siennes, comme dans la berline quand il avait voulu lui expliquer ce qui justifiait leur mariage. Il n'avait pu feindre le plaisir qu'il prenait à l'embrasser. Non, ça elle ne pouvait y croire. L'attirance qu'il avait ressentie était réelle. Seule cette certitude lui permettrait de continuer à vivre.

Le souvenir de ses baisers lui appartenait – c'était au moins quelque chose qu'elle n'avait pas volé à Charise Lancaster –, et elle finit par s'endormir en rêvant qu'il l'enlaçait et l'embrassait, la caressait et lui faisait oublier qu'elle n'aurait pas dû lui permettre ces étreintes brûlantes. Tout au long de la nuit elle revécut ce qu'elle avait perdu à jamais.

En robe de chambre, Whitney regardait son fils dormir quand la porte de la chambre d'enfant s'entrouvrit. Clayton s'avança vers elle, avec une expression qu'elle ne lui avait pas vue depuis des années.

— Je n'arrivais pas à dormir, murmura-t-elle en remontant la couverture sur les épaules du petit Noel.

« Comme il ressemble déjà à son père ! » pensa-t-elle en regardant les cheveux bruns et le petit menton carré de l'enfant.

Clayton glissa son bras autour de sa taille, sourit en contemplant son fils et lui dit à l'oreille :

— Ai-je songé ces derniers temps à vous remercier de m'avoir donné ce fils ?

— Vous ne l'avez pas fait depuis hier soir...

Elle essaya de lui sourire mais il ne fut pas dupe. Lui-même éprouvait tant de contrariété qu'il avait soigneusement évité toute la soirée de parler du mariage avorté de son frère.

— Je me sens si mal, avoua-t-elle.

— Je le sais, ma chérie.

— Je n'oublierai jamais le visage de Stephen quand il a compris qu'elle ne reviendrait pas.

— Oh, moi non plus !

— Comment a-t-elle pu lui faire une chose pareille ?
— Nous la connaissions à peine...
— Stephen était néanmoins fou d'elle. Il en faisait, des efforts, pour ne pas être sans cesse entrain de la regarder !
— Oui. J'avais également observé sa fascination.

Whitney sentit sa gorge se serrer.

— Quand je pense que sans l'intervention de Stephen vous auriez épousé Vanessa, mon chéri, et qu'il n'y aurait pas Noel dans ce petit lit !

D'une main tendre, Clayton dégagea le front de sa femme pour y poser un baiser rassurant.

— C'est pourquoi j'ai toujours souhaité l'aider à trouver le bonheur afin de le remercier, reprit-elle, la voix tremblante d'émotion.

— Retournons nous coucher, Whitney. Stephen saura l'oublier parce qu'il en a la volonté.

Clayton caressa les cheveux de son fils puis entraîna sa femme hors de la chambre.

Lorsqu'ils se retrouvèrent à nouveau dans leur lit, Whitney demanda :

— Quand nous avons tenté de ne plus nous voir, aviez-vous réussi à m'oublier ?

— Non. Mais nous nous connaissions depuis plus longtemps que Stephen et Cha... Sheridan Bromleigh.

Elle hocha la tête et laissa sa joue glisser sur le bras de son mari. Clayton resserra son étreinte, troublé par l'évocation d'une séparation qui avait failli détruire leurs chances de s'unir.

— Ce n'est pas une question de temps, fit-elle remarquer. Vous souvenez-vous à quel moment vous avez commencé à m'aimer ?

Clayton sourit.

— Oh, parfaitement ! Ce fut le soir où vous m'avez avoué que vous mettiez du poivre dans le tabac à priser de votre professeur de musique.

— Si je ne me trompe, je vous ai raconté cette anecdote une semaine ou deux après mon retour de France. Pas avant.

— Oui, il me semble, en effet.

— Clayton ?

— Oui ? murmura-t-il.

— Je ne pense pas que Stephen se remettra aussi facilement que vous le pensez. Elle est la seule femme qu'il ait désiré épouser depuis Emily. Et l'on sait combien il était devenu cynique après cette première mésaventure.

— Des dizaines de femmes vont se proposer de le consoler, et cette fois-ci il ne les rejettera pas. Certes, le coup a été plus rude qu'avec Emily, pour laquelle il n'avait jamais convoqué le prêtre. Son orgueil est profondément blessé. Oh, il va douter de lui mais il se ressaisira !

Whitney leva les yeux vers son mari.

— Ça s'est passé de cette façon pour vous ?

— Absolument.

— C'est une réaction typiquement masculine, observa-t-elle avec une certaine condescendance.

Il lui prit le menton.

— Vous sentiriez-vous supérieure, madame ?

— Tout à fait.

— Dans ce cas... (S'allongeant sur le dos, il l'attira sur lui.) Je vous conseille cette position.

Un peu plus tard, satisfait et prêt à s'endormir, il incita Whitney à s'installer confortablement à côté de lui et ferma les yeux.

— Clayton ? (Quelque chose dans la voix de sa femme lui fit rouvrir les yeux.) Avez-vous remarqué les larmes de Charity Thornton lorsqu'elle n'a pas vu revenir Sheridan ? Dites, avez-vous remarqué ? insista-t-elle devant le mutisme de Clayton.

— Oui... Mais pourquoi cette question ?

— Eh bien, je me demandais si vous connaissiez la raison de ses larmes. Elle m'a dit, d'une façon qui m'a bouleversée, que pour la première fois depuis des décennies elle s'était sentie utile, pour finalement éprouver un terrible sentiment d'échec. Parce qu'elle n'avait pas su trouver pour Miss Bromleigh un autre prétendant que Stephen...

— Je l'ai entendue. Stephen également. Mais il me semble que vous ne rapportez pas exactement ses paroles. Elle a dit plus précisément qu'elle regrettait de n'avoir pu épargner cette mésaventure à son cher Langford. Je crois qu'elle a spécifié qu'elle aurait dû trouver pour Miss Bromleigh une autre proie, un autre malheureux, victime de sa crédulité.

— C'est à peu près la même chose...

— À condition de confondre idiotie et bon sens. Mais enfin, pourquoi cette discussion maintenant ?

— J'ai invité Miss Thornton à venir ici pour quelque temps. (Elle crut lui avoir coupé le souffle.) Elle va s'occuper de Noel.

— Ne serait-il pas plus raisonnable d'envisager le contraire ?

Ignorant si l'humour de Clayton cachait de la contrariété ou de l'amusement, Whitney ajouta :

— Bien entendu, la gouvernante restera vigilante.

— Qui surveillera-t-elle ? Noel ou CharityThornton ?

Whitney se mordit la lèvre pour ne pas éclater de rire.

— Êtes-vous fâché ?

— Non. Stupéfait.

— Par ?

— Votre façon de choisir votre moment. Vous avez attendu que je sois épuisé pour m'annoncer la bonne nouvelle. Il y a une heure, j'aurais certainement réagi plus violemment.

— C'était bien ce que je pensais, admit-elle après un silence.

— Je n'en doutais pas, fit Clayton d'un ton où perçait la désapprobation.

Dans l'ombre, elle chercha à deviner son expression.

— Que signifie ce regard scrutateur, ma chérie ? lui demanda-t-il d'une voix adoucie.

— Je voulais savoir si vous me... pardonniez. Si vous aviez pour cela suffisamment de bienveillance, de noblesse d'esprit, de tolérance et peut-être d'humour...

— C'est tout ? fit Clayton qui ne put s'empêcher de sourire. Vraiment, vous pensez rencontrer tant de vertus chez un pauvre homme que sa femme met en demeure de cohabiter avec une vieille fille qui perd la boule ?

Retenant un éclat de rire, Whitney se contenta de hocher la tête tandis que Clayton fermait les yeux, un sourire aux lèvres.

— Soyez rassurée, dit-il. Vous avez eu la chance d'épouser cet homme modèle.

# 43

Deux semaines plus tard, Whitney vit entrer Stephen dans le boudoir où elle surveillait l'installation de doubles rideaux...

— Je viens solliciter une faveur, annonça-t-il sans préambule.

Quelque peu décontenancée par l'apparition soudaine et le ton sec de son beau-frère, Whitney le conduisit dans le salon. Depuis trois semaines, elle ne le voyait que dans les soirées, où il n'était jamais accompagné de la même femme, et l'on disait qu'il était allé au théâtre avec Helene Devernay. À la lumière du jour, elle put constater qu'il ne s'était toujours pas remis. Le visage de marbre, le regard froid, les yeux cernés et la bouche amère, il avait tout d'un homme qui ne dort plus et qui noie ses malheurs dans l'alcool.

— Vous savez bien que je suis toujours prête à vous rendre service, dit-elle.

— Pourriez-vous prendre chez vous un vieux serviteur ? Je ne supporte plus de le voir.

— Bien sûr, répondit-elle, avant d'ajouter, intriguée : Voudriez-vous m'expliquer la raison de cette aversion ?

— Il était le maître d'hôtel de Burleton, et je veux exclure de ma vie tout ce qui peut me rappeler cette fille.

Clayton leva les yeux des papiers qu'il consultait lorsque sa femme entra dans son bureau, le visage défait. Alarmé, il se leva et s'avança vers elle.

— Que se passe-t-il ?

— Stephen sort juste d'ici. Il est dans un état épouvantable. Il veut se débarrasser de l'ancien serviteur de Burleton parce qu'il lui rappelle Sheridan Bromleigh. Je savais bien qu'il l'aimait, que ce n'était pas seulement son orgueil qui souffrait.

— Mais c'est fini, Whitney. Elle est partie. C'est terminé. Stephen va s'en remettre complètement dans peu de temps.

— Ça m'étonnerait.

— Vous le voyez sortir, et à chaque fois avec une femme différente. Ce n'est pas mauvais signe. Il ne s'enferme pas, au moins.

— Il s'enferme moralement. Je le sens. Et je vais vous dire une chose. Plus je repense à toute cette affaire et plus je suis convaincue que Sheridan ne jouait pas la comédie.

— Je ne suis pas de votre avis. Pour moi, c'est une intrigante, et habile de surcroît. Il faudrait un miracle pour me convaincre du contraire, conclut Clayton en retournant derrière son bureau.

Hodgkin adressa au comte un regard douloureux.

— Vous me renvoyez, monsieur le comte ? Est-ce à cause de quelque chose que j'ai mal fait ou oublié de faire, ou...

— Je me suis arrangé pour que vous puissiez travailler chez mon frère. C'est tout ce que j'ai à vous dire.

— Mais ai-je commis une erreur, ou...

— Non ! fit brutalement Stephen en se détournant du serviteur. Votre conduite n'est pas en cause.

Stephen n'avait pas pour habitude d'intervenir directement dans les problèmes concernant son personnel et il se dit qu'il aurait dû laisser son secrétaire se charger de cette tâche déplaisante.

Les épaules d'Hodgkin s'affaissèrent, et Stephen vit le vieux serviteur quitter son bureau d'un pas traînant, comme s'il venait de vieillir de dix ans sous ses yeux.

# 44

Sheridan ne cessait de chercher Stephen du regard. Assise à l'orchestre, elle se répétait qu'en dépit de la distance qui la séparait des loges elle commettait une erreur. Mais elle avait besoin de le voir une dernière fois avant de quitter l'Angleterre. Le lendemain du mariage avorté, elle avait écrit à sa tante en lui expliquant sa mésaventure et en lui demandant de lui envoyer l'argent qui lui permettrait de retraverser l'Atlantique. Entre-temps, elle avait trouvé une place de gouvernante dans une famille qui n'avait eu ni les moyens d'engager quelqu'un d'autre ni la prudence de vérifier ses références. Nicolas de Ville lui avait donné une lettre de recommandation en ajoutant à son nom celui de Charity Thornton, sans que celle-ci lui eût donné son accord.

Malgré le bruit et l'agitation qui régnaient dans la salle, Sheridan ne se laissait pas distraire. Le regard rivé sur la loge toujours vide, elle ne se résolvait à baisser les yeux un instant que lorsque les fleurs et les étoiles dorées ornant le devant de la loge commençaient à se brouiller.

Le temps passa, le brouhaha s'amplifia et, soudain, le rideau de la loge qu'elle fixait s'écarta. Son cœur bondit, elle se figea. Enfin, elle allait le voir ! Mais le désespoir la submergea quand elle constata que

Stephen ne figurait pas parmi le groupe en train de s'installer dans la loge.

Elle avait dû se tromper. Elle compta et recompta les loges, les lustres, les piliers dorés. Mais non, c'était bien la septième, celle de Stephen, et elle savait qu'il venait volontiers chaque jeudi... Alors ? Il avait fait une exception et prêté sa loge à des amis. Serrant ses mains tremblantes sur ses genoux, elle envisagea de revenir la semaine suivante, à condition qu'elle pût s'acheter un autre billet.

L'orchestre signala que la représentation allait commencer. Le rideau pourpre s'ouvrit, mais Sheridan resta indifférente à la musique qui l'avait ravie quand elle était venue avec Stephen. Elle compta les minutes, se retourna, observa que deux places restaient vides dans la septième loge et pria pour qu'il fût là la prochaine fois qu'elle se retournerait.

Il arriva entre le premier et le deuxième acte et, quelques minutes plus tard, elle découvrit ce spectre noir, sorti des brumes de sa mémoire pour se matérialiser sous ses yeux et affoler son cœur. Elle redessina chaque trait de son visage avec adoration pendant que les larmes brouillaient son regard.

Ce fut un supplice de le revoir en se disant qu'il ne l'avait jamais aimée, qu'il avait simplement agi par devoir parce qu'il se sentait coupable. Elle le savait, mais pour autant ne pouvait cesser de regarder sa bouche en se souvenant de ses baisers et de ce sourire éblouissant qu'il laissait lentement s'épanouir et illuminer son visage.

Sheridan n'était pas la seule femme dont l'attention se détournait de la scène. Dans la loge du duc de Claymore, Victoria Fielding, marquise de Wakefield, cherchait avec obstination, parmi les spectateurs assis à l'orchestre, la jeune femme qu'elle avait cru reconnaître en pénétrant dans le foyer.

— Je suis à peu près sûre que c'était Cha... je veux dire Sheridan Bromleigh, murmura-t-elle à l'oreille de Whitney. Elle s'est dirigée vers les fauteuils d'orchestre... Ah, je crois la voir ! Elle porte un bonnet bleu foncé.

Sans se soucier d'intriguer leurs maris, assis derrière elles, les deux amies se penchèrent en avant, épaule contre épaule, les cheveux auburn de Victoria frôlant les boucles noires de Whitney.

— Si seulement elle ne portait pas ce bonnet ! On la reconnaîtrait sans peine à la couleur de ses cheveux.

Whitney n'eut pas besoin de voir la chevelure flamboyante pour être certaine qu'il s'agissait de Sheridan. Qui d'autre aurait pu fixer la loge de Stephen pendant toute la demi-heure suivante ?

— Elle ne cesse de le regarder, fit observer Victoria.

Sa voix trahissait une tristesse que Whitney avait elle-même éprouvée le jour où Sheridan s'était enfuie.

— Croyez-vous qu'elle soit venue pour le voir ?

— Sans doute. Elle sait qu'il vient pratiquement tous les jeudis et elle connaît sa loge. Elle l'avait accompagné ici quelques jours avant de... disparaître.

Quel autre mot choisir en l'absence d'une explication à laquelle Sheridan s'était soustraite ? Whitney continuait à se poser mille questions et elle regardait fixement Sheridan avec l'espoir qu'elle finirait par tourner la tête vers elle et non dans la direction opposée.

Victoria et Jason Fielding comptaient parmi les rares personnes au courant de toute l'affaire, pour la simple raison qu'ils avaient été invités à la petite réception qui devait suivre la cérémonie.

— Aurait-elle l'intention de le rencontrer « par hasard » ? Mais dans quel but ?

— Je l'ignore.

Derrière elles, leurs maris s'étonnaient de voir les deux femmes prêter si peu d'attention à un spectacle pourtant remarquable.

— Je me demande ce qui se passe, fit Clayton à l'oreille de Jason Fielding.

— Elles ont dû repérer une robe fabuleuse.

— À l'orchestre ? Vous n'y pensez pas ! La dernière fois que je les ai vues se comporter de cette façon, c'était le soir où Stephen était dans sa loge avec sa maîtresse, alors que Monica Fitzwaring se tenait dans celle d'à côté avec Bakersfield en faisant mine d'ignorer qu'une simple colonnette la séparait de Stephen.

— Nos femmes étaient du côté d'Helene Devernay ce soir-là.

— Whitney a ri pendant tout le trajet lorsque nous sommes rentrés.

— Victoria, elle, m'a déclaré qu'elle ne s'était jamais autant amusée depuis le début de la saison.

Se penchant vers son épouse, Jason plaisanta :

— Faites attention, ma chérie, vous allez vous retrouver à l'orchestre !

Victoria lui adressa un sourire confus sans changer de posture.

— Elle s'en va, observa Whitney. Elle n'a pas attendu la fin de la représentation, et elle n'est pas sortie à l'entracte, ce qui signifie qu'elle n'avait pas l'intention de tomber sur lui.

De plus en plus intrigué, Clayton se mit à scruter les rangées de fauteuils. Mais n'ayant rien découvert de particulier, il interrogea sa femme dès qu'ils furent dans la voiture.

— De quoi parliez-vous donc avec Victoria, dans la loge ?

Whitney hésita avant de lui répondre, certaine qu'il n'aimerait pas entendre parler de Sheridan.

— Victoria croyait avoir reconnu Sheridan Bromleigh. Je n'ai pas pu voir son visage, si bien que je suis incapable de dire si elle avait raison.

Clayton prit un air hostile et Whitney préféra parler d'autre chose.

Le jeudi suivant, Victoria et Whitney s'arrangèrent pour arriver à Covent Garden avant leurs maris et, de leur loge, scrutèrent le visage des femmes qui s'installaient aux fauteuils d'orchestre.

— Vous la voyez ? demanda Victoria.

— Non. Il aurait fallu s'attarder dans le foyer. D'ici on voit mal les visages.

Quand le rideau se leva sans qu'elles eussent repéré Sheridan, Victoria avoua :

— Je ne sais pas s'il faut être soulagée ou déçue...

Elle se redressa sur sa chaise et, partageant son commentaire en silence, Whitney fit de même.

Quelques minutes plus tard, Victoria se pencha vers son amie.

— Votre beau-frère vient d'arriver. N'est-il pas accompagné de Georgette Porter ?

Whitney regarda dans la direction de la loge de Stephen et hocha la tête, l'air absent.

— Elle est ravissante, ajouta Victoria.

Elle tentait de trouver quelque chose de positif et d'encourageant dans une situation qu'elle jugeait plutôt désolante. Elle appréciait beaucoup Stephen Westmoreland, que son mari aimait compter parmi ses plus proches amis. Quant à sa compatriote, Sheridan Bromleigh, elle lui avait immédiatement accordé sa sympathie.

Whitney, en observant l'attitude de Stephen, constata qu'il affichait une courtoisie de circonstance face à son invitée. Georgette Porter lui souriait, parlait avec animation, mais Whitney aurait pu jurer qu'il avait si peu envie de la voir à ses côtés qu'il devait se faire violence pour ne pas détourner la tête.

Elle laissa son regard revenir à l'orchestre, passer d'un fauteuil à un autre et, à défaut de repérer Sheridan, elle affirma :

— Elle est ici. Je le sais, ou plutôt, je le sens, précisa-t-elle en voyant le regard étonné de Victoria.

— Vous savez, si je ne l'avais pas vue d'abord dans le foyer, la semaine dernière, je ne l'aurais sûrement pas reconnue une fois installée.

— Je sais comment faire !

— Comment ?

— Cherchons une tête tournée vers la loge de Stephen.

À peine quelques minutes plus tard, Victoria serra avec emportement le bras de Whitney.

— Regardez ! Là ! elle porte son bonnet bleu. Elle est pratiquement en dessous de nous. C'est pour ça qu'on ne la trouvait pas.

— C'est bien elle, fit Whitney.

L'émotion l'étreignait. Elle avait lu tant de tristesse sur le beau visage de la jeune femme qu'elle eût aimé se tourner vers Clayton et lui expliquer ce qu'elle ressentait.

Malheureusement, son mari n'avait pas pu constater la détresse de celle qui ne venait à l'opéra que pour apercevoir Stephen et repartait peu avant la fin de la représentation.

Mais elle songea que s'il en était témoin il changerait sans doute d'opinion à l'égard de Sheridan. Alors elle tenterait de le persuader de parler à son frère. Elle savait que seul Clayton avait assez d'influence sur Stephen pour parvenir, éventuellement, à fléchir sa volonté affirmée de ne plus jamais la revoir.

# 45

Clayton tardant à terminer son verre de xérès, Whitney s'impatienta.

— Il faut que nous partions, maintenant, dit-elle en jetant un coup d'œil à la pendule.

— Je ne vous connaissais pas une telle passion pour l'opéra...

— Ces dernières représentations m'ont semblé tout à fait... fascinantes.

Elle se pencha vers son fils et le serra dans ses bras avant de laisser la gouvernante et Charity Thornton le conduire dans sa chambre.

— Fascinantes, vraiment ? fit Clayton avec un étonnement amusé.

Tandis qu'il portait son verre à ses lèvres, elle lui répondit :

— Mais, oui ! Oh, j'allais oublier de vous prévenir. J'ai échangé nos loges avec les Rutherford. Seulement pour la soirée, bien sûr.

— Puis-je savoir pourquoi ?

— La vue est meilleure de leur côté. Vous avez dû le constater quand Stephen nous a invités dans sa loge.

— La vue sur quoi, précisément ?

— Sur la salle.

Quand il s'étonna de cette réponse déconcertante, elle se contenta de lui dire :

— Vous comprendrez. Faites-moi confiance et ne me posez plus de questions pour l'instant.

Whitney prit le poignet de Clayton avec fébrilité.
— Regardez ! Elle est là. Non, n'attirez pas son attention ! Tournez seulement les yeux, pas la tête.

Il n'obtempéra qu'à demi, car s'il s'abstint de tourner la tête, en revanche, il glissa vers sa femme un regard perplexe.
— Si je savais qui je dois regarder, ça m'aiderait énormément.

Anxieuse d'obtenir l'aide de son mari, Whitney en avait oublié ce détail.
— Oh, pardon ! Il s'agit de Sheridan Bromleigh. Je ne voulais pas vous parler d'elle plus tôt parce que j'ignorais si elle viendrait ce soir.

Dès qu'il entendit prononcer le nom de Sheridan, Clayton se rembrunit.
— Je vous en prie, Clayton. Ne la condamnez pas avant d'avoir entendu sa version des faits.
— Oubliez-vous qu'en s'enfuyant elle a prouvé sa culpabilité ? Si apparemment elle aime l'opéra, ce que nous savions déjà, ça ne change rien.
— Votre loyauté envers Stephen obscurcit votre jugement.

N'obtenant aucune réaction, Whitney insista, courtoise mais ferme.
— Elle ne vient pas pour le spectacle. Elle ne regarde pas la scène. C'est la loge de Stephen qui l'intéresse. Mais elle s'arrange pour éviter les fauteuils du milieu où il risquerait plus facilement de la remarquer. Chéri, observez-la vous-même et vous comprendrez pourquoi je vous le demande.

Clayton eut une hésitation qui menaça de se transformer en refus. Puis, devant l'insistance de sa femme, il dirigea son regard vers la droite.

— Elle a un petit bonnet bleu foncé avec un ruban. Une robe du même bleu avec un col blanc, expliqua Whitney.

Elle sut que Clayton l'avait repérée quand elle vit sa mâchoire se crisper et son regard se reporter précipitamment sur la scène. Déçue, elle l'observa du coin de l'œil dans l'attente du moindre changement de posture qui lui révélerait que Clayton revenait à Sheridan. Dès qu'elle eut cette impression, elle lui jeta un rapide regard. La tête imperceptiblement tournée vers la droite, il faisait cependant mine de porter son regard ailleurs.

Pendant les deux heures qui suivirent, elle ne cessa d'observer son mari et Sheridan, en prenant soin de s'interdire le moindre mouvement qui aurait pu la trahir. À la fin de la soirée, elle avait mal aux yeux, mais éprouvait un sentiment de triomphe. Tout au long de la représentation, le regard de Clayton était revenu se poser sur Sheridan. Mais elle s'abstint pendant deux jours de parler d'elle, laissant ainsi à son mari le temps de réfléchir et – peut-être – de revenir sur sa façon de juger l'ex-fiancée de son frère.

# 46

Pendant que les laquais débarrassaient la table du petit déjeuner, Whitney entreprit prudemment de parler enfin de ce qui la préoccupait.

— Vous vous souvenez de la dernière soirée à l'Opéra ?

— J'ai trouvé la représentation... fascinante, fit Clayton avec un air convaincu.

— Vous ne l'avez pas suivie.

Clayton sourit.

— C'est exact. J'observais la façon dont vous m'observiez...

— Clayton, soyez sérieux. C'est important.

Il interrogea sa femme du regard et, à la fois circonspect et amusé, lui accorda toute son attention.

— Je voudrais que Stephen et Sheridan se rencontrent, expliqua Whitney. J'en ai discuté hier avec Victoria et elle est bien de mon avis : il faut qu'ils puissent au moins s'expliquer.

Prête à défendre son point de vue âprement, elle resta bouche bée lorsque Clayton lui répondit sur un ton presque désinvolte :

— En fait, la même pensée m'était venue à l'esprit, et j'ai abordé le sujet avec Stephen, hier soir, au *Strathmore*.

— Pourquoi n'en parliez-vous pas ? Que vous êtes-vous dit ?

— Eh bien, j'ai dit à Stephen que je désirais lui parler de Sheridan Bromleigh, que j'avais vue à l'Opéra et qui semblait ne venir que pour lui.

— Comment a-t-il réagi ?

— Très simplement. Il s'est levé et il est parti.

— Sans faire le moindre commentaire ?

— Ah, si, il en a fait un ! Il m'a dit que par respect pour notre mère il s'abstenait de céder à la tentation de recourir à la violence contre moi. Mais que si j'avais le malheur de prononcer encore une fois le nom de cette femme devant lui, il n'était pas certain de rester encore maître de ses actes.

— C'est vraiment ce qu'il a dit ?

— Ce ne sont peut-être pas exactement les mots qu'il a employés. Je crois qu'ils étaient plus... colorés.

— Mais moi, il ne peut pas me menacer de cette façon. Il faut que j'en profite pour faire quelque chose.

— Peut-être pourriez-vous recourir à la prière, à un pèlerinage, à la sorcellerie...

Sous le ton léger, elle sentait son désir de la voir renoncer. Mais elle lui montra un visage où se lisait tant de détermination qu'il lui demanda, le front plissé en se rejetant contre le dossier de sa chaise :

— Êtes-vous absolument décidée à vous mêler de cette affaire ?

Elle marqua une hésitation puis hocha la tête.

— Il faut que je tente quelque chose. La tristesse de Sheridan me hante, et si je pense à Stephen, je trouve qu'il a l'air un peu plus égaré de semaine en semaine. Leur séparation les mine.

Clayton étudia sa femme avec l'esquisse d'un sourire au coin des lèvres.

— Je vois... Pourtant je continue à croire que vous faites une erreur.

— Ce n'est pas mon avis, Clayton. Et je dois vous avouer que j'ai déjà contacté Matthew Bennett pour qu'il enquête et la retrouve.

— Je m'étonne que vous n'ayez pas demandé à un laquais de la suivre à sa sortie de l'Opéra avant de vous adresser à Bennett.

— Je n'y avais pas songé.

— Moi, si, déclara-t-il.

Il était resté si impassible qu'elle ne réalisa pas immédiatement le sens de ses paroles. Puis, subitement, elle sentit monter en elle un flot d'amour.

— Clayton, je vous aime.

— Elle travaille comme gouvernante dans la famille d'un baronnet qui répond au nom de Skeffington. Il a trois enfants. Je ne connaissais pas du tout ces gens. Bennett a leur adresse.

Whitney posa sa tasse de thé et se leva avec l'intention d'envoyer à Bennett un mot le priant de lui faire parvenir toutes les informations dont il disposait.

— Whitney ?

Elle se retourna.

— Oui ?

— Moi aussi, je vous aime. (Devant son sourire, Clayton attendit un instant avant d'ajouter, l'air grave :) Soyez prudente. Réfléchissez bien à la manière dont vous allez provoquer leur rencontre. De toute façon, dites-vous que Stephen risque de s'éclipser dès qu'il la verra. N'oubliez pas non plus qu'il pourrait vous en vouloir pendant très longtemps. Pesez le pour et le contre si vous voulez vous éviter d'amers regrets.

— Je le ferai. Je vous le promets.

Il la regarda sortir et secoua la tête en se disant qu'elle n'avait décidément pas un tempérament à rester spectatrice des événements. Il dut admettre que c'était en fait l'une des raisons pour lesquelles il l'aimait tant.

Néanmoins, il fut surpris par la rapidité de ses initiatives.

Quand, dans l'après-midi, il la vit assise devant un secrétaire en bois de rose, une plume à la main, avec sous les yeux une feuille de papier qu'elle lisait attentivement, il s'étonna :

— Que faites-vous ?

Elle leva la tête, l'air un peu absent, puis lui adressa un rapide sourire.

— Je viens de dresser une liste d'invités.

La saison tirant à sa fin, ils se réjouissaient d'aller retrouver le calme et la sérénité de la campagne. Alors, pourquoi une soirée de dernière minute, comme s'ils n'étaient pas déjà repus de frénésie mondaine ?

— Mais je croyais que l'on s'apprêtait à retourner à Claymore ?

— C'est exact. Sur ce plan, rien n'est changé. Ce que je prépare aura lieu à Claymore, dans trois semaines. Pour l'anniversaire de Noel.

Par-dessus son épaule, Clayton jeta un coup d'œil à la liste et étouffa un rire en lisant la première ligne à haute voix :

— « Un petit éléphant, que les enfants pourront toucher sans danger ».

— J'ai pensé que le thème de la fête pourrait être le cirque, avec des clowns, des jongleurs, et nous installerions le buffet sur la pelouse. Ça créerait une atmosphère plus détendue. Le spectacle réunirait les enfants et les adultes. Tout le monde aime le cirque.

— Noel n'est-il pas un peu jeune pour ce genre de réception ?

— Il a besoin de rencontrer d'autres enfants.

— N'est-ce pas déjà pour cette raison qu'il joue chaque jour avec les enfants Fielding et Thornton quand nous sommes à Londres ?

— Oui, bien sûr... (Elle eut un petit sourire désinvolte, puis ajouta :) Stephen s'est proposé pour organiser la fête à Montclair lorsque je lui en ai parlé tout à l'heure.

— Vous auriez dû accepter. Nous avons suffisamment donné de réceptions. Et puis, en tant qu'oncle et parrain de Noel, Stephen aurait pu se réserver le privilège de voir sa maison de campagne envahie par des parents qui ne manqueront pas de s'inviter pour la semaine ! plaisanta Clayton.

— J'ai plutôt suggéré à Stephen de donner un bal à Montclair, à l'occasion du soixantième anniversaire de votre mère, tandis que nous nous organiserons cette réception pour notre fils. Noel ayant son anniversaire trois jours avant celui de sa grand-mère, tout tombe parfaitement bien.

Clayton changea aussitôt d'avis.

— Quelle merveilleuse idée que ce bal en l'honneur de Mère ! Il y aura un monde fou !

— Nous, nous ne recevrons que quelques parents avec leurs enfants et leurs gouvernantes.

Pendant que Whitney parlait, le regard de Clayton avait rencontré sur la liste le nom des Skeffington.

— Quelle liste intéressante ! fit-il avec une ironie amusée.

— N'est-ce pas ? Vous y trouverez cinq couples au courant de la situation de Stephen mais d'une absolue discrétion. Plus les Skeffington.

— Accompagnés de la gouvernante des enfants, j'imagine.

— Evidemment. Et toute l'astuce consiste dans le fait que Sheridan ne peut s'éclipser sous aucun prétexte puisqu'elle travaille pour les Skeffington.

— Il n'en va pas de même pour Stephen... Comment l'empêcherez-vous de fuir ?

— Croyez-vous qu'il puisse si facilement abandonner en pleine fête un neveu qui l'adore, et dont lui-même est fou ? Et que penserait-on de le voir fuir ? Ce serait indigne de lui. J'aurais préféré organiser une rencontre plus discrète mais, justement, la présence de témoins l'empêchera de se dérober. (Accordant un

regard pensif à la liste des invités, Whitney ajouta :)
Je n'ai pas invité Nicolas. Il désapprouve systématiquement l'attitude de Stephen à l'égard de Sheridan. Il lui reproche de la condamner sans même essayer d'obtenir des explications. Quand je lui ai dit que je l'avais vue à l'opéra et que je souhaitais lui parler, il m'a répondu qu'il savait où la trouver mais qu'il gardait le secret. C'était la première fois qu'il me refusait quelque chose. Il estime qu'elle a assez souffert à cause de Stephen.

— C'est elle qui est partie, tout de même ! Et non Stephen, s'insurgea. Clayton.

— Effectivement. Mais Nicolas m'a soutenu qu'elle n'avait pu faire autrement.

— Dans ces conditions, mieux vaut en effet qu'il ne rencontre pas Stephen. Par ailleurs, as-tu pensé que les Skeffington pourraient décliner notre invitation ?

Whitney secoua vivement la tête en tapant de l'index sur un feuillet plié en quatre qu'elle avait gardé à portée de la main.

— J'ai ici une note de Matthew Bennett, dans laquelle il donne des informations sur les Skeffington. Ils ne sont venus à Londres pendant la saison que pour tenter de s'introduire dans la haute société. Lady Skeffington a peu d'argent, mais beaucoup d'ambition sociale, semble-t-il.

— J'imagine que c'est une femme charmante, ironisa Clayton. J'ai hâte de la rencontrer !

Soucieuse de bien se faire comprendre, Whitney poursuivit :

— Ces gens sont venus ici avec une fille de dix-sept ans pour laquelle ils cherchent un bon parti. Il est impensable qu'ils refusent une invitation de la part du duc de Claymore.

— Je peux toujours compter sur un miracle.

Refusant l'humour de son mari, Whitney fit observer :

— Vous oubliez que votre frère est à nouveau le plus convoité des célibataires.
— Peut-être neigera-t-il le jour de l'anniversaire de Noel, dit-il, manifestement consterné par l'idée de cette fête.
— Vous voudriez qu'il neige en juin ?
— Oh, cela a bien dû arriver un jour !

# 47

Les pieds douloureux posés sur un tabouret, Lady Skeffington goûtait avec bonheur le silence qui régnait dans la maison, pendant que son mari lisait le journal.

— Quel calme... soupira-t-elle. Miss Bromleigh a eu une excellente idée d'emmener les enfants manger des glaces.

— En effet, très chère, approuva son mari sans lever les yeux de sa lecture.

Elle allait s'étendre sur ses états d'âme lorsque leur unique serviteur, tout à la fois maître d'hôtel, cocher et laquais, apporta une lettre.

— Si c'est encore le propriétaire... commença Lady Skeffington.

Mais elle s'interrompit en remarquant la qualité du papier et faillit s'évanouir quand elle découvrit le sceau qui fermait la missive.

— Skeffington... Je crois que nous tenons enfin une invitation intéressante.

— Oui, très chère.

Elle rompit le cachet de cire, déplia le feuillet et resta bouche bée, les mains tremblantes. Elle se leva d'un bond tant l'émotion était forte.

— Claymore ! s'écria-t-elle, une main sur le cœur. Nous sommes invités à Claymore !

— Oui, très chère.

— Le duc et la duchesse de Claymore nous prient de leur faire l'honneur d'assister à l'anniversaire de leur fils. Et... (Lady Skeffington s'interrompit, le temps de prendre ses sels sur la table et de les respirer avant de poursuivre.) La duchesse de Claymore a rédigé cette invitation de sa main. Elle dit qu'elle regrette que nous ne nous soyons pas rencontrés plus tôt et compte sur notre présence pour remédier à cette situation. (Elle respira une nouvelle bouffée de sels avant d'achever sa lecture.) La fête aura lieu dans trois semaines. Les enfants sont bien entendu conviés. Qu'en pensez-vous, Skeffington ?

— C'est diablement étrange, à mon avis.

La lettre sur le cœur, la voix solennelle, Lady Skeffington demanda :

— Skeffington, savez-vous ce que cela signifie ?

— Oui, très chère. Nous venons de recevoir une invitation qui nous est adressée par erreur.

Lady Skeffington blêmit, arracha la lettre de sa poitrine, la relut et secoua la tête.

— Non. Il s'agit bien de nous. Regardez.

Distrait de sa lecture, Sir John prit la missive que lui tendait sa femme, la lut et laissa l'incrédulité faire place à une satisfaction béate.

— Je vous avais bien dit qu'il n'était pas nécessaire de nous agiter dans tous les sens pour décrocher des invitations. Nous aurions pu rester tranquillement chez nous, à Blintonfield, où cette lettre nous serait parvenue aussi bien qu'ici.

— Mais cette invitation est très spéciale ! Je ne pense pas que nous l'aurions reçue à Blintonfield.

L'enthousiasme juvénile qui saisissait sa femme n'empêcha pas Sir John de reprendre son journal.

— Qu'a-t-elle de si particulier, très chère ?

— Pensez à Julianna...

Le journal s'abaissa imperceptiblement pour laisser apparaître les yeux de Sir John, rougis par le madère, pour lequel il nourrissait un goût prononcé.

— Julianna ? Et pourquoi ?

— Voyons, Skeffington, réfléchissez ! Julianna n'a pas pu entrer à l'*Almack* ni dans les autres salons de premier ordre. Je lui ai alors conseillé de se promener dans Green Park, chaque après-midi. Or, un jour, elle l'a vu... Et il l'a regardée. J'étais là, je le sais, et je vous en avais parlé. Voilà pourquoi nous sommes invités à Claymore. Il s'est souvenu d'elle et veut la revoir. Il a certainement passé tout ce temps à la rechercher.

— Et l'invitation vient de sa propre femme ? Je ne peux pas dire que j'approuve sa conduite. C'est du mauvais goût !

— Mais de qui parlez-vous donc ?

— De Claymore, qui fait inviter notre fille par son épouse.

— Claymore ! Claymore ! Voyons, Skeffington, c'est Langford qui est intéressant pour elle !

— Dans ce cas, je me demande comment ça va se passer. Si Claymore et Langford se disputent Julianna, nous allons nous retrouver dans une situation bien délicate... Vous devriez arrêter votre choix avant que nous ne nous rendions là-bas, très chère.

Lady Skeffington ouvrit la bouche pour se lancer dans une tirade sévère à l'adresse d'un mari à l'esprit obtus. Mais l'explosion de voix animées qu'elle entendit dans le hall la fit simplement s'exclamer :

— Les enfants !

Elle se précipita dans l'entrée et, au comble de l'excitation, serra Sheridan dans ses bras comme si elle faisait partie de ses enfants.

— Miss Bromleigh, nous devons nous préparer pour un déplacement imprévu. Nous avons reçu une invitation d'une importance exceptionnelle, et j'ose à peine penser à tout ce qu'il nous faudra pour être présentables ! Mais, où est Julianna ?

— Elle est montée dans sa chambre, Lady Skeffington.

Sheridan n'éprouvait qu'anxiété à l'idée de préparer toute la maisonnée pour ce « déplacement imprévu ». Elle n'avait qu'une soirée libre par semaine et pour la mériter elle travaillait de l'aube jusqu'à onze heures du soir, contrainte de s'atteler à des tâches qui normalement n'entraient pas dans les fonctions d'une gouvernante.

Profitant de la surexcitation provoquée par « l'invitation d'une importance exceptionnelle », elle s'éclipsa dans sa chambre sous les combles, se rafraîchit le visage avec l'eau du broc, vérifia son chignon, puis alla s'asseoir près de la petite fenêtre, où elle se mit à coudre. Ah, elle pouvait prévoir de la couture et du repassage supplémentaires si les uns et les autres se voulaient impeccables pour cette fameuse réception ! Mais ce qui l'angoissait, c'était un éventuel manque de temps plutôt que le supplément de travail.

Plus elle était occupée et moins elle pensait à Stephen Westmoreland, ce qui n'était pas plus mal. En revanche, la nuit, quand le calme régnait et que son activité se réduisait à de la couture, les souvenirs affluaient et se mêlaient à ses rêveries.

Parfois, elle recréait des scènes entières ou donnait encore plus librement cours à son imagination en inventant de toutes pièces ce qu'elle n'avait pu observer. L'irruption de Charise Lancaster dans sa chambre, une heure avant son mariage, revenait régulièrement la hanter. Mais elle avait inventé de multiples variantes de cette même scène, lui donnant au fil des jours une suite ou une fin différente. Si, en pleine tirade venimeuse, Charise était surprise par Stephen, tantôt celui-ci écoutait ses récriminations et la jetait à la porte puis acceptait avec une totale confiance les explications de Sheridan et l'épousait comme prévu ; tantôt il mettait Charise à la porte sans même l'écouter, accordait sa confiance à Sheridan et l'épousait. Autre variante : ils étaient déjà mariés quand Charise apparaissait et Stephen refusait de douter de l'honnêteté de sa femme...

Mais rien de ce qu'elle avait pu imaginer ne lui faisait oublier que Stephen, ainsi que l'avait révélé de Ville, ne l'avait demandée en mariage que pour apaiser un remords. Toutefois, cette humiliation étant intolérable, elle avait eu recours à son intuition. Et son intuition l'assurait que Stephen l'avait aimée et l'aimait encore.

Il lui arrivait de coller le nez à sa fenêtre et de se dire qu'un jour où l'autre elle reconnaîtrait sa silhouette et son pas à la lumière des réverbères.

En attendant, elle le voyait à l'opéra. Oui, mais elle devait cesser de s'y rendre ! Tôt ou tard, elle le verrait accorder son séduisant sourire à sa compagne et ce serait une torture, un moment affreux qui marquerait la fin de ses incursions secrètes à Covent Garden.

Pour le moment, elle lui trouvait un air distant et sombre et il lui arrivait d'imaginer qu'il était triste parce qu'elle était partie et qu'elle lui manquait.

Mais, estimant qu'à cette heure de la journée il était un peu tôt pour donner libre cours à ses rêveries, elle secoua la tête comme pour les éloigner et leva les yeux en souriant quand, une minute plus tard, Julianna Skeffington entra dans sa chambre.

— Miss Bromleigh, puis je venir me réfugier ici ?

Julianna referma silencieusement la porte et vint s'asseoir sur le lit. Le visage de cette jeune fille de dix-sept ans reflétait une détresse qui lui donnait l'air d'un ange accablé par le spectacle des malheurs du monde. Quand elle manquait particulièrement de charité envers les époux Skeffington, Sheridan se demandait comment deux êtres si effrayants avaient pu engendrer cette délicieuse enfant, sensible et intelligente.

— Il m'arrive la pire des choses ! confessa-t-elle, meurtrie.

Sheridan voulut la taquiner :

— Rien que ça ? Ne serait-ce pas simplement quelque chose d'horrible ou de désastreux ? Non ? C'est vraiment le pire ?

Julianna esquissa un pâle sourire, soupira puis expliqua :

— Maman est dans tous ses états. Elle croit qu'un très beau parti s'intéresse à moi. En réalité, il ne m'a jamais adressé qu'un rapide regard. Et nous n'avons pas échangé la moindre parole.

— Je vois.

Non seulement Sheridan imaginait la situation, mais elle compatissait et elle aurait tenté de réconforter Julianna si Lady Skeffington n'avait fait irruption dans la chambre, l'air affolé.

— Mon Dieu, quel événement ! Ah, si seulement je savais comment nous devons nous habiller ! Miss Bromleigh, vous qui m'avez été recommandée par la sœur d'un duc, pourriez-vous nous prodiguer quelques conseils ? Nous allons être obligés d'aller à Bond Street sans tarder. Julianna, redresse-toi. Les hommes n'aiment pas les femmes qui se tiennent voûtées. Que devons-nous faire, Miss Bromleigh ? Bien entendu, vous nous accompagnerez. Ah, si j'avais toute une armée de domestiques, je l'emmènerais avec moi !

Plutôt que de se sentir humiliée par le rappel de son statut, Sheridan préféra se souvenir qu'elle avait eu de la chance de trouver cet emploi.

— Je ne suis pas experte en matière de mode, dit-elle prudemment. Mais je peux avoir une ou deux idées. Par qui êtes-vous invités ?

Lady Skeffington se rengorgea.

— Par le duc et la duchesse de Claymore. Sheridan crut un instant vaciller. Elle avait dû mal entendre.

Mais Lady Skeffington ajouta :

— Le duc et la duchesse de Claymore nous invitent tous chez eux, à la campagne, pour l'anniversaire de leur fils !

S'agrippant soudain au montant du lit, Sheridan riva sur Lady Skeffington un regard incrédule. Les Claymore n'avaient rien de commun avec ses employeurs. Séparés par la fortune et le prestige, ils l'étaient également par l'éducation. Sir John et Lady Glenda Skeffington n'en possédaient guère. Cette invitation était invraisemblable. Sheridan crut que l'une de ses rêveries avait basculé dans le cauchemar.

— Miss Bromleigh, je vous vois toute pâle, fit observer Lady Glenda. Croyez-vous que ce soit le moment de vous sentir mal ? Nous avons tellement de choses à faire et si peu de temps devant nous !

La voix étranglée, Sheridan dut toussoter avant de pouvoir s'arracher une question.

— Êtes-vous... êtes-vous des amis du duc et de la duchesse ?

Lady Skeffington prit quelques précautions oratoires.

— J'imagine que vous tenez à votre emploi et que par conséquent je peux parler en toute confiance, n'est-ce pas ?

Sheridan acquiesça d'un signe de tête.

— Dans ce cas, reprit Lady Glenda, je peux vous dire que Sir John et moi-même ne les avons jamais rencontrés.

— Comment se fait-il, alors... ?

— Eh bien, j'ai de bonnes raisons de croire que le plus beau parti d'Angleterre s'intéresse à Julianna. À mon avis, cette invitation a été dictée par le comte de Langford. C'est pour lui une occasion de côtoyer de près Julianna avant de prendre une décision.

La vue de Sheridan commençait à se brouiller.

— Miss Bromleigh ?

Sheridan battit des paupières et regarda avec inquiétude cette femme chargée par le diable de mettre en péril le fragile équilibre qu'elle avait réussi à se construire.

— Miss Bromleigh, ne nous faites pas ça !

Julianna intervint :

— Maman, donnez-lui vos sels. Vite !

Que sa voix parut étrange aux oreilles de Sheridan ! Lointaine, elle semblait venir de l'autre bout d'un tunnel, dans lequel elle s'enfonçait. Mais quand elle eut les sels de Lady Skeffington sous le nez, Sheridan cessa de défaillir, préférant affronter un cauchemar plutôt que de respirer les sels écœurants de Lady Glenda.

— Ça va, ça va. Merci. Ce n'était qu'un petit étourdissement.

— Ah, me voilà soulagée ! Nous avons besoin de vous. Nous attendons vos informations et vos conseils.

Sheridan eut un rire nerveux.

— Mais comment voulez-vous que je sache ce qui se passe dans la haute société ?

— Dans votre lettre de recommandation, Miss Thornton a précisé que votre éducation était remarquable. Elle disait que vous étiez le meilleur exemple qu'un enfant puisse suivre. Miss Charity Thornton est bien l'auteur de cette lettre, contresignée par M. de Ville ?

C'était le contraire. Ou plus exactement de Ville avait utilisé le nom de Charity sans lui demander son avis. Mais là n'était pas la question.

— Vous ai-je donné l'occasion de mettre en doute la véracité de ces propos ?

— Pas du tout. Vous êtes une personne très bien, en dépit de cette incroyable couleur de cheveux... Nous comptons sur vous, Miss Bromleigh.

— Je vais essayer de ne pas vous décevoir.

— Bien. Je vous accorde un moment de repos.

Harassée par le simple fait d'avoir entretenu une conversation où il avait été question de Stephen, Sheridan s'écroula sur le lit, le cœur douloureux tant il battait la chamade. Mais Lady Skeffington rouvrit la porte à peine l'avait-elle refermée.

— Je tiens à ce que les garçons fassent grande impression, dit-elle. Même quand notre fille sera devenue comtesse de Langford, leur avenir restera pour nous une préoccupation. Continuez à leur apprendre à chanter, en les accompagnant avec ce vieil instrument que vous nous avez fait acheter. C'était très bien l'autre jour. Comment appelez-vous cette chose ?

— Une guitare.

Quand Lady Skeffington s'éclipsa enfin, Sheridan recommença à se dire que cette invitation était insensée. L'explication de Lady Glenda ne tenait pas debout. Julianna était certes charmante, mais son véritable attrait tenait plus à sa conversation qu'à son apparence. Or, Stephen ne lui avait pas parlé. De plus, les rumeurs qu'elle avait surprises dans les salons de l'*Almack* lui avaient appris qu'il lui suffisait d'un geste pour avoir à ses pieds, et dans son lit, toutes les femmes qui lui plaisaient. Pourquoi, grands dieux, serait-il passé par les Claymore pour revoir Julianna ?

Non, les Skeffington n'avaient pas été invités à Claymore à la demande de Stephen. Mieux encore, cette invitation n'avait rien à voir avec eux. Elle représentait la vengeance de Whitney, de Clayton, de Stephen, de sa mère et probablement de tous ceux qui avaient eu vent de l'affaire Ces gens voulaient l'obliger à revenir dans leur univers doré le temps de regarder avec mépris cette petite gouvernante qui s'était fait passer pour l'une des leurs.

Et le plus humiliant, le plus pénible de tout, c'était qu'elle n'avait pas le choix. Elle devait y aller si elle voulait garder son moyen de subsistance en attendant de pouvoir rentrer chez elle.

Le menton tremblant, furieuse, elle se leva. Pourquoi se sentirait-elle humiliée ? Jamais elle n'avait cherché à devenir comtesse !

Enfin... pour être plus en accord avec sa conscience, elle se devait de reconnaître que le titre particulier de comtesse de Langford l'avait fait rêver, car il aurait signifié qu'elle était unie à Stephen et promise au bonheur. De quoi la punissait-on maintenant ? D'avoir eu des rêves de grandeur ? Mais qui l'avait introduire au 14 Upper Brook Street, sinon le destin qui aujourd'hui voulait punir la victime de ses propres manœuvres ? C'était pour le moins déconcertant.

— Je veux rentrer chez moi ! s'écria-t-elle soudain. Il faut que je trouve un moyen de repartir !

Depuis cinq semaines, elle attendait la réponse de sa tante Cornelia à qui elle avait tout expliqué. L'argent du voyage finirait par arriver, mais elle devait encore patienter au moins trois semaines, en supposant que l'océan fût assez calme et que le bateau du courrier ne restât pas immobilisé par une avarie à Richmond ou ailleurs. Il lui restait donc environ trois semaines avant la délivrance et trois semaines, aussi, avant la réception à Claymore. Si le destin se décidait à lui sourire au lieu de lui faire des crocs-en-jambe, elle pourrait s'offrir la satisfaction de priver les Westmoreland de leur mesquine vengeance.

# 48

Sheridan s'était préparée pendant ces trois semaines à affronter les Westmoreland. Elle n'avait cessé de se répéter qu'elle était parfaitement innocente, tout en évitant de penser à Stephen afin de mieux se fortifier contre l'adversité.

Elle put ainsi supporter le voyage jusqu'à Claymore avec une sorte de stoïque nonchalance. Au lieu de se demander si Stephen serait présent et quel regard il poserait sur elle, elle se laissa bercer par la gaieté des fils Skeffington, avec lesquels elle effectuait le trajet. Elle les fit répéter des chansons entraînantes et quand, au bout de deux heures, ils arrivèrent à Claymore, au lieu de se pencher vers la vitre pour apercevoir le manoir, elle se préoccupa de leur tenue. Puis elle n'accorda qu'un bref regard à la façade de l'imposante demeure, sans même remarquer l'élégance des balcons et des fenêtres à meneaux.

Seuls les battements de son cœur trahissaient son émotion tandis que les serviteurs, portant la livrée marron et or des Westmoreland, se précipitaient vers les nouveaux arrivants. Vêtue d'une robe bleue à la coupe très stricte, le chignon sur la nuque, un petit col blanc soigneusement boutonné, Sheridan était l'image même de la parfaite gouvernante. Une main sur l'épaule des garçons, elle monta les marches du perron derrière Sir John, Lady Glenda et leur fille.

Pour la énième fois, elle se répéta qu'elle n'avait pas triché avec les Westmoreland ni avec qui que ce fût. En revanche, le comte de Langford s'était moqué de ses sentiments en se faisant passer pour son fiancé et en voulant l'épouser sans être épris d'elle. Et tout cela avec la complicité de sa chère famille, qu'elle jugeait aussi coupable que lui.

La tête haute, les épaules bien droites, convaincue qu'elle n'avait ni à se défendre ni à éprouver la moindre honte, elle ressentit tout de même un choc lorsque le serviteur qui venait de les accueillir dans le hall leur désigna leurs chambres.

Il commença par s'adresser à Lord et Lady Skeffington :

— Sa Grâce a pensé que vous apprécieriez la vue qu'offre la suite bleue. Quand vous serez reposés, elle se fera un plaisir de vous recevoir dans le grand salon.

Tandis qu'un laquais leur montrait le chemin, le maître d'hôtel se tourna vers Julianna.

— Miss Skeffington, vous disposerez de l'appartement suivant.

Hodgkin s'adressa ensuite aux garçons pendant que Julianna commençait à monter l'escalier de marbre.

— Jeunes messieurs, vos chambres sont au troisième étage, où se trouvent également les salles de jeux. Votre gouvernante...

Hodgkin s'interrompit en découvrant Sheridan. Son regard stupéfait se posa un instant sur sa robe bon marché puis revint scruter son visage avec une expression d'horreur.

— Votre gouvernante, reprit-il en bafouillant, occupera... une chambre voisine... de l'autre côté du couloir.

Sheridan dut refréner l'envie de s'avancer vers lui et de caresser sa joue parcheminée en lui disant que tout allait bien et qu'il n'avait pas besoin de prendre cet air catastrophé. Esquissant un sourire, elle s'adressa à lui d'une voix douce.

— Je vous remercie... Hodgkin.

Sa chambre, plus petite que celles des garçons, comportait un ameublement sommaire, mais comparée à la pièce qu'elle occupait chez les Skeffington, elle lui sembla luxueuse. Elle apprécia également d'être au troisième étage, ce qui pourrait lui permettre, dans une maison si vaste, d'éviter des rencontres systématiques avec ses occupants. Soucieuse de ne pas rester inactive, elle s'empressa de se rafraîchir puis de défaire son sac de voyage avant de rejoindre les enfants.

Deux autres gouvernantes, installées au bout du couloir, apparurent avec les deux petits garçons dont elles avaient la charge à l'instant où Sheridan faisait entrer les enfants Skeffington dans une salle de jeux. Elles se présentèrent amicalement et proposèrent que les quatre garçonnets jouent ensemble sous leur surveillance.

Brusquement désœuvrée, Sheridan entreprit de faire le tour de la grande salle ensoleillée. Elle s'arrêta un instant devant une table entièrement occupée par une marée de soldats de bois, puis elle se pencha pour ramasser deux livres tombés de la bibliothèque. Elle les remit à leur place et, machinalement, ouvrit un vieux carnet de croquis posé sur une des étagères de bois clair. Son cœur s'arrêta... Sous un dessin d'enfant représentant un cheval qui paissait dans un champ il y avait un nom, tracé avec effort, d'une main incertaine, un nom qu'elle ne connaissait que trop, qui occupait son esprit et son cœur : Stephen Westmoreland.

Elle referma le carnet d'un geste sec, se retourna mais reçut un autre choc. Sur une petite table, à côté d'un cheval à bascule, elle découvrit le portrait d'un petit garçon qui souriait, un bras passé autour du col du cheval. L'œuvre, sans doute réalisée par un peintre de talent, rendait à merveille le charme d'un sourire espiègle, irrésistible, qui annonçait toute la séduction de l'adulte. Stephen, encore lui, toujours lui...

Se détournant du tableau, elle s'écria :

— J'ai envie de jouer avec vous !

Thomas Skeffington qui, à sept ans, était déjà menacé d'embonpoint, lui fit observer :

— Nous sommes déjà trop nombreux, Miss Bromleigh, et j'ai envie de gagner la friandise qui doit récompenser le vainqueur.

— Non, c'est moi qui la gagnerai ! fit son cadet.

Gênée par ce manque d'éducation qu'elle s'efforçait de corriger quotidiennement avec de minces résultats, Sheridan adressa un regard d'excuse aux deux autres gouvernantes qui, par un sourire chaleureux, manifestèrent leur sympathie.

— Vous devez être fatiguée, remarqua l'une d'elles. Nous, nous sommes arrivées hier et avons pu récupérer la nuit dernière. Vous devriez aller vous reposer un moment pendant que nous surveillons ces jeunes gens.

Sheridan ne se fit pas prier. Elle avait tant envie de retourner vers le tableau et le carnet de croquis qu'elle préféra s'en éloigner au plus vite et rejoindre sa chambre en courant.

Elle laissa la porte entrouverte et alla s'asseoir près du lit. Les émotions que lui valait déjà cette maison, ajoutées à trois semaines d'anxiété et de travail accablant, commençaient à sérieusement entamer sa résistance morale. Non, elle ne devait pas penser au fait que Stephen Westmoreland avait passé son enfance ici ! Mais comment peut-on se battre sans cesse contre soi-même ? Elle ferma les yeux et s'accorda une rêverie bienfaisante. Elle imagina que cette invitation, pour déroutante qu'elle fût, n'avait rien à voir avec elle et qu'elle pourrait rester pendant deux jours dans cette chambre, sans voir personne, bien à l'abri des manigances des Westmoreland. Elle ne serait même pas tentée d'apercevoir Stephen, tout simplement parce qu'il ne viendrait pas.

L'apparition de Julianna balaya sa rêverie.

— Puis-je entrer ? Je ne vous dérange pas ?

— Non. Venez. J'apprécierai un peu de compagnie, au contraire.

Sincère et spontanée, Sheridan se laissa malheureusement emporter par son élan et posa la question qui lui brûlait les lèvres :

— Le comte de Langford est-il arrivé ?

— Non, mais on l'attend d'un moment à l'autre et maman ne cesse de me parler d'un mariage avec cet homme. Je ne sais vraiment pas comment je vais pouvoir supporter ces deux jours, dit Julianna, une lueur de colère dans les yeux. Pourquoi me fait-elle ça, Miss Bromleigh ? Expliquez-moi pour quelle raison elle veut à tout prix me pousser dans les bras d'un homme fortuné, titré, sans même prendre en considération son âge et son apparence. Quant à ce que je peux penser, elle s'en moque complètement ! Pourquoi flatte-t-elle si bassement tous ceux qui ont une position sociale plus élevée que la nôtre ? (Les efforts de Julianna pour maîtriser sa colère et sa honte bouleversaient Sheridan.) Vous auriez dû la voir dans le salon avec la duchesse de Claymore et ses amis. J'ai cru qu'elle allait s'agenouiller devant eux. C'était horrible.

Comment lui répondre sans révéler une même aversion pour la flagornerie et le manque de dignité de sa mère ? Sheridan préféra ne rien envenimer et, prudemment, expliqua :

— Une mère désire toujours le bonheur de sa fille. Elle veut qu'elle ait une vie meilleure que la sienne.

— Mais non, maman ne tient aucun compte de ma vie ! Moi, je voudrais écrire, et ça, elle s'en moque totalement. Je serais infiniment plus heureuse si elle cessait de vouloir me marier comme si j'étais...

Sheridan l'aida à terminer sa phrase.

— Une princesse qui doit trouver un noble époux.

Dans l'esprit de Lady Skeffington, la beauté de sa fille représentait, pour toute la famille, un moyen de monter dans la hiérarchie sociale. Ce que Julianna, avec sa vive intelligence, saisissait parfaitement.

— Je préférerais être laide ! s'écria-t-elle avec conviction. Je préférerais être si laide qu'aucun homme ne me regarderait. Savez-vous ce qu'a été ma vie jusqu'à présent ? Je l'ai passée à lire. C'est tout ce que j'ai pu faire. Maman ne m'a jamais permis de sortir une seule fois tant elle craignait que je sois mêlée à un scandale. Ah, cette peur que je perde de la valeur à la foire aux maris ! C'est épouvantable ! Mais je regrette que ça ne soit pas arrivé. J'aurais pu vivre tranquillement avec le petit héritage que m'a laissé ma grand-mère. J'aurais pris un petit appartement, j'aurais eu des amies. J'aurais pu aller à l'opéra, au théâtre et écrire des romans. (Elle soupira et, d'une voix adoucie par ces pensées heureuses, elle reprit :) Ah, la liberté, Miss Bromleigh ! Et des amies ! Vous êtes ma première compagne. Ma mère ne m'a jamais permis d'approcher des femmes de mon âge. Elle désapprouve leur comportement. Elle les trouve trop hardies, et ne voudrait pas que l'on me voie avec elles de peur que...

Sheridan manifesta sans plus attendre sa compréhension :

— De peur que vous perdiez de la valeur !

— Évidemment...

Portée par l'humour et l'esprit que sa mère avait tant essayé d'étouffer en elle, Julianna se pencha en avant et ajouta avec un air de conspiratrice qui amusa Sheridan :

— Ma réputation ruinée, il n'aurait plus été question de mariage... Ç'eût été divin, ne croyez-vous pas ?

— Non, lui répondit Sheridan, avec un sourire mais d'un ton ferme. Vous n'imaginez pas toutes les conséquences que cela aurait eu sur votre vie. Nous pourrons en reparler plus tard.

Julianna baissa un instant les yeux.

— Croyez-vous à l'amour, Miss Bromleigh ? Je veux parler de l'amour comme dans ces histoires que racontent les romans ? Moi, non.

— Je...

Sheridan hésita tandis qu'elle revivait l'exaltation que lui procurait l'apparition de Stephen dans une pièce, le plaisir de parler et de rire avec lui, l'étrange conviction d'être faite pour lui plaire et d'occuper auprès de lui la place qui était la sienne. Elle avait éprouvé un sentiment de plénitude dans ses bras.

Devant le regard intrigué de Julianna, elle finit par répondre :

— J'y ai cru.

— Et ?

— Et on peut avoir très mal quand l'amour n'est pas partagé.

— Je vois.

Julianna possédait incontestablement une maturité exceptionnelle que reflétait la gravité de son regard violet. Sheridan voyait en elle un véritable écrivain, servi par un don d'observation extraordinaire, dont elle devait en l'occurrence se méfier.

— Non, je ne pense pas que vous puissiez comprendre, fit-elle avec un grand sourire.

Mais, franche et directe, Julianna lui avoua :

— La première fois que je vous ai vue, j'ai senti en vous une profonde blessure. Et aussi beaucoup de courage et de volonté. Je ne vous demanderai pas ce qui s'est passé. Par contre, j'aimerais que vous m'expliquiez quelque chose.

Sheridan faillit lui faire observer qu'elle manquait de discrétion. Mais sa curiosité n'était-elle pas une façon de tromper sa solitude et de s'ouvrir sur le monde ? Dans un élan de sympathie, Sheridan répondit :

— D'accord. À la seule condition que votre question ne me mette pas dans l'embarras.

Julianna hocha la tête.

— Comment pouvez-vous être si sereine ?

Loin d'éprouver la moindre sérénité sous le toit des Claymore, Sheridan préféra plaisanter.

— Je suis probablement exemplaire. À la fois sereine, courageuse, déterminée, dit-elle avec un petit rire qui sonna faux. Maintenant, parlons un peu de choses sérieuses. Savez-vous ce qui nous attend ici ?

Admirant la manière dont Sheridan avait détourné la conversation, avec autant de fermeté que d'humour, Julianna étouffa sa déception.

— Je crois que nous allons passer notre temps dehors, même à l'heure des repas, ce qui me paraît un peu étrange. Les enfants et leurs gouvernantes occuperont une table à côté de la nôtre. Ça, je le sais parce que je suis sortie et que j'ai vu les préparatifs sur la pelouse.

Se penchant soudain sur sa chaussure pour en retirer un gravier, elle ne put surprendre l'air hostile et horrifié de Sheridan.

— Ah, et quand les enfants chanteront, vous devrez les accompagner à la guitare.

Au lieu de s'effondrer, Sheridan se leva, mue par une fureur sans nom. À l'évidence, on voulait qu'elle fût constamment exposée aux regards des Westmoreland et de leurs invités. Comme par hasard, il n'y avait que des gens qu'elle avait déjà rencontrés, des amis proches de la famille, qui se chargeraient de l'humilier sans en faire des gorges chaudes dans tout Londres. Ils seraient aussi efficaces que discrets et jamais ne mettraient le comte de Langford dans l'embarras. Ainsi, elle ne pourrait même pas prendre ses repas en paix ! De plus, on lui demandait de jouer les ménestrels. C'était trop, beaucoup trop !

— Les monstres ! s'écria-t-elle.

Julianna releva la tête.

— Les garçons ? Ils sont de l'autre côté du couloir.

— Non. Pas ces monstres-là. Les autres. Les adultes, lança Sheridan sans plus réfléchir. Où les avez-vous vus ? Dans le salon ?

Bouche bée, Julianna observa la transformation de la sereine Sheridan en une femme dont le regard martial eût donné des frissons à Napoléon lui-même.

Oh, Sheridan savait qu'elle pourrait plier bagage après s'être exprimée comme elle en avait l'intention ! Mais, de toute façon, elle aurait été renvoyée à la fin des festivités. L'ambitieuse et sournoise Lady Skeffington n'était pas femme à garder une gouvernante couverte de mépris par les Westmoreland et leurs amis. Quand on est prêt à sacrifier sa propre fille à ses ambitions sociales, on n'hésite pas à mettre à la porte une employée dont la haute noblesse a une piètre opinion.

Mais peu importait. Descendant l'escalier de marbre, Sheridan savait qu'elle préférait avoir faim plutôt que se laisser torturer par ces aristocrates hautains, animés d'un désir de vengeance perverse et injuste.

# 49

Sheridan se précipita vers le premier valet qu'elle rencontra en lui demandant de la conduire au grand salon. Devant la porte fermée, elle trouva un autre serviteur auquel elle annonça :

— Je veux voir immédiatement la duchesse de Claymore. Je m'appelle Sheridan Bromleigh.

S'attendant à un refus, elle s'était préparée à forcer le barrage. Mais le laquais s'inclina devant elle.

— Sa Grâce vous attendait, dit-il.

Il n'y avait plus aucun doute : on lui avait tendu un piège pour la punir.

— Vous ne m'étonnez guère ! fit-elle avec mépris.

Les conversations et les rires des femmes rassemblées dans le salon s'interrompirent à l'instant où elle apparut. Ignorant Victoria Seaton, Alexandra Townsende, la duchesse douairière et Miss Thornton, elle se dirigea vers la duchesse de Claymore.

Le regard noir, elle toisa celle qui avait prétendu l'aimer comme une sœur et, la voix vibrante de fureur, lui lança :

— Avez-vous si peu de distractions qu'il vous faille torturer une servante pour vous amuser ? Que comptiez-vous me demander, à part chanter et jouer de la guitare ? Espériez-vous que j'allais danser aussi ? Pourquoi Stephen n'est-il pas encore arrivé ? N'est-il pas aussi pressé que vous d'assister au spectacle ? (Les poings serrés, elle tonna :) Vous avez tous perdu votre temps ! Je m'en vais, vous entendez ? Je m'en vais ! Vous avez occasionné aux Skeffington des dépenses intolérables pour rien ! Vous vous êtes servis d'eux en leur donnant de faux espoirs et cela uniquement pour vous venger de moi ! Vous êtes monstrueux, et ne cherchez pas à nier que vous n'aviez qu'une idée en tête : m'attirer dans ce piège !

Pas un instant Whitney ne s'était attendue à une telle agression. Alors, au lieu d'entreprendre une explication posée et affectueuse, elle contre-attaqua en cherchant à toucher Sheridan directement au cœur.

— Pour certaines raisons, il m'avait semblé que vous pourriez apprécier des efforts faits pour vous rapprocher de Stephen.

— Vous vous trompiez.

— Dans ce cas, pourquoi allez-vous à l'Opéra, chaque jeudi ?

— Ce n'est pas interdit.

— Mais vous ne regardez pas le spectacle. Vous vous tournez sans cesse vers la loge de Stephen.

Sheridan pâlit.

— Le sait-il ? Oh, surtout, ne lui dites rien ! Quelle raison auriez-vous d'être cruelle à ce point ?

Whitney sentait qu'elle était à deux doigts d'apprendre enfin ce qui avait poussé Sheridan à fuir. S'interdisant la moindre erreur, elle demanda prudemment :

— Pourquoi serait-ce si cruel de ma part de le lui dire ?

— Le sait-il ? répéta seulement Sheridan.

Whitney lui eût volontiers accordé un sourire admiratif. Sheridan Bromleigh pouvait n'être qu'une gouvernante devant un parterre d'aristocrates, jamais elle ne s'inclinerait. Toutefois, son comportement créait une difficulté inattendue. Whitney détestait le chantage mais dut s'y résoudre.

— Stephen n'est pas encore au courant, mais il pourrait l'être si vous ne m'expliquez pas votre conduite à l'Opéra. Je la trouve tout de même étrange de la part de quelqu'un qui lui a fait faux bond devant l'autel.

— Vous n'avez aucun droit d'exiger ce genre d'explication.

— J'ai tous les droits.

— Vous prendriez-vous pour la reine ?

— Non. Je suis que la femme qui, venue à votre mariage, ne vous y a pas vue.

— Je pensais que vous m'en remercieriez.

Whitney ne cacha pas son effarement.

— Vous en remercier ? Pour quelle raison ?

— Ne pourrions-nous cesser ces enfantillages ?

— Ah, je vois ! La vie et les sentiments de mon beau-frère vous importent peu. Eh bien, pour moi, ce ne sont pas des enfantillages !

D'un ton soudain stupéfait qui, en d'autres circonstances, aurait pu créer un effet comique, Sheridan avoua :

— Je vous préférais quand j'étais amnésique...

Elle jeta un regard circulaire sur la pièce, comme pour s'assurer que les meubles ne flottaient pas et que les tentures ne s'étaient pas transformées en draps de lit.

— Vous n'étiez pas si... déraisonnable, reprit-elle. Quand j'ai appris par M. de Ville que Stephen avait décidé de m'épouser par devoir, j'ai tout simplement fait ce que j'avais à faire. Pauvre M. Lancaster qui est mort loin de sa fille...

Déjà Whitney maudissait de Ville, qui s'était autorisé à jouer un rôle dans cette affaire sans lui en parler et qui avait provoqué la débâcle.

— Puis-je partir maintenant ? demanda sèchement Sheridan.

Sous l'œil incrédule de Victoria et de Charity Thornton, Whitney répondit :

— Certainement.

Mais lorsque Sheridan fut sur le point de sortir, elle ajouta d'une voix soudain plus douce :

— Miss Bromleigh, je crois que mon beau-frère était amoureux de vous.

La main sur la poignée de la porte, Sheridan rétorqua :

— Non, ne me dites pas ça ! Ne me racontez pas n'importe quoi ! Il n'a jamais prétendu m'aimer. Même pas lorsqu'il parlait de mariage.

— Peut-être n'a-t-il pas su reconnaître ses propres sentiments. Peut-être en est-il encore incapable aujourd'hui. Mais je vous assure qu'il n'est plus le même homme depuis que vous êtes partie.

Sheridan se sentit ébranlée par une explosion de joie et d'espoir qui se heurtait en elle à la peur et au refus.

— Pour l'amour de Dieu, ne me mentez pas.

— Sheridan ?

Le ton amical de Whitney la poussa à se retourner.

— Le jour de votre mariage, Stephen ne parvenait pas à imaginer que vous ne reviendriez pas. Il n'avait pas cru les propos venimeux de Miss Lancaster, et il espérait entendre vos explications.

Bouleversée, Sheridan entendit Whitney ajouter :

— Il a retenu le prêtre jusqu'au soir. Aurait-il agi ainsi s'il ne vous avait pas aimée ? D'ailleurs ce sentiment de devoir n'avait plus de sens puisque vous n'étiez pas Charise Lancaster et que la mort de Burleton ne vous concernait pas... Stephen ne pouvait pas croire que vous l'aviez fui. Il refusait d'entendre le prêtre qui lui répétait qu'un mariage se doit d'être célébré avant midi. Il voulait vous épouser ce jour-là, il le voulait de tout son cœur.

Le regard embué par les larmes, Sheridan détourna la tête.

— Je ne savais pas, dit-elle. Je ne pouvais pas imaginer ça... Il ne devait pas avoir tous ses esprits. Il n'a pas pu, en toute lucidité, vouloir épouser celle qui n'avait été que l'accompagnatrice de Charise Lancaster, une simple gouvernante.

— Oh, vous vous trompez ! fit Whitney. Mon expérience personnelle, ajoutée à ce que je sais des Westmoreland, me permet de vous assurer que dans cette famille les hommes n'ont jamais fait que ce qui leur plaisait. Stephen savait déjà qui vous étiez lorsqu'il a retenu le prêtre jusqu'à la nuit. Il avait décidé que vous seriez sa femme et rien n'aurait pu l'en dissuader. Rien ni personne. Sauf vous-même.

Whitney marqua une pause tout en observant l'expression de Sheridan. Elle vit sur son visage passer la joie, l'anxiété puis l'espoir, un espoir fragile, incertain mais indéniable. Satisfaite et rassurée, elle jugea néanmoins prudent de mettre Sheridan en garde.

— Malheureusement, dit-elle, les Westmoreland supportent mal que l'on dépasse certaines limites. Et, connaissant leurs critères, je crains que vous les ayez largement dépassées.

— Et dans ce cas ? demanda timidement Sheridan.

— Dans ce cas, si vous voulez que les choses s'arrangent il faudra y mettre du vôtre. Je dirais même qu'il vous faudra beaucoup de courage. Au mieux, Stephen vous manifestera une hostilité farouche mais muette. Au pire, il libérera une partie de sa fureur. Mais de toute façon vous aurez à l'affronter.

— Je vois.

— Il ne veut rien avoir à faire avec vous. Il refuse même d'entendre prononcer votre nom.

— Dois-je comprendre qu'il me hait ?

— Il se l'imagine...

Le cœur serré, Sheridan se dit qu'elle aurait pu éviter ce désastre. Osant se raccrocher à une lueur d'espoir, elle demanda :

— Que dois-je faire ?

— Battez-vous. Pour vous, pour lui, pour votre amour.

— Mais comment ?

Devant l'anxiété de Sheridan, Whitney se mordilla la lèvre pour ne pas sourire.

— Toute la question est là, dit-elle. Il va vouloir vous éviter, bien entendu. Je pense même qu'il aura envie de repartir dès qu'il vous verra. Mais comme il s'agit de fêter l'anniversaire de Noel, il se sentira obligé de rester.

— C'est donc une chance pour moi.

— Ne parlons pas de chance. Rien n'a été laissé au hasard. Vous aviez parfaitement raison de croire que nous avions tout fait pour vous attirer ici. Mais ce n'était que pour vous permettre de retrouver Stephen. Vous aurez du temps libre. Nous avons suggéré à Lady Skeffington de vous faire chaperonner sa fille, au lieu de vous occuper des garçons qui seront confiés aux deux autres gouvernantes, et vous n'aurez pas besoin d'être constamment auprès de Julianna. Ce que Lady Skeffington a facilement accepté. Vous pourrez ainsi aller et venir, vous promener à cheval si vous le désirez. Tout ce que l'on vous conseille, c'est de faire en sorte que Stephen puisse vous voir le plus souvent possible.

— Je... je ne sais comment vous remercier.

— Attendez avant de me remercier, fit Withney.

Mais ausitôt elle regretta de lui rappeler les difficultés qui l'attendaient au lieu de l'encourager et elle se lança dans une confidence surprenante :

— Je vais vous dire une chose. J'ai été fiancée à mon futur mari sans le vouloir. Mon père avait tout arrangé à mon insu. Or, à l'époque, je me croyais amoureuse d'un voisin et ne souhaitais épouser que lui. Je me suis donc comportée de telle manière que mon fiancé a rompu les fiançailles. Mais voilà que, quelque temps après, je me suis aperçue qu'en fait je n'étais plus amoureuse de mon voisin depuis longtemps. Seulement Clayton ne voulait plus entendre parler de moi...

— À l'évidence, il a fini par changer d'avis.

— Ce n'est pas tout à fait ça, avoua Whitney en rosissant. En réalité, il a fallu que je vienne le voir, alors qu'il s'apprêtait à épouser une autre femme, et il a fallu aussi que Stephen intervienne et m'encourage. Voilà pourquoi j'ai eu l'idée de vous réunir ici. En espérant que les choses s'arrangeront comme elles se sont arrangées pour moi.

— Mais difficilement, j'imagine.

Dans un éclat de rire, Withney hocha la tête.

— Oh, oui ! J'avais l'impression que Clayton me haïssait. J'étais horriblement mortifiée. Mais quand nous nous sommes réconciliés, une seule chose a compté : notre union. C'était une victoire que nous avions tous deux remportée.

— Si je comprends bien, mon orgueil va souffrir.

— Terriblement.

— Merci pour cette confidence. Cela m'aide de savoir que l'on peut rectifier ses erreurs. Et que vous êtes vous-même passée par les mêmes épreuves.

— C'est uniquement dans ce but que je me suis confiée à vous, Sheridan, sinon je ne l'aurais pas fait.

— Je sais, répondit Sheridan avant de demander, le sourire fragile mais la voix ferme : Comment vais-je m'y prendre ?

— Commencez par vous imposer devant lui parce qu'il faut qu'il vous voie. Et faites-lui comprendre que vous êtes disponible.

— Disponible ?

— Oui. Il faut que votre attitude soit claire. Qu'il sache que vous êtes ici pour lui.

Sheridan acquiesça, le cœur battant au rythme d'un espoir mêlé à une incertitude angoissante. Puis elle se tourna vers les autres femmes qu'en entrant elle avait ignorées de façon insultante. Toutes la regardaient avec gentillesse et compréhension.

Elle s'adressa à la duchesse douairière et à Miss Thornton :

— J'ai été d'une impolitesse impardonnable, dit-elle.

La duchesse secoua la tête et lui tendit la main.

— À votre place, ma chère enfant, je me serais certainement conduite de la même manière.

Sheridan prit la main de la duchesse dans les siennes.

— Je suis confuse, terriblement confuse.

Victoria Seaton se leva et serra Sheridan dans ses bras afin de lui éviter de se confondre en excuses plus longtemps. Puis elle lui affirma avec un rire dans la voix :

— Nous sommes toutes venues pour vous soutenir. Et je crois que ce ne sera pas inutile !

À son tour, Alexandra Townsende se leva et serra les mains de Sheridan dans les siennes en déclarant avec un frisson théâtral :

— Ne l'effrayez pas. Stephen s'en chargera bien assez !

Le sourire de Sheridan pâlit.

— Vos époux sont-ils au courant ? demanda-t-elle.

Les trois femmes hochèrent la tête, et Sheridan retrouva son sourire lumineux. N'était-il pas touchant de savoir que les maris prenaient part à cette conspiration de l'amour ?

Puisque Stephen avait retenu le prêtre toute une journée dans l'espoir de la voir revenir, elle ne doutait plus d'avoir été follement aimée. Émue et émerveillée, elle oublia quelques instants l'épreuve qui l'attendait.

# 50

La duchesse douairière, sa belle-fille et Charity Thornton, qui étaient restées au salon avec le petit Noel, sursautèrent à l'instant où elles entendirent le bruit d'un attelage. En dépit de leurs efforts pour paraître naturelles et confiantes, leur nervosité venait de les trahir.

— Ce doit être Stephen, dit la duchesse.

Elle reposa sa tasse de thé en un geste si brusque qu'elle fit tinter la délicate porcelaine de Sèvres. Tout le monde était arrivé depuis longtemps à l'exception de son fils et elle commençait à craindre qu'il fût retenu par un impondérable qui prenait désormais les allures d'un sérieux contretemps.

— S'il n'a été ni blessé ni retenu par quelques brigands, continua la duchesse d'un ton sévère, je sens que c'est moi qui vais avoir envie de l'agresser ! Je suis à bout de nerfs. J'ai depuis longtemps passé l'âge d'apprécier ce genre d'attente...

Tout aussi impatiente que sa belle-mère, Whitney s'était déjà précipitée vers la fenêtre.

— Eh bien, est-ce lui ?
— Oui... Oh, non !

L'air catastrophé, Whitney s'était retournée pour s'appuyer contre le mur.

— Alors, est-ce lui ou non ? demanda Charity Thornton.

— Oui, c'est bien Stephen.
— Parfait.
— Mais accompagné de Monica Fiztwaring.
— Voilà qui est regrettable, observa la duchesse douairière.

Elle tendit son petit-fils à Charity, qui ouvrit les bras pour prendre l'enfant. Miss Thornton et Lord Noel Westmoreland étant devenus inséparables, Whitney n'avait pas eu le cœur de se séparer de la vieille demoiselle le jour de l'anniversaire de l'enfant. Il avait donc fallu la mettre au courant de ce qui se tramait en l'avertissant de l'arrivée de son ancienne protégée.

— Il est également venu avec Georgette Porter, annonça Whitney.

La duchesse douairière crut que le ciel lui tombait sur la tête.

— Ah, non ! C'est vraiment catastrophique !

Mais Charity n'était pas de cet avis.

— Détrompez-vous ! C'est une aubaine au contraire.

Prenant les petits poignets de Noel, elle fit battre l'enfant des mains et le regarda rire avec bonheur jusqu'au moment où elle s'avisa que le silence des deux duchesses se prolongeait. Elle tourna la tête vers elles et comprit qu'elle passait pour une folle.

— Une seule femme aurait demandé toute l'attention de Langford, expliqua-t-elle. Tandis que deux femmes peuvent rester ensemble. Il sera ainsi disponible pour Sheridan.

— Malheureusement, Monica et Georgette ne se supportent pas.

— Dans ce cas, elles vont rivaliser d'amabilité pour lui plaire ! (Fronçant subitement les sourcils, Charity ajouta :) À moins qu'elles ne se liguent contre notre pauvre Sheridan si Langford ne regarde qu'elle...

Whitney prit cette seconde éventualité plus au sérieux que la précédente et regarda sa belle-mère.

— Que devons-nous faire ?

Charity, qui retrouvait l'exaltation du prélude des fiançailles, avança une suggestion :

— Vous devriez inviter M. de Ville et nous aurons un compte rond.

Ses nerfs commençant à craquer, la duchesse douairière se retourna sur sa chaise et lança à Charity un regard noir.

— C'est une idée parfaitement absurde ! Vous savez très bien que Stephen ne supporte même plus d'entendre prononcer le nom de cet homme depuis le jour où Sheridan a disparu.

Devant l'éclat de sa belle-mère, Whitney s'empressa d'intervenir.

— Vous devriez emmener Noel dehors, dit-elle à Charity. Les autres enfants se trouvent probablement à cette heure-ci du côté de l'étang aux cygnes. Vous pourriez les y rejoindre. Et, éventuellement, surveiller du coin de l'œil notre gouvernante... très particulière.

Charity acquiesça, se leva et prit Noel par la main.

— Venez, jeune Westmoreland, nous allons surveiller notre proie.

Noel lui retira sa main, secoua ses boucles brunes et expliqua :

— D'abord, je dis au revoir.

Courant se jeter au cou de sa grand-mère puis de sa mère, il les embrassa puis, content de leur avoir fait plaisir, revint vers Charity, lui sourit et la laissa l'entraîner vers la porte-fenêtre qui ouvrait sur les pelouses.

Dès que son petit-fils se fut éloigné, la duchesse douairière fixa un regard irrité sur la porte du corridor. Au comble de l'exaspération, elle en voulait à Stephen plus que de raison. Mais, ignorant qu'il mettait sa mère dans un tel état, Stephen alla droit vers elle, l'embrassa sur la joue et fit simplement remarquer :

— Je vous trouve un peu fatiguée, Mère.

— Dis plutôt que je suis lasse. Lasse de t'attendre, de m'énerver et de m'inquiéter en ne te voyant pas arriver.

Trop surpris par le ton de sa mère pour se montrer cassant, Stephen se contenta de répondre :

— J'ignorais que je devais respecter un horaire si strict. Je suis désolé.

— Tu as fait attendre ton hôtesse. Ce qui est toujours extrêmement impoli.

Quelque peu désarçonné par la colère de sa mère, Stephen s'inclina devant elle.

— Je vous renouvelle mes excuses, Votre Grâce, dit-il.

Puis, préférant oublier cette agressivité excessive, il présenta ses invitées.

— Mère, il me semble que vous connaissez Miss Fitzwaring...

Tandis que la jeune femme lui faisait la révérence, la duchesse demanda :

— Comment va votre père, Monica ?

— Il va très bien, je vous remercie, Votre Grâce. Il vous adresse ses sincères salutations.

— Vous lui direz que je pense bien à lui. Mais pour l'instant vous venez d'arriver et j'imagine que vous aimeriez monter dans votre chambre et vous reposer jusqu'au dîner. Vous avez un peu perdu vos jolies couleurs.

Offensée d'entendre la duchesse insinuer qu'elle n'était pas à son avantage, Monica se raidit en répondant :

— Je ne suis nullement fatiguée, Votre Grâce.

Mais déjà la duchesse tendait la main à Georgette Porter qui lui fit la révérence.

— J'ai entendu dire, Miss Porter, que vous aviez été souffrante. Il me semble que vous devriez rester allongée pendant ces deux jours.

— Oh, mais... c'était l'année dernière, Votre Grâce. Je suis complètement remise.

La duchesse s'obstina :

— Mieux vaut prévenir que guérir. Mon médecin me l'a toujours répété et c'est le secret de ma robustesse et de ma gaieté.

Whitney s'avança avant que Georgette et Monica n'aient eu le temps de s'interroger sur la gaieté de la duchesse.

— Je suis certaine que vous avez envie de vous rafraîchir un peu, leur dit-elle.

Souriante, elle les invita à monter dans leurs chambres et pria un laquais de les y conduire, sans prêter attention ni à l'air mortifié de Georgette Porter ni à la mine offensée de Monica Fitzwaring.

— Où est mon neveu ? lui demanda Stephen lorsque sa belle-sœur revint.

Il l'embrassa.

— Noel est avec Miss Thornton... Oh, mais il doit être temps d'aller les rejoindre au bord de l'étang !

« Les dés sont jetés, se dit Whitney, il n'y a plus désormais aucune possibilité de reculer... »

# 51

À l'ombre d'un élégant kiosque blanc, Sheridan et les deux autres gouvernantes surveillaient les petits invités des Westmoreland, dont certains venaient des villages voisins. Sur l'eau bleutée de l'étang glissaient des cygnes que les enfants essayaient d'attirer vers la rive. Leurs appels joyeux se mêlaient aux voix plus graves et plus posées des adultes.

Mais Sheridan n'entendit plus que les battements de son cœur dès qu'elle vit Stephen sortir du manoir. Whitney lui avait glissé quelques mots à propos des deux femmes qui l'accompagnaient, mais elle y avait à peine prêté attention. Elle n'avait à l'esprit que la réaction de Stephen le jour de leur mariage manqué, la façon dont il avait retenu le prêtre jusqu'au soir en pensant qu'elle reviendrait... Rien ne pouvait lui donner plus de courage et de détermination.

Elle observa que Stephen écoutait l'une des deux femmes tout en observant attentivement les enfants en train de jouer. Puis elle fut distraite par Noel qui, suivi de Charity, courait vers elle, une petite fleur à la main.

— Pour vous, dit-il.

Ce geste charmant avait été soufflé par Charity, qui ne s'en cacha pas, tant elle était heureuse de se sentir de nouveau utile...

— Langford doit chercher Noel des yeux, expliqua-t-elle. Si le petit est près de vous, il remarquera plus vite votre présence. Nous avons tellement hâte de connaître sa réaction !

Plus attentive à l'enfant qu'aux propos de Miss Thornton, Sheridan s'accroupit pour prendre la fleur que lui tendait ce garçonnet qui lui rappelait à la fois Clayton et Stephen.

— Merci, gentil monsieur, lui dit-elle.

Du coin de l'œil, elle observa Stephen qui approchait du kiosque. Derrière elle, sous un grand chêne, les adultes suivaient subrepticement ce prélude à la grande scène des retrouvailles qui risquait de tourner court. Les conversations et les rires s'arrêtèrent brusquement.

Ignorant que Charity Thornton lui avait attribué un rôle, Noel fut cependant plus efficace que prévu. Au lieu de s'éloigner une fois la fleur offerte, il sembla fasciné par le reflet du soleil dans la chevelure de Sheridan, tendit la main pour la toucher, se ravisa et demanda à Charity :

— Ça brûle ?

— Non, lui répondit Sheridan. Non, ça ne brûle pas.

Il sourit et toucha une mèche. Mais au même moment Stephen l'appela.

— Noel !

Avant que Charity ait pu le retenir, l'enfant courut se jeter dans les bras de son oncle.

— Mon Dieu, que tu as grandi ! Je t'ai manqué ?

— Oh, oui ! s'écria Noel en hochant la tête vigoureusement.

Stephen le prit sur son bras et l'emmenait vers les adultes quand l'enfant remarqua le regard de Sheridan et son sourire hésitant. Brusquement, il manifesta l'envie d'être reposé à terre.

Surpris et quelque peu froissé, Stephen lui demanda :

— Pourquoi veux-tu me quitter si vite ?

Dès que Noel fut debout sur ses petites jambes robustes, il pointa un doigt vers la jeune femme à la chevelure flamboyante et expliqua :

— D'abord, au revoir !

Sans savoir que, sous le chêne, on tendait le cou pour mieux l'observer, Stephen regarda dans la direction que lui avait indiquée son neveu et se figea, à l'instant même où Sheridan recevait un baiser de l'enfant.

Whitney vit sa mâchoire se crisper. Elle comprit qu'il ne croirait jamais à une coïncidence même si elle tentait de lui expliquer que les Skeffington étaient des amis et qu'elle les avait invités sans connaître la gouvernante de leurs enfants. Lentement, Stephen tourna la tête vers elle en lui adressant un regard accusateur. Puis il pivota sur ses talons et d'un pas décidé se dirigea vers le manoir.

Redoutant de le voir fuir, Whitney s'excusa auprès de ses invités et le suivit. Mais elle eut beau allonger le pas, elle ne put le rattraper et, lorsqu'elle entra dans le hall, il avait déjà donné l'ordre au maître d'hôtel de faire préparer sa voiture.

— Où est-il ?
— Dans sa chambre.

Whitney se précipita au premier étage, frappa à sa porte sans succès, recommença en l'appelant :

— Stephen ? Stephen, je sais que vous êtes ici.

Elle tourna la poignée et, constatant que la porte s'ouvrait, elle pénétra dans la chambre. Au même moment, Stephen sortit du cabinet de toilette, où il avait changé de chemise. Devant son expression hostile, elle l'implora :

— Stephen, je vous en supplie, écoutez-moi.
— Sortez !

Sa chemise boutonnée, il prit sa veste.

— Vous ne partez pas, j'espère.
— Comment le pourrais-je ! rétorqua-t-il. Vous aviez tout prévu. Félicitations. Quelle duplicité ! Quelle malhonnêteté !

— Stephen, je vous en prie, il faut que vous m'écoutiez. Sheridan croyait que vous vouliez l'épouser par pitié... J'ai pensé que si vous aviez l'occasion de vous revoir...

Il s'avança vers elle, l'air menaçant.

— Si j'avais voulu lui parler, je me serais adressé à de Ville. C'est là qu'elle est allée quand elle m'a quitté.

Whitney recula, mais sans songer à abandonner la partie.

— Si vous essayiez de vous mettre à sa place...

Le ton glacial, il l'interrompit :

— Je vous donne un conseil : pendant ces deux jours, faites en sorte de m'éviter. Et par la suite, vous passerez par l'intermédiaire de Clayton si vous avez quelque chose à me dire. Maintenant, laissez-moi sortir d'ici. Poussez-vous.

— Je sais que vous l'aimiez et...

Il l'attrapa par les épaules et l'obligea à s'écarter de la porte.

Désemparée et muette, Whitney sortit à son tour de la chambre et le suivit du regard tandis qu'il se dirigeait vers le grand escalier. Il y avait plus de quatre ans qu'elle le connaissait et jamais elle ne l'aurait cru capable d'éprouver la haine virulente que son expression venait de trahir.

Lentement, elle descendit rejoindre les invités qu'elle avait réunis pour une fête qui menaçait, depuis un quart d'heure, de laisser des souvenirs amers. On lui apprit que Stephen avait emmené ses deux compagnes faire une promenade au village, ce qui signifiait qu'il serait absent pendant plusieurs heures. Comme tout le monde – ou presque –, Lady Skeffington laissait paraître sa déception, mais pour des raisons particulières qui ne seraient pas venues à l'esprit de son hôtesse. En revanche, son mari concentrait toute son attention sur la carafe de madère tandis que sa fille aidait Sheridan à s'occuper des enfants, comme si le comte n'existait pas. Prenant Noel dans ses bras, Julianna lui sourit, le serra contre elle puis se tourna vers Sheridan pour lui parler avec une expression qui laissait imaginer un commentaire bienveillant.

La duchesse douairière l'observait non sans plaisir depuis un moment, ce qui gommait un peu la déception provoquée par la violente réaction de son fils.

Elle fit remarquer à l'adresse de Whitney :

— Julianna Skeffington a surpris le regard assassin de Stephen. Je l'ai vue se précipiter vers Sheridan dans la minute suivante, comme si elle volait à son secours. Elle a deviné qu'il se passait quelque chose... C'est une jeune fille charmante et qui m'a paru fort intelligente quand je lui ai parlé tout à l'heure.

Whitney cessa de penser aux paroles inquiétantes de son beau-frère pour poser son regard sur Julianna.

— Elle est également très belle.

— Il a fallu un miracle de la nature pour que cet homme et cette femme – la duchesse désigna Sir John et Lady Glenda d'un mouvement de tête – engendrent cette divine créature...

## 52

Lorsque Stephen revint de sa promenade au village, il s'étonna qu'aucun laquais ne se précipitât à sa rencontre. Selon l'usage, ils étaient habituellement tout un essaim pour accueillir une voiture, ouvrir les portières et rentrer l'attelage. Le seul serviteur visible se tenait dans l'allée, le regard tourné vers les collines qui ondulaient au loin, face aux écuries. Totalement absorbé par ce qu'il observait, il n'entendit la voiture qu'à l'instant où elle s'arrêta derrière lui. Alors il sursauta et, confus, s'empressa de prendre les rênes des mains de Stephen.

Mais que faisait le maître d'hôtel ? Qu'attendait-il pour envoyer d'autres serviteurs ?

— Que se passe-t-il ici ? demanda Stephen. Il n'y a personne ?

— Tout le monde est aux écuries, Milord. Il y a là-bas un spectacle à ne pas rater, paraît-il.

Stephen reprit les rênes, intrigué et bien décidé à juger par lui-même de l'intérêt de ce spectacle.

Une longue clôture entourait les écuries et les espaces réservés aux chevaux. Au-delà, du côté des collines, s'étendaient des prairies pourvues de haies, sur lesquelles on entraînait les chevaux pour la chasse à courre.

Stephen immobilisa son attelage et constata avec étonnement que tout le personnel était aligné le long de la clôture. Son frère et ses invités s'étaient groupés un peu plus loin, mais tous regardaient dans la même direction, vers les collines.

Après avoir aidé Monica et Georgette à descendre de la voiture, Stephen se dirigea avec elles vers Clayton, en se demandant s'il avait comploté avec sa femme. Cela lui paraissait invraisemblable bien qu'il ne fût plus sûr de rien.

Dans le doute, il préféra s'adresser à Jason et Victoria Fielding.

— Que regardez-vous ?

Jason eut un sourire indéchiffrable.

— Cela ne se raconte pas. Voyez vous-même.

Victoria, qui semblait ne pas oser rencontrer son regard, affichait un sourire extasié.

— C'est vraiment extraordinaire ! fit-elle.

Stephen trouva leur comportement, comme celui des Townsende, des plus étrange. Les femmes lui semblaient nerveuses, les hommes mal à l'aise. Peut-être se sentaient-ils gênés par la présence de Sheridan Bromleigh ? Ou alors, ils avaient tous participé au complot et, devant lui, éprouvaient quelque culpabilité... Il regarda ces quatre personnes qu'il considérait comme de proches amis en se demandant si leur amitié n'était pas en train de prendre fin. Il se dit que les femmes, en tout cas, avaient dû aider sa belle-sœur à le trahir. La façon dont Alexandra Townsende rosissait sous son renard lui paraissait éloquente. Et voilà qu'il repensait à son ex-fiancée, ce qu'il s'était interdit de faire tout au long de sa promenade dans le village, afin de pouvoir résister à l'envie de fuir.

Ah, quelle comédienne ! Avec quel talent elle l'avait dupé. Et dans le regard qu'elle avait réussi à lui adresser pendant que Noel l'embrassait, il avait lu une douceur et une tendresse qui annonçaient son intention de le récupérer, ni plus ni moins...

De Ville avait dû se lasser d'elle et la prier de plier bagage. Sa position de gouvernante devait lui être pénible depuis qu'elle s'était habituée à un certain luxe, et elle comptait visiblement attendrir celui qui avait été assez naïf pour tomber dans ses filets.

Sentant revenir le dégoût que lui avait inspiré sa propre crédulité, Stephen regarda ses amis avec un mélange de méfiance et de tristesse. Il serait impitoyable s'il découvrait qu'ils avaient tous conspiré contre lui. Mais le cri enthousiaste de Victoria Fielding l'arracha à ses sombres pensées.

— Les voilà ! s'écriait-elle. Là-bas. Regardez !

Stephen tourna les yeux vers le point qu'elle indiquait au bas d'une des collines boisées. Deux chevaux arrivaient au galop dans la prairie. Sur celui de droite, au premier coup d'œil, il reconnut Whitney, cavalière exceptionnelle. Le jeune homme vêtu d'une chemise blanche, de culottes et de bottes de cavalier en compagnie de qui elle chevauchait semblait d'une habileté plus grande encore que la sienne. Il sauta les haies avec une facilité d'autant plus déconcertante que son style n'avait rien de classique. Le visage contre la crinière du cheval, il donnait une impression de naturel et de jubilation, comme s'il faisait corps avec sa monture.

Avec un rire admiratif, Clayton s'exclama :

— J'ignorais que ce cheval pût sauter comme ça ! Dis-moi, Stephen, toi qui connais bien Commander, tu l'as déjà vu se comporter de cette façon sur les haies ?

Face au soleil, Stephen plissa les yeux afin de mieux suivre Whitney et son compagnon qui franchissaient les obstacles à l'unisson.

— On dirait, fit-il remarquer sans émotion particulière, qu'il faut le retenir pour qu'il ne devance pas Khan.

En se tournant vers ses amis, Clayton ajouta :

— Et d'habitude, c'est plutôt le contraire...

Après la dernière haie, Whitney et son compagnon lancèrent leur monture au grand galop en direction des spectateurs. Comme Clayton avait entrepris de recruter de nouveaux entraîneurs, Stephen se dit qu'il avait sans doute donné sa chance à ce jeune cavalier. Il allait suggérer à son frère de l'engager définitivement quand un incident sembla se produire. Un jeune lad, courant au-devant des chevaux, laissa tomber un sac d'avoine sur le trajet de Commander. On vit alors son cavalier se pencher dangereusement vers le sac. Monica poussa un cri d'effroi, et Stephen fit un pas en avant, prêt à se lancer à la rescousse de l'imprudent. Mais, prestement, le sac fut saisi par... la cavalière dont les cheveux roux venaient de se dénouer.

Pendant qu'invités et serviteurs applaudissaient l'exploit de Sheridan, Stephen sentit la rage monter en lui. Elle avait réussi à susciter une émotion qui lui faisait encore battre le cœur et c'était intolérable. Et voilà que maintenant elle se dirigeait vers lui ! Devant le cheval qui arrivait au galop, Monica et Georgette reculèrent en poussant un cri. Stephen, au contraire, attendit la traîtresse d'un pied ferme, les bras croisés, certain qu'elle maîtrisait parfaitement sa monture. À deux pas de lui, elle immobilisa Commander, se laissa glisser contre son flanc et mit pied à terre. Sous les applaudissements renouvelés des spectateurs, elle se planta devant son ex-fiancé avec un regard qui l'implorait de lui sourire, de se défaire de son masque sévère.

Il lui répondit, en la toisant, par une question pleine de mépris :

— Ne vous a-t-on jamais appris à vous habiller correctement ?

Il la vit tressaillir lorsque Georgette éclata de rire, mais elle ne baissa pas les yeux un seul instant et, d'une voix douce, elle lui dit :

— Autrefois, à l'issu d'un tournoi, le vainqueur dédiait sa victoire à une personne de l'assistance, lui témoignant ainsi son respect et sa loyauté...

Stephen se demandait où elle voulait en venir quand elle lui tendit le sac d'avoine en ajoutant :

— Ainsi, je vous témoigne respect et loyauté, monsieur le comte.

Stephen prit le sac sans s'en rendre compte.

Monica explosa :

— Quelle audace ! Quelle conduite outrageante !

Lady Skeffington crut que Monica, mortifiée, allait éclater en sanglots.

— Miss Bromleigh ! s'écria-t-elle. Vous perdez la tête ! Présentez vos excuses et ensuite vous irez faire vos bagages.

— Racontez-moi plutôt comment vous avez appris à monter à cheval de cette façon, s'interposa Julianna Skeffington en passant son bras sous celui de Sheridan et en l'entraînant vers le manoir.

À son tour, Victoria se détacha du groupe des invités et se tourna vers les Skeffington.

— Je suis américaine, comme Miss Bromleigh, et j'ai envie de parler un peu avec une compatriote. Veuillez m'excuser. Nous nous reverrons pour le dîner.

Elle adressa un regard complice à son mari et s'éloigna.

— Moi aussi, j'aimerais parler de l'Amérique, annonça Alexandra Townsende. À plus tard. Pardonnez-moi.

Jordan Townsende sourit à sa femme et la laissa partir.

Whitney attendit quelques instants puis arbora un large sourire, toute prête à rejoindre ses complices. Mais au moment où elle allait formuler une excuse, Lady Skeffington donna libre cours à sa colère :

— Je ne comprends pas l'attitude de Sheridan Bromleigh. C'est invraisemblable ! Comme je le dis toujours à John, il est presque impossible de trouver du personnel digne de ce nom. N'est-ce pas, John ?

Sir John acquiesça puis hoqueta avant de lui répondre :

— Oui, très chère.

Satisfaite, Lady Glenda se tourna vers Whitney.

— Puis-je vous demander, Votre Grâce, comment il faut s'y prendre ?

Whitney n'avait rien entendu. Elle pensait à Stephen qui conversait avec ses deux compagnes, le sac d'avoine contre sa botte, comme si de rien n'était.

— Je vous demande pardon, Lady Skeffington. J'étais distraite. Vous me demandiez quelque chose ?

— Oui. Comment doit-on s'y prendre pour trouver du personnel de confiance ? Si je connaissais la recette, je n'aurais pas engagé cette rouquine. Je m'en débarrasserai le plus tôt possible.

— Lady Skeffington, je vous ferai d'abord remarquer qu'une gouvernante ne peut être confondue avec une quelconque servante...

Elle fut interrompue par Stephen alors qu'elle croyait qu'il n'écoutait pas.

— Ma belle-sœur considère les gouvernantes comme des membres de sa famille. On pourrait même croire qu'elle les tient en plus haute estime que ses propres parents. (Il riva sur Whitney un regard meurtrier.) N'est-ce pas ? fit-il d'une voix acerbe.

Mais le sarcasme passa au-dessus de la tête de Lady Skeffington qui ne vit qu'une chose pour la première fois depuis qu'ils avaient été présentés, le comte de Westmoreland s'adressait à elle. Oubliant son insolente gouvernante et ses problèmes domestiques, elle s'empressa de se rapprocher du comte et parvint à se glisser à ses côtés, entre Monica et le sac d'avoine.

— Ma chère fille, comme vous avez pu le remarquer, agit de la même façon. Vous l'avez vue prendre la défense de Sheridan Bromleigh sans hésiter. Ah, il faut dire que ma chère Julianna est une jeune fille merveilleuse. Si douce, si loyale...

Stephen la laissa parler et, ravie de pouvoir enfin vanter les mérites de sa fille, Lady Glenda l'accompagna de son bavardage jusqu'au manoir tandis que Sir John trottinait derrière eux.

— Il me fait presque pitié, fit remarquer Clayton en voyant son frère assailli par le monologue de Lady Skeffington.

— Je ne dirais pas la même chose, répondit Whitney.

Le mépris de Stephen l'avait profondément déçue. Avec un regard d'excuse pour les hommes qui l'accompagnaient, elle annonça :

— Il faut que je parle à Victoria et à Alexandra.

Pensifs et silencieux, ils la regardèrent s'éloigner. Puis Jason Fielding se fit l'écho de leurs pensées communes.

— Nos femmes ont commis une erreur. Ça ne va pas marcher. (Puis, se tournant vers Clayton, il demanda :) C'est vous qui connaissez le mieux votre frère. Alors quel est votre avis ?

— Je pense que vous avez raison. Et c'est Sheridan Bromleigh qui va souffrir de cette énorme erreur, car, oui, l'erreur est énorme ! Stephen l'a cataloguée, pour lui elle n'est qu'une intrigante qui a fui par peur de poursuites judiciaires, mais qui depuis a repris confiance en constatant qu'il n'avait rien contre elle. Il doit se dire qu'elle tente de regagner ses faveurs. Et comment pourrait-elle lui prouver qu'il a tort ?

Réunies dans le grand salon, leurs femmes parvinrent à la même conclusion.

Whitney garda un moment les yeux fixés sur ses mains puis elle regarda ses complices et s'adressa à sa belle-mère qui avait suivi le spectacle équestre depuis sa chambre.

— Oui, nous nous sommes lourdement trompées, dit-elle.

La gorge serrée, Alexandra avoua :

— J'ai cru que j'allais pleurer quand il n'a pas répondu à son geste. Elle semblait à la fois si courageuse et si vulnérable...

Elle chercha à inclure Miss Thornton dans la conversation en lui jetant un regard par-dessus son épaule. Mais la vieille dame, assise près de la fenêtre, le front plissé, resta songeuse et muette comme si elle n'écoutait pas.

— Il reste encore toute une journée et une soirée, observa la duchesse. Ça laisse à Stephen le temps de fléchir.

Whitney secoua la tête.

— Je ne suis pas optimiste. J'espérais qu'ici, dans cette maison qui lui est chère et dans cette atmosphère de fête, il m'écouterait plus facilement. Mais je me rends compte que même s'il écoute, il ne tient pas compte de ce qu'on peut lui dire. Sans doute parce qu'il a su qu'elle s'était réfugiée chez de Ville. J'ignore comment il l'a appris, mais étant donné ce qu'il pense de Nicolas, on peut comprendre sa réaction.

Miss Thornton avait dressé l'oreille et plissait le front de plus belle.

— Le problème c'est que Stephen ne veut plus la croire, continua Whitney. Il s'en tient à ses actes et aucune explication ne peut le satisfaire. Il faudrait vraiment que quelqu'un puisse mettre en évidence la véritable raison de sa fuite pour le sortir de son obstination...

Whitney s'interrompit en voyant Miss Thornton se lever et sortir sans un mot du salon.

— J'ai l'impression que Charity Thornton est affectée par la tension qui règne ici.

La duchesse douairière eut un soupir irrité.

— Elle m'a pourtant dit qu'elle trouvait tout cela passionnant...

Observant, de la fenêtre de sa chambre, Stephen qui riait en écoutant Monica, Sheridan avait de la situation une vue encore plus sombre. Stephen la privait résolument de toute occasion de lui parler en tête à tête, et quant à essayer de nouer le dialogue en présence des autres, elle avait vu ce que cela pouvait donner : un désastre, ni plus ni moins...

## 53

Tandis qu'il la regardait aller et venir gracieusement dans l'espace délimité par les torches qui éclairaient les tables dressées pour le dîner, Stephen sentit faiblir sa décision de l'ignorer. Le choc produit par le fait de la revoir avait renforcé ses défenses pendant quelques heures. Mais maintenant sa résolution l'abandonnait... À l'écart des autres invités, appuyé contre un chêne, il pouvait l'observer discrètement tandis que les souvenirs affluaient à sa mémoire sans qu'il pût les combattre.

Il la revit parlant à Hodgkin, à l'entrée de son bureau : « *Bonjour, Hodgkin. Vous êtes particulièrement élégant ce matin. Est-ce un nouveau costume ? – Oui, mademoiselle. Merci, mademoiselle. – Ma robe est également neuve*, avait-elle dit, en virevoltant devant le serviteur. *N'est-elle pas jolie ?* »

Quelques minutes plus tard, repoussant le moment de lui annoncer qu'elle devait se chercher un autre fiancé, il lui avait demandé si elle avait lu les magazines qu'il lui avait fait apporter. « *Les avez-vous feuilletés ?* » lui avait-elle répondu avant de se lancer avec humour dans le récit de ses lectures.

Il n'oubliait pas non plus le goût de ses lèvres, leur douceur et leur générosité, ni cette façon qu'elle avait de provoquer les plus grandes tentations avec une innocence confondante. Elle possédait une séduction dont elle n'avait pas conscience et une nature passionnée qui se passait d'expérience.

Il la vit entrer dans la maison pour aller chercher les enfants Skeffington qui devaient chanter devant les invités. Quand elle ressortit avec eux, elle tenait à la main un instrument qui l'intrigua. Mais il préféra se plonger dans la contemplation de son verre de cognac afin d'éviter de rencontrer son regard et d'avoir envie d'elle...

Envie d'elle ? Il se fustigea amèrement. Mais comment ne pas reconnaître qu'il la désirait à cet instant même avec autant d'ardeur que le jour où il l'avait vue ouvrir les yeux pour la première fois ? Vêtue de cette petite robe insignifiante, un chignon sévère sur la nuque, oui, elle éveillait encore son désir !

Il regarda Monica et Georgette qui conversaient avec sa mère. Il les trouva belles, élégantes, vêtues et coiffées à ravir, et parfaitement éduquées. Ni l'une ni l'autre ne se serait vêtue comme un valet d'écurie pour aller galoper sur ce fichu cheval.

Mais ni l'une ni l'autre, dans cette tenue, n'aurait eu autant d'allure que Sheridan. Ni l'une ni l'autre n'aurait eu l'idée de lui offrir un sac d'avoine en guise de trophée avec un sourire ensorcelant.

Quant à l'audace dont elle avait fait preuve quand elle l'avait regardé droit dans les yeux en l'invitant à un geste d'amour, elle seule en était capable.

Il lui était arrivé de voir en elle une sorcière et, au son des premières notes de musique qu'elle tira de son instrument, cette pensée lui revint. Elle fascinait tout le monde, et lui le premier. Les conversations s'étaient tues. Même les serviteurs s'immobilisaient pour la regarder et écouter sa musique. Stephen avait les yeux baissés sur sou verre mais il sentait que Sheridan le regardait. À plusieurs reprises dans l'après-midi, il avait rencontré son regard, tantôt engageant, tantôt implorant, ce qui avait eu le don d'horripiler ses compagnes qui la trouvaient d'une impudence effroyable. Mais elles ne pouvaient pas savoir ce qu'évoquaient les regards de Sheridan...

Furieux de se sentir à la merci de cette ensorceleuse, Stephen s'éloigna du chêne, posa son verre sur la table la plus proche, souhaita une bonne soirée à tout le monde et alla se réfugier dans sa chambre.

S'il le fallait, il boirait jusqu'à l'oubli plutôt que d'aller la rejoindre.

## 54

Étourdie par les émotions de la journée, Sheridan avança à tâtons dans la petite chambre plongée dans l'obscurité. Ayant trouvé le bureau et les allumettes, elle commença à allumer les bougies du chandelier. Mais sans qu'elle ait eu le temps de finir, une voix masculine faillit lui faire pousser un cri d'effroi.

— Je ne crois pas que nous aurons besoin de beaucoup de lumière...

Elle fit volte-face, le cœur battant de joie. Stephen Westmoreland, assis sur l'unique chaise de la chambre, le col ouvert, jambes croisées, offrait l'image même de l'élégance nonchalante. Il y associait une expression désinvolte. Trop désinvolte. Quelque chose disait à Sheridan qu'il n'accordait pas à leurs retrouvailles toute la gravité voulue. Mais elle était si heureuse qu'il fût enfin venu vers elle, elle se sentait tellement amoureuse que seule sa présence comptait.

Avec cette voix sensuelle qui la troublait toujours, il lui dit :

— Si mes souvenirs sont bons, la dernière fois que je vous ai attendue, c'était pour vous épouser.

— Je vais vous expliquer. Je...

Il l'interrompit.

— Je ne suis pas venu pour discuter. J'ai eu à plusieurs reprises dans l'après-midi l'impression que vous me proposiez plus qu'une conversation. Me serais-je trompé ?

— Non, murmura-t-elle.

Il l'observa, non en amoureux mais en connaisseur et nota qu'elle possédait bien la séduction particulière, un peu étrange, qu'il lui prêtait dans ses souvenirs. Il regrettait simplement qu'elle eût ce chignon de vieille fille alors que la luxure et le désir de revanche le poussaient à se commettre avec cette garce ambitieuse au masque de vierge.

— Défaites vos cheveux, ordonna-t-il.

Décontenancée, elle obtempéra machinalement, puis se tourna pour poser sur le bureau la douzaine d'épingles qui avaient retenu sur sa nuque sa flamboyante chevelure. Mais quand elle se retourna, elle vit Stephen, debout, déboutonnant sa chemise.

— Que faites-vous ? dit-elle, effarée.

Ce qu'il faisait ? Il se le demanda. Qu'est-ce qui lui prenait de céder aux avances d'une femme qui l'avait quitté, sans la moindre explication, le jour de leur mariage ?

Attrapant sa cravate, il lui répondit :

— Ce que je fais ? Je m'en vais.

Déjà, il avait franchi la distance qui le séparait de la porte.

— Non ! s'écria-t-elle. Ne partez pas !

Il se retourna, prêt à lui lancer une réplique cinglante. Mais elle se jeta contre lui, douce et suppliante, et il retrouva le parfum familier de son corps.

— Je vous en supplie, restez. Laissez-moi m'expliquer. Je vous aime.

Il prit son visage entre ses mains, le regard posé sur ses lèvres entrouvertes. Et bien qu'il sût déjà qu'il avait perdu la bataille, il lui dit dans un dernier sursaut :

— Comprenez bien ceci : quels que puissent être vos arguments, je n'y croirai pas.

— Je peux ne rien dire. Mais vous montrer...

Glissant ses bras autour de son cou, elle se plaqua contre lui et l'embrassa avec ce mélange de maladresse et de sensualité instinctive qui le rendait fou.

Rien n'avait changé. Elle lui inspirait la même fièvre qu'au début. Il lui rendit son baiser en l'incitant à lui prouver qu'elle partageait son désir. Une dernière lueur de raison l'arracha un instant à ses lèvres, et il voulut lui donner une ultime chance de se reprendre et de tout arrêter.

— Êtes-vous sûre ?
— Je sais ce que je fais.

Il l'emmena vers le lit et prit ce qu'elle lui offrait, ce qu'il attendait depuis leur première étreinte. Il le prit avec déraison, mû par un besoin irrépressible, une avidité dont il s'étonna mais qui renforçait son désir. À cet élan sauvage et primitif se mêla l'orgueil d'être désiré jusqu'à la folie, et il usa de toute son expérience pour annihiler les dernières hésitations d'une jeune femme innocente et déroutée. Il la caressa jusqu'à ce qu'elle se cambrât vers lui et l'implorât en s'accrochant à lui de toutes ses forces. Alors il la pénétra sans retenue et il sentit en elle les soubresauts provoqués par la douleur tandis qu'elle enfonçait ses ongles dans son dos en étouffant ses cris.

« Je sais ce que je fais », lui avait-elle assuré. Néanmoins, alarmé, il se figea et s'obligea à ouvrir les yeux. Il vit ses larmes mais son regard n'exprimait ni reproche ni triomphe.

— Serrez-moi fort. S'il vous plaît... murmura-t-elle.

Elle ne lui reprochait rien, elle le voulait plus longtemps, en elle, et ces mots suppliants résonnèrent comme une formule magique. Stephen se laissa submerger de nouveau par un plaisir sans bornes. Il l'étreignit, prit sa bouche dans un élan passionné. Elle le rappela à la douceur en caressant lentement son dos, tandis que son corps s'abandonnait à lui.

Malgré l'assouvissement que réclamaient ses sens, Stephen se refusa à recevoir sans donner. Les yeux clos, elle attendait de découvrir ce qui pour elle était encore un mystère.

— Bientôt, bientôt... lui dit-il dans un murmure rauque.

Au même instant, elle s'enflamma en s'agrippant à lui. Il s'entendit soupirer de plaisir dans la splendeur du moment et décida de s'y abandonner en savourant les ultimes secondes où il retint encore la houle libératrice. Puis de longs spasmes secouèrent son corps.

Bien loin des idées de revanche et d'orgueil blessé qui l'avaient conduit dans cette chambre, il se renversa sur le côté en la serrant contre lui. Elle était trop sublime pour mériter une quelconque vengeance, trop exquise pour être ailleurs que dans ses bras. Depuis le jour où il avait effleuré ses lèvres, il savait qu'ils seraient ensemble capables d'extraordinaires embrasements. Mais ce qu'il venait de vivre dépassait encore ce qu'il avait imaginé. Jamais il n'avait connu pareille étreinte. Tandis qu'elle dormait dans ses bras, il s'émerveilla de sa sensualité enivrante. Il pouvait au moins avoir une certitude : le plaisir qu'elle avait manifesté était bien réel. Aucune femme au monde n'aurait pu feindre un tel émoi, à moins d'une longue expérience, et il savait maintenant que ce n'était pas son cas.

Sheridan s'éveilla, s'aperçut qu'elle était seule dans le lit et refusa de s'en émouvoir. Mais, quand elle le découvrit assis sur la chaise, non loin d'elle, ce fut un soulagement bien qu'elle lui trouvât un visage dénué de toute émotion. Il s'était habillé, en ne laissant que son col ouvert et, consciente de sa nudité, elle remonta le drap sur sa poitrine avant de s'appuyer aux oreillers. Mais comment pouvait-il paraître si froid alors qu'ils s'étaient livrés à des étreintes que la morale réprouvait ? Elle vit son regard se poser sur le drap qu'elle retenait contre elle et elle comprit que sa pudeur l'amusait. Elle aurait aimé qu'il fût plus sensible à son trouble après ce qu'ils avaient fait ensemble. Elle se réconforta en se disant qu'il avait perdu son cynisme et son mépris et que sa fureur était passée. Elle coinça le drap sous ses aisselles et de ses bras encercla ses genoux repliés contre elle.

— Puis-je vous parler, maintenant ? demanda-t-elle, bien qu'elle n'eût aucune envie de prononcer le nom de Charise Lancaster dans l'intimité de cette chambre.

Il lui répondit d'un air un peu moqueur :

— Pourquoi ne me laisseriez-vous pas commencer ?

Elle acquiesça.

— J'ai une proposition à vous faire.

Voyant ses yeux briller, il se refusa à croire qu'elle le pensait suffisamment stupide pour renouveler sa demande en mariage.

— Disons qu'il s'agirait d'un marché... donnant, donnant, précisa-t-il. Je vous laisserai le temps d'y réfléchir. Je pense que, comme moi, vous estimerez mon offre très avantageuse en regard de ce que vous rapporte votre travail chez les Skeffington.

La lueur de joie s'était éteinte dans le regard de Sheridan.

— Quelle est donc cette proposition ?

— Il me paraît évident qu'en dépit de nos multiples différences nous sommes extrêmement compatibles sur le plan sexuel.

C'était ainsi qu'il résumait leur intimité brûlante ? Avec une froideur clinique ? Elle en frémit et s'impatienta :

— Que me proposez-vous ?

— Vous partagez mon lit quand j'ai envie de vous. En retour, vous ne manquerez de rien. Vous aurez une maison, des serviteurs, des robes, une voiture et la liberté de vivre comme il vous plaira aussi longtemps que vous m'assurerez l'exclusivité de vos faveurs.

Elle eut froid au cœur.

— Vous me proposez donc d'être votre maîtresse.
— Pourquoi pas ? Vous êtes trop intelligente et trop ambitieuse pour vous satisfaire de votre condition actuelle.

Devant son silence, il prit un ton las.

— Ne me dites pas que vous vous attendiez à une seconde demande en mariage, simplement parce que nous avons eu ces rapports intimes... Rassurez-moi. Vous n'êtes ni naïve à ce point ni stupide, n'est-ce pas ?

Elle tressaillit, chercha son regard et y découvrit un cynisme qui jusqu'alors lui avait échappé. Mais que pouvait-elle faire sinon lui répondre le plus honnêtement du monde :

— J'ignorais ce que je pouvais attendre, mais je sais en tout cas que je n'ai pas pensé à une demande en mariage.
— Parfait. Vous vous êtes évité une désillusion... Depuis que nous nous connaissons les désillusions et les malentendus n'ont pas manqué. Je crois que cela suffit.

Apercevant une larme amère au coin de ses yeux, il se leva et posa un baiser rapide sur son front.

— Puisque vous avez eu la sagesse de m'écouter sans vous emporter, je suppose que vous saurez réfléchir tout aussi calmement.

Elle le regarda, muette et blessée, tandis qu'il ajoutait avec une fermeté glaciale :

— Avant que vous ne preniez une décision, sachez que si jamais vous deviez me mentir, ne serait-ce qu'une seule fois, je vous jetterais à la rue. Ne l'oubliez pas !

Puis au moment de sortir, il lui lança par-dessus son épaule :

— Encore une chose : Ne me dites jamais « Je vous aime ». Je ne veux plus entendre ces mots-là dans votre bouche.

Quand il eut refermé la porte derrière lui, Sheridan appuya son front sur ses genoux et laissa couler ses larmes. Mais ce qu'elle regrettait surtout c'était son manque de caractère, la faiblesse qu'elle avait eue de se donner à lui puis de penser, l'espace d'un instant, qu'elle allait accepter son odieux marché, bien digne d'un homme au cœur de pierre.

# 55

Dès qu'elle s'éveilla, le triste bilan de la nuit passée s'imposa à elle. Qu'avait-elle fait sinon sacrifier sa vertu, sa morale et ses principes ? Et tout cela pour tenter de regagner l'amour d'un homme qui ne l'avait peut-être jamais aimée ! Jusqu'à la fin de sa vie elle vivrait dans la honte d'elle-même, en repensant à ce que lui avait finalement valu cette tentative désespérée : une proposition indécente !

Elle s'habilla avec des gestes lourds, tira les rideaux et, dans une lumière douce et dorée, découvrit que tout le monde prenait le petit déjeuner sur la pelouse. L'homme auquel elle s'était donnée la veille tenait compagnie à son amie Monica. Elle pouvait le voir bavarder avec animation et rire aux éclats. Visiblement, il avait beaucoup d'entrain ce matin-là, et elle eut l'impression qu'il ne laisserait passer aucune occasion de la mortifier.

Sous sa fenêtre, il flirtait ouvertement avec une femme qu'il jugeait sans doute digne de lui et à qui il n'oserait proposer autre chose que le mariage.

Tourmentée, humiliée, Sheridan n'en continua pas moins à observer une scène qu'elle voulait graver dans sa mémoire, une scène dont le souvenir l'empêcherait à jamais de s'attendrir lorsqu'elle repenserait à lui. Elle laissa le chagrin et l'amertume céder la place à l'engourdissement. Elle aurait aimé ne plus rien éprouver, anesthésier son cœur, et elle serait peut-être restée longtemps ainsi, figée devant la fenêtre, tout occupée à tuer ses sentiments, si Julianna n'était venue la rejoindre.

— Puis-je entrer ?

Sheridan sursauta, puis se retourna en s'efforçant de sourire, mais ses lèvres tremblèrent tandis que, d'une voix tendue, elle répondait :

— Mais oui, bien sûr ! Entrez.

— Je vous ai aperçue à la fenêtre. Voudriez-vous que je vous apporte quelque chose à manger ?

— Non. Je vous remercie. Je n'ai pas faim. Mais c'est gentil d'avoir pensé à moi.

Devant le regard interrogateur de Julianna, Sheridan marqua une hésitation. Son comportement de la veille, sa façon de s'adresser à Stephen à l'issue de sa chevauchée endiablée méritaient une explication. Mais que dire sans tout dévoiler ?

— Je me demandais si vous aviez envie de partir d'ici, fit Julianna, rompant le silence pesant.

Partir, Sheridan le souhaitait plus que tout, mais elle tenta de dissimuler son sentiment derrière une banale remarque :

— Mais nous devons rester jusqu'à demain, me semble-t-il.

Julianna s'approcha de la fenêtre et put contempler à son tour la scène qui torturait Sheridan.

— Julianna, je sens que je vous dois une explication à propos de ce qui s'est passé hier...

Le sourire rassurant, la jeune fille affirma :

— Ce n'est pas nécessaire.

— Si. Je ne veux pas que vous vous fassiez de fausses idées à mon sujet. Or ma conduite a dû vous paraître complètement déplacée.

Julianna sembla changer de sujet.

— Il y a quelque temps, maman a eu l'occasion d'éprouver une grande déception et une grande colère. Je me souviens que c'était quelques jours avant notre arrivée.

Croyant à une réelle diversion, Sheridan s'empressa de manifester de l'intérêt.

— Et quelle en était la cause ?
— L'annonce des fiançailles de Langford.
— Oh...
— Oui. Et la fiancée était américaine. On disait – selon maman qui est toujours à l'affût des potins de la haute société – que cette jeune femme était rousse, très rousse. Qu'elle était amnésique, à la suite d'un accident, mais que cet état n'était que passager.

— Pourquoi me dites-vous cela ?
— Je voulais que vous sachiez que vous pouvez compter sur moi si vous avez besoin d'aide. J'ai trouvé étrange la façon dont Lord Westmoreland a réagi en vous voyant près de l'étang, hier. Maman, en revanche, ne s'est aperçue de rien et ça me surprend.

— Ne parlons plus de Lord Westmoreland.

En désignant d'un mouvement de la tête Monica et Georgette, Julianna ajouta cependant :

— Savent-elles qui vous êtes ?
— Non. Je ne les ai jamais rencontrées lorsque... Lorsque j'étais Charise Lancaster.
— Sa fiancée américaine ?

Sheridan prit une longue aspiration et hocha la tête.

— Aimeriez-vous rentrer à la maison ? demanda Julianna.
— Si c'était possible, je partirais sur-le-champ.
— Dans ce cas, préparez vos affaires, dit Julianna d'un air conspirateur.

Voyant que la jeune fille s'apprêtait à sortir sans autre explication, Sheridan s'étonna :

— Que faites-vous ? Attendez.

— Je vais prendre papa à part et lui dire que je ne me sens pas bien. Maman voudra rester mais ne s'opposera pas à ce que je m'en aille si je risque de devenir un spectacle affligeant pour Lord Westmoreland. (Elle ne put réprimer un éclat de rire avant de préciser :) Elle espère encore que je vais lui inspirer un coup de foudre. Vraiment, elle n'a rien voulu voir !

Julianna refermait la porte derrière elle lorsque Sheridan la rappela.

— Voudriez-vous faire savoir à la duchesse que j'aimerais lui parler avant de partir ?

— Tout le monde est au village. À l'exception des invitées du comte et de Miss Thornton.

Cette fois-ci, Sheridan n'avait pas l'intention de disparaître en donnant l'impression d'être coupable et ingrate. Elle tenait à annoncer son départ et non à fuir sans la moindre explication.

— Voulez-vous demander à Miss Thornton de venir jusqu'ici ?

Julianna acquiesça.

— Mais ne parlez de notre départ qu'à votre père. Je tiens à l'annoncer moi-même à Lord Westmoreland.

# 56

Le visage de Charity Thornton se rembrunit lorsqu'elle entendit Sheridan lui expliquer qu'elle s'en allait.

— Mais vous n'avez pas encore eu l'occasion de parler seule à seul avec Langford et de vous expliquer ! observa-t-elle.

— Si. J'en ai eu l'occasion hier soir.

Tout en préparant sa valise, Sheridan jeta un regard vers la fenêtre.

— Le résultat, vous pouvez le voir d'ici.

Charity s'approcha de la fenêtre d'où elle vit Stephen entouré des deux femmes qui s'ingéniaient à le charmer.

— Ce que les hommes peuvent être contrariants ! fit-elle. Vous savez, en fait il se moque complètement de ces deux personnes.

— Et de moi également...

Sheridan regarda la vieille demoiselle s'asseoir sur la chaise en se souvenant qu'elle lui avait trouvé un air de poupée chinoise le jour où elle lui avait été présentée. Son impression fut la même, à cette différence près que la poupée exprimait cette fois-ci la perplexité et la tristesse.

— Lui avez-vous expliqué la raison de votre disparition ?

— Non.

— Mais moi, pourrais-je la connaître ?

— Je vous ai pratiquement tout dit hier. Je pensais être Charise Lancaster et puis Charise est arrivée en m'accusant d'avoir usurpé son identité, et résolue à en informer Stephen. Prise de panique, je me suis enfuie. Puis je me suis rendu compte que pendant mon amnésie tout le monde m'avait menti. Je me suis souvenu que Charise était fiancée à un baron et non à un comte et que ce baron ne s'appelait pas Westmoreland mais Burleton. J'ai voulu comprendre, et je suis allée voir Nicolas de Ville qui a eu l'honnêteté de me dire la vérité.

— Quelle vérité, ma chère enfant ?

Sheridan hésitait à remuer le couteau dans la plaie. Ce qu'elle avait appris de la bouche de Nicolas l'avait profondément blessée. Elle se tourna vers le miroir et assagit quelques mèches rebelles tout en expliquant :

— Je crois qu'il n'y avait pas trente-six vérités. Il a commencé par me parler de la mort de Lord Burleton et du sentiment de culpabilité de Stephen... Il m'a même éclairée sur ce qui me paraissait le plus grand des mystères dans toute cette affaire.

— Ah ? De quel mystère s'agissait-il ?

Sheridan refoula des larmes d'humiliation et eut un rire amer.

— Je n'arrivais pas à m'expliquer la soudaine annonce de nos fiançailles au bal de l'*Almack*. Mais j'ai compris lorsque Nicolas de Ville m'a appris que le même jour Stephen avait reçu une lettre annonçant la mort de M. Lancaster. Il a alors agi par pitié et par devoir.

— Nicolas a eu tort de vous présenter les choses de cette façon.

— Non, c'est moi qui ai eu tort. Je me suis sans cesse conduite comme une idiote avec Stephen Westmoreland.

— Et vous ne lui avez pas dit tout ça hier soir ?

— J'ai essayé de le faire, mais il m'a répondu qu'il ne venait pas me voir pour discuter.

Tandis qu'elle prenait son sac de voyage, elle entendit Charity lui demander :

— Alors, pourquoi venait-il vous voir ?

Avec son air distrait, Charity trompait son monde. Sheridan en fut persuadée quand elle la vit observer attentivement le rouge qui lui montait aux joues.

Elle s'empressa d'éluder sa question.

— Je pense qu'il aurait cherché à avoir une preuve de mon innocence s'il avait quelque intérêt pour moi, ce qui n'est pas le cas. J'ai fui parce que j'étais coupable. Il n'y a pour lui aucune autre explication possible.

Charity se leva. Persuadée qu'elle n'aurait plus l'occasion de la rencontrer, Sheridan eut le cœur serré. Les larmes aux yeux, elle posa son sac pour prendre un instant la vieille dame dans ses bras.

— Dites au revoir de ma part à tout le monde. Je sais qu'ils ont essayé de m'aider et je les en remercie.

Chagrinée, Miss Thornton se refusait encore à baisser les bras.

— Il reste sans doute quelque chose à faire, dit-elle.

Sheridan soupira puis sourit.

— Oui. Je dois faire mes adieux à Stephen Westmoreland et je vous demande de bien vouloir le prévenir que je l'attends dans le petit salon, près du hall.

Dès que Charity sortit pour accomplir sa mission, Sheridan s'approcha de la fenêtre. Quelques minutes plus tard, elle la vit délivrer son message. Puis quand Stephen se leva d'un bond et se mit à marcher à grands pas vers le manoir, elle eut une lueur d'espoir. Peut-être voudrait-il la retenir ? Peut-être la supplierait-il de lui pardonner sa conduite blessante ?

Elle descendit dans le hall avec ce dernier rêve en tête. Le cœur battant, elle entra dans le salon, referma la porte et attendit. Mais dès qu'il posa son regard sur elle, l'espoir fragile qu'elle entretenait commença à s'effriter. En chemise et culottes de cheval, les mains au fond des poches, il avait un air parfaitement détaché.

— Vous désiriez me voir ? fit-il d'un ton neutre.

Elle s'approcha de lui en affichant un calme qu'elle était loin d'éprouver.

— Je voulais vous avertir de mon départ, cette fois-ci.

Elle chercha sur son visage un signe d'émotion. Mais ni leur séparation imminente ni leur intimité de la veille ne semblait éveiller quoi que ce fût en lui. Il se contenta de hausser les sourcils comme pour lui demander ce qu'elle attendait de lui.

Décontenancée par tant d'indifférence devant une femme qui lui avait offert sa virginité en abandonnant son honneur, elle revint néanmoins sur l'infâme marché qu'il avait osé lui mettre en main :

— Je refuse votre offre.

Il eut un rapide haussement d'épaules.

— Bien.

Il n'en fallut pas plus pour qu'elle passât de l'humiliation à la colère. Elle tourna les talons, fit quelques pas en direction de la porte, puis se ravisa et revint sur ses pas.

— Autre chose ? demanda-t-il avec impatience.

Furieuse et prise d'un désir qu'elle tenait à satisfaire, elle se composa un sourire désarmant.

— Oui, il y a autre chose.

— Qu'est-ce donc ?

Elle s'approcha tout près de lui.

— Ça !

Elle le gifla si violemment que sa tête pencha vers son épaule. Impressionnée par la fureur qu'exprimait son visage, elle fit un pas en arrière, s'interdisant néanmoins toute autre dérobade.

— Vous êtes un monstre de froideur et d'égoïsme, lui lança-t-elle. Je me sens soufflée depuis hier soir.

Elle vit un muscle tressauter sur sa joue, mais rien ne pouvait plus arrêter son emportement.

— J'ai commis un péché en vous laissant faire. Je prierai pour qu'il me soit pardonné. Mais moi, je ne me pardonnerai jamais d'avoir été assez stupide pour croire en vous et vous aimer.

Stephen regarda la porte claquer derrière elle et resta figé, incapable de chasser l'image de cette beauté tempétueuse aux yeux d'argent et au visage animé par la fureur et le mépris. Cette vision se gravait dans son esprit, tandis que résonnait encore dans la pièce une voix secouée par l'émotion : « *Je ne me pardonnerai jamais d'avoir été assez stupide pour croire en vous et vous aimer* ». Quelle superbe comédienne ! Bien meilleure qu'Emily Lathrop. Mais de toute façon Emily n'aurait pu aborder une telle scène. Elle ne possédait ni l'apparente innocence de Sheridan m son tempérament enflammé.

En revanche, Emily n'aurait pas manqué d'accepter sa proposition...

Pour être franc, il ne s'était pas attendu à un refus de la part de Sheridan Bromleigh et n'avait pas imaginé que son offre lui vaudrait tant de dédain. Il l'avait jugée trop ambitieuse pour mépriser la perspective d'une vie luxueuse. Certes, sa proposition n'aurait pas fait d'elle une comtesse, ce qu'elle avait escompté en feignant l'amnésie. Mais enfin, ne valait-il pas mieux être une femme richement entretenue qu'une petite gouvernante chez les Skeffington ?

Alors, qu'en déduire ? Lui avait-il prêté trop d'ambition ? Trop d'intérêt pour l'argent et le luxe ? Ou bien se serait-il plus lourdement trompé en voyant en elle une intrigante sans scrupules quand elle était, en fait, aussi innocente que vierge ? Au moins, de sa virginité, il ne pouvait plus douter.

Hésitant, il finit par rejeter la seconde hypothèse. On ne fuit pas lorsqu'on est innocent et que l'on possède la témérité et le courage de Sheridan Bromleigh.

# 57

Afin de ne pas oublier qu'ils étaient tous réunis pour fêter l'anniversaire de Noel, Whitney décida qu'il fallait cesser de parler de Sheridan Bromleigh. Mais l'échec de la tentative de réconciliation rendit l'atmosphère pesante. Quelques heures après le départ de Sheridan, un orage éclata et obligea à une retraite précipitée à l'intérieur du manoir, ce qui acheva d'abattre le moral des femmes. Seule Charity Thornton échappait à la morosité ambiante. Refusant d'aller se reposer dans sa chambre en attendant le dîner, elle suivit dans la salle de billard les trois hommes qui, comme elle, entendaient résister à tous les orages.

Assise sur un sofa de cuir, jambes étendues, chevilles croisées et mains sur son giron, elle observa le jeu de Jason Fielding, du duc de Claymore et de Stephen.

— J'ai toujours été très intriguée par le billard, déclara-t-elle au bout d'un moment.

Distrait par son intervention, Clayton rata son coup.

— Vous l'avez fait exprès ? demanda-t-elle. Vous vouliez laisser toutes les boules à Langford ?

— Voilà une façon intéressante d'interpréter les choses ! observa Clayton en dissimulant tant bien que mal sa contrariété.

— Et maintenant, que va-t-il se passer ?

Jason Fielding eut un petit rire.

— Maintenant Stephen a l'avantage et il va le garder.
— Oh, je vois...

Charity adressa un sourire innocent à Stephen pendant qu'il frottait à la craie bleue l'extrémité de sa queue de billard.

— Dois-je comprendre, Langford, que vous êtes le plus habile des trois ?

Stephen leva les yeux en entendant prononcer son nom. Mais Charity aurait pu jurer qu'il n'avait pas écouté ce qu'elle lui disait, et même qu'il se concentrait à peine sur le jeu. Néanmoins, il parvint à réussir un beau triplé en jouant par la bande.

— Joli coup, Stephen ! fit Jason.

Charity sauta aussitôt sur l'occasion qu'elle avait attendue.

Tout en suivant du regard les gestes de Clayton qui versait du madère à ses invités, elle lança :

— Je préfère tellement la société des hommes à celle des femmes !

— Pour quelle raison ? demanda poliment Clayton.

— Les femmes sont vite mesquines et parfois vindicatives pour peu de chose. Les hommes sont plus loyaux entre eux. Prenez Wakefield, par exemple... (Elle sourit à Jason Fielding, marquis de Wakefield, et poursuivit :) À votre place, Wakefield, une femme eût été jalouse de Langford tout à l'heure.

— Mais je l'ai été ! plaisanta Jason, avant de rectifier aussitôt, devant l'air déconfit de Charity : Non, je plaisantais, madame.

— Ah, c'est bien ce que je me disais !

Tandis que Stephen contournait la table en s'apprêtant à reprendre le jeu, elle se prépara de son côté à abandonner les généralités et à toucher au but qu'elle s'était assigné.

— Je connais un bel exemple de loyauté masculine. Voudriez-vous savoir à qui je pense ?

— Certainement, répondit Clayton, tout en observant Stephen qui ajustait son coup.

— Je pense à Nicolas de Ville et à son attitude à l'égard de Langford, déclara Charity.

Au lieu de frapper la boule en plein centre, Stephen la toucha légèrement sur le côté. Toutefois, elle roula lentement vers la poche, resta en suspens sur son bord pendant quelques secondes puis finit par tomber dedans.

— Ça, c'est vraiment ce qui s'appelle avoir de la chance ! s'exclama Jason. (Et, tentant de faire comprendre à Charity Thornton qu'elle ferait mieux de changer de sujet, il ajouta :) Lorsque vous jouez, Langford, prenez-vous le temps d'évaluer la part de chance qui entre dans votre jeu ? C'est quelque chose qu'il faudra que je fasse l'un de ces jours.

Nullement désarçonnée, Charity s'adressa calmement à l'auteur de cette brillante tentative de diversion ainsi qu'à Clayton.

— Si Nicolas avait manqué de loyauté envers Langford, il aurait renvoyé Sheridan Bromleigh d'où elle venait, le jour où elle est venue frapper à sa porte en versant toutes les larmes de son corps.

Dans le miroir mural où se reflétait le visage de Stephen elle surprit son regard soudain posé sur elle. Les yeux plissés, le geste suspendu, il attendait la suite.

— Sheridan a voulu savoir, continua Charity, pour quelle raison Langford avait décidé de l'épouser. Elle a exigé la vérité et ce pauvre Nicolas n'a eu d'autre choix que de tout lui raconter et de lui briser le cœur. Je dis qu'il n'a pas eu d'autre choix parce que, justement, par loyauté envers un ami, il a pris sur lui d'aider Langford dans un moment difficile. Il lui a évité une confrontation dramatique avec Sheridan, et cela, il me semble, mérite de la gratitude.

Lentement, Stephen se redressa sans avoir joué et d'une voix sourde, féroce, il demanda :

— Et qu'a donc raconté mon cher ami de Ville à Sheridan ?

Charity lui adressa un regard étonné et d'une rare innocence :

— Mais la vérité, bien entendu ! Il lui a parlé de la mort de Burleton et de votre sentiment de culpabilité. C'était bien la raison pour laquelle vous vous faisiez passer pour son fiancé, n'est-ce pas ?

Trois hommes muets, saisis par la stupeur et la colère à des degrés variables, rivèrent leur regard sur Charity. Heureuse d'avoir capté leur attention, elle poursuivit résolument

— Sheridan, qui est une jeune femme romantique, s'obstina à croire que votre demande en mariage n'avait pas été uniquement motivée par votre culpabilité. Mais ce cher Nicolas refusa de la laisser dans l'erreur. Il lui parla ensuite de la disparition de M. Lancaster et lui affirma qu'à votre sentiment de culpabilité s'était ajoutée une profonde pitié. Ce qui augmenta la détresse de notre pauvre Sheridan. Mais Nicolas n'avait fait que son devoir d'ami désintéressé et loyal.

D'un geste rageur, Stephen rangea sa queue de billard au râtelier et sortit de la pièce en jurant entre ses dents :

— Quel salaud...

Charity s'émut de l'entendre jurer devant elle, mais se félicita de la réaction qu'elle avait provoquée. Retenant un sourire, elle demanda à Jason Fielding :

— Où croyez-vous qu'il aille de ce pas ?

Jason regarda Clayton.

— Connaissez-vous la réponse ?

— Eh bien, je dirais qu'il va rendre visite à un... ami.

Charity s'écria avec animation :

— Comme c'est bien ! Pourrions-nous faire un billard tous les trois ? Je suis sûre que j'apprendrai vite.

Le duc de Claymore observa Charity d'un œil amusé en laissant se prolonger un silence qui finit par la mettre mal à l'aise. Elle soupira de soulagement lorsqu'il lui proposa :

— Ne préféreriez-vous pas une partie d'échecs ? Il me semble que votre goût de la stratégie y trouverait son compte.

Après un instant de réflexion, Charity hocha la tête.

— Vous avez parfaitement raison.

## 58

Bien que la saison fût terminée, les salles de jeu du *White* gardaient leur animation. Des parieurs fortunés venaient miser des sommes énormes à la roulette ou aux cartes. À défaut de posséder l'atmosphère feutrée du *Strathmore*, le plus ancien et le plus élégant des clubs de St James Square savait maintenir ses traditions. On y trouvait, donnant sur la rue, la fenêtre à encorbellement devant laquelle le beau Brummell avait l'habitude de réunir ses amis dont le duc d'Argyll, Lords Sefton, Alvanley et Worcester et, à l'occasion, le prince régent.

Mais la grande fierté du *White* était son « Livre des paris ». Depuis des années, les membres distingués du club y consignaient leurs paris, lesquels portaient sur les événements les plus divers, du plus solennel au plus sordide en passant par de mémorables idioties. On avait parié sur la fin d'une guerre, la date du décès d'un oncle à héritage, le succès d'un prétendant et même l'issue d'une course entre deux cochons.

Dans l'une des salles réservées aux cartes, William Baskerville jouait au whist avec le duc de Stanhope et Nicolas de Ville. Par esprit de courtoisie envers les nouveaux membres du club, les trois hommes avaient invité deux jeunes gens, de familles fortunées, à se joindre à eux. On les devinait libertins et anxieux de s'affirmer en se familiarisant avec le jeu et la boisson. La conversation était nonchalante mais le jeu rapide et les enjeux élevés.

— À propos de rumeurs, fit l'un des jeunes gens, j'ai entendu dire que personne n'a vu Langford à Hyde Park depuis une semaine.

Tout en comptant ses jetons, William Baskerville répondit :

— Il doit être à Claymore. La duchesse donne une fête pour l'anniversaire de son fils. J'aime beaucoup cette femme. Je la trouve ravissante et je ne me prive pas de le faire remarquer à son mari à chaque fois que je le rencontre.

Baskerville glissa un regard vers Nicolas, assis à sa gauche, puis ajouta :

— Vous l'avez bien connue lorsqu'elle séjournait en France, n'est-ce pas, de Ville ?

Sans lever les yeux de ses cartes, Nicolas hocha la tête puis, cherchant à prévenir tout autre commentaire, précisa :

— Je suis en très bons termes avec les Westmoreland et je m'en félicite.

Imbibé de whisky, l'autre jeune et gai luron manifesta sa surprise en même temps que son manque d'éducation et son incapacité à tenir l'alcool.

— Ce n'est pas ce que l'on dit ! On prétend qu'avec Langford vous avez failli en venir aux poings, l'autre soir, à l'*Almack*, à cause d'une rousse incendiaire dont vous vous disputiez les faveurs.

Ce fut Baskerville qui lui rétorqua :

— Mon jeune ami, il va falloir apprendre à distinguer la médisance de la vérité. Donc à mieux connaître les personnes que vous mettez en cause. J'ai moi-même entendu raconter cette histoire, mais je connais suffisamment de Ville et Langford pour vous assurer qu'il ne s'agit que d'une énorme idiotie.

— C'était aussi ce que je pensais, fit remarquer le premier jeune homme, qui contrairement à son ami, semblait avoir peu bu.

Devinant que ses compagnons attendaient son avis, Nicolas confirma :

— Ce ne sont en effet que de lamentables ragots qui ont déjà fait long feu.

Le distingué duc de Stanhope, frère de Charity Thornton, fit observer tout en augmentant le tas de jetons au centre de la table :

— Je n'ai jamais cru à cette histoire. De Ville et Langford sont de parfaits gentilshommes et d'excellents amis.

Le plus sobre des jeunes gens adressa à Nicolas un sourire malicieux.

— Il est préférable, me semble-t-il, que vous soyez amis. Car vous et Langford savez vous battre. L'affrontement d'ailleurs vaudrait le détour...

— Comment cela ? demanda le duc de Stanhope.

— Oh, mais c'est que j'ai déjà vu Langford et de Ville à l'œuvre ! Sur le ring du *Jackson Club*. Séparément, bien entendu. Et je peux vous assurer que s'ils devaient se battre je serais même capable d'aller à l'*Almack* pour assister au spectacle.

— Et moi aussi, fit son compagnon dans un hoquet.

Effaré par leur méconnaissance des rapports entre gens bien nés, Baskerville se crut obligé de les éclairer un tant soit peu.

— Langford et de Ville n'en viendront jamais aux poings, jeunes gens ! C'est ce qui fait toute la différence entre des têtes brûlées de votre espèce et des gentlemen comme eux. Vous devriez étudier un peu le comportement de vos aînés et vous inspirer de la civilité dont ils font preuve.

— Merci, Baskerville, approuva Nicolas.

— De rien, de Ville. Ce ne sont que paroles de bon sens. (Tout en s'apprêtant à miser, Baskerville ajouta :)

Quel homme civilisé songerait à se servir de ses poings pour régler un différend !

— C'est parfaitement inconcevable, souligna le duc de Stanhope.

Le plus lucide des deux jeunes dandys leur présentait ses excuses lorsque brusquement il s'interrompit, les yeux ronds.

— N'aviez-vous pas dit que Langford était à la campagne ?

Les regards se portèrent vers l'entrée de la salle. Stephen Westmoreland se dirigeait résolument vers la table des cinq hommes avec un air menaçant. D'un signe de tête, il salua tous ceux qui l'accueillaient joyeusement mais pas un seul instant il ne quitta des yeux la table de Baskerville. On eût dit un prédateur qui fonçait sur sa proie, et l'incrédulité se peignit sur les visages d'innocents qui se voyaient confrontés à un danger inexplicable.

En revanche, Nicolas de Ville affichait une nonchalance qui avait quelque chose de provocateur. Dès que Stephen fut près de lui, il se rejeta contre le dossier de sa chaise et, les mains dans les poches, l'air sardonique, lui lança :

— Vous avez envie de vous joindre à nous, Langford ?

— Levez-vous ! lui ordonna Stephen.

L'affrontement semblait imminent. Les plus jeunes membres du club se précipitèrent vers le Livre des paris. Le sourire de Nicolas s'élargit et, comme s'il tenait à s'assurer des intentions du comte, il demanda, le sourcil levé :

— Ici ?

— Levez-vous ! répéta Stephen. Espèce de...

— Ah, oui, je crois bien que ça va se passer ici... commenta Nicolas en jetant un regard vers la salle du fond.

Averti de l'imminence d'un règlement de comptes, le directeur du club se précipita hors de son bureau, bouscula ceux qui libéraient la salle du fond sans songer à rechigner et s'écria :

— Voyons, messieurs ! Voyons ! Jamais dans toute l'histoire du *White* on n'a vu...

La porte de la salle lui claqua au nez.

Il la rouvrit, implorant :

— Pensez à vos costumes, messieurs. Pensez aux meubles.

Le bruit d'un coup de poing et la vision de la tête de De Ville déportée en arrière le firent reculer. Il referma le battant et s'y adossa un instant, le visage blême, les mains encore crispées sur la poignée. Des dizaines de regards interrogateurs étaient fixés sur lui.

— Alors ? demanda quelqu'un.

Le directeur pensait à ses meubles et à ses bibelots, redoutait le pire, sentait ses genoux fléchir, mais il se devait de faire bonne figure.

D'une voix tremblante, il informa les membres de son honorable établissement :

— Disons... disons que je vous suggère des paris à... à trois contre deux.

— En faveur de qui ? demanda un autre gentleman, aussi élégant qu'impatient.

Le directeur leva un regard implorant vers le ciel, prit à deux mains le courage qui lui restait, se retourna, entrouvrit la porte et jeta un coup d'œil dans l'arène à l'instant même où un corps allait atterrir contre un mur lambrissé avec un bruit de tonnerre.

— En faveur de Langford ! lança-t-il par-dessus son épaule.

Mais une autre explosion retentit alors qu'il s'apprêtait à refermer la porte.

— Non, en faveur de De Ville ! Non, de Langford ! Non, de De Ville !

Puis il n'eut que le temps de reculer et de tirer sur la poignée pour s'éviter d'avoir la tête écrasée par la porte, sur laquelle venait d'être projetée une paire de larges épaules.

Quand cessa le tumulte du combat, il n'eut pas le réflexe de s'écarter immédiatement de la porte et se retrouva vacillant au milieu de la pièce que venaient de quitter Langford et de Ville. Mi-hébété mi-soulagé, il fit du regard le tour de la salle qui lui parut miraculeusement indemne. Mais à peine eut-il remercié le ciel qu'il découvrit une table bancale et une autre avec son feutre vert à moitié arraché. Plissant les yeux, il inspecta la pièce de plus près. Il remarqua que la pendule aux émaux bleus qui ornait une desserte avait été déplacée. Il s'en approcha, la souleva pour la remettre au centre du plateau marqueté et provoqua la chute du verre et du cadran avant même de s'apercevoir que ses aiguilles pendaient lamentablement.

Tremblant de découvrir d'autres dégradations, il voulut un instant s'appuyer au dossier de la chaise la plus proche mais le vit s'effondrer sous sa main.

De l'autre côté du mur, dans la salle principale, les conversations avaient repris avec une animation destinée à créer la diversion. Qui avait entendu un certain remue-ménage dans la pièce voisine ? Mais personne, voyons !

Jouant le même jeu, les deux acteurs principaux de cette comédie se séparèrent comme si de rien n'était. Langford se mit en quête d'un verre d'alcool tandis que de Ville reprenait sa place parmi ses compagnons.

— Est-ce mon tour ? demanda-t-il en ramassant ses cartes.

Les deux jeunes gens acquiescèrent d'un signe de tête, le duc de Stanhope répondit courtoisement qu'il n'en était pas certain ; mais Baskerville refusa d'entrer dans le jeu. Indigné par le démenti que Langford et de Ville venaient d'apporter à ses propos en bafouant les bonnes manières, et cela sous les yeux des jeunes écervelés qu'il avait cru utile de sermonner, Baskerville commenta l'événement qui occupait tous les esprits.

— Quelle conduite, de Ville ! Je n'ai aucun scrupule à vous faire remarquer que c'est une honte.

Tout en battant les cartes, Nicolas rétorqua :

— Mais nous n'avons fait que discuter à propos d'un certain mariage.

Baskerville ne demandait qu'à se tromper. Une lueur d'espoir vacilla dans son regard. Les deux jeunes eurent un sourire amusé, mais très vite celui qui était ivre se mit à ricaner en se penchant vers le col déchiré de Nicolas.

— Qu'est-ce que deux hommes peuvent se dire au sujet d'un mariage ?

— Nous devions choisir le garçon d'honneur.

Le plus courtois des deux jeunes gens lança à son compagnon un coup d'œil sévère avant de donner la réplique à de Ville.

— Avez-vous pu arrêter votre choix, monsieur ?

Nicolas avança ses jetons.

— Oui, dit-il. Ce sera moi.

L'indélicat but une gorgée d'alcool, puis ricana de nouveau.

— Un mariage !

De Ville leva lentement la tête.

— Vous préférez les enterrements ?

Craignant que le pire fût encore à venir, Baskerville entra dans la conversation.

— Vous avez eu d'autres sujets à débattre, je suppose. Votre absence a duré un bon moment...

Nicolas se fit ironique.

— Nous avons parlé de ces vieilles dames qui ont parfois la langue bien pendue, alors que leur esprit ne fonctionne plus depuis longtemps. Et nous nous sommes émerveillés de cette miséricorde divine.

Le duc de Stanhope releva brusquement la tête.

— J'espère que vous ne faites pas allusion à une personne de notre connaissance.

— Nous pensions à quelqu'un qui devrait s'appeler Cervelle de moineau plutôt que Charity. Connaissez-vous cette personne ?

Comment le duc n'aurait-il pas reconnu sa sœur aînée ? Étouffant une exclamation scandalisée devant ce portrait cruel mais pertinent, il se contenta de répondre :

— C'est fort possible...

L'arrivée d'un nouveau joueur qui le salua amicalement tout en s'installant à côté de De Ville mit un terme à cette discussion embarrassante.

Le joueur inattendu regarda les deux jeunes gens avec une insistance qui trahissait l'attente de présentations. Comme s'il était le seul à s'en apercevoir, Nicolas se chargea de cette formalité :

— Je vous présente Lord Banbraten et Lord Isley, qui ont tous deux la langue bien pendue et les poches pleines. (Puis, à l'adresse des deux jeunes gens, il ajouta :) J'ai cru comprendre que vous connaissiez déjà le comte de Langford...

À l'unisson, les deux jeunes lords hochèrent la tête.

— Bien. Et maintenant, reprit de Ville, le comte et moi-même allons achever de vous soulager de l'argent paternel.

Nicolas distribua les cartes, découvrit les siennes, mais au même moment une douleur dans les côtes le fit grimacer.

— Vilaine main, on dirait, fit remarquer le duc de Stanhope avec un petit rire.

Croyant que le duc s'adressait à lui et faisait allusion à ses articulations gonflées, Stephen fit bouger ses doigts.

— Ça ira, dit-il.

Puis il se tourna vers le serveur qui apportait deux verres de cognac, les prit lui-même sur le plateau et en tendit un à de Ville.

— Avec mes compliments.

Puis son regard se posa sur l'un des deux jeunes gens qui venait de renverser son verre en voulant s'en saisir.

Nicolas suivit son regard et expliqua :

— Il ne tient pas l'alcool.

Stephen jeta un coup d'œil désapprobateur au jeune homme rubicond.

— Je ne comprends pas qu'on puisse laisser quelqu'un se mêler à la société sans lui avoir appris à se conduire décemment.

— Je m'en étonne aussi, répondit de Ville.

# 59

Les Skeffington ayant abandonné leur location londonienne pour retourner dans leur village, Nicolas se vit contraint d'aller jusqu'à Blintonfield pour rencontrer Sheridan que Langford voulait à tout prix convaincre de revenir à lui.

Tout au long des trois heures de trajet, Nicolas ne cessa de se féliciter de ce rôle de messager qui lui permettait de réparer les erreurs commises à l'égard de Langford. Il ne lui restait plus qu'à persuader Sheridan de quitter les Skeffington pour entrer au service d'un vicomte qui lui assurerait une position beaucoup plus avantageuse.

Le plan était de Langford. Nicolas, qui en connaissait tous les détails, le trouvait romantique autant que judicieux et, afin de ne pas perdre de temps, il avait emmené avec lui deux gouvernantes hautement qualifiées qui pourraient immédiatement remplacer Sheridan.

En l'absence de Lady Skeffington, qui avait conduit sa fille dans le Devon, ayant entendu dire que le futur duc de Norringham y passait le mois de juillet, Nicolas n'eut que Sir John à convaincre d'accepter deux gouvernantes au lieu d'une. Ce qui impliquait une aide financière de Stephen Westmoreland qui, secrètement, paierait plus de la moitié de leurs gages.

Avec Sheridan, Nicolas rencontra plus de réticences. Elle comprenait mal cette nécessité de faire ses valises sur-le-champ et de l'accompagner chez un étranger sans avoir le temps de réfléchir une seconde. Mais elle réprima son agacement et se fit expliquer ce qu'elle avait à gagner dans ce changement.

Chargé d'être convaincant sans révéler le fin fond de l'histoire, Nicolas fit appel à son sens de l'improvisation.

— Le vicomte de Hargrove n'est pas toujours facile à vivre. Il lui arrive même d'être franchement désagréable. Mais il adore son neveu – qui est également son héritier – et tient à le combler.

— Je vois, fit Sheridan en se demandant jusqu'à quel point le vicomte pouvait se montrer désagréable.

— Les gages sont conséquents et vous aideront à oublier les défauts du vicomte.

— Conséquents ?

Il annonça un chiffre mirobolant.

— Et il y aura d'autres avantages.

— De quelle sorte ?

— Vous disposerez d'une suite, d'une servante, d'un cheval...

Sheridan resta un instant bouche bée, puis s'étonna que de Ville ait laissé sa phrase en suspens.

— Y aurait-il quelque chose de plus ?

— Oui. Car, en fait, il vous est proposé une situation... à vie.

— Je comprends mal.

— Je veux dire qu'elle vous sera acquise définitivement.

— Mais je n'ai pas l'intention de m'installer en Angleterre. Je compte rester encore quelques mois, tout au plus.

— Le vicomte y verra un inconvénient. Mais vous pourrez sans doute parvenir à un accord sur ce point.

Sheridan hésita. Elle souhaitait pouvoir se faire une idée plus précise de ce vicomte généreux mais peut-être insupportable.

— Est-il âgé ?

— Relativement.

Nicolas dissimula un sourire en pensant que Langford n'avait qu'un an de plus que lui.

— A-t-il déjà eu des gouvernantes ?

De Ville entrevit quelques réponses savoureuses qu'il se garda de formuler.

— Oui, répondit-il sobrement.

— Pourquoi l'ont-elles quitté ?

Cette fois-ci, il put dire la vérité en s'amusant secrètement.

— Sans doute parce qu'il ne leur avait pas fait l'avantageuse proposition qu'il m'a chargé de vous présenter, expliqua-t-il. (Puis, afin de prévenir toute autre question et d'éviter le risque d'une bévue, il ajouta :) Comme je vous l'ai dit, il nous faut faire vite. Le vicomte voudrait voir cette affaire réglée au plus tôt. Je lui avais promis que nous serions chez lui à deux heures. Mais J'ai déjà pris beaucoup de retard en venant jusqu'ici. Alors, si son offre vous intéresse, faites vos bagages et partons.

Habituée aux catastrophes depuis son arrivée en Angleterre, Sheridan restait perplexe devant cette bonne fortune inespérée. Elle hésita encore quelques secondes et finalement se leva. Mais une chose 1 intriguait encore.

— Le vicomte pouvait choisir une gouvernante anglaise et parfaitement qualifiée. Comme, par exemple, l'une des deux jeunes femmes que vous avez conduites ici. Pourquoi a-t-il arrêté son choix sur moi ?

— Il voulait une Américaine.

— Dans ce cas... Je vais aller le voir et si nous nous entendons, je resterai chez lui.

— C'est exactement ce qu'il espère. (Elle s'apprêtait à monter dans sa chambre lorsqu'il ajouta :) Je vous ai apporté une robe. Vous portez en ce moment des couleurs bien sombres qui risqueraient d'attrister le vicomte. Et ce serait regrettable.

# 60

Tandis que le soleil amorçait son lent déclin dans un léger poudroiement d'or, Nicolas s'inquiéta en regardant Sheridan.

— Quelque chose ne va pas ?

Elle se détourna de la verte campagne.

— Non. Je pensais simplement à ce qui m'attendait. Une maison nouvelle, des gages très avantageux, une suite, un cheval... Ça me paraît encore trop beau pour être vrai.

— Vous devriez vous réjouir au lieu de faire cette tête.

— Je me demandais si je n'avais pas quitté les Skeffington un peu trop soudainement.

— Ils ont maintenant deux gouvernantes au lieu d'une. C'était encore inimaginable pour Skeffington il y a seulement une heure ! Il vous aurait volontiers aidée à faire vos valises tant il était satisfait.

— Vous me comprendriez mieux si vous connaissiez leur fille. Je lui ai laissé un mot, mais j'aurais préféré qu'elle soit là pour que je puisse lui dire au revoir. En fait, j'aurais aimé l'emmener avec moi... Cela dit, ajouta Sheridan avec un sourire, je vous suis extrêmement reconnaissante pour tout ce que vous avez fait pour moi.

Avec une pointe d'ironie, de Ville répondit :

— J'espère que vous n'allez pas changer d'avis... (Puis il sortit sa montre et fronça les sourcils.) Nous sommes vraiment très en retard. Peut-être croit-il déjà que nous ne viendrons pas.

— Qu'est-ce qui pourrait lui faire croire ça ?

— Je n'ai pu lui garantir que je parviendrais à vous convaincre.

— Il faudrait être folle pour refuser une telle proposition ! dit-elle en éclatant de rire avant de se figer, en proie à un doute affreux. Essayez-vous de me dire qu'il a pu, en raison de notre retard, engager quelqu'un d'autre ?

Elle ne comprit pas le sourire de Nicolas tandis qu'il s'installait plus confortablement, une jambe allongée sur son siège. Remarquant son air inquiet, il la rassura aussitôt.

— Je ne me fais aucun souci de cet ordre. Je suis bien certain qu'il ne s'est adressé à personne d'autre et que votre engagement ne dépend que de vous.

Une heure plus tard, les chevaux ralentirent, la voiture tangua puis, dans un cahot et un bruit d'essieux malmenés, quitta la grand-route en virant sur la gauche.

Sheridan, qui avait saisi une poignée de cuir pour rester sur son siège, rajusta la robe bleu pâle et joliment brodée que Nicolas lui avait apportée, tira sur les poignets, lissa la jupe puis s'assura que son chignon ne s'était pas défait.

— Nous devons arriver, n'est-ce pas ? dit-elle.

Penché vers la vitre, Nicolas regarda le bâtiment ancien qui se dressait près du chemin bordé de haies sauvages et eut un sourire satisfait.

— La demeure du vicomte se trouve encore à une certaine distance, mais nous devrions le rencontrer ici. Il a estimé que c'était l'endroit idéal pour discuter de sa proposition avec vous.

Intriguée, Sheridan regarda à son tour à l'extérieur.

— Mais je ne vois qu'une église !

— Le vicomte m'a expliqué que cette chapelle datait du XVI$^e$ siècle. Construite en Écosse, elle a été un beau jour apportée ici pièce par pièce. Elle a joué un rôle important dans l'histoire familiale du vicomte.

— Vraiment ? Quel rôle peut jouer une chapelle dans l'histoire d'une famille ?

— Le premier ancêtre que se connaît le vicomte a contraint un moine à célébrer son union avec une fiancée récalcitrante entre les murs de cette chapelle. (La voyant frémir, Nicolas ajouta en s'interdisant de sourire :) Je crois savoir que c'est un peu une habitude dans la famille

— Eh bien, je trouve que c'est une habitude fort regrettable ! Oh, je vois deux voitures de l'autre côté de la chapelle ! Mais elles sont vides... Quel genre de service religieux peut avoir lieu à cette heure, dans un endroit si isolé ?

— Un service convenant à une cérémonie privée. Très privée... Mais laissez-moi vous regarder... Votre chignon n'a pas l'air de vouloir tenir.

— Je ne comprends pas. Je viens de constater le contraire.

Elle voulut porter la main à son chignon, mais Nicolas eut le geste plus rapide.

— Laissez-moi faire. Vous n'avez pas de miroir.

Avant qu'elle ait pu protester, il retira les longues épines qui maintenaient sa coiffure et, en un clin d'œil, ses cheveux tombèrent sur ses épaules.

— Oh, non !
— Avez-vous une brosse ?
— Oui. Mais enfin pourquoi avez-vous fait ça ?
— Ne vous énervez pas. Vous verrez. Vous vous sentirez plus à l'aise pour émettre d'éventuelles objections si vous êtes à votre avantage.

— Des objections ? Contre quoi ?

Nicolas attendit de pouvoir descendre et de lui tendre la main, avant de lui répondre en restant dans le vague :

— Oh, je pense que vous manifesterez une certaine opposition. Du moins, au début.

— M'auriez-vous caché quelque chose ? demanda-t-elle en reculant d'un pas.

Mais elle dut aussitôt s'écarter de la voiture que le cocher faisait avancer pour se garer un peu plus loin. Puis la brise s'insinua sous sa jupe, joua dans ses cheveux et sembla balayer ses appréhensions. Sans plus attendre de réponse de la part de Nicolas, elle chercha, dans la pénombre qui s'accentuait, à apercevoir enfin la silhouette de cet homme qui offrait une fortune à une gouvernante.

Elle crut discerner une ombre près de la chapelle.

Portant la main à son cœur, elle attira l'attention de Nicolas.

— Qu'y a-t-il ?

— Rien. Il me semblait avoir vu quelqu'un.

— Vous n'avez peut-être pas rêvé. Il m'a dit qu'il vous attendrait là.

— À l'extérieur ?

— Pourquoi pas ? C'est un bon endroit pour attendre et méditer.

— Vous croyez qu'il médite ?

— Sur ses erreurs passées, oui, je n'en serais pas surpris. Mais maintenant courez le rejoindre, écoutez bien ce qu'il a à vous dire et puis…

— Oui ?

— Si vous n'avez vraiment aucune envie d'accepter sa proposition, nous repartirons ensemble. Ne vous sentez surtout pas obligée de rester. Vous recevrez d'autres offres, certainement moins… originales que celle-ci, mais qui pourraient également vous intéresser. N'oubliez pas : si vous décidez de refuser ce qu'il vous propose, vous pouvez revenir ici, sous ma protection.

Elle fit un signe d'acquiescement, traversa le chemin et se dirigea vers la chapelle. Dans la lumière crépusculaire, elle découvrit une silhouette entre un buisson de fleurs sauvages et un arbre. Un homme se tenait là bras croisés, fermement campé sur ses longues jambes, avec, à la main, une paire de gants qu'il agitait nerveusement. Mais, préoccupée par la discussion qui l'attendait et les difficultés que Nicolas lui avait laissée présager, Sheridan perçut à peine quelque chose de familier dans cette haute silhouette qui dégageait une forte impression d'autorité.

Alors qu'elle s'approchait de lui, il avança de quelques pas.

— J'ai cru que vous ne viendriez pas, dit-il.

Un instant, elle resta pétrifiée, puis elle fit volte-face et, mue par la fureur, se sauva en courant à une vitesse peu ordinaire, mais toutefois insuffisante pour lui échapper. Il la rattrapa, l'obligeant à se retourner vers lui d'une main impérieuse.

Elle retrouva son souffle pour crier :

— Lâchez-moi !

— À une condition. Vous ne bougez plus et vous m'écoutez, répondit Stephen calmement.

Elle acquiesça mais tenta de fuir dès qu'il la libéra. Nullement surpris, Stephen eut une réaction immédiate et, l'agrippant par les bras, le regard soucieux, il lui dit :

— Ne m'obligez pas à vous retenir par la force.

— Je ne vous oblige à rien, espèce d'horrible débauché ! Et dire que j'ai fait confiance à Nicolas de Ville ! Il m'a bien eue ! Il n'avait pas le droit de m'emmener ici en me laissant croire à une proposition intéressante !

— Mais j'ai effectivement une proposition à vous faire. Ce sera à vous de me dire si elle vous intéresse.

— Oh, ça m'étonnerait ! Je ne veux même pas la connaître. Je ne me suis pas encore remise de la précédente.

Il tressaillit à l'évocation d'une goujaterie qu'il se pardonnait mal mais se maîtrisa et parut ne rien avoir entendu.

— Je vous offre une position qui vous permettra de posséder une maison... plusieurs maisons...

— J'ai déjà entendu tout ça !

— Non. Écoutez. Vous aurez des serviteurs, de l'argent, des bijoux, des fourrures. Et moi.

— Mais je ne veux pas de vous ! Vous m'avez déjà utilisée comme une vulgaire catin ! Laissez-moi tranquille. Mon Dieu... (Elle eut soudain des larmes dans la voix.) J'ai tellement honte de moi... Moi, la petite gouvernante qui tombe amoureuse du seigneur du manoir. Dans les romans, ça passe. Ça passe d'autant mieux que la servante n'a pas à subir ce que vous m'avez fait, l'autre soir, à Claymore. C'était dégoûtant...

— Ne dites pas ça. Ce n'était pas dégoûtant. C'était...

— Sordide !

Il avait blêmi mais il reprit :

— Je m'inclus dans ma proposition. Je m'y inclus totalement. Avec mon nom, ma main et tout ce que je possède.

— Je ne veux pas le savoir.

Les mains toujours crispées sur ses bras, il la secoua un instant, comme pour l'obliger à se réveiller.

— C'est faux, dit-il.

Persuadée qu'il tentait encore d'apaiser ses remords et de satisfaire son sens du devoir, elle s'écria :

— Allez au diable ! J'en ai assez de vos crises de mauvaise conscience.

Il eut un rire amer.

— S'il y a eu méprise, lorsque je vous prenais pour la fiancée de Burleton, en revanche, c'est bien vous que je désirais. Et je ne me suis senti coupable que pour une seule et unique raison : je vous voulais pour moi, moi seul, et j'avais l'impression de m'approprier des sentiments que vous destiniez en fait à Burleton. Pour l'amour du ciel, regardez-moi bien et vous comprendrez que je dis la vérité. (Il lui prit le menton, mais elle regarda par-dessus son épaule.) J'ai voulu vous épouser dès le début, Sheridan.

— Non ! Vous ne vous êtes décidé à annoncer nos fiançailles qu'après avoir reçu la lettre arrivée d'Amérique. Vous avez voulu secourir la pauvre petite orpheline qui venait de perdre et son fiancé et son père.

— Rien ne m'obligeait à épouser la « pauvre petite orpheline » dans l'unique but de l'aider. Il y avait bien d'autres manières de le faire. Aurais-je sablé le champagne avec mon frère lorsque je lui ai annoncé notre mariage si j'avais ressenti une contrainte quelconque ? Non. J'aurais bu de la ciguë.

Elle se mordit la lèvre. Elle refusait d'esquisser un sourire, de se laisser aller à le croire, à lui faire confiance, alors que l'amour qu'il lui inspirait encore la poussait à déposer les armes.

— Regardez-moi...

Il lui reprit le menton et, cette fois-ci, rencontra le regard de ses superbes yeux gris.

— Dans cette chapelle il y a un prêtre qui nous attend. J'ai plus d'une raison pour vous demander de m'y suivre, mais la culpabilité ne figure pas parmi elles. J'ai aussi diverses choses à vous demander avant d'entendre votre réponse.

— Quelles sont-elles ?

— J'aimerais que vous me donniez des filles avec vos cheveux et votre vivacité d'esprit. Des fils avec vos yeux et votre courage. Toutefois si vous préférez d'autres combinaisons, je les accepterai et vous remercierai de porter nos enfants.

Elle se sentit envahie par une joie intense, presque douloureuse.

— Je veux changer votre nom, dit-il avec un tendre sourire. Ainsi vous n'aurez plus jamais à vous demander qui vous êtes. (Caressant ses bras, il la regarda au fond des yeux.) Je veux partager votre lit ce soir et tous les autres soirs de notre vie. Je veux vous entendre de nouveau gémir dans mes bras et me réveiller dans les vôtres. (Il prit son visage entre ses mains et essuya les larmes qui brillaient au coin de ses yeux.) Et puis, je veux vous entendre me dire « Je vous aime » chaque jour. Si vous n'avez pas envie de me le dire maintenant, je saurai attendre ce soir... J'accéderai à vos désirs, quels qu'ils soient, pour autant que j'en aie la possibilité... Quant à ce qui s'est passé à Claymore, j'y reviens un instant pour vous assurer que cela n'avait rien de sordide.

— Nous avons été amants ! fit-elle en rougissant.

— Sheridan, nous avons été amants dès que nos lèvres se sont effleurées.

Il voulait qu'elle en éprouvât de la fierté et non de la honte. C'était un cadeau du ciel. Cependant il songea qu'il demandait peut-être l'impossible. Elle était si jeune, si inexpérimentée. Mais, sur le point d'endosser l'entière responsabilité de la nuit de Claymore, il fut surpris de la voir prendre sa main et poser un baiser au creux de sa paume en murmurant :

— Je sais.

Il déborda de fierté. Ces deux petits mots balayaient toutes les récriminations, toutes les fausses pudeurs et tous les refus.

Au fond de ses yeux gris, il ne vit que douceur, acquiescement et joie.

— Acceptez-vous maintenant d'entrer dans cette chapelle avec moi ?

— Oui.

# 61

Deux heures après leur union, ils atteignirent Montclair, le château que Stephen avait fait construire selon ses plans. Sa toute jeune femme s'arracha à ses lèvres avec réticence lorsqu'elle sentit la voiture s'immobiliser.

— Où sommes-nous ?

À son murmure langoureux il répondit d'une voix si rauque qu'il s'en étonna lui-même.

— Nous sommes à la maison.
— Chez vous ?
— Chez nous.

Un frisson de joie la parcourut. Elle ferma les yeux l'espace d'une seconde puis elle tenta de remettre un peu d'ordre dans sa chevelure tandis qu'un valet ouvrait la portière. Le regard de Stephen glissa comme une caresse sur ses cheveux flamboyants, et elle lui vit un sourire songeur.

— À quoi pensez-vous ?
— À quelque chose qui m'est venu à l'esprit lorsque vous m'avez dit avec un air catastrophé que vous trouviez la couleur de vos cheveux trop « voyante ».

Alors qu'il lui offrait sa main pour l'aider à descendre, elle insista :

— À quoi avez-vous donc pensé ?
— Je vous le dirai plus tard. Ou plutôt, non. Je vous le montrerai.

— Oh, c'est bien mystérieux...

Pendant des années, les femmes lui avaient prouvé qu'elles pouvaient être prêtes à tout pour devenir châtelaine de Montclair. Et voilà que maintenant il attendait la réaction de celle qu'il avait choisie pour jouer ce rôle tant convoité.

Délicatement, elle posa sa main au creux de son bras, sourit aux valets qui s'étaient précipités à leur rencontre puis regarda enfin la majestueuse demeure aux multiples fenêtres qui brillaient de mille feux. Le souffle coupé, elle s'immobilisa, contempla ce décor de rêve et ne jeta un coup d'œil par-dessus son épaule que pour s'assurer qu'elle n'était pas venue dans le carrosse de Cendrillon. Mais son regard rencontra une kyrielle de luxueux véhicules, garés le long de l'allée centrale.

Effarée, elle demanda :

— Stephen, donnez-vous une réception ?

Dans un éclat de rire, il rejeta la tête en arrière puis l'enlaça, le visage dans ses cheveux.

— Je suis fou de vous, Lady Westmoreland.

Rien ne pouvait l'impressionner plus agréablement que sa nouvelle identité.

— Sheridan Westmoreland... Ce nom me plaît énormément.

Derrière eux, la voiture de Nicolas de Ville s'immobilisa, et Sheridan renouvela sa question :

— Vous donnez une réception, non ?

Stephen acquiesça d'un signe de tête tout en attendant que de Ville les rejoigne.

— Je donne un bal pour fêter les soixante ans de ma mère. C'est la raison pour laquelle mon frère et ma belle-sœur ne sont pas venus à la chapelle. Ils ont joué les hôtes à ma place.

La voyant un peu déconfite, il expliqua :

— J'avais lancé les invitations bien avant que l'on se revoie. Et je n'ai pas eu la patience d'attendre que cette fête soit passée pour vous épouser. Ou, plus exactement : j'ai eu besoin de savoir au plus vite si ce mariage aurait enfin lieu...

— Ce n'est pas cette soirée qui me gêne, dit-elle. C'est le fait de ne pas avoir de robe.

Nicolas, qui montait les marches du vaste perron avec eux, surprit son embarras et s'en offusqua.

— Mais cette robe, que je vous ai moi-même choisie à Londres, vous va très bien.

— Oui. Mais ce n'est pas une robe de bal.

— Ne vous inquiétez pas, fit Stephen.

Le maître d'hôtel leur ouvrit la porte et des explosions de rire et de musique semblèrent jaillir de toutes parts. Sheridan s'émerveilla un instant devant la double volée de marches qui occupaient le centre du hall. Puis elle se tourna vers le maître d'hôtel qui lui souriait.

— Colfax ! s'écria-t-elle joyeusement.

Colfax s'inclina avec respect devant elle.

— Bienvenue à Montclair, Lady Westmoreland.

— Est-ce que tout le monde est arrivé ? demanda Stephen.

— Oui, monsieur le comte.

Stephen s'adressa à son garçon d'honneur.

— Allez donc rejoindre les autres, de Ville, pendant que Sheridan et moi nous nous changeons.

— Non. Il n'en est pas question. J'entrerai avec vous dans la salle de bal. Je tiens trop à voir leur réaction quand vous ferez votre apparition.

— Bien. Nous nous changeons et vous rejoignons.

Soupçonnant – à juste titre – Stephen de vouloir profiter d'un long moment d'intimité avec sa jeune épouse, de Ville précisa :

— Dans vingt minutes !

Son air entendu échappa à Sheridan, trop préoccupée par son problème de robe. Elle demanda son avis à Stephen tandis qu'ils montaient l'escalier. Mais l'intervention de Nicolas ne laissa pas à son mari le temps de répondre.

— Dans vingt minutes, répétait-il. Ou bien je viens vous chercher.

Stephen jura entre ses dents.

— Comment venez-vous d'appeler Nicolas ? lui demanda sa femme.

— Le Maître des heures.

Il ne put retenir un sourire devant son air soupçonneux.

— Je n'ai pas vraiment entendu ça, observa-t-elle.

— Oh, ce devait être quelque chose d'approchant, dit Stephen en ouvrant une porte. Au fait, il n'a pas été possible de vous faire faire une robe, faute de temps. Mais Whitney, qui espérait beaucoup vous voir revenir à mon bras, s'est occupée de vous trouver quelque chose.

Dans la pièce où ils venaient d'entrer, Sheridan vit trois servantes venues pour l'aider à s'habiller puis, étalée sur le grand lit, une éblouissante robe de satin ivoire accompagnée d'un voile qui cascadait, du centre du lit jusqu'au plancher marqueté. Fascinée, elle fit un pas en avant, hésita, s'immobilisa et se tourna vers Stephen.

— Quelle est cette robe ? s'étonna-t-elle d'une voix timide.

Avec un tendre sourire, Stephen l'attira vers lui et, pressant sa joue contre son torse, murmura :

— C'est la robe de mariée de Whitney. Elle aimerait que vous la portiez.

Bouleversée par un bonheur immense, Sheridan refusa cependant de laisser couler les larmes de l'émotion, leur préférant un sourire radieux.

— Dans combien de temps serez-vous prête ?

— Une heure. À cause de la coiffure…

Une nouvelle fois, Stephen murmura ce que les servantes n'avaient nul besoin d'entendre :

— Contentez-vous de brosser vos cheveux et laissez-les sur vos épaules. Ces longs cheveux brillants et cuivrés me ravissent. Vous trouviez leur couleur « voyante ». Je trouve leur splendeur éclatante. Et mon jugement est définitif.

— Dans ce cas... je les laisserai libres ce soir.

— Bien. Je vous accorde un quart d'heure. Faites vite.

Elle trembla un peu lorsqu'elle dut s'écarter de lui.

Tandis que l'on annonçait l'entrée du duc et de la duchesse de Hawthorne, la mère de Stephen se tourna vers Hugh Whitticomb.

— Avez-vous l'heure, Hugh ?

Clayton, qui venait juste de regarder sa montre, répondit à la place de Whitticomb :

— Il est passé dix heures.

La voix empreinte de résignation et de tristesse, Whitney exprima l'inquiétude que les uns et les autres commençaient à partager :

— Sheridan a dû le repousser. Sinon il y a déjà longtemps qu'ils seraient arrivés.

— J'étais pourtant tellement confiante... soupira Charity Thornton.

Jason Fielding suggéra :

— De Ville n'a peut-être pas réussi à la convaincre d'aller jusqu'à la chapelle.

Mais sa femme secoua la tête et affirma :

— Quand il le faut, Nicolas de Ville sait être persuasif, croyez-moi.

Une telle assertion étonna Fielding qui se tourna vers Clayton, le front plissé.

— De Ville aurait-il quelque chose d'irrésistible que je n'aurais pas encore remarqué ?

— Je n'ai personnellement aucun mal à lui résister, répondit sèchement Clayton.

Puis il regarda venir vers eux l'une de ses grand-tantes, impatiente de féliciter sa mère.

— La soirée est très réussie, Alicia. Vous devez être enchantée.

— Pas tout à fait... soupira la duchesse douairière.

Sans autre commentaire, elle alla se mêler à la foule des invités. Mais, lorsque quelques instants plus tard, on annonça l'entrée de Nicolas de Ville, elle se retourna tout d'un bloc et découvrit, en même temps que le petit groupe de complices anxieux, le visage solennel de Nicolas.

— Ça ne s'est pas fait, murmura Whitney. Nous avons échoué.

Clayton la prit par la taille et l'attira contre son épaule.

— Vous aurez tout tenté pour qu'il en soit autrement, ma chérie. Vous ne devez pas vous en vouloir.

— Nous avons tous fait de notre mieux, assura Charity Thornton.

Le menton tremblant, elle regarda avec tristesse Hugh Whitticomb puis de Ville.

Au même instant, la voix du maître d'hôtel résonna tel un coup de gong :

— Le comte et la comtesse de Langford !

Un frisson se propagea dans la salle. On s'adressa des regards surpris avant de tourner la tête vers l'entrée. Mais ce fut une véritable explosion de joie parmi le petit groupe de complices qui avait tant attendu ce moment. On se serra la main, on se congratula, en éclatant de rire avec des larmes dans les yeux et enfin l'on put admirer le couple qui descendait les marches de marbre rose.

En grande tenue de soirée, Stephen Westmoreland, comte de Langford, donnait le bras à une princesse médiévale, vêtue de satin ivoire incrusté de perles. Un long collier d'or, de diamants et de perles ruisselait jusqu'à sa taille, lançant des éclats de lumière à chacun de ses pas, tandis que sur ses épaules ondoyait sa flamboyante chevelure.

— Oh, mon... fit Charity.
Mais nul n'entendit la fin de sa phrase. Un tonnerre d'applaudissements déferla vers le couple. L'hommage fut si vibrant que les lustres en tremblèrent.

# 62

Le col de sa chemise ouvert, les manches relevées, les pieds sur une table basse, Stephen s'attardait dans un fauteuil, un verre de cognac à la main, afin de laisser à sa jeune épouse le temps de se préparer pour leur nuit de noces.

Nuit de noces... Jeune épouse... Il se croyait en plein rêve et ce fut un regard surpris qu'il adressa à son valet lorsque celui-ci entra dans sa chambre comme de coutume.

Décontenancé, Damson lui posa une question très inhabituelle.

— Puis-je vous être de quelque aide ce soir ?

Stephen s'interdit de sourire bien qu'il imaginât soudain son consciencieux valet près du lit nuptial, attendant de prendre les vêtements qu'il enlèverait un à un...

— Monsieur le comte ? insista Damson.

Stephen prit soudain conscience qu'avec son air rêveur et amusé il devait paraître bien étrange aux yeux de son serviteur.

— Non. Je vous remercie.

Damson jeta un regard désapprobateur sur sa tenue désinvolte.

— Je peux vous apporter une robe de chambre, Milord. Peut-être celle en brocart noir ?

Stephen tenta très sérieusement d'imaginer l'utilité d'une robe de chambre et sentit revenir son envie de sourire.

— Non. Je n'en veux pas.

Damson s'obstina :

— Préféreriez-vous celle en soie bordeaux ? Ou la vert sombre ?

Vieux garçon, Damson semblait néanmoins avoir des idées bien arrêtées sur la façon dont un mari devait se présenter à son épouse le soir de leurs noces.

— Ni l'une ni l'autre, Damson.

— Peut-être la...

Craignant qu'il en vînt à lui suggérer une tenue de gala, Stephen coupa court à tout développement inutile.

— Allez vous coucher, Damson.

Puis, se jugeant trop cassant, il ajouta avec un bref sourire :

— Merci, Damson.

Damson s'inclina après avoir jeté un dernier coup d'œil à l'indécente tenue de son maître.

Dès qu'il eut refermé la porte, Stephen posa son verre, se leva et alla pousser le verrou au cas où Damson persisterait à vouloir le ramener à la raison.

Le brave valet ignorait évidemment que le mariage avait été consommé avant l'heure et dans des circonstances dont Stephen n'avait pas à être fier. Le moment était venu d'effacer à jamais les souvenirs douloureux.

Il entra dans la chambre adjacente avec cette résolution en tête mais trouva la pièce vide. Où était-elle ? Que faisait-elle ? Ne lui avait-il pas accordé suffisamment de temps ? Intrigué, il se dirigeait vers la salle de bains lorsqu'une servante entra en portant une pile de grandes serviettes éponge que l'on avait tenues au chaud.

« Ma femme est dans son bain », songea Stephen. « Ma femme... » Heureux, charmé, il prit d'un geste spontané les serviettes des mains de la servante scandalisée et la pria de se retirer.

— Mais... mais je dois aider Mme la comtesse à s'habiller pour la nuit !

Stephen commença à se demander s'il était d'usage de faire croire aux serviteurs qu'on passait sa nuit de noces en habit et robe de bal plutôt qu'en tenue d'Adam et d'Ève. L'idée l'amusa et il souriait lorsqu'il entra dans la salle de bains et trouva Sheridan immergée dans une mousse parfumée. Il la voyait de trois quarts, les cheveux relevés, de charmantes petites boucles sur la nuque, la pointe des seins effleurée par des bulles irisées.

Sa femme lui offrait un tableau ravissant dans des effluves de lavande qui lui rappelèrent l'audacieux ultimatum qu'elle lui avait un jour adressé au sujet d'Helene. Il se souvint aussi de sa colère en évoquant les rumeurs qui faisaient de lui un redoutable don juan. Il eut envie de se pencher à son oreille et de lui murmurer qu'il s'apprêtait à lui offrir ce que sa vie galante lui avait appris de meilleur. Elle méritait la plus belle des nuits de noces, la plus accomplie des unions charnelles : des heures éblouissantes dont le souvenir l'accompagnerait toute sa vie.

Il se voulut confiant, écarta quelques doutes et, plongeant ses doigts dans l'eau parfumée, il joua, d'une main légère, le rôle de la chambrière qui se doit de masser le dos de sa maîtresse. Mais Sheridan ne tarda pas à dire :

— J'aimerais sortir maintenant.

Il se leva, déplia un drap de bain et attendit qu'elle posât le pied sur le tapis bleu. Sentant sur son corps les mains de Stephen alors qu'il l'enveloppait dans le drap moelleux, elle se figea l'espace d'une seconde puis se pressa contre lui, la joue contre son torse. En silence, elle lui disait son désir, sa tendresse, son amour et pourtant elle trembla un peu en levant la tête vers lui, le regard incertain.

— Puis-je passer mon déshabillé ?

Il s'étonna qu'elle lui demandât ainsi la permission. Mais, résolu à éviter toute brusquerie, il lui sourit.

— Faites comme vous voulez, Lady Westmoreland.

Il la vit hésiter, retenir le drap de bain contre elle et, courtois, se retira dans la chambre, non sans se dire qu'une telle pudeur lui échappait.

Mais, quelques instants plus tard, ce fut plutôt la maîtrise de la situation qui menaça de lui échapper. Ruisselante et vêtue d'une simple serviette, elle était ravissante, mais dans son déshabillé de dentelle blanche qui voilait à peine son corps nacré, elle lui apparut comme l'incarnation même de la tentation. À la fois éthérée et voluptueuse, elle venait vers lui avec toute la séduction d'une sirène angélique.

Sous la douce brûlure de son regard, avec comme seul point de repère la nuit de Claymore, Sheridan s'attendit à ce qu'il lui demandât de défaire ses cheveux. Son embarras de novice eût sans doute été moins aigu si la chambrière s'était abstenue de verser dans le bain des sels à la lavande... Ce parfum lui rappelait évidemment Helene Duvernay qu'elle avait eu le malheur, quinze jours plus tôt, d'apercevoir dans Bond Street en faisant des courses avec Julianna. Devant la voiture laquée d'argent et aux sièges lavande, elle avait su qu'il s'agissait de la maîtresse de Stephen avant même que Julianna Skeffington le lui dît. Et Helene Duvernay était le genre de femme qui pouvait donner des complexes à toutes celles qui tentaient de se comparer à elle.

À cause d'elle, Sheridan se sentait quelconque et gauche, d'autant que Stephen ne lui avait pas dit s'il avait ou non cessé de la voir. Depuis qu'elle avait retrouvé la mémoire, tous ses souvenirs revenaient, y compris ceux qu'elle eût préféré laisser dans l'ombre.

Elle avait ainsi revu l'Helene Duvernay de ses jeunes années, une belle Américaine, avec une robe rouge très décolletée et une aigrette dans les cheveux, qu'elle avait surprise assise sur les genoux de Raphael, un soir où elle avait collé son nez à la fenêtre d'une maison de jeu. Elle l'avait vue glisser ses doigts dans les cheveux de son ami espagnol et elle avait ressenti la morsure de la jalousie. Mais si elle imaginait Helene assise sur les genoux de Stephen, la morsure devenait mille fois plus cruelle.

Que n'avait-elle le courage de lui demander sans plus attendre, là, au seuil de sa nuit de noces, s'il la voyait encore ! Mais ne serait-il pas plus raisonnable et efficace de lui faire oublier sa belle amie ? Malheureusement, elle ne savait comment s'y prendre et Stephen tardait à la guider.

En pensant à la nuit de Claymore, elle porta les mains à ses cheveux et lui demanda :

— Maintenant ?

Le regard de Stephen tomba sur les rondeurs de ses seins qu'avait accentuées son geste. Il se rapprocha d'elle.

— Que me demandez-vous ? fit-il d'une voix douce.

— Je vous demande si je dois défaire mes cheveux.

Il comprit qu'elle pensait à Claymore et le remords le transperça. Les mains sur ses épaules, il lui répondit avec tendresse :

— Je vais le faire.

Elle recula.

— Non. Je les défais moi-même si vous le souhaitez.

— Que se passe-t-il, Sheridan ? Qu'est-ce qui ne va pas ?

Elle s'abstint de lui avouer que c'était Helene Duvernay qui la perturbait.

— J'ignore ce que je dois faire. Je ne connais pas les règles.

— Quelles règles ?

— Eh bien... je ne sais pas comment vous donner du plaisir. (Elle eut le sentiment qu'il retenait un sourire et l'implora :) Oh, non, ne riez pas !

Ce qu'elle pouvait être sérieuse ! Aussi sérieuse que splendide, sensuelle, douce et courageuse. Et il ne devait se tromper ni de réaction ni de réponse, sinon il risquait de la blesser au-delà de tout ce qu'il pouvait imaginer.

— Je ne songeais pas à rire, ma chérie, dit-il gravement.

Rassurée, elle entreprit de poser les questions que soulevait son inexpérience et commença par le problème des vêtements.

— Que peut-on enlever ? Que doit-on garder ?

Il caressa ses cheveux.

— On suit simplement son inspiration.

— Mais ne poursuit-on pas un but ?

Devant de telles questions, Stephen commença à douter que ses expériences passées fussent d'une grande aide.

Glissant ses bras autour de sa taille, il lui expliqua :

— Il s'agit de se sentir le plus près possible l'un de l'autre et de prendre plaisir à cette intimité autant que nous le pourrons.

— Comment saurai-je ce que vous aimez ?

— Nous avons la même sensibilité. J'aimerai ce que vous aimerez.

— J'ignore comment me vient le plaisir.

— Eh bien, vous prendrez le temps de le découvrir.

— Quand ? demanda-t-elle en redoutant qu'il lui faille attendre longtemps.

Il lui prit le menton.

— Maintenant.

Impatiente et embarrassée tout à la fois, elle attendait qu'il la guidât, mais tout à son bonheur Stephen ne put que se pencher vers ses lèvres et caresser ses seins nus sous la dentelle arachnéenne. Elle répondit à son baiser et à ses caresses en glissant un doigt dans l'ouverture de son col.

— Voulez-vous que j'enlève ma chemise ? demanda-t-il.

Elle acquiesça, pensa qu'un peu plus tard elle formulerait une question identique, car ce devait être ainsi que se créait l'intimité partagée. Elle le regarda découvrir lentement son torse puis retirer sa chemise et, secrètement, Stephen trouva à la scène une saveur particulièrement érotique. Jamais il ne s'était déshabillé le premier. S'il n'avait eu peur de l'effaroucher, il eût souri en se disant qu'il venait d'avoir une révélation dans un domaine qu'il croyait connaître à la perfection.

Sheridan admira ses épaules et ce large torse vers lequel elle tendit la main. Hésitante, elle interrogea Stephen du regard avant d'effleurer sa peau. Puis elle s'enhardit et posa son autre main sur lui. Il avait le corps si ferme et si harmonieux qu'elle eut l'impression de caresser une statue grecque. Mais la statue n'était pas de marbre, et elle sentit des muscles frémir sous ses doigts.

— Oh ! Vous n'aimez pas ça ?

— Si. Beaucoup, répondit-il, les yeux mi-clos.

— Moi aussi, avoua-t-elle avec une spontanéité touchante.

— Parfait.

Il la prit par la main et l'entraîna vers le lit où il s'assit. Quand elle voulut l'imiter, il l'attira sur ses genoux, les yeux brillants.

— Continuez, dit-il.

Elle lui sourit avant de reprendre son exploration. Elle venait de comprendre qu'elle lui donnait un plaisir semblable au sien quand il caressait ses seins. Quelques instants plus tard, il leur fit une coupe de ses mains ballantes et Sheridan sentit son pouls s'accélérer. Mais Stephen s'immobilisa en se demandant si elle allait ouvrir son déshabillé ou si elle voulait qu'il le fasse lui-même.

Elle lui fit comprendre que c'était à lui de la dénuder en se pressant contre son torse, les bras autour de son cou. Alors il défit le voile et sentit bientôt ses seins durcir sous l'ardeur de ses caresses.

En reprenant l'initiative, il se retrouvait en terrain familier et, sans plus se poser de questions, il prit la pointe d'un sein entre ses lèvres. Sheridan sentit un flot de délicieuses sensations la submerger, un plaisir qu'elle voulut lui faire éprouver à son tour.

Devinant ses pensées, Stephen l'incita à s'allonger sur le lit avec lui. Elle se retourna dans ses bras et lui rendit le plaisir qu'il venait de lui procurer.

Soumis, il ne le resta pas longtemps. Elle avait éveillé un tel désir qu'il la renversa sur le satin du lit et défit la dernière agrafe du déshabillé de dentelle, un cadeau de Whitney.

Appuyé sur un coude, il savoura le spectacle que lui offraient les longues jambes de Sheridan, ses hanches, sa taille de guêpe et ses seins parfaits. Puis, sous le regard attentif de sa femme, il ferma les yeux.

— Qu'y a-t-il ? demanda-t-elle, inquiète. Qu'est-ce que vous n'aimez pas en moi ?

S'il lui trouvait des défauts, elle préférait le savoir et tenter de les dissimuler.

Il rouvrit les yeux et répéta, incrédule :

— Qu'est-ce que je n'aime pas en vous ? (Puis, se penchant vers elle, il l'embrassa avant de murmurer :) J'aime tout en vous. Mais vous êtes tellement belle que le désir me submerge...

Il invita ses lèvres à s'ouvrir dans un élan fébrile qui promettait un baiser long, ardent et d'un érotisme dont il prolongea la magie en glissant sa main vers la partie la plus intime de son corps. Bientôt elle s'offrit en se cambrant vers lui. Stephen redoutait une explosion incontrôlée s'il tentait plus longtemps de résister. Les mains sur ses reins, il la souleva pour mieux pénétrer en elle. Il savait qu'elle était prête à l'accueillir et qu'il ne rencontrerait cette fois-ci que la chaleur humide du désir qui la consumait. Mais cherchant encore à repousser le moment ultime, il pressa le visage de Sheridan contre son torse et imprima à son corps tendu un rythme lent. Un rythme qui cependant s'accéléra quand elle posa ses douces lèvres sur les siennes et épousa ses mouvements.

Soudain, il ne fut plus maître de lui. Le besoin d'apaisement l'emporta, mais il ne put se dire qu'il était partagé à la même sublime seconde.

— Je vous aime, cria-t-elle, un sanglot dans la voix.

Il prit sa bouche, chercha sa main et mêla ses doigts aux siens. De longs frissons les agitèrent tandis qu'ils resserraient leur étreinte avec l'impression de se fondre l'un dans l'autre. Le voyage s'achevait dans les convulsions d'une passion comblée.

Stephen reprit lentement ses esprits mais s'empressa dès qu'il sortit de l'oubli de se soulever afin de la libérer de son poids. Ses boucles satinées s'étaient répandues sur les oreillers exactement comme il l'avait imaginé quand il rêvait de l'amour avec elle.

Dans un mélange de joie, d'éblouissement et de vénération, il contempla la femme qui venait de se hisser au sommet du plaisir le plus achevé. Il vit ses paupières se soulever et il essaya de sourire et de lui dire qu'il l'aimait, mais, la gorge serrée par l'émotion, il regarda simplement leurs mains nouées sur l'oreiller.

C'était la première fois qu'au moment de l'extase il avait eu envie de chercher la main de celle qui lui donnait son corps.

Sheridan sentit ses doigts resserrer leur étreinte tandis qu'il cherchait son autre main. Alanguie par la passion, elle dut faire un effort pour soulever son bras et lui offrir sa paume ouverte, afin de le laisser renouveler son geste de tendresse et de complicité.

Il posa un baiser sur ses lèvres, ferma les yeux, tenta encore de lui dire son amour, de lui expliquer qu'il se

découvrait des sentiments insoupçonnés. Mais il ne put prononcer que ces quelques mots
— Avant vous, jamais...
Elle comprit et le lui fit savoir en embrassant sa main avec adoration.

# Épilogue

Assis dans le grand salon de Montclair, entouré des signes extérieurs de sa fortune et de sa position sociale, parmi lesquels de splendides meubles anciens provenant de divers châteaux et palais d'Europe, Stephen Westmoreland promena son regard sur la galerie de portraits qui ornaient les murs tendus de soie, en se demandant comment ses ancêtres auraient réagi s'ils avaient eu autant de mal que lui à rester en tête à tête avec une jeune épouse. Depuis deux jours, il désespérait de pouvoir jouir de sa présence à sa guise.

Au-dessus de la cheminée, le premier comte de Langford le regardait du haut d'un bel étalon noir, son heaume sous le bras, sa cape recouvrant la croupe du cheval. Stephen le soupçonna d'avoir été le genre de jeune marié à faire jeter ses chevaliers dans les douves de son château pour peu qu'ils les trouvât importuns.

Sur le mur du fond, le second comte de Langford se reposait devant sa cheminée avec ses chevaliers. Non loin de lui, sa femme et ses dames d'honneur confectionnaient une tapisserie. Cet ancêtre-là semblait plus civilisé que son père. Il aurait sans doute préféré envoyer ses chevaliers au loin, sous un prétexte quelconque, et fait relever le pont-levis pour s'assurer un peu de tranquillité.

Mais, las d'interroger le visage de ses ancêtres, Stephen se tourna vers sa femme. Assise en face de lui, elle était entourée de sa mère, de son frère, de Whitney, de Charity et de De Ville. Il s'imagina lui relevant le menton pour l'embrasser puis il se vit dénuder une épaule, faire glisser le satin jaune de sa robe le long de ses bras, prendre un sein dans sa main... Il l'embrassait passionnément dans le cou lorsqu'il se rendit compte que de Ville l'observait avec un air entendu et amusé. Il faillit en rougir comme un enfant surpris à faire l'école buissonnière, mais fut sauvé de cet embarras par l'irruption d'Hodgkin qu'il avait, la veille, repris à son service.

— Pardonnez-moi, monsieur le comte, mais vous avez des visiteurs.

— Qui sont-ils ? demanda Stephen d'un ton irrité.

Il eût volontiers prié le vieux serviteur d'aller jeter ces importuns dans le lac, puisque son château manquait de douves, puis de cadenasser les grilles du domaine.

Hodgkin baissa la voix et murmura des explications qui firent passer Stephen de la contrariété à la résignation, puis à l'étonnement. Matthew Bennett était rentré d'Amérique et Stephen se devait de le recevoir. Mais il était revenu accompagné, et de là venait la surprise.

— Veuillez m'excuser, dit-il à ses invités et à sa femme, tous en pleine discussion.

Seule Sheridan quitta un instant la conversation pour lui adresser le sourire complice d'une jeune épouse tout aussi avide d'intimité que son mari.

Dès qu'il entra dans son bureau, il entendit Matthew Bennett lui expliquer les raisons de sa présence.

— Je vous prie, monsieur le comte, d'excuser cette visite impromptue. Votre maître d'hôtel vient de m'apprendre votre mariage en me précisant que vous ne désiriez pas être dérangé, ce qui est parfaitement compréhensible. Mais vous m'aviez donné pour instructions, avant mon départ pour l'Amérique, de revenir avec les parents de Miss Lancaster si je parvenais à les localiser. Je dois vous dire tout de suite que Miss Lancaster n'avait plus que son père, lequel, malheureusement, est décédé avant que j'arrive là-bas.

— Je suis au courant. Je l'ai appris par une lettre que m'a fait suivre l'ancien propriétaire de Burleton. Et je m'attendais en conséquence à ce que vous reveniez seul.

Bennett parut peu disposé à essuyer des reproches.

— Il faut que vous sachiez, monsieur le comte, que Miss Lancaster voyageait avec une accompagnatrice répondant au nom de Sheridan Bromleigh, laquelle était censée regagner l'Amérique dès que sa mission serait terminée. Mais l'on n'a plus entendu parler de cette personne, et sa tante – une certaine Cornelia Faraday – s'apprêtait à la faire rechercher dans toute l'Angleterre. Je lui ai proposé de me charger de cette affaire, mais elle a refusé de m'accorder sa confiance et a tenu à m'accompagner.

Stephen connaissait l'existence de Cornelia Faraday. Sheridan lui avait parlé, la veille, de cette tante chez qui elle avait passé une partie de son adolescence. Il savait également que son père n'avait pas donné de ses nouvelles depuis des années. L'idée de pouvoir offrir à Sheridan un cadeau de mariage aussi original qu'émouvant lui fit oublier son agacement devant l'intrusion de Bennett et de Cornelia Faraday. Oui, il se réjouissait à l'avance du bonheur de Sheridan !

— Eh bien, c'est parfait ! assura-t-il.

— J'espère que vous serez encore de cet avis lorsque vous aurez rencontré cette dame... Elle n'a qu'une idée en tête : retrouver sa nièce, et par tous les moyens.

— Je crois pouvoir la rassurer.

— Vous savez où trouver Miss Bromleigh ?

— Oui.

— Oh ! Quel soulagement ! J'en remercie le ciel ! Car voyez-vous, j'ai dû supporter pendant tout le voyage les inquiétudes de trois personnes.

— Miss Faraday n'est pas seule ?

— Non. Elle est accompagnée de M. Bromleigh, qui s'est manifesté après quatre ans de silence pendant que j'étais là-bas, et d'un ami. Et ils ne m'ont pas plus crédité de leur confiance que Miss Faraday.

— Qu'ils se rassurent tous ! Miss Bromleigh est saine et sauve.

— Dans ce cas, ils pourront tous repartir ensemble.

— Ça non. Je regrette, mais Sheridan Bromleigh ne repart pas en Amérique. Venez avec moi. Vous allez comprendre.

Dix minutes plus tôt, Stephen n'avait d'autre désir que d'être seul avec sa femme. Maintenant il exultait en entraînant le notaire dans le salon et en priant Hodgkin d'aller chercher les autres visiteurs. Il se dirigea vers la cheminée qui lui permettrait une pose nonchalante – bras appuyé sur le manteau et pieds croisés –, tout en lui offrant le meilleur poste d'observation. Il attendit que Bennett se fût assis, ce qui lui éviterait de tomber à la renverse, puis interrompit le récit hilarant des efforts qu'avait dû faire de Ville pour convaincre Sheridan de le suivre.

— Sheridan, ma chérie, vous avez des visiteurs.

— Mais qui donc ?

Elle lança à Stephen un regard chargé d'ennui, puis se tourna vers Hodgkin. Elle vit alors apparaître derrière lui un bel homme, entre deux âges, qui s'avança dans le salon tout frémissant d'impatience, suivi d'une femme aux cheveux gris, vêtue d'une robe simple, stricte, au col empesé.

L'homme s'adressa à Stephen sans détour :

— Nous regrettons de vous déranger, monsieur, mais nous recherchons ma fille, qui a disparu.

Stephen regarda Sheridan qui s'était retournée sur son fauteuil dès qu'elle avait reconnu la voix de son père. Elle se leva lentement.

— Papa...

Patrick Bromleigh se tourna vers elle dans un sursaut. Mais Sheridan resta clouée sur place. N'était-ce pas un fantôme qu'elle risquait d'effaroucher au moindre mouvement ?

— Papa ?

Il fallut qu'il lui ouvrît les bras pour qu'enfin elle osât se jeter à son cou.

Stephen baissa les yeux puis regarda sa famille ainsi que Charity et Nicolas. Comme lui, ils s'abstenaient d'observer les retrouvailles du père et de sa fille par crainte de les gêner.

— Où avais-tu disparu, papa ? disait Sheridan.

Elle prit le visage de son père entre ses mains.

— Pourquoi n'écrivais-tu pas ? Nous avons cru que tu étais mort !

— J'étais en prison. Ton ami Raphael et moi, nous nous sommes fait gruger par le soi-disant propriétaire d'un cheval que nous avions gagné aux cartes. Ce type n'était qu'un voleur et un menteur. Tu vois, j'avais encore des choses à apprendre. Ah, on a eu de la chance de ne pas être pendus ! Mais j'aurais dû écouter ta tante quand elle me prédisait de gros ennuis avec le jeu.

— Ça fait plaisir à entendre, fit remarquer Cornelia.

— Fort heureusement, ta tante accepte tout de même de m'épouser. Le joueur repenti sait encore s'occuper d'une ferme et finalement consent à faire la paix avec son cher père, par amour pour elle.

Sheridan se précipita en riant vers sa tante et la serra dans ses bras. Puis, prenant par la main Cornelia et Patrick, elle s'apprêtait à les présenter à Stephen lorsque Patrick annonça :

— Il y a encore quelqu'un qui aimerait te revoir, ma chérie. Je me demande s'il va te reconnaître.

Pendant que Patrick Bromleigh admirait sa fille, la voix joyeuse de Raphael se fit entendre. Sheridan le vit entrer dans le salon avec la même aisance que s'il jouait de la guitare près d'un feu de camp.

Plus séduisant que jamais, il lui lança avec une note caressante :

— Bonjour, *querida* !

Stephen se raidit avant même de voir sa femme se jeter au cou de cet inconnu, qui la prit à bras-le-corps et la souleva pour la faire tourbillonner comme une petite fille.

— Je suis venu pour vous épouser, précisa Raphael dans un éclat de rire. Vous voyez, j'aurai tenu ma promesse !

Remarquant l'expression de Stephen, Charity Thornton se sentit défaillir.

— Seigneur... murmura-t-elle.

— Doux Jésus ! fit la duchesse douairière devant le regard menaçant de son fils.

D'une voix étranglée, Whitney s'interrogea :

— Est-ce que je rêve ?

— Je crains que non, observa Clayton.

Nicolas de Ville se renversa dans son fauteuil, attendant la suite des événements avec un demi-sourire.

Raphael avait cessé de faire tourbillonner Sheridan pour l'admirer.

— Quand pouvons-nous nous marier, *querida* ? Pendant tout le temps où j'étais en prison, je n'ai cessé de penser à ma petite carotte, avoua-t-il.

Mais l'objet de son admiration lui rétorqua, les mains sur les hanches :

— Je vous serais reconnaissante de ne pas utiliser ce surnom en présence de mon mari. Vous risquez de l'indigner. Ma chevelure lui fait plus volontiers penser à une peinture vénitienne qu'à un légume, mon cher Raphael.

Ignorant cette glorieuse comparaison, les trois visiteurs tournèrent leur regard vers l'homme que Sheridan s'empressa de leur présenter. Ils l'examinèrent de la tête aux pieds, sans se soucier qu'il fût comte de Langford, châtelain de Montclair, et visiblement en train de se demander quel sort il réservait à Raphael.

Ce jeune homme, aux hardiesses coupables à l'égard de Sheridan, représentait par ailleurs un danger évident pour toute demoiselle innocente qui aurait la mauvaise fortune de se retrouver seule avec lui dans la même pièce ou dans quelque futaie isolée. Il possédait un charme qui le rendait suspect à tous, hommes, femmes, jeunes et vieux... Que fallait-il donc faire de ce danger public ?

Remettant à plus tard sa décision, Stephen prit Sheridan par la taille, l'attira contre lui et laissa se poursuivre l'examen dont il était l'objet.

Au bout d'un moment, Patrick Bromleigh s'adressa à sa fille.

— Es-tu heureuse, ma chérie ? J'avais promis à Ours qui rêve de te retrouver et de te ramener là-bas. Il voudra savoir si tu es heureuse.

— Je suis très heureuse, papa.

— En es-tu certaine ? demanda Cornelia.

— Oh, oui !

Raphael hésita un instant avant de donner son sentiment puis, tendant la main à Stephen, déclara :

— Seul un homme exceptionnel pouvait gagner l'amour de Sheridan. Je vous félicite.

Stephen put alors prendre une décision. Il proposa à cet homme d'une grande perspicacité un verre de son meilleur cognac au lieu de lui présenter... le choix des armes. C'était un réel plaisir de l'héberger à Montclair. Du moins pour une nuit.

Plus tard, il l'avoua à Sheridan tout en la serrant dans ses bras, assouvie et comblée.

Elle leva les yeux pour rencontrer son regard.

— Merci, murmura-t-elle. Merci pour votre force et votre tendresse. Merci d'avoir été si accueillant avec ma famille et avec Raphael.

Stephen lui annonça alors qu'ils pourraient rester à Montclair aussi longtemps qu'ils le souhaiteraient.

— Je vous aime, murmura simplement Sheridan.

# AVENTURES & PASSIONS

## — 4 décembre —

### Eva Leigh
#### *Les mystères de Londres - Une occasion rêvée*
*Inédit*

Le comte de Blakemere, Christopher « Kit » Ellingsworth, hérite d'un riche mentor une fortune considérable… Hélas, il ne pourra y prétendre qu'en se mariant avant trente jours ! Heureusement, la mystérieuse et audacieuse Tamsyn Pearce semble toute disposée à accepter cette alliance. Mais, cet arrangement résistera-t-il longtemps aux nécessités du mariage ?

◆

### Anna Campbell
#### *Les fils du péché - Le scélérat*
*Inédit*

Nell Trim s'est donné pour mission de rendre justice à toutes les femmes que James Fairbrother, marquis de Leath, a séduites et ruinées. Elle projette de révéler aux yeux du monde sa véritable nature. Or, la première rencontre entre Nell et James est inattendue. Cet ogre imposant fait preuve d'une étonnante et exquise délicatesse. Est-il réellement l'affreux libertin dépravé qu'elle soupçonnait ? La seule façon de le savoir, c'est de le battre à son propre jeu…

◆

### Heather McCollum
#### *Passions en Écosse - Le charmeur de l'île d'Islay*
*Inédit*

Cullen Duffie est le nouveau chef du clan McDonald de l'île d'Islay. Déterminé à prouver qu'il n'a pas hérité des travers de son père, Cullen s'attache à protéger les siens de l'envahisseur anglais. Lorsque, un jour, une belle inconnue échoue sur le rivage de son île, il décide de la secourir. Amnésique, Madeleine retrouve peu à peu la mémoire. Mais, plus ses souvenirs refont surface, plus elle réalise l'immense danger qu'elle fait courir au Highlander qui a su capturer son cœur…

### Joanna Bourne
*Belle comme la nuit*
*Inédit*

Séverine de Cabrillac a renoncé à ses activités d'espionne. Aujourd'hui, elle consacre son temps à élucider des crimes et à faire en sorte que justice soit rendue aux innocents. Lorsque l'énigmatique Raoul Deverney lui demande de l'aide, Séverine accepte de retrouver l'assassin de son épouse et de sauver leur fille. Qu'elle soit immédiatement attirée par lui n'y change rien… À moins qu'une dernière chance de trouver l'amour s'offre à ces deux êtres éprouvés par la vie.

◆

### Mary Balogh
*La magie de Noël*
*Inédit*

Le marquis de Denbigh n'a jamais pu oublier l'affront que lui a infligé Judith Easton en rompant leurs fiançailles pour épouser un autre homme. Maintenant qu'il sait Judith libérée d'un mariage cauchemardesque, sa vengeance va pouvoir s'accomplir. Les fêtes de Noël lui donnent l'occasion d'inviter la belle traîtresse dans sa demeure.

◆

### Patricia Cabot
*La belle scandaleuse*

Lorsque la belle Kate Mayhew est embauchée en qualité de chaperonne d'Isabel, la fille du marquis James Traherne, celui-ci se félicite des miracles que la jeune femme obtient auprès de la fillette. Or, Kate attire irrésistiblement James, qui est en plein désarroi. En effet, pour celui qui s'est juré de ne plus jamais connaître les affres de l'amour, comment résister à la tentation que lui inspire la belle préceptrice ?

Virginia Henley
*Une femme de passions*
La bibliothèque idéale

Pour Bess Hardwick, le seul moyen d'échapper à sa condition de roturière est d'entrer au service d'une famille noble en vue de contracter un mariage de convenance. Installée à Londres, elle fait en sorte de devenir l'amie indispensable de la princesse Elizabeth. Parmi les riches et les puissants qu'elle croise chez cette dernière, Bess rencontre George Talbot, le séduisant comte de Shrewsbury, qui fait secrètement battre son cœur depuis des années…

# LOVE ADDICTION

### 4 décembre

## Layla Reyne
### *Agents et associés - Profonde connexion*
*Inédit*

Agents du FBI et amants à la vie comme à la scène, Aidan et Jamie partent pour Cuba avant de revenir en Californie. Les deux associés doivent à tout prix lier leurs forces pour venir à bout d'une enquête qu'ils mènent de front depuis plusieurs mois. Quelle est l'identité de ce fou à lier qu'ils n'ont de cesse de traquer ? Complot, crise financière, danger... un cocktail explosif qui pourrait bien anéantir les deux hommes, tout comme leur amour. Parviendront-ils à préserver leur passion tout en mettant un point final à leur périlleuse mission ?

◆

## Tif Marcelo
### *Flirt & Food - Délicieuse évasion*
*Inédit*

En auditionnant pour un poste d'animatrice d'émission culinaire, Victoria ignore qu'elle est en compétition avec Joël Silva. Et le monde est petit car Joël n'est autre que le cameraman de «Dans les coulisses du paradis», l'émission de rénovation dédiée à la maison d'hôtes de sa sœur. Quand Victoria est sélectionnée, c'est une explosion de joie. Mais voilà que Joël est également engagé pour la filmer. Tous deux partent sur les routes californiennes afin de couvrir un festival... sur les barbecues ! En aucun cas la spécialité de Victoria. Et très vite, Joël lui vole la vedette...

# *illicit'*

## 4 décembre

### Madeline Sheehan
**Hell's Horsemen - Immuable**
*Inédit*

Preacher sort de prison quand, sur la route pour rejoindre sa famille, une jeune femme tente de lui dérober son portefeuille : Debbie, ado en fuite, dont Preacher tombe immédiatement sous le charme. Une passion sans pareille voit soudain le jour, qui les comble. Alors que l'amour s'invite dans leur vie, le destin, cruel, n'a pas dit son dernier mot car les parents de Preacher sont sauvagement assassinés. Ce dernier n'a désormais d'autre choix que prendre la tête du gang familial, les Silver Demons et de réclamer vengeance, quitte à mettre sa relation avec Debbie en péril. Face à la haine, l'amour peut-il vaincre ?